HAMBURGER LIEBE

Marina Scheske

HAMBURGER LIEBE

Roman

Ellert & Richter Verlag

- 1 -

Schwedt, März 1945

Der Körper des Erhängten schaukelte sanft im Wind.

„Wer den Tod in Ehren fürchtet, stirbt ohne Ehre", so stand es auf dem Schild, das der Tote um den Hals trug. Wie alt war er? Bestimmt nicht älter als Heinrich, dachte sie, Jahrgang 1928. Sein Haar schimmerte wie Gold in der Sonne, und sie schaute in sein aufgedunsenes, blau verfärbtes Gesicht. Stöhnend wandte sie sich ab.

Ihr Blick schweifte über die Straße. Keine Menschenseele war zu sehen, wenn man von denen absah, die an den Bäumen hingen, mit deutscher Gründlichkeit aufgeknüpft an jeder zweiten Linde dieser prachtvollen Allee. Sie führte direkt zum Schloss und war die schönste Straße der kleinen Stadt an der Oder.

Auf einem Plattenwagen stehend, hatten sie den Strick empfangen. Die Leute erzählten sich später, einer von ihnen sei lieber freiwillig gesprungen, der Kutscher brauchte gar nicht erst anzufahren. Und sie sagten, dies alles geschehe zur Hebung der Kampfmoral.

Noch einmal ging ihr Blick zurück, sie zählte die toten jungen Männer. Es waren zwölf, und der Wind sang ihnen ein Wiegenlied, so wie es ihre Mütter einst getan hatten.

Frida faltete ihre Hände und betete das Vaterunser. Eine wundervoll reine Bläue wölbte sich über ihr, zarte weiße Wolken zogen hindurch. Es war so seltsam still und menschenleer auf der Straße, wie in Friedenszeiten an einem Sommersonntag zu Mittag. Fast als gäbe es sie nicht mehr, die Einheiten der Roten Armee jenseits der Oder, keine zehn Kilometer entfernt. All das, was sich in den letzten Wochen in der Stadt abgespielt hatte, schien in dieser stillen Stunde ausgelöscht zu sein, als wäre es nie geschehen.

Seit Januar waren endlose Trecks durch die Straßen gezogen, dazwischen erfolgte ein chaotischer und ungeordneter Viehabtrieb aus den östlichen Odergebieten. Not und Elend für Mensch und Tier.

Und dann erreichte das Artilleriefeuer die Stadt, fast ununterbrochen hagelte es tagelang Granaten. Tiefflieger folgten, Nächte im Keller, nie wissend, ob man heil herauskommt. Brennende Häuser, verzweifelt fliehende Menschen, lebende Fackeln. Die Bestie Krieg hatte die Stadt erreicht und gab ihr einen Vorgeschmack dessen, was noch kommen würde. Die fast vollständige Vernichtung des Städtchens an der Westoder begann.

Schwedt, du Perle der Uckermark, dein Schicksal war längst besiegelt. Aber die nationalsozialistischen Häscher und Schergen wurden nicht müde, Jagd auf Deserteure zu machen. Je mehr sich der Krieg dem Ende zuneigte, desto grausamer mordeten sie.

Schwedt war zur Festung erklärt worden, zu einem Bollwerk gegen die Bolschewiken. Infanterie, Sondereinheiten der SS, Volkssturm, Schützenpanzerwagen, Sturmgeschütze, alles, was der Teufel höchstpersönlich für den Krieg erfunden hatte, überflutete die Stadt. Soldaten verschiedener Einheiten und Nationen marschierten auf der Schlossfreiheit auf. Wo einst die Schwedter Dragoner stolz zu Ross von der Menge bejubelt worden waren, sah man nun Wlassow-Soldaten, ungarische und rumänische Einheiten, Volkssturmleute und Marineeinheiten aufmarschieren. Hinzu kamen Infanteristen aus allen Teilen Deutschlands, blutjung und milchbärtig noch, Nachschub an Menschenmaterial. Sie wurden ganz nah im Hinterland ausgebildet, in einem idyllischen Wäldchen, das „Monplaisir“ hieß, „Mein Vergnügen“. So nannte es einst der Markgraf von Schwedt, er residierte dort in einem kleinen Palais während der Sommerfrische. Jetzt hatten die jungen Männer das „Vergnügen“. In diesem Wäldchen lernten sie, mit Maschinengewehr und Panzerfaust umzugehen.

In ihrer Freizeit besuchten sie in geschlossener Formation das Gloria Kino. Zur Abschreckung. An diesem Ort der Unterhaltung tagte nun das Kriegsgericht über Leben und Tod. Gestern hatte hier die Jugend noch über „Pat & Patachon“ gelacht, jetzt lauschte sie den markigen Sprüchen der Vollstrecker.

Ein Militärkonvoi tauchte auf, jäh fiel der Lärm des Krieges in die trügerische Ruhe dieses Frühlingstages ein. Frida wandte sich ab und bog hastig in eine Gasse ein.

Nun war der Alltag wieder bei ihr mit all seinen Sorgen, mühseligen Tätigkeiten und angstvollen Stunden. Sie kam gerade aus dem Krankenhaus und hatte eine Nachbarin, die gestern mit einer schweren Diphtherie eingeliefert worden war, mit dem Nötigsten versorgt.

Während sie durch die Seilergasse ging, dankte sie Gott für die Gnade seines sicheren Geleits, dieser Gang durch die Stadt war lebensgefährlich.

Auch hier herrschte Stille. Die Kinder waren längst fort, kein lachendes Kreischen hallte mehr durch die enge Gasse. Geblieben waren Himmel und Hölle, mit Kreidestrichen aufs Pflaster gemalt, am Fuß einer abgetretenen Schwelle lagen zwei vergessene Murmeln, zwei Glaser. Wie Diamanten funkelten sie im hellen Licht. Vor vierzehn Tagen hatte die Evakuierung der Frauen mit Kindern unter vierzehn Jahren begonnen.

Frida wusste nichts von den Truppenbewegungen und den grauenvollen Kämpfen jenseits der Flussauen. Sie ahnte jedoch, weshalb die Russen nicht schon längst die Stadt eingenommen hatten, die seit Wochen unter Beschuss lag. Der Grund konnte nur das Wasser sein. Wie in jedem Frühjahr hatte es die Auenlandschaft mit ihren zahlreichen kleinen Flussarmen und Gewässern überflutet.

„Herr Fischer, Herr Fischer, wie tief ist das Wasser, wie kommen wir rüber?"

Ein altes Kinderspiel, die Kinder spielten es an langen Sommerabenden in den Höfen. Um rüberzukommen, mussten sie kriechen, auf einem Bein hüpfen oder andere Kunststücke vollführen. Sie mussten tun, was der Herr Fischer verlangt. Wer strauchelte, war raus. Spielte nicht mehr mit, war tot.

Es gab noch einen anderen Grund, der den Bewohnern einen Aufschub gewährte, den sie hoffnungsvoll nutzten, um in ihren Gärten und auf den Äckern mit der Frühjahrsbestellung zu beginnen. Sechs der zehn Armeen der 1. Belorussischen Front südwestlich von Schwedt hatten begonnen, Ostpommern zu erobern. Ihre Geschütze wurden anderweitig gebraucht.

Frida setzte hastig ihren Heimweg fort und achtete nicht auf die Zeichen des Krieges. Die Häuser an der Wasserseite der Berliner Straße hatte man längst geräumt. Das Bollwerk an der Westoder, die von den Schwedtern Kanal genannt wurde, war jetzt Hauptkampflinie. In den geräumten Häusern hielten sich Soldaten auf, und so mancher Einwohner, der es wagte, noch einmal zurückzukehren, stellte fest, dass sich seit dem Dreißigjährigen Krieg nichts geändert hatte. Die Soldaten plünderten und hausten nach Herzenslust.

Frida machte einen weiten Umweg, sie schlug einen Bogen um den Stadtkern. So mied sie die von der Bauorganisation Todt errichteten monströsen Panzersperren. Sie schaute auch nicht auf die Brandruinen. Selbst der Kirche, deren Turmspitze vor zwei Tagen einem Beschuss zum Opfer gefallen war, gönnte sie keinen Blick. Die Zeiger der Turmuhr standen schon seit Wochen still, als würden auch sie in einer Zwischenzeit verharren, aus der es kein Entrinnen gab.

„Dreh dich nicht um, der Plumpsack geht um, ob du stillhältst oder lachst, kriegst den Buckel voller Schacht."

Auch dieses Spiel hatten die Kinder einst in den Schwedter Straßen gespielt. Der Plumpsack aber sollte erst einen Monat später von den Russen zugemacht werden, im Norden, im Osten und im Süden. Es blieb ein letztes, kleines Schlupfloch in Richtung Westen.

Doch noch war es nicht so weit, noch gab es Alltag und Leben in der Stadt. Ein Hauch von Normalität lag über ihrem westlichen Viertel, welches überwiegend aus großräumigen Tabakspeichern und vereinzelten Bauerngehöften bestand. Ein Hauch vom Frieden des Alltags.

Ein Hahn krähte, vom Feld wehte kräftiger Mistgeruch herüber, und an den Findlingen vor den Einfahrten der großen Scheunen blühten Löwenzahn und Taubnessel.

Frida knotete ihr Kopftuch fester und schlug den Kragen ihres Mantels hoch. Jetzt, da die Sonne hinter einer Wolke verschwunden war, spürte sie die Kälte dieses späten Märznachmittags. Sie begann, zügig auszuschreiten. Von hier aus war es nicht mehr weit bis zu ihrer Wohnung und auch nicht mehr weit bis zum Garten auf der anderen Seite der Kastanienallee. In diesen Tagen gab es dort nicht viel zu tun. Das Land wartete umgegraben auf seine Bestellung, und das Vieh war schon im Dezember geschlachtet worden, bis auf zwei Ziegen und ein paar Hühner, die in der geräumigen Remise im Hof des Mietshauses zwischen Kohlenvorrat und Fahrrädern eine Notunterkunft gefunden hatten. Das sparte Wege und war sicherer für Mensch und Tier.

Als sie die Kastanienallee erreicht hatte, kam ihr Erich Wagner entgegen, ein schmächtiger, vierzehnjähriger Junge aus der Nachbarschaft. Er trug die Uniform der HJ und hatte es sichtlich eilig. Höflich grüßend lief er an ihr vorbei, unterwegs zum Meldedienst beim Sonderstab im neuen Rathaus.

Frida schaute ihm nach, sie sah, wie pflichtbewusst und beflissen er seinen Weg ging. Obwohl sie nur noch seine Rückseite sehen konnte, so sah sie doch, wie ernst er in seiner Rolle verhaftet war und wie es ihn danach drängte, dem Führer, dem Volk und dem Vaterland zu dienen. Sie mochte diesen Jungen, er war immer freundlich und hilfsbereit.

Die Schwedter Pimpfe waren in einem achtstündigen Zyklus im Einsatz, sie meldeten der NSDAP in der Berliner Straße, was der Kampfkommandant der SS im Schlosskeller mitzuteilen hatte, führten Dienste für den Führer des Hitlerjugendbannes und für den Volkssturmstab aus. Sie lotsten die Feldpolizei der Wehrmacht durch die geräumten Gebäude zwischen Kiez, Berliner Straße und Paradeplatz, die Kettenhunde suchten dort nach vermeintlichen Deserteuren. Es gab viel zu tun für die Pimpfe, unermüdlich rannten sie für Deutschland und sahen dabei so manches, was so junge Augen noch nicht sehen sollten.

Erich Wagner war einer der unfreiwilligen Zeugen gewesen, als man den Bürgermeister Flöter aus Königsberg in der Neumark auf der Schlossfreiheit strangulierte, er hatte antreten müssen mit seinen Kameraden, um dem makabren Schauspiel beizuwohnen. Seitdem kam es vor, dass er nachts wieder einnässte wie ein Kleinkind.

Und er sah, wie all das gehortet wurde an wertvollen Lebensmitteln, was kaum noch jemand in der Stadt auf den Tisch bekam, und wie sich die Stabsleute damit einen guten Tag machten.

An diesem frühen Abend sollte er zu einem der zahlreichen Rittergüter in der Umgebung laufen, um Meldung zu machen. Fast zu jedem Gut gehörte eine Brennerei. Erich platzte in ein Gelage hinein mit einer ihm höchst wichtig erscheinenden Meldung, die von den sturzbetrunkenen SS-Leuten mit lautem Hohngelächter quittiert wurde. Sie boten ihm Schnaps an, er lehnte dankend ab und machte sich schnell vom Hof.

Ach Junge, hättest du mal lieber einen ordentlichen Schluck genommen. Mehr noch, eine halbe Flasche des Fusels hättest du dir hinter die Binde gießen müssen, um dann schlaftrunken in eine Scheune zu kriechen.

Kaum zurück in Schwedt, wurde er von einem Granatsplitter direkt an der Halsschlagader getroffen, er verblutete, ehe Hilfe kam. Erich war ein eifriger Granatsplittersammler gewesen, seine Mutter fand später seine umfangreiche Sammlung in der Schublade ihres Küchentisches.

Er war ganz allein, alle saßen in den Kellern und lauschten angstvoll dem Trommelfeuer der Artillerie. Schon lag er kalt auf dem Pflaster, direkt vor der Bürger-Knabenschule, wo er vor einigen Wochen noch die Bank gedrückt hatte. Im Kopfrechnen war er der Beste gewesen.

Es war also schnell vorbei mit ihm, und vielleicht hatte er dies dem Wunsch zu verdanken, den Frida ihm mit auf seinen heutigen Weg gegeben hatte. „Behüte dich Gott“, hatte sie gemurmelt.

Denn mehr konnte auch Gott nicht mehr tun in diesem Krieg, als dieses Kind schnell zu erlösen. War es Gottes Gnade, die vielgepriesene, die Erich Wagner schnell in sein Reich aufnahm, in eine jenseitige Welt ohne Schmerz und Leid? Es schien, als würde Gottes Gnade in diesem Krieg langsam zur Neige gehen. Der Russe schoss sich ein, und er zielte gut. Er stand mit seiner Artillerie auf den bis zu sechzig Meter hohen Hügeln jenseits des Odertals, die Stadt lag vor ihm wie auf einem Präsentierteller. Was dazwischen los war im sumpfigen Flussgebiet, wusste keiner so recht, die wildesten Gerüchte kursierten. Selbst die Soldaten im Stadtgebiet wussten es nicht. Wissen ist Macht, und die Macht hatten andere. Das liebliche Odertal war längst zum Massengrab geworden.

Endlich zu Hause angekommen, sah Frida, dass alle Nachbarn schon die Verdunkelung heruntergelassen hatten. Höchste Zeit, es auch zu tun, dann würde sie sich einen Kamillentee kochen und den Wehrmachtsbericht hören. Ihr Mann war nicht da, er hörte nie die Sendung, er hörte Radio London oder Radio Moskau. Welcher Gefahr er sich damit aussetzte, war ihm zum Leidwesen seiner Familie egal. Es hatte auch nichts genützt, dass sein Sohn das Kabel des Radios durchschnitt. So was kann man reparieren lassen. Frida achtete stets darauf, dass der Anzeigestrich auf der Skala des Blaupunktradios auf dem richtigen Sender stand, wenn es ausgeschaltet war. Mehr konnte sie nicht tun.

Nun aber musste sie schnell die Ziegen melken und die Hühner einsperren. Die Milch bekam heute eine Nachbarin, sie machte Quark daraus. Dafür erhielt Frieda Wolle für Strümpfe. Die Strümpfe strickte eine Freundin für sie, dafür bekam sie Eier. Gott sei Dank legten die Hühner nach der Winterpause schon wieder.

Der Alltag war mühselig geworden. Es gab kein Gas mehr und die Leute sagten, bald wird es auch keinen Strom mehr geben und kein Wasser aus der Leitung. Frida hörte nicht auf das, was die Leute sagten. Sie folgte ihrer inneren Stimme, und bisher hatte sie sich nie geirrt. Wie hätte sie sonst auch dieses komplizierte Leben meistern können.

Als sie die Treppe hinaufstieg, sah sie oben ein paar Schuhe stehen, die ihr wohlbekannt waren. Ihr Herz klopfte schneller, es waren Heinrichs Schuhe.

„Mutter!“ Heinrich nahm sie in den Arm. Frida legte ihren Kopf an seine Brust und schloss die Augen. Dann löste sie sich von ihm und schaute zu ihm auf. Klein und dünn sah sie aus neben ihrem hochgewachsenen Sohn. Er kam ganz nach seinem längst verstorbenen Großvater, der ein Potsdamer Gardekürassier gewesen war, ein sogenannter preußischer „Langer Kerl“.

„Wo kommst du denn jetzt her, Junge? Ich denke, du kommst erst nächste Woche. Du hast bestimmt Hunger, ich setze gleich Kartoffeln auf.“

Frida wusste nicht, was sie zuerst tun sollte, hektisch lief sie zwischen Herd und Tisch hin und her.

„Später, Mutter, ich habe schon gegessen, wir haben prima Sonderverpflegung bekommen. Nun zieh doch den Mantel aus und setz dich erst mal hin!“

Heinrich nahm ihr den Mantel ab und schob ihr den Stuhl zurecht. „Ich habe Muckefuck gekocht, er ist noch schön heiß. Warte, ich hole dir eine Tasse.“

Frida saß am Tisch, als wäre sie nur auf einen Sprung in ihre eigene Wohnung gekommen. Nervös nahm sie ihr Kopftuch ab, strich es glatt, stand wieder auf und hängte es an die Garderobe.

Sie beobachtete ihn, sie spürte, hier stimmt etwas nicht.

„Nimm dir nur ordentlich Zucker, wir haben genug da!"

Es klang ein wenig schrill, ganz als würde sie sagen, ist nicht so schlimm, Junge, wir kommen da heil heraus.

Ihre Blicke trafen sich. „Es hat alles seine Ordnung, Mutter, nun guck mich nicht so an."

„Warum bist du heute schon gekommen, du hast doch gesagt, du kommst erst am Sonntag. Ist was passiert? Nun rede doch!"

„Sie haben uns vorzeitig entlassen."

„Aber warum denn?"

„Alles wird umorganisiert, der ganze Reichsarbeitsdienst. Dort, wo wir geschanzt haben, wird ab nächste Woche der Volkssturm eingesetzt. Meine Zeit wäre ja sowieso um gewesen."

„Und nun? Wo müsst ihr denn hin?"

Schweigend schaute er sie an, und sie kannte die Antwort. Er war Jahrgang 1928, im Januar war er siebzehn Jahre alt geworden. Sie hatte gehört, dass dieser Jahrgang jetzt eingezogen wurde.

„Aber du bist doch Eisenbahner", stieß sie hastig hervor, „du hast immer gesagt, Eisenbahner sind kriegswichtig!"

Heinrich stand auf und ging zum Fenster. Er schaute kurz hinaus, dann wandte er sich zu ihr um. Es war so still, dass sie ihren eigenen Atem hörte.

„Es gibt keinen Bahnhof mehr hier, das weißt du doch. Er ist aufgegeben worden, weil er direkt an der Kampflinie liegt. Es wundert mich sowieso, dass sie ihn noch nicht zusammengeschossen haben. Die Züge halten jetzt bei Bude 18."

„Bude 18? Du meinst den Haltepunkt im Wald bei Heinersdorf."

Heinrich nickte.

„Aber vielleicht wirst du versetzt. Junge, sie werden dich nicht einziehen, das geht doch gar nicht, Vater hat einen Nansen-Pass und du ..."

„Mutter, glaub mir, das spielt keine Rolle mehr. Sie heben jetzt alles aus, was Beine hat, und der Brückenkopf Schwedt ist schon längst aufgegeben worden."

„Was für ein Brückenkopf?"

„Jenseits der Oder. Niederkränig, Hohenkränig, Grabow, Hanseberg, Niedersaaten. Der Russe hat das ganze Gebiet zerdrückt wie eine Laus. Skorzeny ist auch weg, hab ich gehört, Hitler hat ihn nach Berlin beordert."

„Was du alles weißt. Hast du denn schon deinen Gestellungsbefehl bekommen?"

Frida trank einen Schluck Kaffee, ihre Hand zitterte und sie spürte den dumpfen Schlag ihres Herzens bis hinauf zu den Schläfen.

„Keine Ahnung. Ist was mit der Post gekommen?"

„Nein. Ich verdunkele jetzt, die Ziegen muss ich auch noch füttern und melken."

Hastig stand sie auf.

„Mutter, jetzt setz dich hin und bleib ganz ruhig. Ich muss mit dir reden."

„Du bist doch nicht etwa weggelaufen?"

Heinrich senkte seinen Blick. Was er in ihren Augen las, das wollte er nicht sehen. Sacht legte er seine Hände auf ihre Schultern.

„Setz dich, komm. Und hör mir mal zu. Ich bin nicht weggelaufen, so dumm bin ich nicht. Du kennst mich und du weißt, was Vater immer zu mir gesagt hat, als ich noch zur Schule ging. Wenn du es schaffen willst, wenn du einer von ihnen werden willst, dann musst du besser sein als die anderen."

„Vater kommt nicht nach Hause, sie fahren Holz und bleiben draußen, weil sie heute Nacht wieder Tote zum Friedhof bringen müssen."

„Ich weiß, ich war schon bei ihm. Wenn sie weiter so holzen, wird es hier bald keinen Wald mehr geben. Ich frage mich, wie viele Bunker noch gebaut werden sollen, wahrscheinlich bekommt jeder Soldat seinen eigenen."

„Du warst bei ihm? Junge, sag mir endlich, was los ist."

„Papa geht es gut, er hat schöne Grüße bestellt. Und bei meinem Schwesterlein war ich auch. Du kannst dir nicht vorstellen, was da auf dem Gut los ist. Die Scheunen voller Flüchtlinge, und alle sind verlaust. Aber Gretchen ist die Ruhe selbst, sie kocht und tut und macht wie immer."

„Gott sei Dank. Vorige Woche hat sie mir einen Topf Schmalz bringen lassen."

„Pass auf, Mutter, ich bin ganz regulär aus dem Arbeitsdienst entlassen worden. Und nun habe ich ein Zeitfenster, sozusagen eine Galgenfrist bis Montag. Die Entlassungspapiere haben sie mir schon gegeben. Ein Glück, Gott sei's getrommelt und gepfiffen."

„Du sollst den Namen des Herrn nicht unnütz im Munde führen. Heinrich, was hast du vor?"

„Entschuldigung, Mutter. Am Montag soll ich da noch mal hin und meine Klamotten abgeben. Ich denke, dann werden sie schon mit dem Gestellungsbefehl winken."

„Du meinst, sie ziehen dich ein?"

„Klar. Aber ich kann das nicht, ich kann mich hier nicht einziehen lassen. Dann werden sie mich gleich vor Ort einsetzen. Das bedeutet, ich falle den Bolschewiken in die Hände, tot oder lebendig, so oder so. Überlege doch mal, Mutter! Sie werden mich nach Russland verschleppen, in das Land meiner Vorfahren sozusagen. Auf Nimmerwiedersehen. Ich will mich nicht um meine Pflicht drücken, das nicht, ich werde kämpfen für mein Land. Ich setze mich ab nach Nordwesten und melde mich bei einer Marineeinheit. Da kenne ich mich aus, schließlich war ich in der Marine-HJ. Und wenn Deutschland den Krieg verliert, dann gehe ich dort in amerikanische oder englische Gefangenschaft, da habe ich wenigstens noch eine Chance auf ein Leben."

„Aber Junge, Marinejugend, das war doch ganz was anderes. Der Krieg ist keine Segelpartie. Das geht doch nicht, wenn sie dich unterwegs schnappen, hängen sie dich auf!"

„Das werden sie nicht, ich habe ja noch keinen Gestellungsbefehl. Falls sie mich schnappen, stecken sie mich in irgendeine Einheit. Und falls das passiert, ist es umso besser, ich bin schon weit weg von hier. Jetzt zählt jeder Kilometer. Verstehst du, ich habe drei Tage Zeit. Ich werde heute Nacht noch aufbrechen. Mit dem Fahrrad bis Bude 18. Dort steige ich in einen Güterzug. Den Rest musst du nicht wissen. Du weißt doch, was Vater immer sagt: Was man nicht weiß, das kann man nicht verraten. Wenn ich es geschafft habe, melde ich mich natürlich sofort."

Frida kämpfte mit den Tränen. „Was sagt Vater dazu?"

„Was soll er sagen? Er hat mich geküsst und umarmt und was gemurmelt, irgendwas auf Russisch, denk ich mal. Ich könnte wetten, er hat gesagt, ein Mann muss tun, was ein Mann tun muss.

Mutter, er muss auch weg! Beide müsst ihr weg, je eher, desto besser. Er darf den Bolschewiken nicht in die Hände fallen, sie werden ihn sofort an die Wand stellen. Ein Russe, der in Hitlerdeutschland überlebt hat, kann für sie nur ein Verräter sein!"

„Er ist ja gar kein Russe, er ist Mordwine."

„Das spielt doch keine Rolle, das Sowjetreich ist ein Vielvölkerstaat. Kein Mensch wird im Krieg nach solchen Feinheiten fragen. Ihr müsst euch so schnell wie möglich absetzen."

„Aber wo sollen wir denn hin? Sie lassen ja gar keinen mehr raus, nur mit Passierschein. Am Augustiner Tor steht der Volkssturm und kontrolliert, an der Berliner Chaussee auch."

„Gretchen hat gesagt, ihr sollt nach Zichow kommen, da seid ihr wenigstens raus aus der Schusslinie, jedenfalls vorläufig. Und dann ab nach Westen, bloß weg vom Russen! Ihr könntet in der alten Schäferei unterkommen. Du weißt ja, sie hat bei der Herrschaft einen Stein im Brett. Stell dir mal vor, sie hat alle Schlüssel in Verwahrung, die schaltet und waltet da wie ein General."

„Ja, deine Schwester ist ein tüchtiges Mädel. Aber ich weiß nicht, ich muss mich erst mit Vater besprechen. Ich setze jetzt die Kartoffeln auf, und bis die fertig sind, melke ich schnell. Ich habe noch Speck, den kannst du schon mal schneiden. Ich mache uns eine Stippe und dann sehen wir weiter. Du musst ja auch noch packen, Junge. Und Brotmarken kannst du auch haben, wir haben noch genug, Gretchen hatte Papa ein großes Bauernbrot mitgegeben."

Heinrich atmete erleichtert auf. Er schaute zu, wie seine Mutter flink das Feuer im Herd anschürte, die Kartoffeln wusch und aufsetzte und ihm den Speck auf einem Brett hinstellte. Sie wuselte durch die Küche wie früher, nun war sie wieder ganz die Alte, der Mittelpunkt der Familie. Die Mutter, die das Steuer in der Hand hielt, um alles auf Kurs zu halten. Das beruhigte ihn sehr. Er hatte gesehen, wie ihre Augen sich mit Tränen füllten, und er konnte nicht zulassen, dass sie weint. Das letzte Mal hatte er sie am Grab der Großmutter weinen sehen, worauf auch er prompt zu weinen anfing und sich furchtbar dafür schämte.

Als er ihre feuchten Augen sah, hatte er einen Moment lang fieberhaft überlegt, vielleicht doch noch alles ganz anders zu machen. Sie weinen zu sehen, das war eine Katastrophe schlechthin. Sie war der Fels in der Brandung, sie hatte für alles eine Lösung, auch wenn diese manchmal nur darin bestand, Gott den Allmächtigen um Beistand zu bitten. Allein wie sie das tat, inbrünstig und voller Überzeugung, dass ihr Gebet erhört werden würde, war ihm stets Tröstung genug.

„Heini, pass auf, dass die Kartoffeln nicht überkochen", rief sie ihm von der Tür aus zu. „Es gibt ja kein Gas mehr. Was bin ich froh, dass wir den alten Herd noch haben."

„Ach, Mutter", murmelte er ihr hinterher, während sie auf dem Balkon mit dem Melkeimer rumorte. Sie freut sich, dass sie den alten Herd noch hat. So ist sie, sie findet immer was, worüber sie sich freuen kann, selbst wenn die Not am größten ist.

Er holte sein Fahrtenmesser aus der Hosentasche und begann, den Speck in winzig kleine Würfel zu schneiden. Heinrich hatte Fridas Naturell geerbt, er dachte in dieser Stunde nicht im entferntesten daran, dass er vielleicht zum letzten Mal am Küchentisch seiner Mutter saß. Er pfiff sich eins, er pfiff das Lied vom Seemann, den nichts erschüttern kann.

– 2 –

Es war bereits dunkel, als ein leerer Güterzug auf dem hintersten Gleis des Angermünder Bahnhofs hielt, um die Lok mit Wasser zu versorgen. Heinrich kletterte aus dem Waggon und hob sein Fahrrad hinaus. Bevor er in der Unterführung verschwand, drehte er sich um und tippte grüßend an seine Mütze.

„Halt die Ohren steif, Junge!", rief ihm ein Eisenbahner hinterher.

Schnell trat er in die Pedale, er kannte die Straßen der kleinen Stadt gut. Obwohl sie vollständig im Dunklen lag, orientierte er sich auch ohne Fahrradlampe. Es war Vollmond. Ein gutes Zeichen, dachte er, ohne zu wissen, weshalb. Er war stets dankbar für all die kleinen Zeichen des Lebens, die den Anschein erweckten, sie würden seine Pläne und Vorhaben begünstigen.

Schließlich hielt er am Rande eines kleinen Wäldchens unter einer großen, alten Eiche an.

Er schaute in Richtung Osten. Seltsam hell war der Himmel dort, aber er hörte keinen Laut. Er dachte an die gefürchteten kleinen Doppeldecker der Russen, dem deutschen „Fieseler Storch" ähnlich. Penetrant surrend erschienen sie in der Nacht wie aus dem Nichts am Himmel. Der Volksmund nannte sie Kaffeemühlen oder Nähmaschinen. Man erzählte sich, sie würden unweigerlich treffen, immer rein in die deutsche Artillerie, jeder Schuss ein Volltreffer, und dass sie von Frauen geflogen werden. Nach ihren Angriffen verschwanden sie mit einer kühnen Steilvorlage blitzschnell in den Himmelsweiten.

Ganz in der Nähe schrie ein Käuzchen. Er hatte keine Angst, aber ein diffuses Gefühl der Unruhe breitete sich in ihm aus. Er streckte den Arm ins Mondlicht, um auf seine Armbanduhr zu schauen. Es war zweiundzwanzig Uhr fünf, genau fünf Minuten nach der verabredeten Zeit.

Wieder hörte er den Ruf des Käuzchens, und der grelle Strahl einer Taschenlampe blendete ihn.

„Wolfgang, du Himmelhund", zischte er, „mach sofort die Lampe aus!"

„Parole!", krächzte das falsche Käuzchen.

„Hamborger Veermaster! Was soll das, du siehst mich doch."

Das Käuzchen wiederholte die Parole, alles musste seine Ordnung haben. Heinrich und Wolfgang umarmten sich.

„Pass auf. Ich fahre vor und du folgst mir mit fünfzig Meter Abstand. Alles klar?"

Wolfgang nickte. Auch in ihm war nun diese wirbelige Unruhe, er federte auf und ab und boxte Heinrich in die Flanke.

„Lass den Quatsch jetzt. Hast du alles dabei?"

„Klar." Der kleine, rotblonde Junge nickte eifrig.

„Prima. Wir treffen uns an der Ruine des Waldlokals. Kompass hast du auch bei?"

„Feldplane, Kochgeschirr, Kompass, alles! Aye, aye, Sir!"

„Mensch, Wolfgang, wir sind schon so gut wie raus aus dem Schlamassel." Heinrich umarmte ihn.

„Ick würde mir nich zu früh freun, Heini. Ick hab schon Pferde kotzen jesehn, direkt vor de Apotheke."

Der Kleine machte sich los von ihm und ging einen Schritt zurück. Dann hoben sie ihre Hände und ließen sie laut aufeinander klatschen. Hinter ihnen raschelte es, ein Fuchs jagte fliehend aus dem Dickicht und beide klatschten ein zweites und drittes Mal.

„Wir vom Stamme der Germanen! Klein, schmächtig, blutarm und verwegen", rief Wolfgang.

„Nicht so laut. Schnauze", knurrte Heinrich und schwang sich auf sein Rad.

Heinrich und Wolfgang zogen in den Krieg, als würden sie zu einer fröhlichen Fahrt aufbrechen.

– 3 –

Als Frida aus dem Keller kam, zeigte sich das erste Morgenrot am östlichen Horizont. Endlich schwiegen die Geschütze. Ihr Körper fühlte sich bis zur Hüfte aufwärts an, als wäre er erstarrt. Mühsam ging sie die Treppen hoch.

Sie zog sich fast hinauf am Geländer, ganz wie eine alte Frau, dabei war sie erst vierundvierzig Jahre alt. Das stundenlange Sitzen im kalten Keller machte ihr zu schaffen, da nützten auch Mantel und Decke nicht viel. Die Kälte kam von unten hochgekrochen und paarte sich mit dem Gefühl des Ausgeliefertseins, das die Glieder erstarren ließ.

Frida hatte keine Angst vor dem Tod. Sie war sich sicher, er war nur der Übergang in die Welt des allmächtigen Schöpfers, der sie in seiner unermesslichen Gnade empfangen würde. Es fiel ihr jedoch so unendlich schwer, tatenlos dazusitzen und dem Schreckensszenario zu lauschen.

Es war die von ihr so oft in ihren Gebeten beschworene Demut, an der es ihr mangelte, um einfach das Unabänderliche anzunehmen. Sie flehte den Herrn täglich an, ihr diese Demut zu schenken, aber es funktionierte nicht. Ihre Seele wollte etwas erschaffen, sie wollte tätig sein für eine bessere Welt, für ein Himmelreich auf Erden.

Geben ist seliger als nehmen, das war ihr Credo. Stets war sie da, wenn Menschen Hilfe brauchten. In dieser Zeit, in der dunkelsten Zeit Deutschlands, bewegte sie sich oft genug auf des

Messers Schneide und lebte nach dem alten Sprichwort: „Reden ist Silber, Schweigen ist Gold.“ Noch Jahre nach dem Krieg sprach sie nicht über ihre Kontakte zur Bekennenden Kirche.

Und wenn sie später ihrer Enkelin von jener Frau berichten wird, die aus einer Außenstelle des KZ Ravensbrück kam und nach langem Umherirren im Spätsommer 1945 von ihr aufgenommen und gepflegt wurde, dann werden sich ihre Augen mit Tränen füllen. Weil sie ohnmächtig zusehen musste, wie die Frau starb. Sie hatte die Ruhr.

Nicht weinen, wird die Enkelin dann wie einst ihr Vater denken. Du darfst nicht weinen, das halte ich nicht aus. Du bist die Starke, du hast sogar Typhuskranke gesund gepflegt und Hungernden abgegeben von dem Wenigen, das du selbst hattest. Und wenn dir ein Missgeschick passiert, lachst du da, wo andere sich ärgern. Du glaubst an Wunder, du glaubst ganz fest an jene biblische Geschichte, in der berichtet wird, dass sie mit fünf Broten und fünf Fischen fünftausend Hungrige satt gemacht haben. Du bist das Prinzip Hoffnung, wenn du aber weinst, gibt es keine Hoffnung mehr.

Als sie die Wohnungstür aufschloss, hörte sie Musik. Es klang, als würde sie aus dem Radio kommen. Aber es war niemand da, ihr Mann Peter würde vor neun Uhr nicht zurück sein. Sein Lebensrhythmus hatte sich sehr verändert, seit das große Sägewerk, in dem er als Gatterführer arbeitete, stillgelegt worden war, weil es so nah an der Hauptkampflinie lag.

Am Nachmittag fuhr er nun das Holz aus den Wäldern zu den Sammelplätzen, in der Nacht brachte er die Toten der umliegenden Dörfer zu den Friedhöfen. Die Oderdörfer lagen unter permanentem Beschuss und hatten so manchen Toten zu beklagen, teilweise waren sie schon geräumt worden.

Wer Musik macht, der schießt nicht. Frida öffnete das Küchenfenster. Wenn sie sich weit genug herauslehnte, konnte sie den Fluss sehen. Sie lehnte sich nicht hinaus, niemand schaute in diesen Tagen aus dem Fenster. Sie blieb nur einen Augenblick stehen, um zu lauschen. Eine samtene Tenorstimme sang von den Mädchen, den wunderfeinen. Ein kleines Lächeln huschte über ihr Gesicht. Die Operettenmelodie erinnerte sie an Stunden des Friedens, an Winternachmittage in der gemütlichen warmen

Küche, wenn das Feuer im Herd prasselte, in der Ofenröhre die Äpfel schmorten und ihre Nähmaschine surrte.

Das Musikprogramm des Nationalkomitees Freies Deutschland traf genau Fridas Geschmack, sie liebte Operettenarien. Doch wusste sie nichts von jenen Leuten, die mit ihren Lautsprechern eine enorme Reichweite überbrücken konnten, und sie verstand auch nur Fetzen ihrer Durchsagen. Die Frage war, wo stand die Rote Armee mit ihrer deutschen Propagandaeinheit, wenn man sie bis zur Berliner Allee hörte? Vor einigen Tagen waren Flugblätter abgeworfen worden. Niemand hob sie auf, sie lagen wie Giftköder auf dem Straßenpflaster.

Genau in jenem Moment, als sie das Fenster schloss, ließ eine heftige Detonation die Scheiben klirren. Erschrocken ging sie in Deckung, blieb im toten Winkel stehen und lauschte. Sollte es schon wieder losgehen? Stille. Sie wartete und betete, eingeklemmt zwischen Küchenbüfett und allerlei Kram, Eimer, Besen, Schrubber. Schließlich wagte sie sich aus ihrer Ecke heraus. Die äußere Scheibe des Doppelfensters hatte einen kleinen Sprung bekommen. Es ist wohl doch kein Angriff, dachte sie.

Nein, es war kein Angriff gewesen, eine der sechs Oderbrücken war soeben von der Schwedter Pioniereinheit gesprengt worden, weitere sollten in den nächsten Tagen folgen.

Müde war sie nun, doch es war nicht jene Müdigkeit, die man nach einem anstrengenden Arbeitstag verspürt. Es war eine zermürbende Müdigkeit, die keine Entspannung bringt, wenn man endlich im Bett liegt, die keinen erholsamen Schlaf zulässt.

Frida ging in Heinrichs Zimmer. Jetzt musste sie ohne Aufschub erledigen, was er ihr aufgetragen hatte, vorher konnte sie keine Ruhe finden. Er hatte sie darum gebeten, sein Fotoalbum im Garten zu vergraben und auch seinen Kulani, den er nicht mitnehmen wollte, obwohl sie meinte, solange die Nächte kalt seien, könne er diese warme Jacke gut gebrauchen.

„Sie ist zu schwer“, sagte er, „und bald wird es warm. Mutter, es ist Frühling.“

Dieser Satz schwang in ihr nach, als sie die Jacke aus dem Schrank nahm. Wie er es gesagt hatte, sein Gesicht leuchtete dabei und seine Stimme klang, als brächte dieser Frühling die große Wende, das Glück schlechthin.

Frida saß an ihrer Nähmaschine, sie wählte eine grobe Nadel aus und setzte sie geschickt ein. Aus einem alten Stück Wachstuch wollte sie eine wasserdichte Verpackung für Jacke und Album nähen.

Als es ihr gelungen war, hielt sie aufatmend inne, jetzt musste nur noch beides verstaut und das Paket mit Bindfaden zugenäht werden. Ihre Hand strich über den Leineneinband des Albums, und sie schlug es ein letztes Mal auf.

Eigentlich gehörte es Gretchen, sie hatte es ihrem Bruder überlassen, der es weiterführte. Auf der ersten Seite sah man ein Bild von den Geschwistern, es war beim Fotografen aufgenommen worden. Gretchen trug ein weißes, besticktes Kleid und Heinrich seinen ersten Matrosenanzug. Beide schauten etwas verängstigt in die Kamera, weil sie nicht so recht wussten, was der Fotograf, der ständig redete und um sie herumtänzelte, von ihnen wollte. Nun verschwand er auch noch unter einem großen, schwarzen Tuch. Schließlich flammte das Blitzlicht auf, der zweijährige Heinrich kniff prompt die Augen zusammen, aber das siebenjährige Gretchen schaute ganz ernst und konzentriert geradeaus.

Wenn sie unten im Hof hinter Heinrich herlief, als er seine ersten Schritte machte, amüsierten sich die Nachbarsfrauen über ihre eifrige Fürsorglichkeit und nannten sie „kleine Mutti".

Sie kam ganz nach ihrem Vater, sie war klein, aber kräftig gebaut. In ihrem lockigen, dunklen Haar, das ihr bis über die Schultern fiel, trug sie eine große weiße Schleife.

Noch immer trug sie ihr Haar lang, mit einem Mittelscheitel und meist zum Kranz geflochten. Sie hatte das stille, ernste Gesicht einer Madonna, mit hohen Wangenknochen und dem feinen Profil eines alten Scherenschnitts. Ihre Augen waren auffallend hell, von einem hellen Grau, wie man es selten sieht, und wenn ihre Haut im Sommer so dunkel wurde wie Bronze, dann leuchteten diese Augen ganz besonders.

Heinrich sah seiner Schwester nicht ähnlich. Er war blond und blass und nun ein richtig langer Kerl geworden, der einen Meter sechsundachtzig maß.

Auf diesem Bild aber war er noch der Kleine, das Nesthäkchen. Frida erinnerte sich lächelnd daran, dass Gretchen ihren

Bruder ab und an tüchtig gegängelt hatte. Als er jedoch älter wurde, entfloh er ihrem Kommando auf eine ganz natürliche Art und Weise. Spätestens mit zwölf Jahren war er ihr über den Kopf gewachsen und neckte sie nun nach Herzenslust, wobei sie nicht immer die Pointe der Witze verstand, die er auf ihre Kosten zum Besten gab. Dann wurde natürlich noch mehr gelacht, was sie sehr erboste.

Sie ist so ein liebes Mädel, dachte Frida, aber sie versteht keinen Spaß. Von wem sie das wohl hat? Von meiner Familie nicht, bei uns wurde immer gelacht.

Weshalb Gretchen wenig Sinn für Humor hatte und manchmal sogar einen Hang zur Schwermut zeigte, sich aber mit dieser Gemütslage offensichtlich recht wohl fühlte, das blieb im Dunkeln. Es fehlte etwas in der Familie, es fehlte die Sippe des Vaters. Er erzählte wenig von ihr, und es gab keine Bilder. Gretchen war sein Liebling, obwohl er seine besondere Zuneigung zu ihr selten zeigte. Es war einfach nicht seine Art, Gefühle offen zu zeigen.

Nach ihrem Pflichtjahr in der Landwirtschaft besuchte sie eine Hauswirtschaftsschule in Stettin. Frida erinnerte sich an jenen Tag, als sie mit dem Diplom nach Hause kam. Es war ein heißer Julitag, die Küchentür stand offen und sie hörte ihre Schritte auf der Treppe. Sie erkannte jeden, der die steile Balkontreppe hochstieg, die direkt in die Wohnung führte, am Takt seines Schrittes. Gretchen kam stets polternd hoch, ihr Schritt war so schwermütig wie ihre Art, durchs Leben zu gehen. Sie saßen schon am gedeckten Abendbrottisch, und Frida hatte gerade das Tischgebet gesprochen, da kam Gretchen herein, öffnete ihre Aktentasche und legte ihrem Vater wortlos ihr Zeugnis auf den Teller.

Bestanden mit dem Prädikat „Ausgezeichnet“. Und er saß da und schaute und las, dabei streichelte er unentwegt ihre Hand und murmelte Worte, die niemand verstand.

Frida weinte. Sie weinte die Tränen, die keiner sehen sollte, sie tropften auf die Seiten des Albums. Hastig blätterte sie weiter. Ihr Blick verweilte auf einem anderen Foto, eine Erinnerung an einen schönen Sonntag im „Tal der Liebe“. Dort, an der Ostoder, wo nun eine grauenvolle Schlacht tobte, gab es einen Lustgarten der besonderen Art, eine blühende Parklandschaft mit Blick auf den Fluss inmitten seiner lieblichen Auen. Auch an diesen Tag erinnerte sie sich gut. Sie trafen sich dort zu einem sonntäglichen Picknick mit Freunden aus der Pfingstgemeinde. Ein junger Mann, der Sohn einer Freundin, spielte Gitarre.

„Geh aus mein Herz und suche Freud in dieser schönen Sommerzeit" war eines jener Lieder, die an diesem Tag gesungen wurden, jetzt klang es in ihr nach. Ganz links im Bild stand Heinrich mit einem Knüppel in der Hand und grinste unternehmungslustig. Gleich wird er auf einen Baum klettern und herunterfallen. Gott sei Dank, es war glimpflich ausgegangen.

Dann ein Foto vom lachenden Heinrich in der neuen Badeanstalt unter der Dusche. Und eins mit seinen Freunden, sie haben sich zu einer waghalsigen Pyramide formiert, die sie am Tag zuvor in einer Vorstellung des Zirkus Sarrasani gesehen hatten.

Vergangenes Leben, zwischen den Seiten eines Albums aufbewahrt. Festgefrorene Bilder von sonnigen Sonntagen, Momentaufnahmen und fröhliches Posen.

Gretchens Einsegnung. Ganz ernst und steif steht sie da im schwarzen Kleid, in der Hand ein Strauß Maiglöckchen. Ein Ausflug des Kleintierzüchtervereins, mit dem Dampfer ging es nach Stettin. Eine Radtour nach Hanseberg, jenseits der Oder, wo man im Wald die besten Blaubeeren finden konnte. Peter, noch ganz jung, als Chauffeur in fescher Lederjacke mit dem Auto seines Chefs. Heinrich in Marinekluft, im Segelkutter der Marine-HJ auf dem Wolletzsee.

Frida schloss das Album. Jetzt musste sie alles schnell in den Garten schaffen, ehe ein nächster Angriff kam.

Sie wollte das Wachstuch schon zunähen, da stand sie auf und holte noch ein verschnürtes, kleines Päckchen hinzu, ein Gebetbuch der russisch-orthodoxen Kirche mit handschriftlichen Eintragungen in kyrillischer Schrift, eine letzte Erinnerung aus der alten Heimat ihres Mannes.

Seit Hitler die Sowjetunion überfallen hatte, lag dieses Buch gut versteckt unter einem Dielenbrett. Nachdem Peter fast fünfundzwanzig Jahre in der kleinen Stadt an der Oder gelebt hatte, änderte sich plötzlich sein Status. Aus einem bislang unbescholtenen Bürger wurde ein Verdächtiger, ein Mann mit einem fadenscheinigen Pass und einer anrüchigen Herkunft. Ein

Mensch, der einst in jenem Land geboren wurde, das nun zum Hauptfeind des Deutschen Reiches erklärt worden war. Was folgte, war eine Hausdurchsuchung unter dem Vorwand, es wäre bekannt geworden, dass in der Wohnung des Russen regelmäßige Versammlungen stattfinden würden. Die befragten Nachbarn bezeugten, dass bei diesen Zusammenkünften nur gesungen wurde, und zwar die ganze Litanei des Gesangsbuches der evangelischen Kirche, was ja wohl nicht verboten war.

Fridas Freundeskreis aus der Jugend in der Pfingstgemeinde traf sich regelmäßig, um gemeinsam Gottes Lob anzustimmen. Ihr Mann war nie dabei gewesen. Er sang nicht, bestenfalls brummte er mit, wenn er mal zum Gottesdienst ging, was selten genug vorkam. Wenn die Weiber sangen, ging er lieber in seinen Garten. Seine Art, dort zu wirken und zu arbeiten, war sein ganz persönliches Gotteslob.

Das Ganze löste sich schließlich in Luft auf, aber es behielt einen bitteren Beigeschmack, weil einer der Nachbarn sie denunziert hatte. Jedenfalls erzählte man sich das. Nach Kriegsende wird der Nachbar sich dafür entschuldigen, und Frida wird in ihrer blumig frommen Art zu ihm sagen: „Die Wege des Herrn sind unergründlich."

Nun eilte sie durch die Kastanienallee, in der Ferne hörte man die Stalinorgeln pfeifen.

„Katjuscha", so liebevoll nannten die Rotarmisten ihre todbringenden Raketenwerfer, eine Hommage an jenes Lied über ein Mädchen, das vergeblich auf ihren Liebsten wartet, weil er für sein Vaterland gestorben ist. Davon wusste Frida nichts, aber eines wusste sie, dieser Krieg war verloren, seit Hitler die Sowjetunion überfallen hatte. Das hatte Peter gesagt. Angefleht hatte sie ihn, er soll seinen Mund halten. Es war nicht immer leicht mit ihm, er erzählte gern Witze über den größten Führer aller Zeiten und er ging gern unter die Leute. Wenn was los war, ein Verkehrsunfall, ein Jahrmarkt, ein Brand, ein Leichenzug oder der alljährliche Umzug der Schützengilde, dann fuhr er mit dem Rad hin, um zu schauen und mit den anderen Gaffern zu reden. Sie kannten ihn alle und sie mochten ihn. Sogar die auf der Polizeiwache schienen ihn zu mögen. Wie sonst konnte man sich erklären, dass sie ihn jedes Mal wieder ungeschoren nach Hause gehen ließen, wenn er sich einmal wöchentlich auf der Wache melden musste, seit Hitler und Stalin Feinde waren? Stets verlängerten sie seine Duldung, doch die drohende Internierung in ein Lager hing weiterhin über ihm wie ein Damoklesschwert.

Vielleicht hatte er diese Gnade des Schicksals Fridas Gebeten zu verdanken, vielleicht aber auch seiner Schlitzohrigkeit, die man ihm nicht ansah. Er war immer auf der Hut. Das steckte ihm im Blut, seit er als dreizehnjähriger Junge von zu Hause ausgerissen war, um ein großer Krieger zu werden. Diese Zeit lag längst fern in der Vergangenheit, inzwischen war er ein so friedfertiger Mensch geworden, dass er es nicht einmal mehr fertigbrachte, ein Tier zu schlachten. Aber was ein Mann, der lange Jahre seines Lebens Soldat gewesen war, verinnerlicht hatte, das legt er nicht mehr ab. Es blieb eine innere Spannung, bestehend aus immerwährender Wachsamkeit, einem ausgeprägten Pflichtgefühl und dem Hang, die Dinge, die man nicht ändern kann, einfach hinzunehmen. Und so hatte er sich auch gestern von seinem einzigen Sohn verabschiedet, ohne zu klagen.

Frida fand ihn im Garten. Schlafend und laut schnarchend lag er auf einer alten Pritsche im Geräteschuppen, zugedeckt mit einer Wolldecke. Im Sommer schlief er manchmal hier draußen, doch jetzt waren die Nächte noch sehr kalt. Das machte ihm nichts aus, er war abgehärtet.

Sie schaute auf den Schlafenden herab. Liebevoll ruhte ihr Blick auf dem vertrauten Gesicht mit der markanten, tiefen Narbe auf der Stirn, und während sie ihn betrachtete, spürte sie die starke Verbindung, die zwischen ihnen bestand. Wenn er einmal unverhofft in ihrer Nähe auftauchte, an Orten oder in Augenblicken, in denen sie so wie jetzt nicht mit ihm gerechnet hatte, dann freute sie sich wie ein verliebtes junges Mädchen.

Vorsichtig schlich sie um ihn herum, um den Spaten aus der Ecke zu holen. Doch es klirrte leise, und schon war er wach, schaute sie an und setzte sich schnell auf.

„Ach, das tut mir leid, ich wollte dich nicht wecken, mein Lieber."

„Ist was passiert?" Er schaute, als wäre er auf dem Sprung, dabei fuhr er sich mit der Hand durch das Haar.

„Heinrich ist fort. Er hat mich gebeten, etwas für ihn einzugraben."

„Aber das weiß ich doch", antwortete er kurz angebunden und nahm ihr den Spaten aus der Hand. „Gib her, ich mach das."

„Seit wann bist du denn hier, warum kommst du nicht nach Hause?"

„Seit ein paar Stunden. Ich wollte dich nicht stören."

Er wird mir nicht sagen, was er in dieser Nacht gesehen hat, dachte sie und schaute schweigend zu, wie er ein Loch buddelte. Sie sagte ihm nicht, dass sie sein Gebetbuch mit eingenäht hatte. Ich werde es ihm später sagen, dachte sie, sonst regt er sich noch auf über meine Eigenmächtigkeit. Ich bin todmüde, ich kann nicht mehr.

Und dann saßen sie noch ein Weilchen auf der Bank unterm Apfelbaum, der bald blühen würde. Aber sie redeten nicht über Heinrich und Gretchen, auch nicht über den Krieg, der immer näher kam. Sie redeten über den Frieden, der kommen würde.

„Wir werden uns ein Haus bauen", sagte er zu ihr, „da drüben, wo der Schuppen ist, da!"

„Ein Haus?" Erstaunt schaute sie ihn an.

„Warum nicht? Es ist doch unser Land. Ein kleines Haus, nur ein kleines, wir sind bescheidene, kleine Leute. Ich weiß schon, wie es aussehen wird, so wie in meiner Heimat! Fest gemauert wie die deutschen Häuser, aber die Fassade wird mit Holz verkleidet, und ein Walmdach muss es haben. Du wirst sehen, es wird gut. Wir machen das so nach und nach. Wenn Frieden ist, dann haben wir Zeit, viel Zeit. Und Bienen werde ich mir anschaffen."

Frida lachte. Nein, sie lachte ihn nicht aus, sie freute sich über seine Zuversicht.

„Ach du", rief sie, „ein Haus und Bienen!"

Aufgesprungen war sie, nichts tat ihr mehr weh und ihre Augen schweiften durch den Garten.

Peter stand neben ihr, hatte den Arm um sie gelegt und so schauten sie beide still, ganz, als würden sie schon den Frieden kommen sehen. Es war wie immer bei ihnen, je finsterer die Zeiten waren, umso größer wurde ihre Hoffnung.

„Komm nach Hause", sagte sie, „es ist kalt. Wirst du weggehen?"

„Ja, das haben wir doch schon besprochen. Für eine bestimmte Zeit, bis sich alles beruhigt hat. Du weißt ja, wo ich dann bin.

Aber ich komme wieder, und dann bauen wir das Haus."

„Heinrich meint, wir sollen in den Westen gehen, zum Amerikaner oder zum Engländer."

Peter schüttelte den Kopf. „Was sollen wir da, das hier ist unser Leben. Wir haben doch nichts Böses getan. Der Herr behütet uns."

„Ja, das wird er. Amen. Warte, ich habe etwas vergessen."

Frida pflückte schnell ein Sträußchen junger Brennnesseln für einen Tee. An der Pforte drehte sie sich noch einmal um und schaute auf das Blumenbeet unterm Augustapfelbaum. Sie sah den Krokus, zart und fein, und die ersten Osterglocken, bald würden auch die Tulpen blühen. Ob sie dann noch hier war oder irgendwo in der Fremde auf der Landstraße? Seufzend wandte sie sich ab.

- 4 -

April 1945

Seit den frühen Morgenstunden wurde die Stadt heftig beschossen. Das Angebot der Roten Armee, bei einer bedingungslosen Übergabe die Kampfhandlungen einzustellen, war im Rathaus abgelehnt worden. Ein Unterhändler zog unverrichteter Dinge ab.

Nun ging es ans Letzte. Wer bereits mit einem Treck unterwegs war, der konnte noch aus weiter Ferne die Rauchsäulen über den Städten Schwedt, Vierraden und Gartz aufsteigen sehen. Das Inferno begann.

Die SS ging durch die Häuser und scheuchte die Bevölkerung zum Sammelplatz. Bisher war es verboten gewesen, die Stadt ohne Passierschein zu verlassen, eifrige Volkssturmmänner wurden als Wachhunde eingesetzt. Jetzt aber galt der Befehl, sie so schnell wie möglich zu räumen.

Die Frontlinie befand sich unmittelbar in der Auenlandschaft vor den Toren Schwedts. Das Schleusenhaus an der Querfahrt und ein Damm, der die Ostoder mit der Westoder verbindet, waren bereits in russischer Hand. Von dort aus konnte die Rote Armee gut vorstoßen.

Frida sah, wie der brennende Kirchturm zusammenbrach, es erschien ihr wie ein Fingerzeig Gottes. Wochenlang schon hatte er ohne Spitze dagestanden, aber er überragte immer noch fest und hoch die Dächer der Stadt, ein trotziges Symbol gegen die näher rückende Front.

Der Handwagen stand bereits bepackt im Hof, sie wollte sich mit ihren beiden Ziegen, ein paar Hühnern und der notwendigsten Habe dem Treck eines Bauern aus der Nachbarschaft anschließen. Dort war sie willkommen, sie kannten sich gut. Frida half der Familie jedes Jahr im August beim Auffädeln des Tabaks, bevor er auf den Trockenboden des Speichers kam.

Der Bauer wollte den Treck führen. Ein richtiges Plandach hatte er über sein Fuhrwerk gespannt, so wie es einst die amerikanischen Siedler auf ihren Wagen gehabt hatten, ein Dach mit Bügeln aus Haselnussstangen, die er durch Hitze biegsam gemacht hatte. Die Nachbarn wollten ihm folgen.

Sie alle hatten sich in dieser frühen Morgenstunde unten im Hof versammelt mit ihren Handwagen und Fahrrädern, mit Hühnern und Kaninchen in Käfigen und mit all den Sachen, von denen sie dachten, sie wären unentbehrlich.

Gretchen war gestern nach Hause gekommen, ein Soldat hatte sie auf seinem Motorrad mitgenommen. „Ich komme mir vor wie ein Fahnenflüchtiger“, sagte sie, „aber ich kann dich doch jetzt nicht allein ziehen lassen, Mutter.“

Wenn sogar Gretchen ihre Herrschaft im Stich ließ, dann wird es ernst, dachte Frida. Seit ihre Tochter da war, hatte sich der Stein, der auf ihrem Herzen lag, in Luft aufgelöst. Auch brachte sie Nachrichten von ihrem Vater, der sich seit einer Woche weit im Hinterland auf einem einsamen Gehöft aufhielt und einem Bauern bei der Frühjahrsbestellung half. Das jedenfalls erzählte Frida den Leuten, wenn sie neugierige Fragen stellten.

Während Gretchen sich bereits unten zu schaffen machte, stand sie unschlüssig in ihrer Küche herum und überlegte fieberhaft, was sie wohl noch mitnehmen müsste. Ein letztes Mal setzte sie sich hin. Sie wollte beten, aber sie konnte nicht, und sie wusste auch, warum das so war. Hier half kein Beten und Bitten mehr, kein Flehen um göttlichen Beistand. Was nun kommt, so dachte sie, muss ich hinnehmen, wie es ist. Sie sprach hastig ein Vaterunser, zog ihren Mantel über und ging hinunter.

Lärm schallte ihr entgegen. Ein Kind weinte, die Pferde wieherten aufgeregt und zwei Nachbarn stritten sich für nichts, weil ihre Nerven blank lagen. Sie fühlte sich wie die Zuschauerin eines abstrusen Theaterstücks, von dem sie hoffte, es möge schnell ein Ende finden.

Gretchen kam gerade aus der Remise und schloss sie sorgfältig ab. Sie hatte ihr Fahrrad herausgeholt. Sie wollten sich abwechseln, einer würde den Handwagen, der andere das Rad nehmen.

„Na, Frida? Was hast du heute Nacht geträumt?", rief ihr eine Nachbarin zu. „Was du träumst, geht in Erfüllung. Das sagst du doch immer, oder?"

„Ach, so ein Quark", wehrte sie ab.

„Nun sag schon, ich sehe es dir an, du hast was geträumt." Die Nachbarin ließ nicht locker.

„Hab ich, aber du wirst enttäuscht sein, ich habe von Feuer geträumt. Das ist ja keine Kunst, davon haben wir ja jetzt genug."

„Mutter, das passt!"

Gretchen stand plötzlich neben ihr und lachte hellauf. Frida dachte, hier stimmt was nicht, ausgerechnet heute lacht sie, wo sie sonst immer so ernst ist. Sie sah die erwartungsvollen Blicke der Umstehenden. Da zog Gretchen einen Brief aus ihrer Manteltasche und wedelte damit herum. „Feuer bedeutet Freude, nicht wahr? Das sagst du doch immer. Heinrich hat geschrieben! Der Briefträger war gerade da. Er hat gesagt, das wird wohl vorläufig die letzte Post sein, die hier ankommt. Du bist mir doch nicht böse, dass ich ihn schon gelesen habe? Na ja, das habe ich sozusagen vorsichtshalber gemacht."

Frida streckte die Hand nach dem Brief aus. Gib her, wollte sie sagen, was schreibt er denn, aber es kam kein Wort aus ihrer Kehle. Ihre Knie wurden weich wie Butter und sie setzte sich auf die Bank, die hinter ihr an der Hauswand stand.

„Es geht ihm gut", sagte Gretchen leise, „er lebt und ist gesund. Hier hast du den Brief, wir müssen los, du kannst ihn später lesen."

„Wir trecken“, rief der Sohn des Bauern, „erst bis nach Heinersdorf. Und dicht am Straßenrand bleiben, sonst gibt es Ärger mit dem Militär.“

„Klar“, rief ein alter Mann hinter ihnen, „die fangen an, sich abzusetzen, aber nicht mit dem Handwagen wie wir. Die feinen Herren fahren mit dem Auto.“

„Bist du still“, zischte seine Frau, „die holen dich sonst noch auf den letzten Drücker zum Volkssturm!“

Der Alte spuckte seinen Priem auf das Pflaster. „Lächerlich, was soll ich denn da.“ Sein linker Jackenärmel war leer, den Arm hatte er im Ersten Weltkrieg in Frankreich gelassen.

„Lass uns als Letzte rausgehen“, sagte seine Frau, „und dann schließen wir das Tor.“

„Wozu?“, brummte er, „wird sowieso alles geplündert, wenn wir weg sind.“

Geschützlärm grummelte in der Ferne wie ein Gewitter. Still lag die Straße vor ihnen, als sie durch das Tor zogen, und still waren die Leute im Treck. Es lag etwas Schweres, fast Feierliches über diesem Zug, ganz als würden sie einem Toten das letzte Geleit geben. Sie ließen ihr altes Leben hinter sich, und ein neues war noch nicht in Sicht. Da zogen sie nun dahin in eine ungewisse Zukunft, mit ihren Handwagen und Karren, hoch bepackt mit Federbetten, Kisten und Koffern. Manch einer hatte sogar den Teppich mitgenommen und die gute Uhr aus dem Wohnzimmer. Schließlich war sie ein Hochzeitsgeschenk gewesen, das ist mehr als nur eine Uhr, das sind Erinnerungen und gelebtes Leben. Selbst im Angesicht des Todes klammert sich der Mensch an seine irdischen Besitztümer, und so war es auch an diesem schönen Frühlingstag. Niemand von ihnen stellte sich die Frage, wie es dazu kommen konnte, dass sie jetzt nicht wussten, wo sie heute Nacht schlafen werden und warum die Rote Armee ihnen auf den Fersen war. Aber fast jeder überlegte fieberhaft, ob er wirklich alles Wichtige mitgenommen hatte. Vor allem die Papiere, die mussten vollständig sein, sonst bekam man in der Fremde nichts. Wer keine hat, existiert nicht und verhungert womöglich, weil er keine Lebensmittelmarken bekommt.

Und sie schauten alle zurück, ihre Blicke schweiften über die leere Straße. Bald würden die Kastanienbäume blühen. Noch einmal schauen, vielleicht zum letzten Mal. Es ist so schön hier, wenn der Frühling kommt.

Auch Frida drehte sich noch einmal um, bevor der Treck sich formierte, um sich endlich in Bewegung zu setzen. Auch ihr Blick umfasste die vertraute Umgebung. Da waren die mächtigen Pfeiler der Hofeinfahrt, aus Backstein gemauert, trutzig wie für die Ewigkeit. Dann der kopfsteingepflasterte Hof mit der alten Pumpe, der Birnbaum, das angrenzende Gärtchen, die Kaninchenställe und ganz hinten der große Tabakspeicher mit seinem soliden Fachwerk.

Das Haus lag nicht direkt an der Straße, sondern hübsch separat, fast schon im Grünen, ganz nah am Wasser. Es war ein Mietshaus mit sechs Wohnungen, nicht zu vergleichen mit den engen Mietskasernen der Großstädte. Dieses Haus war Anfang des 20. Jahrhunderts solide, geräumig und mit viel Liebe zum Detail erbaut worden. Die helle Fassade war schmückend mit rotem Stein abgesetzt und das Dach wölbte sich behäbig breit ausladend über dem dreigeschossigen Bau. Ein Haus wie aus einem Kinderbaukasten, ein Haus aus einer heilen Welt.

Seit ihrer Hochzeit wohnten sie hier zur Miete, das Haus gehörte einst dem Arbeitgeber ihres Mannes, einem Sägewerksbesitzer. Ein großzügiger Mann war er gewesen, zur Hochzeit schenkte er ihnen Mobiliar von solider Qualität. Er hatte ein Herz für seine Angestellten. Aber dann kam die Weltwirtschaftskrise und sein Betrieb ging pleite.

Weit wanderten ihre Gedanken zurück in jene schwere Zeit. Peter wurde arbeitslos, doch er fand schnell wieder etwas in einem Sägewerk am östlichen Ufer der Oder.

Sie dachte an die Zeit der Inflation und sah sich, wie sie vor dem Gemischtwarenladen in der Berliner Straße stand. Sie wartete auf seinen Lohn, der schon morgen nichts mehr wert sein würde und von dem sie schnell noch das Nötigste einkaufen wollte.

An all das dachte Frida, während sie mit ihrem Handwagen über die Landstraße zuckelte. Ab und an schaute sie zu Gretchen hinüber, die ihr Fahrrad ganz dicht am Straßengraben entlangschob.

Sie sonderte sich ein wenig ab, wie es ihre Art war, sie wollte ihre Ruhe haben. Auf dem Gepäckträger saß ein kleines dreijähriges Mädchen aus der Nachbarschaft, ihr fünfjähriger Bruder ging nebenher. Die Kinder, die sonst lautstark im Hof herumtollten, waren heute ganz still. Sie schauten mit verschlossenen Gesichtern starr geradeaus. Sie wussten nicht so recht, was vor sich ging, aber sie spürten, es war nichts Gutes.

Noch einmal schaute Frida zurück, ein kleines Stück ab von der Landstraße lag ihr Garten, von hier aus sah sie nur die Spitzen der höchsten Baumwipfel. An diesem Stück Land, das sie einst in schwerer Zeit gekauft hatten, hing ihr Herz wie an einem lebendigen Wesen.

Vom Munde abgespart hatten sie sich das Geld für den Kauf, die letzte Reserve hergegeben, alles auf eine Karte gesetzt. Es hatte sich gelohnt, es war ihnen gelungen, aus der ehemaligen Schutthalde ein kleines Paradies zu erschaffen. Von den Produkten des großen Gartens konnten sie Jahr für Jahr gut leben, da brauchte sie nicht mehr viel dazukaufen, um ihre Familie satt zu machen. Kartoffeln, Gemüse, Obst, Geflügel und Eier, Ziegenmilch und Butter, sogar Schweine hatten sie dort gehalten. Schließlich pachteten sie noch Land dazu, um ihr Vieh zu ernähren, und der Überschuss ihrer Ernten wurde verkauft.

All das wird uns bleiben. Dieser Gedanke überflutete sie plötzlich wie eine Botschaft des Himmels. Ich muss nur ganz fest daran glauben. Wir werden alle zurückkommen und wieder beisammen sein. Sie spürte, dass sie nicht allein waren auf ihrem Weg in die Ungewissheit, sie fühlte Gottes Nähe, und eine große Ruhe breitete sich in ihr aus.

„Geht nur bis in den Wald“, hatte Peter zu ihr gesagt, „der Russe wird euch sowieso bald überrollen, egal, wie weit ihr geht.“

Frida winkte Gretchen zu sich.

„Was ist, Mutter?“

„Vater hat gesagt, es lohnt sich nicht ...“

„Ich weiß, aber lass uns jetzt lieber im Treck bleiben. Wenn wir weit genug weg sind von der Front, dann sehen wir weiter.“

„Und was ist mit deinen Leuten vom Gut?“

„Sie sind noch da. Aber ich kann jetzt nicht mehr zurück, wie sieht das denn aus. Ich habe mich abgesetzt, ich habe sie im Stich gelassen.“

„Weil du zu deiner Mutter wolltest.“

„Ja, aber das sehen die sicher anders. Ach, Mutter, lass uns einfach im Treck bleiben. Es ist sicherer. Wir ziehen in Richtung Prenzlau."

– 5 –

An diesem Tag schafften sie es nicht weiter als bis ins nächste Dorf, unterwegs wurde der Treck von einem Tiefflieger beschossen. Eine alte Frau war tödlich getroffen worden, und ihre Tochter wollte sie gleich hier im Ort beerdigen.

„Es ist besser so für sie", meinte sie, „sie hat ihr Leben gelebt." Sie selbst wollte auch nicht mehr mit den anderen weiterziehen. Sie hatte Verwandte im Dorf, dort konnte sie unterkommen.

Alle anderen aber wollten weiter, bloß weg von der Front, weg von den vorrückenden Russen. Niemand sprach darüber, was folgen würde, wenn die Rote Armee sie überrollt. Sie wussten alle, es wird bald passieren, aber sie verbaten sich jeden Gedanken daran und erst recht jedes Wort.

Frida und Gretchen hatten Unterkunft in einer Scheune gefunden, dort wollten sie übernachten. Die Scheune war voll belegt, von überallher kamen die Menschen jetzt.

Gretchen kümmerte sich gemeinsam mit einer anderen jungen Frau um die Verletzten. Keiner von ihnen war zum Glück schwer getroffen worden und brauchte ärztliche Hilfe.

Im Dorf war es seltsam ruhig. Der größte Teil der Bewohner war noch da, und sie redeten davon, dass sie nicht weggehen wollten. Auch hier unter den Einheimischen war es ein Tabu, darüber zu sprechen, wie es weitergehen würde. Bis zur letzten Minute hielten sie die Fassade des regimetreuen Bürgers aufrecht, sei es aus Angst vor Denunziationen oder um das letzte bisschen Hoffnung zu behalten. Der Glaube an ein Wunder spukte immer noch in vielen Köpfen herum. Gerade in den letzten Monaten war die Propagandamaschine auf Hochtouren gelaufen, und spätestens seit der Aufführung des Films „Kolberg" musste auch der letzte Volksgenosse davon überzeugt sein, dass es nun ums Ganze ging. Um die heilige Schlacht, um den Sieg oder den Untergang der deutschen Nation.

Im Wald ganz nah am Dorf befand sich der Hauptstabssitz der Kampfgruppe Schwedt, aber die zahlreichen Bunker waren längst geräumt worden. Rette sich, wer kann, so lautete die Devise dieser Tage. Ganze Einheiten zogen an den Trecks der Zivilisten vorbei, Soldaten auf Fahrrädern, die sie irgendwo gestohlen hatten, einige auch auf Motorrädern, falls noch Benzin im Tank war, andere schlicht zu Fuß. Sie alle trieb derselbe Gedanke westwärts: nur nicht den Russen in die Hände fallen. Lieber wollten sie in amerikanische oder britische Gefangenschaft gehen, das schien das weitaus kleinere Übel zu sein. Deutsche Soldaten auf der Flucht, wer hätte das gedacht bei Kriegsbeginn. Soldaten ohne Kommandeure, die hatten sich längst abgesetzt, sich feige seitwärts in die Büsche geschlagen oder waren bequem vorausgefahren. Dennoch lautete das oberste Gebot für den gemeinen Soldaten auch jetzt noch, immer hübsch zusammenzubleiben. Wer sich vom Haufen absetzte, galt als fahnenflüchtig, und wenn ihn die Kettenhunde aufgriffen, wurde er kurzerhand erschossen.

Nachdem Frida die Ziegen gemolken hatte, ließ sie sie auf dem kleinen Rasenplatz neben der Scheune grasen. Hier wuchs Klee, den mochten sie besonders.

Der Himmel im Westen färbte sich blutrot, im Osten war es schon dunkel und aus der Ferne hörte sie das Grummeln der Geschütze. Sie saß auf einem Findling und beobachtete Gretchen, die eifrig herumwirtschaftete, um ein Abendbrot zuzubereiten. Sie breitete ein Tuch aus, schnitt Brot, Speck und eine Zwiebel auf und goss Milch in zwei Henkeltöpfe. Fast sah es aus, als würde sie ein Picknick in Zeiten des tiefsten Friedens herrichten.

„Hast du Heinis Brief gelesen, Mutter?“

„Ich bin ja so froh! Dem Himmel sei Dank, nun muss er nur noch heil zurückkommen.“

„Der Krieg ist noch nicht vorbei. Gib her, ich will ihn auch noch mal lesen, bevor es dunkel wird.“

Frida reichte ihr den Brief, und während Gretchen ihn las, sah sie ihn vor sich, ihren großen, kleinen Bruder, der stets nur die Sonnenseiten des Lebens sah und auf alles pfiff, und zwar im wahrsten Sinne des Wortes. Ja, sie hörte ihn pfeifen in diesem Moment, es war die Melodie eines abgedroschenen Schlagers aus einem Film der UFA, das Lied vom Seemann, den nichts erschüttern kann, selbst wenn die ganze Erde bebt.

Auf Amrum war er gelandet, und er schrieb von strapaziösen Fußmärschen, dreißig Kilometer weit mit gepacktem Tornister und voller Ausrüstung. Danach ging es mit einem Dampfer rüber über die See und dann noch mal sieben Kilometer Marsch.

Nun saß er im ehemaligen Kindererholungsheim des Nordseebads und konnte vom Fenster aus das Meer sehen. Er schrieb von Ebbe und Flut, die sich alle sechs Stunden abwechseln, was er mit großem Interesse beobachten würde, und er bedauerte, dass es so kalt und nebelig ist. Wenn Sommer wäre, dann könnte er schön baden ...

Das sieht ihm ähnlich, dachte Gretchen, kein Wort vom Krieg. Dabei vergaß sie, dass er ja gar nichts über den Krieg schreiben durfte.

Aber das Essen sei knapp, beklagte er sich, und er hätte einen Heißhunger auf Schmalz, ein paar Kekse wären auch gut.

„Was wird nun mit Papa?“, fragte er. „Ich warte sehnlichst auf Post von Euch. Viele herzliche Grüße von Eurem Sohn Heinrich, und grüßt mir das Schwesterlein.“

Gretchen stand auf und steckte den Brief in ihre Rocktasche.

„Was bin ich froh! Aber weißt du, Mutter, eigentlich habe ich nicht einen Moment daran gezweifelt, dass er gut durchkommt. Er hat doch immer solchen Dusel, er ist eben ein richtiges Sonntagskind. Wir müssen ihm so schnell wie möglich antworten.“

„Danken wir dem Herrn für seine Gnade.“

„Es ist kalt. Mutter, geh schon mal in die Scheune, sonst finden wir da keinen Platz mehr. Ich bringe schnell die Ziegen und Hühner in den Stall, bis morgen können sie dort bleiben, hat der Bauer gesagt.“

Es war schon spät, und Frida wartete vergeblich auf Gretchen. Schließlich stand sie auf, tastete sich über die schlafenden Menschen hinweg und ging hinaus. Der Himmel über dem Wald war taghell, dahinter sah man die brennende Stadt. Sie hörte das Heulen und Pfeifen und konnte den Blick nicht abwenden von diesem Feuerwerk des Grauens. Ganz ohne Gedanken und ohne Gefühl stand sie reglos da. Sie hatte vergessen, dass sie Gretchen suchen wollte, und später wusste sie nicht mehr, wie lange sie so dagestanden hatte.

Ich habe letzte Nacht von Feuer geträumt, dachte sie. Feuer bedeutet Freude. Traumdeutung, was ist das nur für ein dummer Aberglaube, ich schäme mich! Oh Herr, verzeih mir, was bin ich für eine törichte Närrin! Oh Herr, du strafst uns für unsere Sünden, du schickst uns Feuer und Schwert, denn wir haben es nicht anders verdient. Wir haben gesündigt an unseren Mitmenschen, jetzt kommt der Krieg, den unser Volk angezettelt hat, zu uns zurück.

„Mutter!“ Gretchen stand plötzlich dicht vor ihr, sie hatte sie nicht kommen hören. „Was stehst du denn hier in der Kälte, ist was passiert?“

Frida hob den Kopf und schaute hinüber zum Wald. „Das ist die Strafe“, murmelte sie.

Gretchen folgte ihrem Blick. „Hoffentlich ist keiner mehr in der Stadt. Schau nicht hin, bitte! Wir müssen zusehen, dass wir morgen so früh wie möglich von hier wegkommen.“

„Wo warst du denn so lange, Mädchen? Ich habe mir Sorgen gemacht.“

„Nicht so laut, Mutter! Ich habe jemand mitgebracht, er muss sich uns anschließen, sonst holen sie ihn zum Volkssturm.“

Sie pfiff leise auf zwei Fingern, und eine Gestalt kam hinter dem Holunderbusch hervor. Ein junger Mann, verlegen nahm er seine Mütze ab und nickte ihr höflich zu.

„Dich kenne ich doch, du bist der Fritz Pahlke, der Sohn vom Schäfer auf dem Gut.“

Er ist fast so alt wie Heinrich, dachte sie. Höchstens ein Jahr jünger oder anderthalb. Ein Wunder, dass er noch frei herumläuft.

Ihr fiel ein, dass sie der Frau Pahlke oft Kindersachen geschenkt hatte, aus denen Heinrich und Gretchen herausgewachsen waren. Zum Dank erhielt sie von ihr Fäustlinge aus Schafwolle.

Auch dachte sie an die toten Soldaten auf der Lindenallee, wie sie dort hingen und ihre Leiber im Wind schaukelten. Ihr wurde übel. Sie lehnte sich an das Scheunentor und atmete tief durch.

„Lieber Gott, hilf uns“, betete sie flüsternd, „bitte mach, dass wir ihn heil durchbringen. Er ist doch noch ein Kind.“

Sie erinnerte sich an jenen Dezembertag im vergangenen Winter, als der erste Schnee fiel. Ein Kutscher hatte sie mit zum Gut genommen, und als sie abstieg mit ihrem Korb voller Mitbringsel und Gretchen ihr entgegenlief, da hagelte es Schneebälle vom Dach der Scheune.

„Fritz, du Satansbraten, das sag ich deiner Mutter", rief Gretchen wütend hinauf.

Der Junge ging einen Schritt zurück, er verschwand fast im Holunderbusch.

„Bleib hier", zischte Gretchen, „das ist doch bloß meine Mutter, erkennst du sie nicht? Dein Fahrrad lass mal schön unterm Gebüsch stehen, sonst wird es geklaut."

„Du gehst mit uns, Fritz. Wo sind denn deine Leute?" Frida hatte sich wieder in der Gewalt.

„Zu Hause. Sie wollen nicht trecken, Großmutter liegt im Sterben."

„Ach du liebe Güte." Gretchen zog spöttisch die Brauen hoch. „Die ist schon so oft gestorben und lebt immer noch."

„Das sagt mein Großvater auch, aber Mutter will nicht weg. Ich musste weg, der Klarwunke hat mich auf dem Kieker."

„Ach, der olle Wichtigtuer. Der hat jetzt Schiss, der Herr Ortsbauernführer, der schnauzt nur noch herum. Dem geht nämlich der Arsch auf Grundeis. Dabei hat der auf dem Gut gar nichts zu sagen."

„Gretchen, was sind denn das für Ausdrücke. Hast du Papiere bei, Fritz? Die musst du vernichten."

„Hab ich schon."

„Du bist jetzt mein Sohn, klar?"

„Zu Befehl, Frau Merowin!"

Frida strich ihm lächelnd über die Wange. Sie spürte die Kraft, die ihr stets zuteil wurde, wenn jemand ihre Hilfe brauchte.

„Du heißt jetzt Fritz Merowin, bist Jahrgang 31 und gerade vierzehn Jahre alt geworden. Und zwar heute, am 20. April."

„Bitte am 19.! Heute hat der Führer Geburtstag."

„Gut. Du bist am 19. April 1931 in Schwedt geboren worden. Deine Eltern sind Peter und Frida Merowin, deine Geschwister kennst du ja schon. Und wenn die Russen da sind, dann bist du wieder Fritz Pahlke."

Fritz nickte stumm, man sah ihm an, dass er sich nicht wohlfühlte in seiner Haut. „Die Russen“, sagte er zögernd, „was werden die wohl mit uns machen?“

„Das weiß ich nicht.“ Frida zuckte gleichmütig mit den Achseln. „Da zerbrech dir mal nicht den Kopf drüber. Aber wenn dich die Kettenhunde finden, dann stecken sie dich in den Volkssturm oder du kommst gleich vor ein Standgericht. Und die Russen, die können doch nicht ein ganzes Volk erschießen.“

„Mutter, das glaubt uns doch keiner, dass er erst vierzehn ist.“

„Das kriegen wir schon hin. Hast du noch andere Sachen in deinem Rucksack? Eine kurze Hose wäre besser. Und die Jacke sieht so militärisch aus, du trägst doch sonst immer Strickpullover. Die Haare darfst du nicht so streng nach hinten tragen. Kämme dir lieber einen Pony, hörst du? So eine Tolle in die Stirn, kannst du das?“

„Einen Pullover hab ich bei, und die Hosen kann ich ja abschneiden. Wenn Sie eine Schere haben?“

„Du musst mich duzen, wenn einer dabei ist, denk dran. Und die Hosen schneiden wir dir morgen früh ab. Das machen wir im Stall, wenn wir die Ziegen melken, da sieht uns keiner. Wir müssen ganz früh raus. Wenn wir losgehen, dann bleiben wir immer schön in der Mitte, habt ihr verstanden? Vor allem müssen wir uns von unseren Nachbarn fernhalten, sonst wundern sie sich, was du bei uns machst. Einige wissen vielleicht, wo du hingehörst. Am besten, wir gehen mit Leuten, die uns nicht kennen.“

Erst weit nach Mitternacht fiel Frida in einen dumpfen Schlaf. Als sie erwachte, war die Scheune längst leer, helles Licht sickerte durch die Ritzen. Hastig stand sie auf und schaute sich um. Direkt vor ihr stand ihr Handwagen, er war bereits fahrbereit, voll bepackt und gut verschnürt.

Plötzlich ging das Tor auf, und draußen stand Fritz mit den Ziegen. Sie brauchte einen Moment, bis sie ihn erkannte. Gretchen hatte ganze Arbeit geleistet, er sah verblüffend jung aus mit seinen knielangen Hosen und dem wollenen Skipullover. Sogar einen recht albernen Pony hatte sie ihm geschnitten.

„Hab ich verschlafen? Sind die alle schon weg? Wo ist Gretchen? Was ist denn los, Junge?“

„Machen Sie sich keine Sorgen, Gretchen ist bloß hinterm Busch pullern und ich stehe Wache. Wir wollten Sie noch nicht wecken, Sie haben so schön geschlafen."

Gretchen kam langsam über den Rasenplatz geschlendert, schaute ernst wie immer und flocht dabei ihr Haar zu einem Zopf. „Guten Morgen, Mutter. Na, wolltest du den Endsieg verschlafen? Die Ziegen sind schon versorgt. Dahinten ist eine Pumpe, da können wir uns waschen."

„Aber wir wollten doch mit den anderen in Richtung Prenzlau ..."

„Wir haben uns das heute früh noch mal überlegt", schnitt Gretchen ihr hastig das Wort ab. „Wenn du einverstanden bist, wollen wir doch lieber allein ziehen. Ich habe gestern mit einem Mann vom Volkssturm gesprochen. Er hat gesagt, in Prenzlau wird ständig bombardiert und in Boitzenburg ist die Front schon ganz nah. Das ist doch Wahnsinn, wenn wir da reingehen! Mutter, wir sitzen mittendrin, im letzten freien Stück, das der Russe noch nicht erobert hat. Wir ziehen am besten erst mal durch den Wald in Richtung Karlsberger Vorwerk. Da ist doch dieser See, der liegt mitten im Wald, da haben wir sauberes Wasser."

„Genau", pflichtete Fritz ihr bei, „wir bauen uns eine Hütte, und ein Feuer können wir auch machen. Ich habe drei Erbswürste bei zum Suppe kochen, und mein Kochgeschirr von der HJ. Zeltplane, Kompass, Klappspaten, alles da!"

„Junge, das ist doch kein Räuber- und Gendarmspiel. Ach, Kinder. Na gut, ihr habt mich überredet, was bleibt mir denn weiter übrig. Ich mache mich schnell frisch und dann können wir ziehen. Die Hühner müssen wir noch holen."

Frida kramte Handtuch und Seife aus dem Handwagen und wollte zur Pumpe gehen, da hielt Gretchen sie am Ärmel fest. „Ich muss dir noch was sagen, Mutter. Die haben unsere Hühner geklaut. Das heißt, eins haben sie uns dagelassen, wie zum Hohn, stell dir das mal vor!"

Jetzt erst sah Frida den Käfig, er stand unter dem Holunderbusch. Das einsame Huhn hatte sich schön aufgeplustert und saß gemütlich da. Ganz zufrieden sah es aus, als würde es sich darüber freuen, nach den Strapazen des gestrigen Tages nun so viel Platz im Käfig zu haben.

„Hätten wir sie mal lieber mit in die Scheune genommen. Der Bauer tut so, als wenn er nichts von den Hühnern gewusst hat. Er lügt! Ich habe ihn doch gestern gefragt, ob wir sie im Stall lassen können. Aber ich kann mich ja nicht mit ihm anlegen, das erregt nur Aufsehen. So ein Mist."

Gretchen ärgerte sich sehr. Sie hatte einen Fehler gemacht, das konnte sie sich nicht verzeihen. Darauf würde sie noch lange herumkauen, darüber vergaß sie Krieg, Tod und alle anderen Bedrohungen, so war sie nun mal.

Frida lachte. „Ach, Gretchen. Du müsstest dich mal sehen, was du für ein Gesicht machst! Mädchen, was sind schon ein paar Hühner, wir werden uns neue anschaffen. Wir leben noch, wir sind heil herausgekommen. Dafür sollten wir Gott danken."

Während Gretchen, Frida und Fritz aufbrachen und bald im Wald verschwanden, hatte die Rote Armee es geschafft, mit zwölf Bataillonen Schützen auf das Westufer der Oder überzusetzen. Die Hälfte der Soldaten fiel im Kampf oder ertrank. Ihre Leichen fand man noch Jahrzehnte danach.

Bald begann auch der Angriff von Norden und Westen her. Es sollte nur noch wenige Tage dauern, bis die Festung Schwedt endgültig fiel. Mit ihr fielen dreizehn Dörfer, sechs Vorwerke und siebzehn Förstereien. Die Rote Armee verfügte nun über einen Brückenkopf von zwanzig Kilometer Breite und fünfzehn Kilometer Tiefe. Von dieser Basis aus dauerte es nur noch eine Woche, bis sie an der Elbe war. All das wussten die drei nicht. Sie wussten nur, die Würfel waren längst gefallen und jetzt galt es, das Ende des Tausendjährigen Reiches unversehrt zu überleben.

Es war nicht so einfach, den bepackten Handwagen durch den Kiefernwald zu schieben, der Boden war weich und sandig, und so ging es nur langsam voran. Die Sonne stand schon hoch am Himmel, es war fast Mittag. Sie rasteten auf einer Lichtung und ließen die Ziegen grasen.

„Guckt mal, was ich hier habe!" Gretchen holte ein Bündel hervor und knotete es auf. Eine Schlackwurst und ein Glas mit eingeweckter Leberwurst kamen zum Vorschein. „Na, was sagt ihr nun? Gib mal dein Messer her, Fritz. Meins muss mal wieder geschärft werden, damit kann man ja bis nach Rom reiten."

„Wo hast du denn die her?" Frida schaute auf die Wurst. Wie die duftete.

„Requiriert, Mutter. Eine kleine Entschädigung für die gestohlenen Hühner!"

„Gretchen, du hast gestohlen! Du weißt, man soll nicht Gleiches mit Gleichem vergelten."

„Das ist eine Ausnahmesituation. Mutter, nun guck mich nicht so an und sag jetzt bloß nicht, wenn mir jemand eine Backpfeife gibt, dann soll ich ihm die andere Seite auch noch hinhalten. Deine Bibelsprüche helfen uns jetzt nicht weiter."

„Du kriegst gleich eine Backpfeife! Kannst froh sein, dass du schon erwachsen bist, sonst hättest du jetzt eine."

„Na, hab ich ein Glück. Komm, Mutter, koste mal, die Wurst schmeckt köstlich. Bitte!"

Gretchen fuchtelte mit der Wurst vor Fridas Nase herum, bis diese schließlich zugriff.

„Oh wie tief sind wir gesunken", meinte sie seufzend, bevor sie sich schnell das Stück in den Mund schob.

„In der größten Not schmeckt die Wurst auch ohne Brot", nuschelte Gretchen mit vollem Mund. „Wurst kann er machen, der Hühnerdieb."

Und so saßen sie kauend auf der Lichtung unter einer mächtigen, freistehenden Eiche und schauten den grasenden Ziegen zu. Ein Kuckuck rief aus der Ferne, immer und immer wieder, er fand schier kein Ende. Also werden wir noch viele Jahre leben, dachte Gretchen. Ganz bestimmt, man muss nur dran glauben. Sie schaute hinüber zu Fritz. Er fütterte das Huhn mit Maikäfern, die er heute Morgen hinter der Scheune aufgesammelt hatte. Sie waren in diesem Jahr früh dran.

Auch Frida beobachtete ihn. Er ist ja wirklich noch ein Kind, dachte sie. Und so, wie er jetzt aussieht, mit den kurzen Hosen und dem Pony, wird ihm nichts passieren.

Sie lehnte den Kopf an den Stamm des Baumes, schloss die Augen und lauschte den Vogelstimmen. Doch auf einmal schreckte sie hoch und stieß erschrocken die Luft aus.

„Was ist denn, Mutter? Ist dir nicht gut?"

„Mir war so, als wenn ich einen Schuss gehört habe!"

„Ein Schuss? Nein, das war bestimmt ein Specht."

Frida schwieg. Ganz deutlich hatte sie einen Schuss gehört, und ein Bild war vor ihrem inneren Auge vorbeigezogen, nicht mehr als ein Schattenriss. Schwarz auf weiß und fliehend wie ein dahinjagender Reiter. Sie wusste, das bedeutete nichts Gutes, sie hatte wieder einmal das zweite Gesicht gehabt.

In dieser Stunde schoss Herr Klarwunke auf Fritz Pahlkes Großvater, weil der ihm nicht sagen wollte, wo Fritz abgeblieben war. Da sah der Ortsbauernführer Klarwunke rot, so rot wie ein Stier, dem man das Tuch hinhält. Nazi, verfluchter, hatte der Großvater Pahlke zu ihm gesagt, und da schoss er. Einfach so. Getroffen hatte er nicht, der Großvater war blitzschnell in Deckung gegangen, schließlich war er mal Soldat gewesen, und der Ortsbauernführer hatte nur den röhrenden Hirsch auf dem Bild an der Wand getroffen. Aber das wusste er nicht, als er aus der Stube stürzte und nach Hause lief.

Angekommen auf seinem Hof, warf er den Revolver in den Brunnen und verschwand in der Scheune. Eigentlich wollte er sich aufhängen, aber er fand keinen passenden Strick. Schließlich rannte er wütend ins Haus und schimpfte mit seiner Frau, weil sie immer noch nichts gepackt hatte. Dann besoff er sich mit dem letzten guten Korn, den er für den Endsieg aufgehoben hatte.

Das war alles, und eigentlich war nichts Schlimmes passiert. Dennoch hatte Frida den Schuss gehört. Der Krieg war noch nicht vorbei.

– 6 –

Ein uckermärkisches Dorf, Mai 1945

Seit drei Tagen versteckte sich Peter Merowin auf dem Dachboden eines Bauernhauses. Aus der Bodenluke hing eine weiße Fahne.

Peter spähte hinunter, der Hof lag still in der Mittagssonne. Nichts regte sich, die Bäuerin hatte die Hühner eingesperrt und alle Stalltüren waren fest verschlossen. Nun waren sie da, die Russen. Hühnerdiebe waren sie nicht. Die Hühner stahlen die Flüchtlinge, die man im Dorf untergebracht hatte. Die Russen wollten eher Fahrräder und Uhren. Und Frauen.

Im Nachbarort soll es Vergewaltigungen gegeben haben, auch hatte eine Scheune gebrannt. Ob beides zusammenhing, wusste die Frau, die gestern mit dem Fahrrad auf den etwas abgelegenen Hof gekommen war, nicht zu berichten. Sie war die Schwester der Bäuerin und in großer Sorge, weil sie hier doch so einsam hausten, wie sie sagte. Da hatte sie recht, aber vielleicht war das der Grund, weshalb sich bisher nicht ein einziger Rotarmist hierher verirrt hatte. Nur die Panzer hatten sie weit in der Ferne auf der Landstraße vorbeifahren sehen. Ungetüme zwischen den Alleebäumen, dumpf grollend wie ein Gewitter.

Der Bürgermeister hat sich erschossen, erzählte die Frau. Der ist nun tatsächlich tot, sie hat ihn gesehen, aufgebahrt in der Kirche. Und das ist eigentlich das Einzige, was sie glaubt, weil sie es mit eigenen Augen gesehen hat. Ein schlimmer Nazi, um den ist es nicht schade, meinte sie und spuckte auf das Pflaster wie ein Kerl.

Die Frauen saßen auf der Treppe vorm Haus, Peter beobachtete sie von seiner Dachluke aus.

Er stand so sicher im toten Winkel, dass sie ihn unmöglich sehen konnten.

Peter Merowin hatte in einem Regiment der sibirischen Scharfschützen gedient, er wusste, wie man geschickt Deckung hält. Lange genug war er Berufssoldat gewesen, gelernt hatte er sein todbringendes Handwerk im fernen Wladiwostok. Für seine Tapferkeit und Tollkühnheit erhielt er das Georgskreuz. Aber das wusste kein Mensch in der kleinen Stadt an der Oder, und auch auf diesem Hof kannten sie ihn nur als einen äußerst friedfertigen Mann, der jedem Streit aus dem Weg ging.

In dieser Nacht wollte er es wagen und sich auf den Heimweg machen. Als er hörte, dass nun tatsächlich die Russen da seien und die Bauersfrau ihm anbot, vorsichtshalber für ein paar Tage auf dem Dachboden zu hausen, bis das Schlimmste vorbei sei, wie sie sich ausdrückte, da nahm er diese Botschaft mit stoischer Ruhe auf.

Nicht auffallen und Zeit gewinnen, so dachte er. Bis jetzt war alles ruhig geblieben, was spricht also dagegen, sich heute Nacht durch die Wälder zu schlagen, um möglichst noch im Schutze der Dunkelheit die Stadt zu erreichen? Weiter gingen seine Pläne nicht, und er dachte auch nicht darüber nach, was ihn in Schwedt erwarten würde. Es war nicht seine Art, sich auszumalen, welches Ungemach hinter der nächsten Ecke lauern könnte.

Gestern Mittag fühlte er sich plötzlich nicht gut, er bekam Schüttelfrost und dann wurde ihm heiß. Fieber, dachte er, das kann nur Fieber sein. Durstig trank er den Wasserkrug aus und legte sich hin. So fand ihn die Bäuerin am Abend. Sie kochte ihm einen bitteren Tee, brachte eiskaltes Wasser aus der Pumpe und Tücher, um Wadenwickel zu machen. Er knurrte ein wenig, das sei doch nichts und ginge wieder vorbei.

„Jetzt halt mal schön still", sagte sie, „wenn das Fieber nicht runtergeht, musst du ins Krankenhaus. Du willst doch nach Hause, Frida ist bestimmt auch schon zurück."

Sie kannten sich seit ihrer Jugend aus der Pfingstgemeinde, und Frida war die Patin ihres Sohnes.

Die Wadenwickel und der furchtbar schmeckende Tee hatten geholfen, Peter fühlte sich gesund genug, um heute Abend aufzubrechen. Den Leuten auf dem Hof hatte er noch nichts davon gesagt. Er war überzeugt, dann würde es ein großes Lamento geben, weil er gestern Fieber gehabt hatte.

Er wollte es ihnen erst kurz vor seinem Aufbruch sagen. Er könnte den Bauern bitten, ihn ein Stück zu kutschieren, überlegte er. Aber das war zu gefährlich, die Straßen wurden kontrolliert. Im Nachbardorf hatten die Russen gestern zwei bewaffnete Hitlerjungen aufgegriffen.

Die nennen sich jetzt Werwölfe, meinte die Bäuerin kopfschüttelnd. Man wird die dummen Jungen sicher nach Sibirien schaffen, jammerte sie, die armen Eltern täten ihr leid.

Auf einmal spürte er, wie erschöpft er noch war. Er setzte sich auf die Matratze und überlegte, ob er doch noch einen Tag warten sollte.

Plötzlich hörte er Motorengeräusche unten im Hof. Eine heiße Welle stieg in ihm auf, kam das verfluchte Fieber zurück? Mühsam stand er auf, der Schweiß lief ihm den Nacken herunter, fast versagten ihm seine Beine den Dienst. Doch nun stand er an seinem Ausguck und spähte hinab in den Hof. Was er sah, das sah er bis ins kleinste Detail fotografisch genau.

Obwohl er schon zweiundfünfzig Jahre alt war, hatte er noch immer die scharfen Augen eines Adlers. Klein und sehr hell waren diese Augen unter buschigen Brauen und schnell glitten sie nun über die Szenerie im Hof hinweg, um die Lage einzuschätzen.

Die Lage war schlecht. Oder gut? Die Russen waren da. Wieder einmal fühlte er sich, als würde er zwischen allen Fronten stehen. Diese Situation war ihm nicht neu, er hat sie oft erlebt, ob im Frieden oder in Zeiten des Krieges. Er hatte sie viele Male durchgemacht und immer richtig reagiert. Schnell und tapfer, oder auch klug und listig. Doch jetzt war alles anders. Er spürte, dass er nicht mehr reagieren wollte. Es war vorbei, er war müde geworden.

Unten stand ein Jeep amerikanischer Bauart mit dem Sowjetstern. Das sah er von hier oben ganz genau, mit Fahrzeugen kannte er sich aus. Fünf Menschen standen im Hof, der Bauer, die Bäuerin und drei Rotarmisten. Zwei von ihnen waren Offiziere, auch das sah er von hier oben. Er sah deutlich jeden Knopf an ihren Jacken und jede Spange, jedes Zeichen auf ihren Schulterstücken bis ins kleinste Detail. Der Dritte war ein einfacher Soldat, sicher der Fahrer. Sie redeten, aber er konnte sie nicht hören, er hörte nur sein Blut im Kopf rauschen. An der Art, wie sie miteinander redeten, glaubte er zu erkennen, dass einer der Offiziere deutsch sprach.

Was wollen sie? Etwas requirieren? Oder suchen sie nach weiteren Werwölfen? Sie können nicht wissen, dass er hier ist. Wenn sie es wüssten, würden sie schon längst hier oben sein.

Auf einmal durchzuckte ihn ein absurder Gedanke.

Sie stehen im perfekten Winkel, sie bewegen sich fast nicht und meine Position ist gut. Und sie sind so nah, da brauche ich nicht mal ein Zielfernrohr. Jeder Schuss ein tödlicher Treffer, in weniger als fünf Sekunden.

Peter stöhnte, er taumelte zurück und hielt sich an einem Balken fest. Ihm war heiß. Es war das Fieber, das ihn für einen Augenblick lang in eine längst vergangene Zeit geschickt hatte. In die Kälte, in die erbarmungslose Welt des weißen Todes.

Er schaute auf seine zitternden Hände, sie waren leer und er hörte die Stimme in seinem Kopf. Er kannte diese Stimme. Vor langer Zeit hatte sie ihm das Leben gerettet, sonst wäre er mit dem Auto seines Chefs verunglückt. Sie kamen mitten in der Nacht aus Stettin und er schlief am Steuer ein. „Wach auf“, hatte die Stimme gerufen.

„Geh hinunter“, rief sie jetzt. Langsam stieg er die steile Stiege hinab und hielt sich mit beiden Händen am Geländer fest. Das Blut rauschte in seinem Kopf wie ein reißender Fluss.

Er öffnete die Haustür, sie knarrte laut. Sie schauten zu ihm hinüber. Die Sonne blendete ihn. Er wollte die Arme heben, seine leeren Hände zeigen, Hände, die nach seiner Verwundung im Ersten Weltkrieg keine Waffe mehr angefasst hatten. Doch aus dieser Geste der Ergebenheit formte sich etwas anderes, die Geste des alttestamentarischen Gebets. Peters Handflächen zeigten nach oben, als würde er um Gottes Gnade flehen.

Unten im Hof machte er ein paar taumelnde Schritte, dann brach er ohnmächtig zusammen. Er hörte nicht ihren aufgeregten Disput, er spürte nicht, wie sie ihn ins Haus trugen und auf das Sofa betteten. Und er erlebte auch nicht, wie man ihn später in einen Krankenwagen verfrachtete und in das Krankenhaus der Kreisstadt fuhr.

– 7 –

Raum und Zeit schienen ausgelöscht zu sein. Was ihm blieb, war die große, dunkle Leere einer unbarmherzigen Zwischenwelt. Nichts war da, an dem er sich festhalten konnte, und der Boden unter ihm bewegte sich wie eine Meereswoge.

Peter lag seit zwei Tagen auf einer der überfüllten Krankenstationen des Kreiskrankenhauses, sein Zustand war kritisch und er schwebte zwischen Leben und Tod. Ab und an wurde er etwas wacher, hörte Stimmen und das Klappern von Schüsseln und Geschirr, hörte Schreie und versank gleich wieder in seinen dumpfen Zustand. Der Arzt war ratlos, das Fieber ging nicht runter und eine Ursache war nicht erkennbar. Schließlich spritzte er ihm ein Mittel gegen Malaria, doch das Fieber sank nur geringfügig. In der dritten Nacht stieg es erneut und Peter fiel in einen Traum. Er schaute auf seine jungen Jahre und sah Situationen, die ihn einst tief berührt hatten.

Er steht als dreijähriges Kind am Totenbett seiner Mutter, schaut auf ihre schmalen, gefalteten Hände, betrachtet die dunklen Ringe unter ihren geschlossenen Augen und sieht den bitteren Zug des Schmerzes um ihren Mund. Man hat den Sarg mitten in der Stube aufgebahrt. Die Frauen sitzen im dunklen Winkel auf der Bank unter der Ikone und stoßen langgezogene Klagelaute aus. Die Nachbarn kommen und verneigen sich. Er stürmt aus dem Haus, er will weg von der Toten, die ihm so fremd ist und die nicht mehr seine Mutter sein kann, und weg von den klagenden Weibern. Er läuft aus dem Dorf wie ein kleiner Hund, den man hetzt, bis er endlich nach Luft ringend anhält. Die Sonne sticht ihm in die Augen. Als er sie wieder öffnet, sieht er ein Meer voller Blumen vor sich, sie blühen in den schönsten Farben und sind bunter als alles, was er bisher gesehen hat. Die Steppe blüht. Wo gestern noch braune, schlammige Erde war, breitet sich nun ein endloser, farbenprächtiger Teppich vor ihm aus.

Er sieht sich im kleinen Laden des Dorfes an einem Pult stehen. Davor warten die alten Leute geduldig, bis sie an der Reihe sind. Er liest ihnen ihre Briefe vor, sie sind Analphabeten. Sie wollen hören, was die Tochter schreibt, die weit weg in einem anderen Rayon lebt, weil sie dort eingeheiratet hat, wollen wissen, was die Behörde von ihnen will und was der Sohn schreibt, der beim Zaren dient. Jeder hört aufmerksam zu, erfährt nebenbei, was beim Nachbarn so los ist, und alles wird eifrig kommentiert.

„Jesus Christus ist auferstanden, er ist wahrhaftig auferstanden."

Es ist Osternacht und er weiß nicht, wie lange er schon in der Kirche steht und dem Gesang des Popen lauscht. Sind vier Stunden vergangen oder fünf? Die Zeit des Alltags steht still, weil die Zeit der Auferstehung gekommen ist. Bereit ist er wie nie zuvor, den Sieg des Lebens über den Tod mit allen Sinnen zu erleben. Er hat zwei Tage lang gefastet. Sein Kopf ist hell und klar, sein Körper so leicht wie eine Feder. Während er in das Kerzenlicht schaut, verdichtet es sich zu einer hellen, weißen Wolke. Weißer als der erste Schnee, weißer als die Unschuld selbst, die ihm nun geschenkt wird, weil der Erlöser alle Sünden am Kreuz für ihn auf sich genommen hat. Das Licht füllt jetzt den ganzen Kirchenraum aus, geblendet schließt er die Augen. Er hört eine Stimme. Sie spricht zu ihm aus dieser weißen, überirdisch schönen Wolke und sie sagt ihm, dass alles, was er je tun wird und was ihm widerfährt, unter dem Schutz des Herrn steht, wenn er nur daran glaubt.

Heiß sind die Tage, sie reiten mit den Herden hinauf in die Berge und weiden sie dort oben einen Sommer lang im kühlen Wind. Der Himmel ist ihm so nah wie nie zuvor. Er liegt in seinem Schlafsack und schaut den Sternschnuppen zu, wie sie im silbrigen Glanz des Vollmonds auf die Erde sinken. Und er denkt, uns zur Freude hat Gott, der Allmächtige, die Welt erschaffen.

Als sie am nächsten Morgen aufwachen, ist über Nacht der erste Schnee gefallen. Lachend schütteln sie ihn von ihren Fellsäcken ab und sein Bruder sagt: „Es wird Zeit, heute treiben wir die Schafe hinunter ins Dorf." Er hört das fröhliche Läuten der Viehglocken, das helle Pfeifen und Singen der Treiber. Die Luft ist so klar und rein und der Himmel so blau.

Er erlebt noch einmal jenen kalten und windigen Abend, an dem er alles zurücklässt, den Vater, die Brüder, die Schwester, das Grab der Mutter, die Heimat. Es ist neun Uhr, als er das Haus verlässt. Sein Vater hat Dienst auf der kleinen Bahnstation. Der einzige Personenzug, der hier hält, ist längst durch. In einer Stunde wird die Transsibirische Eisenbahn die Station passieren. Sie wird nur eine Viertelstunde lang halten, um Proviant und Wasser zu nehmen.

Der Vater sitzt jetzt in der kleinen Gastwirtschaft und spielt Skat mit dem Lehrer und dem Apotheker. Sie spielen um Kopeken, paffen dicke Wolken und trinken Tee. Wenn der Zug durch ist, wird der Vater seine letzten Kontrollgänge machen, bei Jelisaweta an der Theke einen Wodka trinken und mit seiner Laterne in der Dunkelheit durch den Schnee nach Hause stapfen. Er wird mich vergeblich suchen.

Und er spürt den inneren Zwiespalt, aber er kann nicht mehr zurück. Er hat einen Brief hinterlassen. „Ich komme wieder, Vater, aber erst muss ich hier raus."

Er ist zwölf Jahre alt, hat die Schule beendet und hilft dem Bruder in der Landwirtschaft, manchmal springt er auch als Bahnstreckenwärter ein. Doch dieses Leben, wie es ihm vorbestimmt zu sein scheint durch Geburt und Herkunft, das Leben der Kleinbauern und Kleinbürger, ist ihm zu eng geworden. Es passt ihm nicht mehr, es zwängt ihn ein. Es ist ihm so klein geworden, wie seine Hosenbeine und Jackenärmel zu kurz geworden sind. Er beobachtet seinen Vater durch die Fensterscheibe und sieht, wie er ein Stück Zucker in den Mund schiebt und den Tee genüsslich aus der Untertasse schlürft. Er sieht, wie alt er geworden ist in letzter Zeit. Er ist sein jüngster Sohn, und er denkt an das Gleichnis vom verlorenen Sohn im Neuen Testament. Wird auch sein Vater ein Kalb für ihn schlachten, wenn er zurückkommt? Oder wird er ihn verstoßen?

Plötzlich wird ihm kalt, so seltsam kalt, als stünde er nackt hier draußen im Schnee vor dem Fenster.

Schnell läuft er fort, läuft über die Gleise und postiert sich dort, wo der Zug hält. Wochenlang hat er alles beobachtet, er weiß, wie er unbemerkt in einen der Güterwagen kommt. Die Fahrt bis ans Ende der Welt, bis nach Wladiwostok.

Unruhig wälzt er sich auf seinem Krankenlager hin und her.

Port Arthur, die Hafenstadt am Gelben Meer, ist für immer verloren, sie befindet sich nun fest in japanischer Hand. Der Offizier, dem er als Bursche diente, ist an seiner Seite gefallen.

Kirschblütenzeit in der Mandschurei, der Blütenduft mischt sich mit dem Duft der Garküchen. Wie fliegende Händler hocken die Köche vor ihren aus Steinen aufgeschichteten Öfchen am Straßenrand und bieten mit singenden, grellen Stimmen ihre exotischen Spezialitäten an.

Es ist Frieden, Zar Nikolaus und dieser Amerikaner haben ausgehandelt, dass die Mandschurei nun zu China gehört. Ich muss nach Hause, denkt er, dort soll Revolution sein. Da muss ich hin, meine Leute brauchen mich. Morgen geht ein Transport. Aber es ist so schön hier unter diesen rosa Blütenwolken, und wie es duftet. Er ist müde, und seine Wunde pocht heftig unter dem Kopfverband. Sie heilt sehr langsam. Ein Säbelhieb traf ihn, als er seinem Offizier Deckung geben wollte. Feuriger Schmerz, Blut vor den Augen, schwarze Nacht.

Peter stöhnte laut auf und eine Schwester eilte an sein Bett. Sie legte die Hand an seine Stirn, er schien kein Fieber mehr zu haben. Schließlich schob sie ihm das Thermometer unter die Achsel. 36,5. Peter schlief entspannt, er atmete regelmäßig und ruhig.

„Gott sei Dank“, murmelte sie, „er hat es geschafft.“

– 8 –

Und wieder träumte er von duftenden Kirschblüten. Als er Stunden später die Augen öffnete und sein Blick sich durch den fremden Raum tastete, da sah er sie, die feinen, süß duftenden Blüten. Sie standen in einer Vase auf dem kleinen Tisch an der Wand, der einzige Farbtupfer im trostlosen Krankenzimmer.

Eine Schwester brachte ihm eine Schale mit Haferflockensuppe und flößte sie ihm vorsichtig ein. Sie erzählte ungefragt, wie er hier eingeliefert wurde. Dankbar hörte er ihr zu, er wusste nicht, wie er in dieses Krankenzimmer gekommen war.

„Sie sind hier erst mal gut aufgehoben", meinte sie schließlich. Er konnte nicht wissen, dass hinter dieser harmlosen Redewendung noch etwas anderes steckte. Es lag der Befehl eines Offiziers der Roten Armee vor, dass Peter Merowin nach seiner Genesung unverzüglich der Kommandantur der Kreisstadt überstellt werden solle.

Den Nachmittag verschlief er, bis ihn eine bekannte Stimme weckte. Die Bäuerin war zu Besuch gekommen. Geschäftig tat sie dies und jenes, schüttelte sein Kopfkissen auf, holte frisches Trinkwasser für ihn und seine Bettnachbarn und bestand darauf, ihn zu rasieren. Rasierzeug, Seife und Handtücher hatte sie ihm mitgebracht und frische Wäsche von ihrem Mann sowie ein Glas Honig, den goldgelben Kastanienhonig aus der eigenen Imkerei.

Sie hatte gehört, dass fast alle Einwohner Schwedts wieder zu Hause waren, sicher würden Frida und Gretchen auch schon zurück sein, meinte sie. In den nächsten Tagen wollte sie mit ihrem Mann nach Schwedt fahren, um zu schauen, ob sie schon da sind.

„Aber es soll ja alles kaputt sein", rief sie aufgeregt, „wer weiß, ob euer Haus noch steht."

Das war ihm momentan gleichgültig. Er bedankte sich bei ihr für alles, was sie und ihr Mann für ihn getan hatten. Verlegen winkte sie ab. „Aber das ist doch selbstverständlich. Wir haben uns immer gegenseitig geholfen."

Und dann schwieg sie einen Moment, beugt sich zu ihm hinab und flüsterte: „Du weißt gar nicht mehr, was los war, nicht wahr? Wieso bist du überhaupt runtergekommen? Du standest auf einmal im Hof und bist einfach umgefallen. Wie ein Sack!"

Peter schwieg, er fühlte sich zu schwach, um ihr zu schildern, was in ihm vorgegangen war. Dabei wusste er, sie würde es verstehen, sie kannte ihn lange genug und auch sie glaubte fest daran, dass man auf seine innere Stimme hören muss. Immer, unbedingt, denn sie kommt vom Herrn.

Flüsternd berichtete sie ihm, was es Neues gab.

„Das Schlimmste ist vorbei und die Russen benehmen sich jetzt ganz anständig. Sie teilen sogar Suppe und Brot aus an die Flüchtlinge und Kinder. Sie haben einen neuen Bürgermeister eingesetzt, einen Fremden, er soll im KZ gewesen sein."

Von den Siegesfeiern sprach sie und dass das Requirieren von Uhren nun auch vorbei sei, weil ja kein Deutscher mehr eine hat.

Dann hielt sie einen Moment inne und flüsterte plötzlich hastig: „Sie haben deinen Pass! Wir mussten ihn rausgeben, uns blieb ja nichts weiter übrig. Und wir wissen gar nicht, was sie eigentlich von uns wollten, ob sie wegen dir gekommen sind oder nur so allgemein. Der eine konnte fließend deutsch, der hat gefragt, wie groß der Hof ist und wie viele Kühe wir haben. Vielleicht ging es nur um die Milch, die wir abliefern sollen. Oder jemand hat dich verpfiffen. Aber nun ist das Schlimmste vorbei und du kannst dich ja nicht ewig verstecken."

Peter richtete sich mühsam auf, er hatte Kopfschmerzen, es waren zu viele Informationen auf einmal. „Sie sind nicht zurückgekommen?", fragte er.

Die Bäuerin schüttelte den Kopf, dann verabschiedete sie sich hastig.

„Ich will nicht im Dunkeln fahren, mein Licht am Rad ist kaputt. Mach dir keine Sorgen, Peter. Wilhelm meint, wenn du wieder in Schwedt bist, sollst du einfach aufs Bürgermeisteramt gehen und einen neuen Pass beantragen. Sagst einfach, du hast deinen verloren, dann werden sie dir schon irgendeinen Wisch ausstellen."

– 9 –

Peter saß am Tisch und löffelte die fade Abendsuppe. Heute war er zum ersten Mal aufgestanden, noch etwas wackelig auf den Beinen, aber fieberfrei. Das Wetter war frühsommerlich warm, und den Vormittag hatte er auf der Veranda in einem Liegestuhl verbracht. Wie bei den reichen Leuten, wenn sie zur Kur fahren, dachte er und lauschte dem Zwitschern der Vögel. Aber ich muss endlich nach Hause, ich kann nicht ewig hier hocken.

Das Fieber war weg und die Unruhe wieder da. Der Arzt hatte bei der Visite gesagt, dass er noch ein paar Tage zur Beobachtung bleiben solle. Das wunderte ihn sehr, das Krankenhaus war heillos überbelegt. Sogar auf den langen Gängen standen Betten mit Patienten. In der gesamten Region grassierten Ruhr und Cholera, die Schwestern sagten, das käme vom verunreinigten Wasser.

Auch deshalb wollte er hier so schnell wie möglich raus. Frida war sicher schon zurück und wartete auf ihn.

Während er darüber nachdachte, wie er im Schutze der Dunkelheit unbemerkt das Haus verlassen konnte, klopfte es an die Tür. Zwei junge Rotarmisten kamen herein. Ganz langsam legte er den Löffel in die Suppenschale und stand auf. Sie fragten nach seinem Namen, sprachen ein gebrochenes Deutsch.

„Ich bin Peter Merowin", sagte er mit fester Stimme.

Pech gehabt, dachte er, aufgeschoben ist nicht aufgehoben, nun sind sie also da. Peter liebte deutsche Sprichwörter und zitierte sie oft. Auch fiel ihm der Vers einer Operettenarie ein, die Frida sehr mochte und gern vor sich hin trällerte. „Glücklich ist, wer vergisst, was nicht mehr zu ändern ist."

„Mitkommen, bitte", sagte einer der Rotarmisten leise, es klang durchaus höflich und zuvorkommend. Er war noch sehr jung, sicher nicht viel älter als Heinrich und er erinnerte Peter an einen Jungen in seinem Heimatdorf in Russland. Ein rundes, gutmütiges Gesicht, Sommersprossen, weißblonde Haare, vorn zur Tolle gekämmt, die Mütze in den Nacken geschoben. Ich könnte wetten, der hat die Taschen voller Sonnenblumenkerne, dachte er, so wie Juri Melechow, der lustige Kerl aus seinem Heimatdorf.

Ruhig packte er die Sachen, die ihm die Bäuerin gebracht hatte, in ein Handtuch und knotete es zu einem Bündel. Die Rotarmisten standen schweigend daneben, sie fluchten nicht, schrien nicht „dawai, dawai", sondern warteten höflich, bis er fertig war.

Die Tür stand offen, eine junge Schwester kam vorbei, blieb stehen und schaute erschrocken auf die Szene. Es kam ihm vor, als würde das ganze Krankenhaus dabei zuschauen, wie sie ihn abführten.

Denn sie führen mich ja ab, so dachte er, auch wenn sie seltsam höflich zu mir sind und vor mir die Türen aufreißen, als wäre ich eine wichtige Person.

Aus allen Fenstern schaute jemand heraus. Beflissen öffnete ihm der Ältere die Tür des Jeeps, ganz als wäre er der Chauffeur und Peter sein Herr.

Er dachte nicht an das, was kommen würde, er genoss die Fahrt durch den friedlichen Abend mit seinen Frühlingsdüften und all dem frischen, jungen Grün. Sie fuhren durch eine ruhige Villenstraße. In den Vorgärten blühte der Goldregen, auf den kleinen Rasenplätzen vor den Häusern suchten Amseln eifrig nach Futter und ein kleiner Hund kläffte ihnen hinterher.

Sie waren jetzt fast im Zentrum der Stadt, die Häuser versperrten ihm den Blick auf den Sonnenuntergang, aber sein Abglanz tauchte den Himmel in ein wundervolles Goldrot. Der Jeep ruckelte sehr langsam über das Kopfsteinpflaster. Sicher ist das Benzin knapp, dachte er. Jetzt könnte ich abspringen und dann nichts wie weg. Nein, das ist Wahnsinn, sie werden sofort schießen. Erst mal sehen, was sie von mir wollen.

Jetzt sprachen sie russisch, laut und lachend redeten sie über ein Mädchen namens Tatjana. Er saß hinter ihnen und lauschte. Das Mädchen, es war wohl eine Soldatin, kam nicht gut weg in diesem Gespräch. Aber es war nicht der Sinn der Worte, die ihn in eine andere Zeit schleuderten, es war die Sprache. Ihr vertrauter Klang, ihre Melodie, ihre Weichheit und Erdigkeit breiteten sich in ihm aus, bis kein Platz mehr für anderes da war. Er lauschte mit offenem Mund und saugte jedes Wort in sich ein.

Seit vielen Jahren hörte er zum ersten Mal wieder die Sprache seiner Heimat, die zwar nicht seine Muttersprache, ihm aber von Kindheit an vertraut gewesen war. Sie war die Sprache der Schule und des Militärs gewesen, die Amtssprache der vielen kleinen Völker des Zarenreiches. Daheim in seiner Kindheit wurde ein Kauderwelsch aus russisch und mordwinisch gesprochen. Als seine Kinder klein waren, hatte er ihnen mordwinische Reime aufgesagt, kleine Geschichten, begleitet von scherzhaften Fingerspielen. Und dann war da noch der alte Kamerad, auch er ein ehemaliger Kriegsgefangener. Aber er sah ihn nur selten, er wohnte in Zützen, einem Dorf an der Westoder, und meist redeten sie deutsch miteinander, abgesehen von einigen Worten, mit denen sie etwas ganz Besonderes ausdrücken wollten. So kam es, dass Peter inzwischen sogar deutsch träumte. Wer immer ihm im Traum erschien, sprach zu ihm deutsch und er antwortete in dieser Sprache, die er sich anhand der Bibel mühselig selbst beigebracht hatte. Ein Wörterbuch, seine russische Bibel und eine deutsche, das Geschenk eines ihm wohlgesinnten Mannes, lagen vor ihm auf dem Tisch. Begonnen hatte dieses Sprachstudium mit dem Psalm 23: „Der Herr ist mein Hirte, mir wird nichts mangeln. Gutes und Barmherzigkeit werden mir folgen mein Leben lang und ich werde bleiben im Hause des Herrn immerdar."

Man hörte es immer noch, dass die Bibel sein Wörterbuch gewesen war. Seine Sprache war besonders. Seine Rede klang, auch wenn sie kurz angebunden und grammatisch nicht ganz korrekt war, respekteinflößend wortgewaltig, wobei die russische Akzentfärbung diesen Effekt noch unterstrich. Hinzu kam sein trockener, fatalistischer Humor, und gern erzählte er immer wieder dieselben Anekdoten. Ihnen lag eine gemeinsame Philosophie zugrunde. Meist ging es darum, dass der Mensch sich vergeblich abstrampelt, denn es kommt ja doch alles anders.

Der Jeep hielt vor dem ehemaligen Rathaus, in dem sich nun die russische Kommandantur befand. Rote Fahnen hingen aus den Fenstern, zwei Posten standen reglos am Eingang.

Als sie durch die Toreinfahrt gingen, hörte er Musik. Irgendwo spielte jemand auf einer Balalaika und eine Frauenstimme sang dazu. Wehmütig schwellende Töne erfüllten den Hof. Er kannte dieses Lied, es erinnerte ihn an den letzten Sommer daheim, als die schöne Darja singend am Flussufer ihre Wäsche spülte. Ihre Zöpfe, so hell wie Weizen, hatte sie zu einem Kranz aufgesteckt. Und dann schaute sie auf und rief: „Ich sehe dich, Pjotr! Komm schon vor, was versteckst du dich im Schilf!" Ihre Augen blitzen ihn an, hell schallte ihr Lachen über den Fluss. Sie zog ihren nassen Rock aus, breitete ihn in der Sonne aus und ging ins Wasser. „Komm rein, oder traust du dich nicht?" Unter ihrem feuchten Hemd schimmerten ihre apfelrunden Brüste durch.

- 10 -

Peter saß in einem kahlen Raum, einer Gefängniszelle nicht unähnlich. Vor der Tür stand ein Posten, das kleine Fenster war vergittert.

Er war es gewohnt zu warten. Seit Jahr und Tag saß er einmal in der Woche im Vorzimmer einer Amtsstube, um zu erfahren, ob er weiter frei sein durfte oder in ein Lager gesperrt wurde. Hitler war tot, Deutschland hatte kapituliert und er wartete immer noch darauf, wie man über sein Schicksal entscheiden würde.

Die Zeit verging, inzwischen war es Nacht geworden. Von irgendwoher hörte er lautes Stimmengewirr, Lachen und den Klang einer Balalaika. Er stand auf und ging ein paar Schritte, setzte sich wieder hin und wartete geduldig weiter.

Schließlich ging die Tür auf und der junge Blonde mit der verwegenen Haartolle kam herein. Er grinste ihn an, stellte eine Schüssel Suppe auf den Tisch und legte einen Kanten Brot daneben. „Essen! Du müssen warten!"

Jemand, den man erschießen will, füttert man vorher nicht. Er starrte in die Suppe und stocherte lustlos mit dem Löffel in ihr herum. Kohlsuppe, sogar mit Fleisch. Er hatte keinen Hunger, aber wenn er nicht aß, verletzte er ihre Gastfreundschaft und beleidigte sie. Also löffelte er die Suppe aus und aß die Hälfte des grauen, derben Brotes. Die andere Hälfte steckte er in sein Bündel. Man hatte es ihm gelassen, auch das war ein gutes Zeichen.

Müde lehnte er sich zurück. Er spürte, dass er noch nicht ganz gesund war. Ihm fielen die Augen zu, doch bevor er einschlief, berührte ihn jemand an der Schulter. Es war wieder der Blonde, der Juri so verblüffend ähnlich sah. „Mitkommen", sagte er kurz angebunden.

Und nun stand er vor dem Schreibtisch des Kommandanten, der ihn schweigend musterte. Peter tat es ihm gleich. Auch dieser Mann kam ihm bekannt vor, er erinnerte ihn mit seinen dunklen, tatarischen Augen und dem Schnurrbart an den Pferdehändler Babakin, der jedes Jahr im Frühjahr in sein Heimatdorf kam und handeln konnte wie der Leibhaftige persönlich.

Dann wanderte sein Blick hinab zu seinen zahlreichen Orden und Ehrenzeichen, bis er auf den Schreibtisch fiel. War das, was da lag, sein Pass?

„Dobry wetscher Gospodin Pjotr Illjitsch Merowin!“

Höflich wies der Kommandant auf einen Stuhl. Peter murmelte „spasibo“ und nickte dankend, bevor er sich setzte. Was wird das hier, dachte er, während sein Gegenüber das Gespräch auf Russisch fortsetzte. Er fragte dies und jenes, Belanglosigkeiten, so schien es ihm, bis er schließlich innehielt und in perfektem Deutsch sagte:

„Pjotr Illjitsch, es gibt viel zu tun. Ab sofort wirst du als Dolmetscher im Kreisgebiet Angermünde eingesetzt. Unterstellt bist du dem Genossen Pawlow, er meldet sich morgen früh bei dir. Dein Einsatz erfolgt auf Abruf. Aber du musst hier am Ort bleiben, um sofort bereit zu sein, wenn wir dich brauchen. Du bist jetzt Soldat. Du warst doch Soldat im Ersten Weltkrieg?“

Peter nickte schweigend. Woher weiß der das, dachte er. Und was weiß er noch alles von mir?

„Wir wissen alles, Towarischtsch!“ Der Kommandant lehnte sich zurück, auch sein Lächeln war genauso verschlagen wie das des Pferdehändlers Babakin.

Er kann Gedanken lesen, und ich werde jetzt lieber nichts mehr sagen. Bloß nichts falsch machen. Der Kommandant musterte ihn schweigend und strich sich dabei über seinen Schnurrbart. Plötzlich schob er ihm ein Schriftstück über den Tisch, es hatte dieselbe blassgrüne Farbe wie sein Pass. „Deine Legitimation.“

Peter schaute auf das armselig aussehende abgestempelte Stück Karton, ganz unten hatte jemand mit violetter Tinte einen schwungvollen Schnörkel hingesetzt, das sollte wohl eine Unterschrift sein. Er war so aufgeregt, dass die Buchstaben vor seiner Nase herumtanzten und er nichts entziffern konnte. Schließlich las er das deutsche Wort Dolmetscher und holte tief Luft. Jetzt musste er reden, um sich zu vergewissern, dass er alles richtig verstanden hatte.

„Herr Kommandant, das heißt, ich muss ständig hierbleiben?“

Unwillkürlich verfiel er wieder ins Deutsche. Er wollte jetzt klar und präzise hören, was los war, für diese Auskunft erschien ihm die deutsche Sprache geeigneter. Ohne Schlitzohrigkeit, ohne Rosstäuscherblick, ohne doppelten Boden. Er wartete auf einen eindeutigen, preußischen Befehl, damit endlich diese bohrende Ungewissheit von ihm abfiel.

Der Kommandant stand auf, ging zum Fenster und schaute schweigend hinaus. Dann wendete er sich um und sagte leise: „Wasch mich, aber mach mir den Pelz nicht nass."

Es war ganz still, bis sein schallendes Gelächter den Raum ausfüllte. „Was denkst du? Natürlich musst du hierbleiben, Towarischtsch! Wenn wir dich nicht brauchen, kannst du den ganzen Tag schlafen. Bekommst eine schöne Stube, sogar ein weiches Bett ganz für dich allein. Essen, trinken, alles, ein gutes Leben wirst du führen. Charascho?"

„Otschen charascho!" Peter stand auf, er nahm Haltung an und knallte unwillkürlich die Hacken zusammen.

„Dawai, dawai! Komm mit, wir trinken auf den Sieg!"

Am Ende des langen Ganges öffnete der Kommandant die Tür zu einem pompös ausgestatteten Zimmer. Über einem wuchtigen Kamin hingen Jagdtrophäen aller Art, davor stand eine Couchgarnitur aus Leder. Wo vor einigen Wochen noch das Bild des größten Führers aller Zeiten gehangen hatte, zeigte die düstere Tapete einen hellen Fleck, ringsherum befanden sich zahlreiche Einschusslöcher. Offensichtlich hatte man die Visage des Feindes wollüstig zerschossen.

Die waren bestimmt besoffen, dachte Peter, so doof kann man aus nächster Nähe gar nicht danebenschießen

Mit gemischten Gefühlen schaute er auf den Wodka, den der junge Soldat in einer Karaffe serviert hatte. Daneben standen zwei Gläser, gerade richtig, um einen Wodka daraus zu trinken, und ein Teller mit Sakuski. Peter hatte seit seiner Verwundung im Jahre 1917 sehr selten Alkohol getrunken, höchstens mal ein Bier.

„So sdorowje!" Mit Todesverachtung kippte er den Wodka und hielt erstaunt inne. Das war kein Gesöff, das war bester, reinster Wodka. Ein richtiges Wässerchen, davon wurde man nicht betrunken, sondern hellsichtig. Woher hatte der diesen Wodka? Er muss ihn tausend Meilen durch den Krieg geschleppt haben, anders konnte er sich das nicht erklären.

Der ungewohnte Alkohol machte ihm Mut und er bat den Kommandanten darum, Frida eine Nachricht zu schicken.

„Keine Sorge. Morgen, Towarischtsch! Befehl ist schon raus. Grigorij fährt nach Schwedt. Alles gut. Mama ist wieder da, Tochter auch, wir wissen Bescheid."

Peter machte den Mund auf, er wollte fragen, woher er das wusste, doch dazu kam er nicht mehr, weil der Kommandant schon wieder „So sdorowje" rief.

„Die Deutschen chungern, aber wir können sie nicht alle mit durchfüttern. Unsere eigenen Leute chungern auch! Deshalb müssen wir die Wirtschaft neu organisieren und die Nahrung gerecht verteilen. Dazu brauche ich dich, Pjotr Illjitsch. Verstanden?"

Peter nickte stumm, wie er schon oft genickt hatte an diesem denkwürdigen Abend. Bloß nicht zu viel erzählen, dachte er. So mancher hat sich schon um Kopf und Kragen geredet, ich habe keine Lust, in einem sibirischen Lager zu verschwinden. Herr, sei uns gnädig.

– 11 –

Frida erging es wie ihrem Mann. Sie hatte zwar kein Fieber gehabt, doch seit sie wieder in Schwedt war, fühlte sie sich krank und matt. Gretchen machte sich Sorgen um ihre Mutter, viele Leute waren auf der Flucht an Typhus gestorben.

Das große Sterben hatte erst begonnen. In den folgenden Sommermonaten stieg die Zahl der Einwohner, die an Hunger, Typhus oder an Diphterie starben, stetig. Allein im August starben von den wenigen Tausend zurückgekommenen Bewohnern täglich zwanzig Menschen.

Auf den Friedhöfen war kein Platz mehr, man fuhr die Toten mit Sammeltransporten zum Soldatenfriedhof Heinrichslust.

Fritz war wieder in Zichow. Er war recht enttäuscht darüber, dass Gretchen nicht mitkommen wollte, er hatte sich in sie verliebt. Gretchen ahnte nichts davon, zumal sie sechs Jahre älter war als er. Für sie war er noch ein Kind. Und was sollte sie auf dem Rittergut, ihre Herrschaft war in den Westen geflohen. Auch die Flüchtlinge waren längst fort, dafür hatten sich Russen im

Schloss einquartiert. Die Leute erzählten sich, dass sie die Möbel der Herrschaft in ihren Lagerfeuern verbrannten.

Gretchen war aktiv wie immer, ständig wuselte sie hin und her. Wenn ihre Mutter müde am Küchentisch saß und ihr mitten am Tag die Augen zufielen, dann klapperte sie umso lauter mit Töpfen, Pfannen und Geschirr. Dabei gab es gar nicht viel zu kochen in diesen Tagen,

Gretchen scheuerte trotzdem alle Töpfe. Sie räumte den ganzen Küchenschrank aus. Die große Putzwut hatte sie überfallen, sie fegte und wischte überall, als gelte es, den ganzen Staub und Dreck des Tausendjährigen Reiches auszukehren.

Sie kümmerte sich um die Ziegen, die alles gut überstanden hatten. Tagsüber wurden sie auf dem Grasland vor der Tabakfabrik angepflockt und Frida beobachtete sie vom Fenster aus. Sie wurden noch immer in der Remise gehalten, der Garten war zu abgelegen in diesen unsicheren Zeiten.

Im Garten hatte Gretchen Kartoffeln und Bohnen gelegt. Die Kartoffeln lagen noch im Keller, der Gott sei Dank nicht aufgebrochen worden war wie in vielen anderen Häusern. Sie erwiesen sich als brauchbar, und ein Teil von ihnen kam in die frisch umgebrochene Erde. Auch ein Säckchen mit grauen Bohnen fand sich noch in der Kammer, und auch sie wanderten ins Erdreich. Sogar Tomaten hatte Gretchen gepflanzt, nachdem sie bei einem Bauern zehn Tomatenpflanzen gegen Tischtücher eingetauscht hatte.

„Das schöne Leinen", sagte Frida, „das ist doch deine Aussteuer, Mädchen!"

„Die können wir nicht essen, Mutter. Wir müssen zusehen, wie wir durchkommen."

Gestern war die Bäuerin da gewesen und hatte gute Nachrichten mitgebracht. Der Vater lag im Krankenhaus. Die Russen hatten ihn geschnappt, doch kein Haar war ihm gekrümmt worden. Gretchen packte Wäsche und Kleidung für ihn zusammen, am Nachmittag wollte sie mit dem Rad nach Angermünde fahren. Frida fühlte sich zu schwach für diese lange Tour, ein Zug fuhr noch nicht bis Schwedt. Sie hatte einen ausführlichen Brief an Heinrich geschrieben, den sollte Gretchen am Angermünder Bahnhof in den Kasten stecken. Von dort aus fuhren die Züge wieder und transportierten auch die Post.

Ob Heinrich wohl in Gefangenschaft geraten war? Vielleicht war er gar nicht mehr an der Nordsee, sondern irgendwo in einem Lager. Die Ungewissheit über das Schicksal ihres Sohnes machte ihr sehr zu schaffen.

Als sie vor einer Woche zurückkamen, brach sie mitten im Hof ohnmächtig zusammen. Alle Kraft, die sie wochenlang aufgebracht hatte, schien in diesem Augenblick von ihr zu weichen. Seitdem machte sich Gretchen große Sorgen. Ihre Mutter war nur noch ein Schatten ihrer selbst. Still und in sich gekehrt saß sie da. Gretchen konnte sich nicht erinnern, sie jemals so gesehen zu haben, so passiv und still. Sie wollte sich so schnell wie möglich wieder eine Stelle besorgen, aber erst musste Mutter wieder auf die Beine kommen.

Gretchen war froh darüber, dass Frida bisher noch nicht weiter als bis in den Garten gegangen war. So sah sie die zerstörte Stadt nicht. Das einst so prachtvolle Schloss war nun eine traurige Ruine, deren Fenster aussahen wie die leeren Augenhöhlen eines Totenschädels. An warmen Tagen, wenn ein leichter Wind von den Oderwiesen herüberwehte, roch es in der ganzen Stadt nach Verwesung.

In einigen Häusern fanden die Bewohner bei ihrer Rückkehr fremde Leute vor, Heimatlose, die der Krieg hierher gespült hatte. Auch im Mietshaus an der Kastanienallee wohnten nun einige Fremde. Eine Familie hatte sich im Speicher einquartiert. Sie wollten nicht bleiben, sondern weiterziehen in den Westen. Zwei Frauen mit Kindern teilten sich eine Wohnung, deren Bewohner noch nicht zurückgekommen waren. Die Leute erzählten sich, sie waren bis ins Herzogtum Lauenburg geflohen und würden sicher dort bleiben. Der Ami ist dort, sagten sie, oder der Tommy, genau wussten sie es nicht. Jedenfalls nicht der Russe, nur das zählte.

Auch Frida und Gretchen hatten nun eine Einquartierung. Reinhild Wagner kam aus Pommern, sie war mit ihrer Mutter und ihrem jüngeren Bruder geflüchtet. Den Bruder hatte man noch aus dem Treck heraus in eine Volkssturmeinheit gesteckt. Wo er geblieben war und ob er überhaupt noch lebte, wusste sie nicht. Ihre Mutter war in einem Lazarett in Stettin an Typhus gestorben und von ihrem Vater, der an der Ostfront gekämpft hatte, gab es kein Lebenszeichen mehr.

Von Stettin aus war das neunzehnjährige Mädchen durch einen Zufall nach Schwedt gekommen. Ein Lastwagen der Wehrmacht hatte sie mitgenommen und an der Stadtgrenze abgesetzt. Und so landete sie genau vor dem Mietshaus, in dem die Familie Merowin wohnte. Ein merkwürdiger Transport war es gewesen, ein Laster voller Möbel, Kisten und Teppiche. Während alle versuchten, ihr nacktes Leben zu retten, schien es immer noch Leute zu geben, die ihr Hab und Gut dank ihrer Privilegien in Sicherheit bringen konnten.

Reinhild besaß nur noch das, was sie in ihrem Rucksack hatte. Sie war am Ende und fühlte sich unendlich müde. Nach dem Tod ihrer Mutter hatte sie keine Kraft mehr, weiter gen Westen zu ziehen. Schlafen wollte sie, sich in irgendeinem Loch verkriechen und nur noch schlafen.

Wer so schreckliche Dinge erlebt und gesehen hatte wie sie, den plagen keine Skrupel mehr. Sie öffnete das einfache Haustürschloss mithilfe zweier Haarnadeln und quartierte sich in der fremden Wohnung ein. Endlich konnte sie sich wieder richtig waschen und in einem Bett schlafen. Sogar ein paar Essvorräte fand sie in der Speisekammer, und irgendwie überlebte sie fast eine ganze Woche unbemerkt. Aus dem Haus ging sie nur nachts, um sich Wasser von der Pumpe im Hof zu holen. Wasser aus der Leitung, Strom und Gas gab es schon seit Wochen nicht mehr. Nie sah sie eine Menschenseele, und nach ein paar Tagen bekam sie es mit der Angst zu tun. Dabei wusste sie nicht, welche Angst größer war, die Angst vor der toten Stadt, in der es kein Leben mehr zu geben schien, oder die Angst vor den Russen, die doch schon längst hätten da sein müssen.

Die Geschütze schwiegen, und kein Flieger warf seine todbringende Fracht mehr vom Himmel.

Schließlich kamen die Flüchtlinge, die nun im Speicher und in der verlassenen Wohnung hausten, und am selben Tag kamen auch die Russen. Völlig unspektakulär fuhren sie in Kolonne auf der Chaussee vorbei. Niemand stieg ab, niemand kam in den Hof. Wozu auch, dieses Haus war fast das letzte vor der Stadtgrenze.

Einen Tag später kamen Frida und Gretchen zurück.

Was sich nun abspielte, war mehr als denkwürdig. Reinhild hörte es im Hof rumpeln und spähte vorsichtig vom Balkon hinunter. Sie sah zwei Ziegen, einen Handwagen und ein Fahrrad, das auf dem Pflaster lag. Davor kniete eine junge Frau und bemühte sich um eine ältere, die wohl gestürzt war. Beide sahen recht zerlumpt und schmutzig aus.

Zigeuner, dachte Reinhild, wo kommen die denn her? Das kann ja schön was werden, wenn sie jetzt auch noch hierbleiben wollen. Dennoch überwog ihr Mitleid und sie rannte die Treppe hinunter, um zu helfen.

„Wasser, ich brauche Wasser!“, schrie Gretchen. Da schlug Frida die Augen auf, schaute Reinhild an und sagte: „Dich kenne ich! Helft mir hoch, Mädchen, jetzt ist alles gut. Unser Haus steht noch, Herr, ich danke dir für deine Gnade.“

Natürlich kannten sie sich nicht und es war auch nichts gut. Gar nichts war gut, und das dicke Ende kam noch. Aber dies war einer jener hellsichtigen Momente, die Frida bisweilen heimsuchten. Keiner von ihnen konnte in diesem Augenblick ahnen, wie recht sie hatte, Reinhild und sie waren von nun an fest miteinander verbunden.

Nachdem sie Frida ins Bett verfrachtet hatten und Gretchen endlich begriff, dass sich Reinhild in der Wohnung ihrer Eltern breitgemacht hatte, gab es ein Riesengeschrei. Es ging so weit, dass sie sich ohrfeigten und an den Haaren packten. Doch dann hielten sie mitten in ihrer wüsten Rangelei erschöpft inne, schauten sich an und stellten fest, dass sie sich mochten. Deshalb war Reinhild immer noch hier. Wo sollte sie auch hin.

Jetzt schlief sie nebenan, sie hatte ihren halben Arbeitstag schon hinter sich. Reinhild gehörte zu jenen Frauen, die morgens und abends von einem Lkw der Kommandantur abgeholt wurden, um auf den umliegenden Gütern die Kühe zu melken. Es gab keine Melker mehr, entweder waren sie in Kriegsgefangenschaft oder gefallen, einige hatten sich so wie ihre Herrschaften in den Westen abgesetzt. Hinzu kam, dass man die herrenlosen Kühe auf den Gütern eingestallt hatte. Große Herden Vieh waren bei Kriegsende aus den Frontgebieten getrieben worden, kein Mensch wusste mehr, wer der Besitzer war. Also mussten die Frauen ran, die melken konnten. Reinhild hatte sich freiwillig gemeldet. Melken konnte sie, ihre Eltern hatten einen kleinen Hof und eine Gastwirtschaft in einem pommerschen Nest mit dem poetischen Namen Lindengarten ihr Eigen genannt. Wer melken fuhr, erhielt Milch und Brot von den Russen, manchmal auch Mehl, nicht das mit Kleie gestreckte, sondern gutes, weißes Mehl, wie das zu Friedenszeiten.

Als der Lkw das erste Mal mit den Melkfrauen durch die Stadt fuhr, verbreitete sich in Windeseile ein schauerliches Gerücht. „Die kommen bestimmt nach Sibirien“, flüsterten sich die Leute zu. In diesem Fall lagen sie falsch mit ihrer angstvollen Mutmaßung.

Reinhild konnte nicht nur melken, sondern auch falschen Honig aus Löwenzahnblüten zaubern. Den strichen sich die Frauen auf das Brot der Russen, dazu gab es Mehlsuppe, und so kamen sie über den Tag. Nein, sie hungerten nicht, im Keller standen sogar noch Gläser mit eingewecktem Kaninchenfleisch. Es gab auch wieder ein bisschen was auf Marken zu kaufen, wenn auch zum Leben zu wenig und zum Sterben zu viel. Was sie vermissten, waren die Eier. Ihr letztes Huhn war leider im Kochtopf gelandet. Genauer gesagt, im Kessel, der im Lager am See über dem Feuer gehangen hatte. Zu Fritzens Leidwesen, er hatte dem Tier schon einen Namen gegeben, er nannte es Luise. Nun war Luise den Weg allen Fleisches gegangen, wie Frida sich biblisch ausdrückte, und ihr Fleisch war sehr gut, wenn auch ein bisschen zäh gewesen, die Brühe jedenfalls hatte köstlich geschmeckt.

Die Flucht aber war nun Vergangenheit. Gretchen überlegte, was sie dem Vater noch mitbringen könnte, da kam Reinhild aus der Stube. Sie nuschelte einen verspäteten Morgengruß und nahm den Eimer, um Wasser von der Pumpe zu holen. Aber kaum hatte sie die Tür hinter sich zugezogen, kam sie schon wieder zurück.

„Was ist denn?“, fragte Gretchen, „ist was passiert?“

„Guck mal vom Balkon, da sind zwei Russen unten. Nee, warte. Geh lieber ans Wohnzimmerfenster, da sehen sie dich nicht.“

Frida stopfte gerade Strümpfe und achtete nicht auf ihr Getuschel.

Gretchen lugte vorsichtig hinter der Gardine hervor. „Vielleicht wollen die zu dir“, flüsterte sie, „hast du was ausgefressen beim Melken?“

„Spinnst du?" Reinhild zeigte ihr einen Vogel. „Die kenne ich überhaupt nicht, und guck doch mal, wie der eine aussieht, wie ein General."

„Quatsch, das ist ein Offizier. Die haben doch immer so viel Blech am Rock, die schleppen einen ganzen Klempnerladen mit sich herum."

Die Russen waren mit einem Pferdefuhrwerk gekommen. Ihre Blicke musterten die Hausfassade. Erschrocken wichen die Mädchen vom Fenster, und dann hörten sie schon einen polternden Schritt auf der Treppe.

„Der kommt zu uns hoch", wisperte Gretchen, „die kommen bestimmt wegen Vater. Der mit dem vielen Blech, der andere steht noch unten. Nee, warte mal, jetzt fährt er alleine los."

Sie hörten es an der Küchentür klopfen. „Bleib hier", zischte Gretchen, „lass das Mutter machen, sie kann so was gut."

Reinhild wollte in die Küche gehen, doch Gretchen hielt sie am Rock fest. Und nun standen sie beide an der Tür und lauschten. Sie hörten das dunkle Gemurmel einer Männerstimme und dann die helle Stimme Fridas. Sie sprach von einer Überraschung und von Gottes Segen, die Mädchen schauten sich an und grinsten. Für Frida war Gott immer dabei, selbst wenn Matthäi am Letzten war und die Russen kamen.

In Fridas Küche aber saß der Kommandant Yussip Abramowitsch Malenkow. Höchstpersönlich hatte er sich heute auf den Weg gemacht, um ihr mitzuteilen, dass ihr Mann nun im Dienst der Roten Armee stand und sozusagen vorläufig unabkömmlich war. Tag und Nacht, außer Sonntag. Das hieß, von Sonnabendmittag bis Montagmorgen hatte er frei.

„Woher können Sie so gut deutsch?", fragte sie ihn.

Sie erfuhr, dass er an der Lomonossow-Universität einen Lehrstuhl für Germanistik innehatte, bevor er in den Krieg zog.

Frida war schwer beeindruckt von diesem Mann, und sie überlegte fieberhaft, was sie ihm anbieten könnte. Ihr fiel ein, im Schrank war noch ein Rest Schwarztee aus besseren Zeiten und auch etwas Kandiszucker. „Warten Sie", sagte sie, „Sie müssen Tee trinken mit mir."

Schnell setzte sie den Kessel auf und legte Holz nach. Dann holte sie ihre besten Sammeltassen aus dem Schrank, schnitt etwas Brot in kleine Stücke und stellt Reinhilds Honig daneben und den letzten Rest vom Schmalz, das Gretchen eingetauscht hatte gegen Ziegenmilch.

Malenkow schaute ihr zu, lächelnd strich er sich über seinen Schnurrbart. Frida, die ziemlich aufgeregt war, konnte nicht ahnen, was in ihm vorging.

Er lehnte sich zurück und schloss seine Augen. Blut, Tod und Gewalt zogen an ihm vorüber wie ein endloser Film des Grauens, und auf einmal wurde es ganz still in seiner Seele. Er schaute auf, sah ihr liebes Gesicht, hörte ihre freudige Stimme und seufzte tief. Erstaunt schaute sie ihn an.

„Mir", sagte er, „Frieden, auf russisch Mir. Endlich ist Frieden."

Frida nickte schweigend, sie konnte nichts sagen, weil die Tränen in ihr aufstiegen.

Andächtig schlürfte er seinen Tee aus der Untertasse, das Stück Kandis dabei zwischen den Zähnen haltend. Hell. Es wurde auf einmal so hell um ihn.

Reinhild spähte durchs Schlüsselloch.

„Was machen die da? Lass mich doch auch mal gucken", drängelte Gretchen.

„Sie trinken Tee", wisperte Reinhild. „Mein Gott, wie sieht der denn aus! Wie ein alter Seeräuber."

Gretchen schaute durch das Schlüsselloch, richtete sich auf und sagte: „Der sieht doch richtig gut aus. Los, lass uns jetzt da reingehen, wir benehmen uns ja wie kleine Kinder."

„Meine Töchter", sagte Frida zu Malenkow. Dabei bezog sie Reinhild einfach mit ein, und so war es von nun an immer. Frida ahnte nicht, was in Reinhild in diesem Moment vor sich ging. Auch für sie wurde es nun ganz hell.

Malenkow war aufgestanden, die Mädchen knicksten vor ihm so verlegen wie einst in der Tanzstunde. Er nickt ihnen lächelnd zu und strich sich wieder über den Bart.

Sie hörten, dass unten im Hof ein Wagen hielt. „Ich werde abgeholt", sagte der Kommandant, „Grigorij ist da. Do swidanja, auf Wiedersehen. Ich werde Pjotr Illjitsch erzählen, dass es Ihnen gut geht. Er wird sich freuen."

„Können Sie bitte diese Sachen für meinen Mann mitnehmen?"

Frida reichte ihm das Bündel, das Gretchen für ihren Vater gepackt hatte.

„Wenn Sie wollen, können Sie mitfahren. Grigorij bringt Sie wieder nach Hause."

Frida schaute Gretchen an. „Fahr du mit", entschied sie, „ich muss erst wieder zu mir kommen."

– 12 –

Gemächlich zuckelten sie über die Chaussee, und Gretchen dachte an den Tieffliegerangriff. Doch diese Erinnerung war nicht mehr als ein Schatten, den sie schnell verdrängte. Dabei war es keine vier Wochen her, dass der Tod ihr so nah gewesen war.

Grigorij kutschierte den Wagen und rauchte dabei eine fürchterlich stinkende Papirossa. Sie saß neben dem Kommandanten hinten auf der seitlichen Bank, er blickte stur geradeaus und tat so, als wäre sie gar nicht da. Gretchen schaute ihn hin und wieder verstohlen an und sie fand, dass er sehr gut aussah, obwohl Reinhild das Gegenteil behauptet hatte. Der Wagen war voll beladen mit Säcken, gar zu gern hätte sie gewusst, was da wohl drin war.

Als sie vom Hof gefahren waren, hatte sie die Gesichter hinter den Gardinen gesehen. Es würde wieder Gesprächsstoff geben.

Womit sie nicht unrecht hatte, in Windeseile verbreitete sich das Gerücht, Gretchen Merowin sei höchstpersönlich von einem hochdekorierten Russen abgeholt worden. Was das wohl zu bedeuten hatte, darüber wurde noch tagelang gemunkelt.

Der Kommandant schwieg beharrlich, bis es auf einmal, als sie kurz vor Flemsdorf waren, heftig rumpelte. Grigorij war in ein tiefes Schlagloch gefahren, die Pferde wieherten und scheuten. Wütend gab er ihnen die Peitsche, seine Papirossa flog ihm aus dem Mund und der Wagen machte einen scharfen Schlenker. Gretchen fiel zur Seite und landete direkt auf dem Schoß des Kommandanten.

„Verzeihung", murmelte sie verlegen.

„Chaben Sie sich verletzt, Fräulein Merowin?"

„Ist nichts passiert", versicherte sie ihm hastig.

„Grigorij kann nicht mit Pferden umgehen, es tut mir leid."

Der Kommandant stieg ab, und es folgte eine Schimpfkanonade auf Russisch, die Grigorij mit stoischer Gelassenheit über sich ergehen ließ. Stramm wie ein Zinnsoldat stand er da und verzog keine Miene.

Schließlich nahm der Kommandant die Zügel selbst in die Hand, er kutschierte wendig und gekonnt, als hätte er nie etwas anderes getan. Grigorij saß auf Befehl des Kommandanten nun hinten und schaute beleidigt vor sich hin, während Gretchen neben ihm auf dem Kutschbock saß. Der Kommandant hatte sie ausdrücklich darum gebeten.

Sie redeten und lachten jetzt miteinander, als hätte der kleine Zwischenfall etwas in ihnen gelöst. Seine dunklen Augen funkelten vergnügt, wenn sein Blick sie streifte.

„Sie sehen aus wie Ihr Papa, mein Fräulein, ganz und gar kommen Sie nach ihm."

„Das meinen alle. Aber bitte, sagen Sie doch Gretchen zu mir."

„Mein schönes Fräulein, darf ich wagen, meinen Arm und Geleit ihr anzutragen?", deklamierte er leise, und sie blieb ihm die Antwort nicht schuldig.

„Bin weder Fräulein, weder schön, kann ungeleitet nach Hause gehen!"

„Schauen Sie, eine Lerche."

Direkt vor ihnen schwirrte sie in der Luft und sang in den höchsten und lieblichsten Tönen. Der Kommandant hatte den Wagen angehalten, sie schauten schweigend zu, bis das kleine Vögelchen wieder blitzschnell in den Himmel aufstieg.

Der Himmel ist heute so blau, dachte sie. So unglaublich blau.

Ihre Blicke trafen sich. Gretchen hatte es voll erwischt. Sie, die sonst allen Männern aus dem Weg gegangen war, hatte sich verliebt. Ausgerechnet in einen russischen Offizier, der fünfzehn Jahre älter war als sie und von dem sie nichts wusste.

„Dein Papa hat mir erzählt, du hast ein Diplom?"

„Ach!" Sie schüttelte den Kopf. „Bloß ein Diplom in Hauswirtschaft."

Sie ärgerte sich über ihren Vater, ständig erzählte er den Leuten, was sie alles konnte und welche Verantwortung sie hatte. Das war ihr peinlich. Auch dass sie in Zichow angestellt gewesen war, wusste der Kommandant. Gretchen errötete vor Wut. Das sieht Vater ähnlich, dachte sie, fehlt bloß noch, dass ich jetzt wieder da hin muss.

Der Kommandant ließ nicht locker. „Dein Papa sagt, du hast da alles geleitet im Gutshaus und die Gutssekretärin hast du auch manchmal vertreten. Kannst du Maschine schreiben?"

„Ja, kann ich. Ich habe in Stettin einen Kurs gemacht, Stenografie, Schreibmaschine und einfache Buchhaltung. Aber eigentlich bin ich gelernte Hauswirtschafterin."

Was wird das hier, dachte sie. Vater, da hast du mir ja schön was eingebrockt, wer weiß, wo er mich jetzt hinschickt. Das geht nicht, ich muss mich erst mal um Mutter kümmern. Dann geh ich lieber Steine klopfen, da bin ich jeden Abend zu Hause.

In diesem Augenblick hasste sie diesen Mann, der ihr eben noch sehr vertraut gewesen war und dessen Charme sie sich nicht entziehen konnte. Und so sollte es bleiben zwischen Yussip und ihr, ein Wechselbad der Gefühle, ein Balanceakt zwischen Liebe, Hass und Leidenschaft. Doch davon ahnte sie in diesem Moment noch nichts.

„Es gibt viel zu tun, wir müssen die Güter wieder arbeitsfähig machen. Die kommende Ernte muss organisiert werden, der Weizen und Roggen da draußen steht gut. Dazu brauchen wir Arbeitskräfte, Leute aus der Landwirtschaft, und die Produkte müssen gerecht verteilt werden. Was die landwirtschaftlichen Maschinen angeht, auch da brauchen wir dringend eine Bestandsaufnahme. Ebenso der Viehbestand. Wir müssen wissen, was vorhanden ist und wie es in Zukunft verwaltet wird."

Gretchen nickte, das leuchtete ihr ein. Die Zeit verging schnell, in wenigen Wochen begann die Heuernte und bald mussten auch die großen Getreideernten der riesigen Schläge, die zu den Gütern gehörten, unter Dach und Fach gebracht werden. Es käme einer Katastrophe gleich, wenn die Getreideernte dieses Jahres auf dem Halm verderben würde. Und dann das Viehfutter, die Rüben, die Luzerne, der Mais und schließlich die Kartoffeln, all das musste geerntet werden. Auch gab es auf jedem Gut eine Gärtnerei, in der Gemüse angebaut wurde. Was geschieht da jetzt eigentlich, fragte sie sich. Sicher geht alles drunter und drüber, und die Leute in der Stadt bekommen nichts und hungern.

Sie beobachtete ihn und sah, wie er beim Sprechen mit beiden Händen gestikulierte. Das erinnerte sie an ihren Vater, auch er unterstrich seine Worte mit lebhaften Gesten. Dennoch hielt der Kommandant die Zügel fest in der Hand und sie dachte, das sieht bei ihm so leicht aus, dabei weiß ich doch, wie schwer es ist zu kutschieren. Aber worauf will er jetzt hinaus, wen meint er, wenn er „Wir" sagt?

Der Kommandant schwieg einen Augenblick, dann schaute er sie an. „Wir brauchen Leute wie Sie, Gretchen. Tüchtige und anständige Leute, die keine Nazis waren."

„Ich verstehe. Und was haben Sie sich da vorgestellt, was soll ich machen?"

Sie spürte den Widerstand, der in ihr aufstieg. Du schmierst mir Honig ums Maul, du Russe, dachte sie. Aber letztendlich wird es doch wieder darauf hinauslaufen, dass ich mache, was andere mir befehlen. Wie früher beim BDM.

„Leutnant Below braucht fähige Mitarbeiter wie Sie. Er kümmert sich um die Landwirtschaft in Ihrem Kreis. Momentan geht es um die Erfassung der arbeitsfähigen Leute und um die Neuorganisation der Strukturen. Sie werden ihm zur Seite stehen, mit den Leuten reden, Umverteilungen organisieren, Protokolle aufnehmen und so weiter. Wir müssen die Bedingungen für ein Ablieferungssoll schaffen, um den Chunger einzudämmen. Und wir müssen einen Plan erstellen für die nächste Zukunft."

„Aber ich kann kein Wort russisch."

„Leutnant Below spricht etwas deutsch. Wenn es nötig ist, dann kann Papa ja dolmetschen. Er hat gesagt, Sie können gut mit den Leuten."

Er schaute sie an und grinste breit. „Wie hat er gesagt? Mein Gretchen hat Chaare auf den Zähnen, sie lässt sich nicht die Butter vom Brot nehmen."

„Ach. Hat er das?" Papa, da hast du mir ja schön was eingebrockt. „Und wo werde ich arbeiten?"

„Überall. Das heißt, vorläufig in Criewen, Berkholz, Hohenfelde und Schwedt. Charascho?"

Wieder nickte sie wortlos. Ich habe ja gar keine Wahl, dachte sie. Na ja, wird schon schiefgehen, und arbeiten muss ich ja irgendwann wieder. Gott sei Dank ist jetzt Reinhild da, sie versteht sich gut mit Mutter.

„Melden Sie sich morgen um acht Uhr auf der Schwedter Kommandantur bei Leutnant Below. Ich werde Ihnen ein Schreiben fertig machen."

„Einverstanden. Können wir nachher kurz am Bahnhof anhalten? Ich muss einen Brief einstecken."

„Aber natürlich, mein Fräulein!" Er nickte ihr lächelnd zu.

Er ist ein ganz Ausgekochter, dachte sie, ein richtiger Charmeur. Damit hat er mich rumgekriegt, das macht er sicher immer so bei den Frauen. Sie vergaß, dass er der Kommandant war und sie einfach hätte holen lassen können, um ihr diese Arbeit zuzuweisen. Dass Leutnant Below auf der Schwedter Kommandantur saß, beruhigte sie. Sie schlussfolgerte daraus, jeden Abend wieder zu Hause sein zu können.

Grigorij hatte es sich hinten zwischen den Säcken gemütlich gemacht, offensichtlich genoss er es, von seinem Vorgesetzten kutschiert zu werden. Er spielte auf seiner Mundharmonika eine schnelle, temperamentvolle Weise. Als er fertig war mit seinem Stück, sagte der Kommandant zu Gretchen: „Tanzen Sie gern?"

Sie zuckte mit den Schultern. „Ich hatte in letzter Zeit wenig Gelegenheit." Es klang gekünstelt.

Sein Lachen dröhnte laut über die leere Landstraße. „Konversation, nicht wahr? So nennt man das doch in Deutschland."

„Was meinen Sie?"

„Sie machen mit mir Konversation, Gretchen, Sie weichen meiner Frage aus. Aber ich denke, die Frage erübrigt sich. Sie sind eine hübsche junge Frau und Sie haben Temperament. Natürlich tanzen Sie gern. Ich wette darauf!"

„Ich wette nie. Aber Sie haben recht, ich tanze gern", antwortete sie hastig. Wieder spürte sie, dass sie rot wurde, und ärgerte sich.

„Ich tanze auch gern. Sie werden wieder tanzen, Gretchen, das verspreche ich Ihnen. Vielleicht sogar mit mir?"

Gretchen mied seinen Blick. „Erzählen Sie mir bitte noch etwas über meine zukünftige Arbeit, Herr Kommandant."

„Sie wollen wissen, wie es weitergeht, Sie sind ungeduldig, das gefällt mir. Ja, nun ... Was wird aus diesem kaputten Land? Was denken Sie, wer muss sich kümmern um dieses Land?"

„Ich weiß nicht. Jemand muss ja wieder das Sagen haben, auf den Gütern und überall."

„Das Volk wird regieren, das Volk, dass den Boden bewirtschaftet. Wir werden bald eine Bodenreform durchführen und Sie werden dabei mithelfen, diese Reform vorzubereiten. Das Land wird in Zukunft denen gehören, die säen und pflanzen und es mit ihrem Schweiß düngen. Das ist unser Ziel."

„Ich verstehe."

Das kann ja schön was werden, dachte sie. Sie konnte sich beim besten Willen nicht vorstellen, wer nun das Gut in Zichow verwalten sollte. Die Schnitter etwa? Oder die Frauen, die im Sommer die Rüben hackten und im Herbst die Kartoffeln buddelten? Bodenrefom, was meinte er damit? Egal, erst mal abwarten.

Im Hof der Kommandantur stand ein Jeep. Die Motorhaube war geöffnet und drei Männer begutachteten den qualmenden Motor. Sie redeten sehr laut und fuchtelten erregt mit den Händen herum, anscheinend stritten sie sich.

„Hab ich es mir doch gedacht", sagte der Kommandant, „wo ein Auto ist, da ist auch Pjotr Illjitsch nicht weit. Nun gehen Sie schon, Gretchen, Papa wartet."

Erst jetzt erkannte sie ihren Vater, er trug eine olivgrüne Russenbluse, Reithosen, wie sie die Inspektoren auf den Gütern tragen, und langschäftige, verdreckte Stiefel.

„Papa", schrie sie, mit ihrer Contenance war es vorbei. Tränen rannen über ihr Gesicht, als er sie in den Arm nahm. Atemlos berichtete sie ihm, was alles geschehen war, sprach von der Mutter, von Heinrich und auch von Reinhild, von der zerstörten Stadt und all dem Leid, das sie gesehen hatten.

Peter strich ihr sanft übers Haar. „Dewotschka, Moja, es ist vorbei."

Gretchen schluchzte umso lauter.

Es war vorbei. Auch wenn sie noch nicht wussten, was die Zukunft ihnen bringen würde, so war doch die Hoffnung da, Hoffnung auf einen lange währenden Frieden.

– 13 –

Reinhild beobachtete Frida an diesem Nachmittag mit stiller Freude. Wie sehr sie sich verändert hatte, seit der Kommandant da gewesen war. Als sie Frida vor wenigen Wochen das erste Mal gesehen hatte, war sie ihr vorgekommen wie eine kränkelnde, vorzeitig gealterte Frau. Zwar spürte sie die Liebe, die sie ausstrahlte, aber es war zu erkennen, dass sie keine Kraft mehr hatte.

Nun aber schritt Frida den Garten ab wie ein Feldwebel die Front und dachte laut darüber nach, was demnächst alles zu tun wäre. Reinhild ging still nebenher. Sie blieb stehen, wenn Frida stehenblieb, und sie genoss es, sie zu beobachten. Sogar ihre Stimme klang jetzt anders.

„Und Hühner muss ich wieder haben", sagte Frida, „komm, wir gehen zu den Ställen."

Im hinteren Teil des großen Gartens gab es einen separat abgeteilten Hof für das Vieh. Hier hatte Peter einen Stall für die Ziegen und Schweine gebaut. An den Seiten des Hofes befanden sich die Kaninchenställe, ein Stall für die Enten, der Hühnerstall und ein Heuboden.

Frida öffnete die Tür des Hühnerstalls. „Oh je! Hier muss erst mal ausgemistet werden."

Hektisch lief sie los, holte Schubkarre und Mistgabel herbei und band sich eine alte Schürze um, die an der Stalltür hing.

„Soll ich dir helfen?", fragte Reinhild.

„Aber nein, Mädchen, du musst doch nachher zum Melken. Geh mal nach Hause, Gretchen kommt bestimmt bald. Da sind noch Pellkartoffeln, die könnt ihr euch zum Abendbrot braten."

Frida schuftete wie ein Mann, und mit jeder Forke Mist, die sie hinaustrug, wuchsen ihr neue Kräfte zu. Wieder einmal erlebte sie das große Wunder der Gnade. Wenn es am Finstersten war und ihre Verzagtheit am größten, dann kam Gottes Licht auf sie herab.

Als sie fertig war, schaute sie sich im Stall um und stellte fest, dass er dringend neu gekalkt werden musste. Aber wo bekam sie jetzt Kalk her? Ein Spruch ihrer Mutter fiel ihr ein: „Ist die Not am größten, ist Gottes Hilfe am nächsten."

So ist es, dachte sie, und ich werde den Kalk bekommen, genau wie die Hühner. Ich muss nur ganz fest daran glauben.

Die Sonne stand schon tief am Horizont, Frida saß unterm Apfelbaum und ihre Gedanken wanderten weit zurück. Sie erinnerte sich, wie es einst begonnen hatte mit ihr und Peter.

Der junge Russe, den sie erst gar nicht haben wollte. Sie schwärmte damals von einem feschen Dragoner, wie so viele Schwedter Mädchen.

Doch Peter ließ nicht locker, er verfolgte sie sogar auf ihren Wegen durch die Stadt. Im Winter wartete er abends vor dem Tor des Hauses, in dem sie arbeitete. Sie betreute dort die Kinder einer Familie.

Und wenn sie dann endlich herauskam, stand er da und bat sie schüchtern, aber nachdrücklich, sie nach Hause begleiten zu dürfen. Damit sie nicht allein gehen muss in der Dunkelheit.

Wie eiskalt dieser Winter gewesen war und wie er ihre Hände wärmte in den seinen und ihr lachend erzählte, dass das keine Kälte sei, oh nein! Er sprach von den russischen Wintern, wenn der Schneesturm ums Haus heulte und er auf dem Ofen lag. Von einer nächtlichen Schlittenfahrt erzählte er, sie kamen spät von einer Kindstaufe zurück. Wie die Wölfe aus dem Wald kamen und hinter ihnen her heulten.

Er imitierte ihr schauriges Geheul. Schnell schaute sie sich um, ob jemand da war, der es gehört hatte. Doch sie waren ganz allein auf der Berliner Straße, und abgesehen vom fahlen Licht der Laternen war es stockdunkel.

„Uii, uii“, so heulte er immer wieder und sie sah, er hatte großen Spaß daran. Es war so kindlich, wie er es tat, und es fiel direkt in ihr Herz, sodass sie lachend sagte: „Gefressen haben sie dich jedenfalls nicht, sonst wärst du ja jetzt nicht hier bei mir.“

Worauf er ihr dramatisch schilderte, wie sie sich die Wölfe vom Hals gehalten hatten, indem sie brennende Fackeln vom Schlitten warfen.

Gern erzählte er ihr schaurige Geschichten, wie er überhaupt gern redete in jener Zeit, er tastete sich durch die neue Sprache, probierte sie aus und freute sich über jedes neue Wort.

Kennengelernt hatten sie sich in der Pfingstgemeinde. Eines Tages nahm ihn der Mann mit, der ihm die Bibel geschenkt hatte.

Er hatte eine Reparaturwerkstatt für Maschinen, und Peter kam manchmal mit einem Auftrag seines Chefs zu ihm. Einmal, sie kannten sich schon eine Weile und der Mann wusste, dass Peter ein gläubiger Mensch war, sagte er zu ihm: „Du bist noch jung, du musst andere junge Leute kennenlernen. Du kannst doch nicht immer nur allein auf deiner Bude hocken, Peter."

So kam es, dass er mit zur Versammlung ging. Dieser Abend war ein ganz besonderer, die Gemeindemitglieder sprachen über Ereignisse ihres Lebens, die sie zu Gott geführt hatten, oder über Situationen, in denen sie Gott besonders nah gewesen waren. Schließlich meldete sich Peter, um ebenfalls Zeugnis abzulegen, wie sie es nannten. Er berichtete von der Offenbarung Gottes in jener Osternacht in der Kirche seiner Heimat, die ihn einst so sehr in seinem Glauben bestärkt hatte.

Weil sein Deutsch noch unbeholfen war und er tastend nach den richtigen Worten suchte, hörten sie ihm besonders aufmerksam zu und wünschten ihm dabei von ganzem Herzen, dass er sie finden möge.

„Seitdem stehe ich unter Gottes Schutz und Führung", sagte er schließlich, „ewig und bis an das Ende aller Tage."

Und er sprach auch von einem Ereignis in der jüngsten Vergangenheit. Seine innere Stimme, die seit jener Offenbarung immer bei ihm gewesen war, hatte ihm das Leben gerettet, als er als Kriegsgefangener im Lazarett lag. Ein Brand brach aus und die Stimme rief ihm zu, dass er aufwachen soll, um sich in Sicherheit zu bringen. Er hatte eine Lungenentzündung. Durch den Rauch musste er stark husten, bis er endlich im Freien war, und von dieser Stunde an ging es ihm besser. Er bekam keine Rauchvergiftung, wie so viele andere Patienten.

Gottes Führung. Sie alle waren gekommen, um zu glauben. In diesen schweren Zeiten nach dem Ersten Weltkrieg suchten sie nach einem Halt, nach Trost und Mut und fanden ihn in der Pfingstgemeinde.

So stand Peter also dort vorn, und während er redete, schaute er unentwegt auf Frida.

Auch sie konnte den Blick nicht abwenden und auch sie hörte auf ihre innere Stimme, die ihr sagte: „Dieser Mann ist dir vorbestimmt."

Sie war zutiefst erschrocken, und obwohl sie ihn mochte, sträubte sie sich innerlich dagegen. Doch genau wie er hatte sie einen direkten Zugang zur Botschaft des Allmächtigen und war sich sicher, dass diese Worte direkt von Gott gekommen waren.

Schließlich warb er um ihre Hand, aber sie bat sich Bedenkzeit aus. Ihre Mutter hatte nichts dagegen einzuwenden. Sie mochte ihn und war froh, dass Frida einen Mann gefunden hatte, der für sie sorgen würde. Ihr Vater war früh gestorben, die Mutter hatte es schwer genug gehabt, ihre drei Mädchen durchzubringen, und hier kam nun ein fleißiger und solider junger Mann, der nicht trank und nicht rauchte, und wollte ihre Älteste heiraten. Dass er kein Deutscher war, spielte in der Familie keine Rolle. Was zählte, waren christliche und preußische Tugenden, die er durchaus aufzuweisen hatte, auch wenn er aus den Weiten Russlands als Fremder in dieses Land gekommen war.

Auch ihre Freundinnen redeten ihr gut zu, bei ihnen fiel besonders ins Gewicht, dass er gut aussah. Nicht groß, aber sehr maskulin und voller Spannkraft, mit einem sympathischen Gesicht und dunklen Haaren. „Er hat eine schöne Nase", schwärmte eine ihrer Freundinnen, „so ebenmäßig, richtig klassisch."

Eine andere sagte: „Er ist ein richtiger Kriegsheld, so kommt er mir vor mit seiner verwegenen Narbe auf der Stirn. Und wie er redet, er ist so männlich."

Frida aber lachte sie aus und dachte, da habe ich aber Glück gehabt, er sieht auch noch gut aus. Er hätte auch hässlich sein können, aber dennoch hätte ich ihn nehmen müssen, weil es mein Schicksal ist.

An einem sonnigen Märztag im Jahre 1922 gaben sie sich das Jawort. Eine große Feier fand nicht statt, sie dachten viel zu praktisch, um ihr bisschen Geld in dieser schlechten Zeit zu verschwenden, und getanzt wurde sowieso nicht. Auf Vergnügungen dieser Art verzichteten sie in der Gemeinde. Damit grenzten sie sich in einer Zeit, in der viele Menschen sich dem Sog des Vergnügens hingaben, um die Traumata des Krieges und die Sorge um das tägliche Brot zu vergessen, bewusst ab. Sie taten dies nicht, um sich zu erhöhen, sondern um in völliger Klarheit und Nüchternheit unter der Führung des heiligen Geistes ihren Weg zu finden.

Fridas Mutter hatte Kuchen gebacken und eine Bowle aus Fruchtsirup, eingewecktem Obst und Mineralwasser zubereitet. Als sie in kleiner Runde am Kaffeetisch saßen, klopfte es an die Tür. Draußen standen die Freunde, sie brachten Blumen mit, herzliche Segenswünsche und ihre Musikinstrumente. Die kleine Stube war im Nu voll. Sie sangen, spielten zusammen, lachten und erzählten bis in die späte Nacht, in ihren Herzen war die heitere Freude der Gemeinschaft.

Seufzend stand Frida auf, zog ihre Strickjacke über und machte sich auf den Heimweg. Obwohl die Sonne am Tag brannte, waren die Abende und Nächte noch recht kühl.

– 14 –

Gretchen war wieder daheim, sie saß in der Zinkwanne und nahm ein Bad.

„Wie viele Eimer hast du denn da die Treppen heraufgeschleppt, Mädchen“, rief Frida. „Da kann ich ja hinter dir auch noch schnell reingehen und dann wasche ich gleich die Strümpfe aus. Was meinst du, ob es wohl bald wieder Wasser aus dem Hahn gibt?“

„Klar“, sagte Gretchen. Sie sah sehr merkwürdig aus, in ihrem Gesicht klebte eine Pampe aus Kleie und Tonerde, die sie vom Ufer der Oder geholt hatte. Angeblich sollte das den Teint rein machen, in besseren Zeiten verwendete sie dafür Seesand-Mandelkleie aus der Drogerie.

Frida lachte darüber, sie wusch ihr Gesicht nur mit kaltem Wasser und den Körper mit Kernseife. Dabei war ihre Haut fein und klar. Auch jetzt, da sie so mager geworden war und dunkle Ringe unter den Augen hatte, war sie makellos rein, aber ihr dunkelbraunes Haar hatte erste graue Strähnen bekommen.

Während sich Gretchen gründlich mit einem Schwamm abseifte, berichtete sie, was sie an diesem Nachmittag erlebt hatte. Der Kommandant hatte sie mit einem Motorrad nach Hause gebracht.

„Eine alte Kiste, ich hab gedacht, die fliegt uns um die Ohren, aber er ist ganz langsam und vorsichtig gefahren!“

Sie stieg aus der Wanne, und Frida reichte ihr das Badetuch.

„Um Vater brauchst du dir jedenfalls keine Sorgen zu machen, richtig dick sieht der aus, den mästen sie da. Na, du wirst dich wundern, wenn er am Wochenende kommt, mindestens fünf Kilo hat er zugenommen! Ach, und guck mal, was auf dem Tisch liegt. Ein Schreiben für die Kommandantur, ich muss da morgen antanzen, ich soll in einer Kommission mitarbeiten, es geht um die Organisation der Landwirtschaft."

Sie rubbelte ihr Haar trocken, bürstete es und flocht es zu Zöpfen.

Frida schaute sich den Brief an, verständnislos starrte sie auf die kyrillischen Buchstaben.

„Hinten, Mutter. Der Kommandant hat es mir übersetzt."

Ja, da stand es, akkurat mit einem Bleistift geschrieben, Margarete Merowin wird ab sofort der landwirtschaftlichen Kommission beigeordnet. „Als Kontrollorgan", las Frida und schaute ihre Tochter besorgt an. „Was musst du denn da tun? Nachschauen, wo die Bauern ihre Eier verstecken?"

„Vielleicht. Alles muss gerecht verteilt werden, das sagst du doch auch immer. Wer genug hat, muss abgeben, damit endlich der Hunger aufhört. Ich geh da morgen hin und dann sehen wir weiter. Du weißt doch, Mutter, in der Bibel steht, sorget nicht für Morgen, ein jeglicher Tag hat seine eigenen Sorgen."

Obwohl Gretchen nicht halb so fromm war wie ihre Mutter und ihr Leben lieber an handfesten Tatsachen ausrichtete, war sie mit den Bibelsprüchen Fridas aufgewachsen und zitierte sie gern, manchmal auch unpassend und ihrer Mutter zum Trotz. Doch diesmal freute sich Frida über Gretchens Zuversicht.

„Mutter, hast du denn noch gar nicht in den Sack geschaut, der vor der Tür steht?"

„Was für ein Sack?" Frida stieg in die Wanne.

„Hast du Tomaten auf den Augen?"

„Sei nicht so frech, gib mir lieber die Seife."

Gretchen ging hinaus und brachte einen Jutesack mit, sie legte ihn auf den Tisch und öffnete ihn grinsend. „Da staunst du, nicht wahr? Das hat der Kommandant mir alles mitgegeben. Schau mal, Mutter, so ein weißes Brot haben wir seit Jahren nicht mehr gehabt. Und ein ganzer Schinken und dann noch Konserven! Ich glaube, das ist Fisch."

Frida reckte ihren Hals, um zu sehen, was auf dem Tisch lag. Vier Laibe Weißbrot, ein duftender Schinken. Ihr Mund stand offen und sie schüttelte den Kopf. „Du meine Güte", rief sie, „und wem hat er das weggenommen?"

„Ach, Mutter. Sicher nicht denen, die hungern. So kann es doch nicht weitergehen, die Bauern horten alles und in der Stadt sterben die Kinder. Aber jetzt kommt eine neue Zeit! Die Junker haben sich in den Westen abgesetzt, und den Großbauern wird es auch an den Pelz gehen. Wer sät, wird in Zukunft ernten, und die Arbeiter und Bauern werden dieses Land regieren."

„Na sag mal, du redest ja wie eine Kommunistin."

Das Wort Kommunist hatte im Hause Merowin keinen guten Klang, Peter Merowin machte zwischen Kommunisten und Nationalsozialisten keinen Unterschied. Für ihn waren sie alle gleich, gottloses Gesindel.

Frida stieg aus der Wanne und zog ihren Bademantel an.

„Komm, Mutter, probiere mal das Brot. Köstlich!"

Gretchen schob ihr ein Stück des feinen, weichen Brotes in den Mund, dabei kaute sie selbst genüsslich. Dann holte sie ein Messer aus der Schublade und schnitt den Schinken an.

„Hm, wie das duftet!"

Frida schaute ihr lächelnd zu. Gretchen hatte schon immer eine Schwäche für kulinarische Genüsse gehabt und sie kochte auch sehr gut. Wenn sie so alt ist wie ich, dann wird sie dick und rund sein, dachte sie. Sie selbst war genügsam, ein Stück Brot und ein Apfel reichten ihr als Mahlzeit.

„Ich ziehe mich jetzt an und gehe rüber zu Müllers. Frau Müller liegt krank im Bett, Mittags war die Schwägerin bei ihnen und hat die Kinder mitgenommen. Ich werde ihr was zu essen bringen."

„Mach das, Mutter. Die Strümpfe wasche ich schnell durch. Reinhild muss auch gleich kommen. Na, die wird gucken!"

Frida kochte die Ziegenmilch ab und füllt sie in eine Kanne. Dann nahm sie eines von den Broten, schnitt ein Stück vom Schinken ab und packte alles in einen Korb. Aus der Kammer auf dem Balkon holte sie noch eine Flasche Johannisbeersaft.

Müllers wohnten in einem der vorderen Häuser direkt an der Berliner Allee. Als sie klingelte, öffnete ihr der zehnjährige Klaus, ein magerer, blonder Junge, für sein Alter war er viel zu klein und mickrig. Seit den Nächten im Keller hatte er einen nervösen Tick, sein rechtes Auge zuckte, jetzt war es gerade besonders schlimm.

„Ich denke, ihr seid bei eurer Tante?"

„Ja, die Kleinen. Ich soll bei Mama bleiben über Nacht, es geht ihr nicht gut. Tante Frida, ich hab solche Angst! Meinst du, sie stirbt?"

„Aber nein, Klaus. Ich schaue gleich nach ihr. Komm mal mit in die Küche, du hast doch sicher Hunger."

„Aber es ist ja nichts mehr da. Da war nur noch Kohlrübeneintopf, den habe ich heute Mittag gegessen."

Klaus schaute sie an, sein Auge war nun ruhig, aber sie sah die dunklen Schatten in seinem Gesicht, die Schatten des Hungers.

„Komm, ich habe dir was mitgebracht", sagte sie und ging mit ihm in die Küche.

„Aber langsam essen, ganz langsam kauen, hörst du, sonst wird dir schlecht."

Klaus kaute, schloss die Augen und lächelte zufrieden.

Sie goss ihm Milch ein, in die sie etwas Johannisbeersaft hineintat, und sie dachte dabei an Heinrich, der so gern Ziegenmilch mit Johannisbeersaft trank. Das gab ihr einen Stich ins Herz. Ob Heinrich wohl genug zu essen hatte?

„Wer ist da?" Frau Müller richtete sich im Bett auf, ihr Gesicht war hochrot und Frida hörte schon von der Tür aus ihre rasselnden Bronchien. „Sind Sie es, Frau Merowin?"

„Ich habe Klaus was zu essen gebracht, und Sie haben doch sicher auch Hunger."

Frau Müller schüttelte den Kopf. „Ich kann nichts essen, mein Hals tut mir so weh. Der Doktor war hier, meine Schwester hat ihn geschickt. Diphterie ist es nicht, hat er gesagt, nur die Bronchien. Dieser verdammte Husten."

Die Luft im Zimmer war abgestanden, Frida öffnete das Fenster, beugte sich zu der Kranken hinab und legte die Hand auf ihre Stirn. „Haben Sie Fieber gemessen?"

Frau Müller hustete keuchend. „Nur 38,5, der Doktor meint, das ist nicht so schlimm. Das Fenster ... ist auch kein Durchzug?"

Ängstlich schaute sie zur Tür, und Frida schloss schnell das Fenster. Dann half sie der Kranken beim Aufstehen.

Frau Müller saß im Sessel und schaute zu, wie Frida ihr Bett frisch bezog. „Ich weiß gar nicht, wie ich Ihnen danken soll, Sie sind eine gute Seele."

„Ich nehme die Wäsche gleich mit in die Waschküche und weiche sie ein, ich muss morgen sowieso waschen."

„Aber das müssen Sie doch nicht."

„Pscht, nicht so viel reden, dann bekommen Sie wieder einen Hustenanfall. Ich werde Ihnen den Rücken einreiben, haben Sie was da?"

„Klaus, bring mal den Franzbranntwein aus der Küche."

Klaus kam mit der Flasche, nun sah er nicht mehr ganz so kläglich aus. Tante Frida war da, er mochte sie sehr.

„Haben Sie noch Zwiebeln?", fragte Frida.

Es waren noch welche in der Kammer und Frida kochte daraus einen Sud, dann zog sie der Kranken ein frisches Nachthemd an, bürstete ihr das Haar und servierte ihr den Zwiebelsud.

„Igitt!" Frau Müller nahm den Löffel und stocherte im Teller herum. „Aber es nützt ja nichts, also runter damit."

Frida legte schweigend ein dickes Stück Weißbrot neben den Teller. Frau Müller starrte auf das Brot, dann schaute sie Frida an und fing an zu weinen. „Das ist ja richtiges Brot", schluchzte sie laut auf, „so hell und weich. Klaus, komm mal her."

„Klaus hat schon gegessen, essen Sie mal! Sie müssen wieder zu Kräften kommen. Ich bringe Ihnen morgen früh Quark vorbei, ich habe genug gemacht, die Ziegen geben jetzt wieder ordentlich Milch."

Bevor sie ging, kochte sie der Kranken einen Pfefferminztee und brachte den Eimer zur Toilette, die sich auf der halben Treppe befand und von zwei Familien benutzt wurde. Es stank furchtbar, als sie den Deckel hochklappte. Wenn es doch bloß bald wieder Wasser geben würde, dachte sie. Lieber Gott, bitte mach, dass wir wieder Wasser aus der Leitung haben.

Sie holte frisches Pumpenwasser und spülte nach, aber das nützte nicht viel. Kein Wunder, dass Ruhr und Cholera in der Stadt grassierten.

Daheim saßen Reinhild und Gretchen am Radio. Seit drei Tagen gab es zu bestimmten Zeiten des Tages wieder Strom, und seitdem hörten Sie täglich die Suchdienstsendung des Roten

Kreuzes. Reinhild hatte einen Brief an die Leitstelle in Berlin geschrieben. Sehnlichst wartete sie auf ein Lebenszeichen von ihrem Bruder oder von ihrer Tante, die mit ihnen gemeinsam auf den Treck gegangen war. Leider hatten sie sich auf einem Bahnhof aus den Augen verloren. Was ihren Vater betraf, so hatte sie längst alle Hoffnung aufgegeben, und ihre Mutter lag in einem Massengrab bei Stettin.

Als Frida hereinkam, sah sie, dass Reinhild weinte, Gretchen streichelte ihre Hand.

Dieses bescheidene und fleißige Mädchen war ihr ans Herz gewachsen wie die eigene Tochter, und sie empfand Reinhilds Schmerz wie ihren eigenen. Leise ging sie wieder hinaus.

Doch dann hörte sie, wie sie nebenan schon wieder lachten. Die Tür ging auf.

„Mutter", rief Gretchen, „ich weiß gar nicht, was ich da morgen anziehen soll. Kannst du mir nicht dein graues Kostüm leihen, es passt dir doch sowieso nicht mehr und du gehst ja nirgendwo hin. Bitte!"

Gretchen drehte sich vor dem Spiegel, Mutters Kostüm passte perfekt.

„Dein Haar", rief Reinhild, „du musst es hochstecken. Geh da bloß nicht mit einem Kranz hin."

„Ich kann das aber nicht."

„Ich mach dir das, pass mal auf, so und so!" Die Mädchen wirbelten vor dem Spiegel herum und Frida meinte trocken: „Eure Sorgen möchte ich haben."

Und dann erzählte sie ihnen von Klaus, der ihr gar nicht gefiel.

„Wie ein Nachtschattengewächs sieht der Junge aus. Seine Mutter hat nur eine starke Erkältung, die kommt schon wieder auf den Damm, aber der Junge ist ja halb verhungert. Und an die frische Luft geht er auch nicht. Seit sie wieder da sind, verkriecht er sich. Seine Mutter sagt, er hockt am liebsten in dunklen Winkeln, und wenn sie ihn sucht, findet sie ihn meist unter der Treppe oder in der Kammer. Wenn ich nur wüsste, wie man ihm helfen könnte."

„Er hat einen Knacks weg, Mutter. Wer weiß, was er alles auf der Flucht gesehen hat. Aber so geht es vielen Kindern, du kannst nicht allen helfen."

„Das weiß ich selbst. Aber Klaus können wir helfen. Ich habe da eine Idee, seine Mutter muss natürlich einverstanden sein. Er könnte doch den Sommer über in Zichow bleiben bei der Familie von Fritz. Er kann da ein bisschen helfen, vielleicht als Hütejunge bei den Schafen. Und sie haben doch immer so viele Gänse und Enten, sogar zwei Kühe. Sie leiden bestimmt keine Not, sie haben Land und einen großen Garten, da kann der Junge sich satt essen und ist an der frischen Luft. Ich werde morgen einen Brief nach Zichow schreiben, die Post über Land klappt ja wieder."

„Mach das, Mutter, schließlich haben wir Fritz vor dem Volkssturm gerettet."

„Ach Quatsch! Wir waren ja froh, dass er mit uns gezogen ist, er war uns eine große Hilfe. Ich verstehe nicht, warum er sich nicht meldet. Ich habe gedacht, er besucht uns mal."

„Ja, das finde ich auch komisch", meinte Gretchen, „wo wir doch zusammen durch dick und dünn gegangen sind."

Sie konnte nicht wissen, dass Fritz mit ihr schmollte, weil sie seine schüchternen, verliebten Annäherungsversuche völlig ignoriert hatte.

Klaus verbrachte den Sommer in Zichow, trank sich an Milch satt und war den ganzen Tag auf den Weiden. Als er Ende August nach Hause kam, erkannten ihn die Nachbarn nicht wieder, so gut hatte er sich herausgemacht.

– 15 –

Am nächsten Morgen wartete Gretchen unschlüssig vor der Kommandantur und traute sich nicht hinein. Sie hatte ein flaues Gefühl im Magen und kam sich verkleidet vor im Kostüm ihrer Mutter. Bevor Reinhild zum Melkdienst gefahren war, hatte sie ihr in aller Herrgottsfrühe die Haare aufgesteckt. Gretchen fand die neue Frisur albern. Nun ist es zu spät, dachte sie, nun muss ich so da rein. Und dann diese Schuhe, auch sie gehörten ihrer Mutter, waren ein bisschen zu eng und scheuerten an den Fersen. Da sie keine ordentlichen Strümpfe mehr besaß, trug sie weiße Söckchen.

„Es nützt ja nichts", murmelte sie, „Augen zu und durch."

Schnell eilte sie die Treppe hinauf, die zum großen Eingangsportal führte. Ein Rotarmist versperrte ihr den Weg. Der lange, schlaksige Kerl baute sich vor ihr auf und murmelte etwas Unfreundliches auf Russisch. Gretchen hielt ihm das Schreiben des Kommandanten hin. Er las es, nickte knapp und deutete mit seinem Gewehr auf eine wuchtige Tür. Schüchtern klopfte sie an, eine Frau in Uniform machte ihr auf. Sie reckte das Kinn, zog die Brauen hoch und fixierte Gretchen schweigend.

„Guten Tag, ich bin Fräulein Merowin, ich soll mich bei Herrn Below melden."

Die Rotarmistin musterte sie abschätzend von oben bis unten, und Gretchen sah die kalte Verachtung in ihrem Blick. Pikiert kräuselte die kräftige, vollbusige Frau ihre stark geschminkten Lippen und sagte etwas zu Below. Dann setzte sie sich hinter eine Schreibmaschine und hämmerte drauflos, ohne noch einmal aufzuschauen.

Below, ein massiger, mürrisch dreinblickender Mann, saß hinter seinem Schreibtisch und rauchte eine lange schwarze Zigarillo mit einem goldfarbenen Mundstück. Am Finger der rechten Hand trug er einen schweren Siegelring. Neben ihm stand ein zweiter Mann, der ihm gerade eine Akte vorlegte und mit leiser Stimme auf ihn einredete. Dieser Mann war sehr hager, er sah krank aus. Sein schwarzes Haar hatte er anscheinend mit Pomade straff nach hinten gekämmt, er trug einen zerknitterten Anzug mit Nadelstreifen, der ihm viel zu groß war.

Gretchen stand vor dem Schreibtisch wie bestellt und nicht abgeholt, und genau das dachte sie in diesem Augenblick. Sie wurde wütend. Schließlich räusperte sie sich und sagte laut: „Guten Morgen."

Die Männer schauten auf. Below schwieg, und der Mann neben ihm sagte in akzentfreiem Deutsch: „Sie sind sicher dieses Fräulein Merowin."

Es hörte sich an, als würde er ihren Namen ausspucken.

„Ich bin Margarete Merowin, hier ist mein Empfehlungsschreiben."

Gretchen konnte sich nicht erinnern, jemals mit so viel Herablassung behandelt worden zu sein, nicht mal in der Schule oder in der Ausbildung, wo doch jeder wusste, dass ihr Vater kein Arier war.

Wenig später saß sie neben Herrn Schmidt, so hieß der hagere Mann, und Leutnant Below in einem kleinen Lkw. Sie ruckelten in diesem uralten Auto mit Holzvergaser mühevoll durch alle Schlaglöcher bis nach Hohenfelde. Herr Schmidt saß am Steuer.

Am nächsten Tag ging sie mit Gummistiefeln in die Kommandantur, Mutters Schuhe und ihre weißen Socken hatte sie sich in den Hohenfelder Kuhställen gründlich ruiniert. So verging eine Woche nach der anderen, und die Sache begann ihr langsam Spaß zu machen. Mein Gott, dachte sie manchmal, was sind doch diese Bauern für Schlitzohren. Je größer ihr Hof, desto mehr versuchen sie, die Kommission zu betrügen. Die Gäule lahmen, die Schweine haben Rotlauf und die Kühe geben keine Milch mehr. Dabei geht es jetzt vorläufig nur um eine Bestandsaufnahme, damit ein gerechtes Ablieferungssoll festgelegt werden kann.

Auf den Gütern taten sich die Leute weniger schwer, wenn sie durch die Ställe und über die Felder gingen und sich die Wirtschaftsbücher anschauten. Es war ja nicht ihr Eigentum, was also scherte es sie.

Below, Herr Schmidt und Gretchen wurden bald überall die „Troika" genannt, das Dreigespann von Stalins Gnaden, wie die Leute hinter vorgehaltener Hand sagten. Was die Leute sich hinter ihrem Rücken erzählten, war Gretchen schon immer egal gewesen. Viel mehr ärgerte sie sich über Herrn Schmidt, der kaum verhehlte, dass er sie nicht leiden konnte. Erst einige Monate später erfuhr sie den Grund. Herr Schmidt war ein alter Kommunist, der viele Jahre im Zuchthaus Brandenburg gesessen hatte. Warum er so gut russisch sprach, erfuhr sie nie, aber eines klärte sich in einem Gespräch, das sie ihm förmlich aufzwang, um herauszufinden, warum er ihr gegenüber so feindselig war. Herr Schmidt hielt sie für die Tochter eines russischen Aristokraten, der während der Oktoberrevolution nach Deutschland emigriert war.

Und dann war er auch noch beleidigt, weil sie ihn dafür auslachte.

„Sie haben eine rege Fantasie", sagte sie, „mein Vater war ein einfacher Soldat und sein Vater ein kleiner Eisenbahnangestellter. Vater kam in Kriegsgefangenschaft und ist in Deutschland geblieben, weil er meine Mutter kennengelernt und geheiratet hat. Das ist alles."

Das leuchtete ihm ein, von dieser Stunde an änderte sich sein ablehnendes Verhalten.

Gretchen aber wusste, es war nur die halbe Wahrheit. Ihr Vater war immer gut informiert gewesen über sein Heimatland. Er hatte die Wirren der ersten Revolution und die zahlreichen Aufstände dort noch miterlebt und er wusste, was die Kommunisten durch Misswirtschaft und Gewaltherrschaft in Russland angerichtet und wie sie dieses reiche Land zugrunde gerichtet hatten. Um keinen Preis wäre er dahin zurückgekehrt. Deutschland war das Land seiner Wahl, auch wenn die letzten Jahre sehr schwierig gewesen waren. Hinzu kam, dass seine Eltern schon lange tot waren und er zu seinen Geschwistern nur noch wenig Kontakt hatte. Ein spärlicher Briefwechsel, der im Krieg ganz abgerissen war, mehr nicht. Und was die Kommunisten anging, so hatte er für sie nur Verachtung übrig. Seiner Meinung nach waren sie allesamt Leute, die in Armut lebten, weil sie faul waren, und deshalb wollten sie den Fleißigen, die es zu was gebracht hatten, etwas wegnehmen. Er selbst war zwar nicht reich, aber durch fleißige Arbeit hatte er es für einen Arbeiter zu einem bescheidenen Wohlstand gebracht. Wenn die Kommunisten früher auf die Straße gegangen waren, um sich mit den Nazis zu prügeln und ihre roten Fahnen zu schwenken, ging er nach Feierabend in seinen Garten oder aufs Feld.

Als Gretchen ihrem Vater schilderte, was sie da Tag für Tag auf den Dörfern machte, schüttelte er den Kopf. Zwar gab er ihr recht, wenn sie sagte, wir müssen den Hunger bekämpfen, aber wenn es um die Bodenreform ging, stieß sie bei ihm auf erbitterten Widerstand. Da wurde er wütend und sprach von Unrecht, das nicht gut gedeiht, von Diebstahl gar, und schmückte seine Worte mit Bibelsprüchen aus. Das Wort Kolchose fiel, und er sprach von gottlosem Tun und Treiben. Dennoch war er stolz auf sie. Seine Tochter war nun eine landwirtschaftliche Verwalterin und sagte den Bauern, wo es langgeht. So sah er sie und das, was sie tat, weil er sie so sehen wollte.

Frida hingegen hörte schweigend zu. Tief in ihrem Herzen fand sie es durchaus recht und billig, dass nun das Land der großen Güter und der Großbauern an die Armen verteilt werden sollte.

– 16 –

Herbst und Winter 1945

Gretchen hatte es nicht leicht in diesem Sommer, obwohl sie sich in ihrer resoluten Art behauptete.

Es gelang ihr mit der Zeit, dass die unfreundliche Schreibkraft Belows sie wenigstens akzeptierte. Aber am schlimmsten war der Leutnant selbst. Der füllige Mann war ein gefürchteter Choleriker, und wenn er betrunken war, schoss er gern wild um sich. In seinem Büro befand sich ein Paneel aus Eichenholz, auf dem er sich schon oft verewigt hatte, und noch Jahre nach seiner Herrschaft in diesen Räumen erzählte man sich bei Anblick der Einschusslöcher vom verrückten Russen, dem alle lieber aus dem Weg gegangen waren. Besonders gern schoss er auf Lampen aller Art, auch auf Straßenlaternen und am liebsten auf prächtige Kristalllüster.

Gretchen fand heraus, wie sie Below bändigen konnte. Wenn er morgens arg verkatert ins Büro kam und sie böse anknurrte, musterte sie ihn schweigend mit ihrem bösen Blick, wie Heinrich ihre grimmige Art zu schauen schon als Kind genannt hatte. Sie zuckte nicht mit der Wimper, schob das Kinn vor und ihre Augen verengten sich zu schmalen Schlitzen. So fixierte sie ihn ungerührt, bis er sich verlegen abwandte. Es wirkte, Gretchen hätte jemand mit diesem Blick erdolchen können.

Inzwischen hatte sie etwas Russisch gelernt, allerdings tat sie sich schwer mit dem kyrillischen Alphabet.

Langsam war das Leben weniger schwierig geworden, und im Herbst gab es wieder durchgängig Strom, abgesehen von den obligatorischen Sperren, die seit Kriegsbeginn üblich gewesen waren. Wenn Peter am Wochenende zu Hause war, hörte er wie eh und je die deutschen Sendungen von Radio Moskau und Radio London, und wehe, einer redete ihm dazwischen.

Auch Gas und Wasser kamen nun wieder aus der Leitung. Sogar die städtische Warmbadeanstalt war neu eröffnet worden, doch die Familie Merowin verzichtete darauf, dort ein Wannenbad zu nehmen, wie sie es früher gern getan hatten. Zu groß war noch die Angst vor Ansteckung, obwohl die Typhuserkrankungen seit dem Ende des Sommers stark abgenommen hatten.

Mit dem Herbst kam die Sorge um Heizmaterial. Es gab zwar Kohlen auf Bezugsschein, aber sie reichten nicht und waren von schlechter Qualität. Bald sahen die Wälder der Umgebung wie leer gefegt aus. Erst kamen die Pilze und Blaubeeren dran, dann das Reisig und der Windbruch. Und der Förster passte auf wie ein Luchs. Im Spätherbst zogen ganze Kolonnen durch die Wälder und bauten die Bunker und Unterstände der Wehrmacht ab, um Heizmaterial zu gewinnen, eine mühevolle Arbeit, die sehr gefährlich war. Die Wälder strotzten nur so vor Munition, bald gab es die ersten Opfer dieser „Waldbereinigung".

Vor allem die in Wald und Flur herumstrolchenden Kinder waren gefährdet. Halbwüchsige Jungen sammelten die Hinterlassenschaften der Wehrmacht ein. Stahlhelme, Ehrenzeichen und Karabiner landeten in Bunkern, die sie besetzten, um dort ihre kindlich makabren Spiele zu spielen. Auch die Trümmergrundstücke wurden zu beliebten Spielplätzen der Jugend.

Es gab zwar Lebensmittelmarken, aber nach wie vor erhielt man dafür herzlich wenig. Wohl dem, der Selbstversorger war oder wenigstens etwas nebenbei hatte, so wie die Familie Merowin.

Frida hatte den Sommer über beim Bauern gearbeitet und war mit Naturalien bezahlt worden. Sie freute sich über eine gute Heuernte auf ihrer Pachtwiese in den Oderauen. Um dort hinzukommen, musste sie einen sogenannten Dammausweis beantragen, das Gebiet war noch immer Sperrzone.

Vor allem aber hatte sie wieder Hühner. Als Fritz Pahlkes Vater den kleinen Klaus nach Hause fuhr, brachte er drei Hennen und einen Hahn mit. Ein Brief lag dabei. Fritz' Mutter bedankte sich für die Fürsorge, die sie ihm hatten zukommen lassen, als er ganz allein geflüchtet war. Klaus aber sollte nächstes Jahr unbedingt wiederkommen, er hatte sich geschickt angestellt bei den Schafherden und war der Familie ans Herz gewachsen.

Drei Hühner und ein Hahn! Als der Schäfer weg war, saß sie am Fenster und weinte vor Freude. Jetzt ging es wieder bergauf, für Frida waren die Hühner ein wichtiges Indiz dafür, dass nun die schlimmste Not vorbei war. Und im nächsten Frühjahr würde sie sicher wieder Küken haben.

So nahm das Leben in der kleinen Stadt langsam wieder Fahrt auf. Die Segel waren gesetzt, aber wohin die Reise ging, wusste niemand so recht, und man machte sich darüber auch noch keine großen Gedanken. Im Vordergrund stand die Sorge ums Überleben.

Im Rathaus saß nun ein neuer Magistrat mit einem von der Besatzungsmacht eingesetzten Bürgermeister. Die Leute mochten ihn, er machte seine Sache gut. Als die alten Dragonerkasernen der Stadt auf Befehl der sowjetischen Militäradministration gesprengt werden sollten, gelang es ihm gemeinsam mit dem Magistrat, dies zu verhindern. Er wendete sich an den Chef der Besatzungsbehörde in Potsdam mit der Bitte, diese Militärobjekte der Bevölkerung zur Wohnraumnutzung zu überlassen, und kam damit durch. Abgesehen vom Wert der Aktion in einer Stadt, die zu dreiviertel Teilen zerstört worden war, wurde hier auch eine klare Botschaft vermittelt: Diese Stadt braucht in Zukunft kein Militär mehr, sondern einen dauerhaften Frieden.

So gut es ging, richtete man sich wieder ein. So mancher Ausgebombte zog in ein Provisorium und versorgte sich mit Möbeln aus den Speichern am Stadtrand. Sie waren voll mit dem Strandgut des Krieges, fremde Habe aus den Ostgebieten, deren Besitzer vor der Sowjetarmee in letzter Minute in den Westen geflohen waren.

Wieder kamen Flüchtlinge aus den Ostgebieten in die Stadt, die meisten zogen allerdings weiter. Die große Umsiedlungsaktion hatte begonnen. Die einen nannten es Vertreibung, die anderen gerechte Strafe. Auch Reinhild wusste nun, dass sie nie mehr in ihre Heimat zurückkehren konnte und das Anwesen mit der Gastwirtschaft in Pommern für immer verloren war. Aber sie war eine tapfere Frau, die sich nicht in Ressentiments über die alte Heimat erging, sondern ganz im Hier und Jetzt lebte. Wie hätte sie auch sonst den Verlust ihrer Familie verkraften können.

Sie schloss sich eng an Frida an. Obwohl sie nicht besonders religiös erzogen worden war, bewunderte sie ihre absolute Frömmigkeit, aus der ihr grenzenloser Optimismus herrührte, der eine große Strahlkraft besaß.

Ihre Suche nach der Tante hatte schließlich Erfolg. Sie erhielt ein Schreiben vom Roten Kreuz, in dem ihr mitgeteilt wurde, dass diese nun in Berlin lebt. Und so machte sie sich Anfang August auf den Weg.

Für die rund hundert Kilometer von Schwedt bis nach Berlin-Lichtenberg brauchte sie mit dem Zug einen ganzen Tag, und hinterher sagte sie, da hätte ich auch gleich das Fahrrad nehmen können. Noch in derselben Woche kam sie zurück. Die Schwester ihres Vaters hatte es eigentlich ganz gut getroffen, sie lebte mit einem älteren Mann in einem gemütlichen Siedlungshäuschen und es mangelte ihnen an nichts.

Reinhild gegenüber tat sie so, als wäre sie seine Haushälterin. Natürlich durchschaute sie die Sache, die beiden hatten ein sogenanntes Bratkartoffelverhältnis, wie sie sagte. Gretchen und Frida lachten ausgiebig über diesen Ausdruck, vor allem aber schwang in diesem Lachen die Erleichterung mit, dass Reinhild wieder da war.

Reinhild war sich in Lichtenberg wie ein ungebetener Gast vorgekommen, vor allem störte sie, dass der Hausherr immer noch ein eingefleischter Nazi war. Von ihrem Bruder hatte auch die Tante nichts gehört, und es hatte den Anschein, dass sie für das Schicksal der Familie nicht mehr viel Interesse aufbrachte. Ein kühler Empfang, ein kühler Abschied und ein Einblick in eine Welt, in der sich alles nur um Tauschgeschäfte drehte. Der Freund ihrer Tante besaß eine Autowerkstatt, deren Hinterlassenschaften nun aufgegessen wurden. Das hieß, sie tauschten Werkzeuge und Motoren gegen Zigaretten, die sie dann in Lebensmittel eintauschten. Der Hof des Grundstücks war zur Straße hin verrammelt, niemand ahnte, welch rege Tauschgeschäfte durch die Gartenpforte erfolgten und der Hausherr sagte: „Bevor die Russen alles requirieren, um es nach Sibirien zu bringen, fressen wir es lieber auf. Die Bolschewiken kriegen keinen Nagel von mir."

„Wenn alles weg ist, wollen sie Haus und Laden verpachten und nach Westberlin ziehen." Mit diesen Worten und einem gleichgültigen Achselzucken schloss Reinhild ihren Bericht. Immerhin hatte sie echten Bohnenkaffee mitgebracht. Nachdem sie sich ein Tässchen davon genehmigten, wälzten sie sich schlaflos in ihren Betten herum. Bevor sie jedoch ins Bett gingen, versicherten sie Reinhild, dass sie zu ihnen gehörte, zur Familie Merowin. Reinhild weinte, aber sie fühlte sich rundum glücklich.

Mit ihrem Melkdienst war nun Schluss. Jetzt gab es wieder festangestellte Melker auf den Gütern, dafür hatten Gretchen und Herr Schmidt gesorgt. Reinhild arbeitete nun im Krankenhaus als Hilfskraft, sie träumte davon, eine richtige Krankenschwester zu werden. Später, irgendwann, wenn alles wieder besser sein würde.

Eine neue Bibliothek war in der Vierradener Straße eröffnet worden, und Reinhild gehörte zu ihren ersten Lesern. „Tausend Bücher haben sie“, rief sie enthusiastisch, „tausend, stellt euch das mal vor, die werde ich alle lesen!“ Fürs Erste begnügte sie sich mit Heines gesammelten Werken, oft las sie Frida daraus vor.

So wie Reinhild hoffte auch Peter, dass irgendwann alles besser werden würde. Seine Tätigkeit als Dolmetscher behagte ihm nicht. Größtenteils war er gemeinsam mit einem Offizier auf Baustellen tätig, meist waren es Abbaustellen und er war derjenige, der den Leuten sagen musste, was alles abgebaut und zur Bahn transportiert werden sollte. Am unangenehmsten wurde es, wenn er den Arbeitern mitteilen musste, dass sie den Transport bis Brest begleiten sollten.

Ja, Sie kommen zurück, natürlich kommen Sie zurück, versicherte er ihnen, obwohl der Offizier nichts dergleichen gesagt hatte. Sie kamen zurück, Gott sei Dank.

Lichtblicke waren die richtigen Baustellen, in diesen Monaten begann man in der Region, die von der Wehrmacht gesprengten Brücken wieder aufzubauen.

Nur selten war er als Dolmetscher dabei, wenn ein Nazi verhört wurde. Das waren für ihn die dunkelsten Stunden. Er schämte sich für dieses Land und für dieses Volk, dem er so verbunden war. Da saßen sie nun, hatten so viel Unheil angerichtet und versuchten, sich auf eine widerliche Art herauszuwinden. Meist wurden sie frech und unverschämt, und ohne sich dessen bewusst zu sein, verharrten sie noch immer in der Rolle des Herrenmenschen. Er versuchte, ihre Art zu reden möglichst neutral zu übersetzen, um Konfrontationen zu vermeiden. Das tat er nicht, um sie zu schützen, sondern weil er Respekt hatte vor den Opfern des Nationalsozialismus und vor der Sowjetarmee. Vor allem wunderte er sich darüber, wie viele Antifaschisten es auf einmal gab. Nicht einer von den ehemaligen Parteigenossen gab zu, dass er sich mit Schuld beladen hatte.

Nein, Peter hatte keine Freude an seiner Tätigkeit. Inzwischen war das Sägewerk wieder in Betrieb genommen worden, wie gern würde er wieder dort arbeiten. Oft erwog er, den Kommandanten zu bitten, ihn von seiner Tätigkeit als Dolmetscher zu entbinden. Aber die Sache hatte einen Haken: Sie brauchten ihn. Und das erschien ihm eigentlich wie eine Versicherung.

Gerüchte machten die Runde, im Radio hörte er es sogar, jeder Nichtdeutsche sollte in sein Herkunftsland zurückkehren. Eher würde er sich ein Bein abhacken. Er sprach mit Frida darüber und sie kamen überein, dass sie, falls es hart auf hart kommen würde, in Deutschland bleiben sollte. Sie musste bleiben, Gretchen war da und eines Tages würde Heinrich zurückkommen.

Schlaflose Nächte, bange Herzen, doch ihr Glaube trug sie und gab ihnen Kraft und Zuversicht.

Und dann kam der Tag, an dem er erfuhr, dass er von nun an nur noch sporadisch als Dolmetscher arbeiten sollte. „Du kannst wieder Cholz sägen gehen, Pjotr Illjitsch", sagte der Kommandant zu ihm. „Wenn wir dich brauchen, cholen wir dich."

- 17 -

Inzwischen war es November geworden, ein nasskalter nebliger November, wie er im Buche steht. Der Kommandant ging auf Jagd, und oft schickte er Grigorij mit einem Hasen zu Frida. Wild gab es genug in den Wäldern, und die Rotarmisten waren große Jäger vor dem Herrn. In der Schorfheide, wo der Kaiser auf Jagd gegangen war und vor nicht allzu langer Zeit der dicke Herrmann Göring, jagte nun die Rote Armee.

Am Rande der Schorfheide stand ein verlassenes Jagdhaus, hier residierte einst ein ranghoher SS-Mann, und in diesem Haus hatte er sich und seine Familie kurz vor dem misslungenen Endsieg erschossen. Ihre Leichen lagen im Garten unter einer Gruppe hoher Tannen. Man hatte sie nur flach verscharrt und ein paar Findlinge darüber gelegt, mehr Zeit blieb dem Wachpersonal nicht, bevor sie sich in den Westen absetzten.

Das konnte Gretchen nicht ahnen, wenn sie sich dort in aller Heimlichkeit mit Yussip traf. Ihr Leben war kompliziert geworden, nie hätte sie gedacht, dass sie einmal so viel lügen würde. Eigentlich log sie nicht direkt, sie verschwieg nur ihr Verhältnis mit ihm. Dabei hatte sie permanent ein schlechtes Gewissen, wenn sie zu Hause erzählte, dass sie am Wochenende den Schreibkram erledigen müsse, der sich in der Woche aufgestaut hatte. Vor allem schämte sie sich, weil Reinhild und Frida völlig arglos waren und ihr alles glaubten, was sie ihnen auftischte.

Ich lüge wie gedruckt, dachte sie oft, aber ich kann nicht anders. Ich liebe ihn und kann nicht mehr ohne ihn sein, aber eigentlich auch nicht mit ihm. Es passt nicht, er ist fünfzehn Jahre älter als ich und er wird in seine Heimat zurückkehren müssen. Ohne mich, ich kann meine Eltern nicht im Stich lassen.

Yussip erzählte nur wenig über sich. Er war bei Pflegeeltern aufgewachsen, sie hatten ihn als Säugling aus einem Waisenhaus geholt. Seine Kindheit und Jugend verbrachte er in Odessa, dort lebte seine Pflegemutter noch mit einer weiteren Pflegetochter. Diese Stadt erschien Gretchen so exotisch wie ein orientalisches Märchen. Er schüttelte lachend den Kopf, als sie ihn fragte, ob er Frau und Kinder hätte. Gretchen konnte es nicht nachprüfen und deshalb zweifelte sie es an, sie war schon immer ein misstrauischer Mensch gewesen.

Oft fragte sie ihn nach seiner Heimat, aber er blieb wortkarg. Es war das Fremde, Geheimnisvolle an ihm, das sie anzog, auch der Reiz des Verbotenen spielt eine Rolle. Was würden die Leute sagen, wenn sie wüssten, mit wem sie sich heimlich traf? Und erst die Eltern? Diesen Gedanken verdrängte sie stets, so ungeheuerlich erschien er ihr.

Obwohl sie längst volljährig war, fühlte sie sich immer noch in der Rolle des Mädchens verhaftet, über das der Vater wacht. Zwar führte ihre Mutter daheim das Regiment, aber in allen wichtigen Fragen war stets der Vater die letzte Instanz gewesen. Wie würde er reagieren, wenn er von ihrer Liebschaft erfuhr? Denn das war es doch, nicht mehr. Sie trug keinen Verlobungsring und Yussip hatte nicht um ihre Hand angehalten. Er schlief heimlich mit ihr, und eines Tages würde er gehen. Über all das wagte sie nicht mit ihm zu sprechen. Nicht, weil sie dachte, er würde ihr böse sein, sondern weil sie ihm etwas vorspielte, was sie nicht war. Eine erwachsene Frau, die ihre Entscheidungen selbst trifft.

Tief in ihrem Inneren fühlte sie, wie sehr ihr Vater verletzt sein würde, wenn er erführe, dass sie ihn hinterging. Es war ein Vertrauensbruch in ihren Augen, sie würde ihren Vater in eine prekäre Lage bringen. Yussip war sein Gönner, so sah sie es, er hätte ihn auch kurzerhand nach Sibirien schicken können. Wer als gebürtiger Russe das Dritte Reich überlebt hatte, ohne in ein Lager zu kommen, der war verdächtig.

Sie empfand diese Situation wie einen Tanz auf dem Vulkan und sie wusste, es ging in dieser leidenschaftlichen Liebe auch um Macht. Sie genoss diesen Tanz mit allen Sinnen, sie entdeckte die Macht der Sexualität. Die Liebe zwischen Mann und Frau war für sie nichts Selbstloses und Aufopferndes, sondern etwas Kraftvolles, das den Kampf der Geschlechter mit einbezog. Gretchen ahnte nicht, wie sehr sie sich mit dieser inneren Haltung von ihren Eltern abgrenzte. Es war, als würde sich in ihr erst jetzt der Prozess der Abnabelung vom Elternhaus vollziehen, den es während ihrer Pubertät nie gegeben hatte. Auch wenn sie sich schämte, so empfand sie es doch als einen Befreiungsschlag.

Und so lebte sie in einem ständigen Zwiespalt. Auf der einen Seite war sie klug genug, um zu wissen, dass sie Yussip verlieren würde, auf der anderen Seite versuchte sie mit allen Mitteln, ihn an sich zu binden.

Alles änderte sich an einem kalten Sonnabend Anfang November.

„Ich werde versetzt", sagte Yussip zu ihr. Sie waren gerade erst angekommen, er schichtete Holz in den Kamin und zündete es an.

Gretchen stellte das Tablett mit dem Teeservice auf den Tisch, das Porzellan klirrte leise, ihre Hände zitterten. So fühlt es sich also an, dachte sie. So leer. Dabei habe ich es mir ganz anders vorgestellt.

„Wohin?"

Yussip stocherte im Kamin herum, er schaute sie nicht an. „Berlin."

„Berlin?" Eine grenzenlose Erleichterung durchflutete sie. Nicht Nowosibirsk oder Wladiwostok. Berlin.

Er ging zu ihr und legte seine Hände sanft um ihr Gesicht. „Mein kleines Gretchen. Was ich dir jetzt sage, darfst du niemandem erzählen, chörst du?"

Sie nickte wortlos und schaute zu ihm auf. Und dann beugte er sich zu ihr und flüstert etwas in ihr Ohr.

„Ich verstehe", sagte sie leise und ging einen Schritt zurück. Sie spürte jetzt die Kälte im Raum, fröstelnd verschränkte sie ihre Arme, drehte sich um und schaute aus dem Fenster. Die Tannen ragten düster in den grauen Himmel.

Yussip umarmte sie. „Komm mit nach Berlin, Gretchen", sagte er leise, „bitte!"

„Aber das geht doch nicht, das weißt du ganz genau."

„Doch. Du musst unbedingt mit, als meine Frau. Wir werden cheiraten!"

„Wir dürfen gar nicht heiraten, Yussip, auch das weißt du."

Sie machte sich von ihm los und ihre Augen blitzten zornig.

„Gretchen, Mädchen, Liebchen, komm cher, bitte."

Theatralisch breitete er seine Arme aus, sie kam einen kleinen Schritt auf ihn zu, und er fiel vor ihr auf die Knie. „Willst du meine Frau werden?"

Vor Überraschung blieb ihr der Mund offen stehen. Der Kommandant Yussip Abramowitsch Malenkow kniete vor ihr, vor dem kleinen Gretchen. „Einen Ring chabe ich noch nicht, aber ich verspreche dir ..."

„Ich brauche keinen Ring", unterbrach sie ihn schroff. „Steh auf, bitte. Yussip, lass den Blödsinn, ich weiß genau, dass wir nicht heiraten können."

Yussip stand auf und kam ganz nah zu ihr. „Wenn du mit mir nach Berlin kommst, dann können wir cheiraten." Und wieder flüsterte er etwas in ihr Ohr.

„Warum flüsterst du?"

Yussip legte den Zeigefinger über seine Lippen, verständnislos schaute sie ihn an.

„Zieh deinen Mantel an, wir machen einen Spaziergang."

Als sie zurückkamen, war das Feuer im Kamin fast erloschen. Gretchen saß auf der Armlehne des Sessels und sah zu, wie er es erneut entfachte. Sie schaute auf seine Hände, er hatte schmale Hände mit langen, feingliedrigen Fingern, es waren die Hände eines Intellektuellen oder eines Pianisten. Sie dachte an die Hände ihres Vaters, die eines Arbeiters, breit und voller Schwielen waren sie und immer warm. Hände, die ihr seit frühester Kindheit das Gefühl der Geborgenheit vermittelt hatten.

Ich liebe ihn so sehr, aber das geht nicht, dachte sie. Sie benutzen mich, ich bin das Pfand, das er zurücklässt, wenn er die Fronten wechselt. Ich habe keine Sicherheit, und was wird aus mir, wenn ihm etwas zustößt.

„Komm, wir tanzen!" Yussip hatte das Grammophon aufgezogen und eine alte Schellackplatte aufgelegt. „Dimitri Schostakowitsch. Ich liebe seine Walzer."

„Mehr als mich?"

„Nein. Ach du, mein Gretchen."

Während sie sich mit ihm im Walzertakt drehte, fühlte sie sich wie eine Verliererin. Das Spiel, welches gerade begonnen hatte, ihr Spaß zu machen, war ihr entglitten. Höhere Mächte bestimmten von nun an, wohin ihre Lebensreise ging. Tausende Kilometer entfernt saßen sie in der Moskauer Lubjanka und entschieden über ihr Schicksal.

Noch könnte sie seinen Antrag ausschlagen, doch dann würde es ewig so weitergehen mit den Heimlichkeiten. Nein, dachte sie, es muss endlich ein Ende haben.

Gretchen und Yussip kamen an diesem Nachmittag überein, dass er zu Weihnachten offiziell um ihre Hand anhalten würde. Eine stille Hochzeit sollte stattfinden, nur der Gang zum Standesamt mit zwei Trauzeugen und danach eine Segnung des Pfarrers, den man bitten würde, ins Haus zu kommen.

Kein Aufsehen. Kein weißes Brautkleid, keinen Schleier. Yussip nahm sie in den Arm und streichelte ihr Haar. „Ich weiß, es ist sicher schwer für dich, dass du auf deiner Hochzeit nicht tanzen wirst. Aber das cholen wir nach, das verspreche ich dir. Wir werden ein schönes Leben chaben, mein liebes Gretchen."

„Ich brauche kein weißes Kleid und keinen Schleier, diesen ganzen Mumpitz brauch ich nicht, Yussip. Das hängt dann im Schrank und wird nie wieder getragen."

Sie schmiegte sich an ihn und schaute in das Feuer. „Aber ich hätte gern einen weinroten Stoff aus Samt, für ein Jackenkleid."

„Besorge ich dir“, sagte er schläfrig, „ich kümmere mich gleich morgen ...“

Müde und zufrieden fielen ihm die Augen zu, er fühlt sich von einer großen Last befreit. Sie hatte seinen Antrag angenommen, alles Weitere würde sich finden.

Es war schon spät, als er sie mit dem Jeep nach Hause fuhr. Sie schaute starr nach vorn und überlegte sich gerade eine gute Ausrede. Jussip beobachtete sie im Spiegel. Er sah ihr an, wie angestrengt sie nachdachte, auf ihrer Stirn zeigte sich eine steile Falte.

Ich habe alles richtig gemacht, dachte er. Wenn ich nicht zugestimmt hätte, dann wäre ich in einem Monat schon an der chinesischen Grenze gewesen. Ohne Gretchen. Ich will sie nicht verlieren, ich habe schon zu viel verloren. Ich will Kinder haben mit ihr. Wir stehen das durch. Fünf Jahre, was sind schon fünf Jahre, dann entlassen sie mich. Wir werden den ganzen Sommer lang auf der Krim leben. Sie wird glücklich sein, ganz bestimmt. Wir werden uns eine Datscha bauen und mindestens vier Kinder haben.

– 18 –

Auch Frida war endlich von einer großen Last befreit worden. Heinrich ging es gut, er schrieb regelmäßig Briefe. Wenn Gretchen sie las, dann ahnte sie, dass er sicher übertrieb und alles im goldenen Licht seiner jugendlichen Unbekümmertheit schilderte. Aber sie sagte nichts, um ihrer Mutter nicht die Freude zu verderben.

Nach der Kapitulation war er von Amrum aus auf die Halbinsel Eiderstedt in ein britisches Gefangenenlager gekommen. Gehungert hatten sie, schrieb er, aber nur anfangs. Nachdem die ersten Gefangenen entlassen worden waren, gab es genug zu essen. Er schwärmte von der guten Vollmilch und schrieb, dass er sich daraus Quark bereitet hatte, so wie er es von zu Hause kannte.

Die unter Siebzehnjährigen hatte man aus dem Lager herausgeholt und bei Bauern untergebracht. Ansonsten sieht es mit Entlassungen schlecht aus, schrieb er, in die sowjetisch besetzte Zone wurde noch keiner entlassen. Deshalb hatte er sich nun zu einem Arbeitszug gemeldet, nach Hamburg-Langenhorn. Dort gab es ordentliche Unterkünfte, fließendes Wasser, genügend Heizmaterial und ausreichend Verpflegung.

„Wie ihr seht“, schrieb er, „habe ich es wieder mal gut getroffen. Auch mit Bekleidung bin ich versorgt, ich habe eine tadellose blaue Uniform erhalten, einen blauen Pullover, zwei blaue Hemden und genügend Wäsche. Dazu einen Arbeitsanzug, eine Pelzweste sogar, und gute Schuhe und Strümpfe.“

Nur beiläufig erwähnte er die Arbeit. Leichte Arbeit, schrieb er, etwa sieben bis acht Stunden, und das nicht mal jeden Tag. Was er dort tat, darüber stand kein Wort in seinen Briefen, und Gretchen sagte: „Das darf er sicher nicht schreiben, er ist doch in der britischen Zone.“

„Ab fünf Uhr haben wir wochentags Ausgang und am Sonnabend ab Mittag frei, am Sonntag den ganzen Tag.“ Es folgte eine Schilderung einschlägiger Tanzlokale auf der Reeperbahn.

„Das ist ja wieder typisch Heinrich“, meinte Gretchen, „der mopst sich da so richtig, und wir müssen hier malochen!“

„Wenn hier auch alles schön und gut ist, so wäre ich doch lieber zu Hause bei euch, und wenn ich auch hungern müsste“, las Frida laut vor. Der gute Junge, dachte sie, Gott behüte ihn.

Es folgte eine Liste der Verwandten und Bekannten, die unbedingt von ihm gegrüßt werden mussten und dann natürlich der Bahnhofsvorsteher. Und er bat um die Adressen seiner Freunde, auch der Mädels, die er kannte, damit er allen schreiben konnte. Wie es mit der Geldwährung in der russischen Zone steht, fragte er. Auf seinem Sparbuch hätte er ja noch 280 Mark.

„Lieber Papa, bleibe ja zu Hause, und dann bauen wir gemeinsam ein Haus. Euer Sohn Heinrich. PS: Habt ihr noch Sirup? Wenn ja, bitte hebt mir was davon auf, ich habe solchen Appetit darauf. Und unbekannterweise herzliche Grüße an Reinhild. Etwas ganz Wichtiges habe ich beinahe vergessen, Wolfgang Rennert, der mit mir getürmt ist, hat sich abgesetzt! Ich vermute, er will zur See fahren. Bitte benachrichtigt seine Mutter. Also, Grüße an alle und grüßt mir auch den Bahnhof. Mit Mutters Worten will ich nun schließen: ‚Immer heiter, Gott hilft weiter!‘“

Frida ließ den Brief sinken, den sie bestimmt schon zehnmal gelesen hatte. „Oh je, dass sein Bahnhof abgebrannt ist, werde ich ihm aber lieber nicht schreiben.“

Ihr Blick ging zur Flurgarderobe, an der noch immer seine Eisenbahnermütze und seine Laterne hingen. „Und morgen werde ich gleich Frau Rennert besuchen, die arme Frau."

Die Leute erzählten sich, dass die Russen den Bahnhof angesteckt hatten, und dieses Gerücht hielt sich hartnäckig. Aber was wirklich passiert war, war eine unglückliche Fügung gewesen. Der schmucke Bahnhof, der den Krieg unversehrt überlebt hatte, brannte ab, weil die gebunkerten Kohlen im Keller sich selbst entzündeten. Schuld waren die Plünderer, die sich an den Kohlenvorräten bedienten, die Türen offenstehen ließen und so für Durchzug gesorgt hatten.

– 19 –

Dezember 1945

Wie in jedem Jahr zur Adventszeit verfiel Frida in eine fröhliche Betriebsamkeit, und es gab kaum eine Ecke in der Wohnung, die nicht von ihr adventlich geschmückt wurde, nachdem sie sie ausgiebig geputzt hatte. Hier ein Zweiglein Tanne mit Lametta, dort eine Vase mit Kiefernzweigen, an denen versilberte Walnüsse hingen, und in den Fenstern standen die durchsichtigen Adventsbilder. Sie zeigten kleine Scherenschnitte mit weihnachtlichen Szenen, und abends stellte sie eine leuchtende Kerze hinter ihnen auf. Gretchen und Heinrich hatten sie in ihrer Kindheit gebastelt.

Auf dem Esstisch im Wohnzimmer, der nun bis zum Fest ausgezogen blieb, stand der Adventskranz, geschmückt mit roten Kerzen und Strohsternen. Frida flocht ihn jedes Jahr selbst. Und dann, kurz vor dem Fest, wurde die Krippe aus dem Keller geholt und mit frischem Stroh ausgelegt.

Den Baum aber stellte man bei Merowins erst am Vormittag des Heiligabends auf, was stets für eine gewisse Hektik sorgte, weil man ihn im Garten ausbuddeln und eintopfen musste. Nach dem Fest wurde er wieder im Garten eingepflanzt, bis er zu groß war für diese Aktion. Dann erlebte er sein letztes Weihnachten in der geschmückten Stube, und eine andere Tanne musste in Zukunft seinen Dienst übernehmen.

Viel Weihnachtspost war zu erledigen, Frida schrieb nächtelang Briefe, es hatte den Anschein, als würde sie mit der halben Welt korrespondieren und jeden Tag kam neue Post, auf die sie schnell noch antworten musste.

Eigentlich würde jetzt die Zeit des großen Backens beginnen. Stollen, Pfefferkuchen und Plätzchen in rauen Mengen, damit man gut über den kalten Januar kam. Doch in diesem Jahr gab es nicht viel zu backen. Die Stolle fiel ganz aus, weil es weder Rosinen noch Zitronat zu kaufen gab und die gute Butter knapp war. Zwar butterte Frida hin und wieder mit ihrer Zentrifuge von der Ziegenmilch, aber für den Stollen eignete sie sich nicht, sie schmeckte doch etwas streng. Pfefferkuchen und Plätzchen buk sie mit allerlei Ersatzzutaten, das war in den Kriegsjahren schon so gewesen und inzwischen hatte man sich an den Geschmack gewöhnt.

Und dann die Geschenke! Da wurde gebastelt, gestrickt, genäht und gehäkelt, gestrichen und erneuert, es gab viel zu tun.

Während Frida herumwirtschaftete, trällerte sie unentwegt Weihnachtslieder, und je fröhlicher sie war, desto brummiger wurde Peter. Obwohl er ihre Frömmigkeit teilte, fand er keinen Geschmack an dieser geschäftigen Adventsfreude. Vielleicht lag es daran, dass man Weihnachten in seiner Heimat erst am 7. Januar feierte und die Geschenke am Silvesterabend von Väterchen Frost gebracht wurden, jedenfalls schien ihm die deutsche Art, Weihnachten zu feiern, nicht recht zu behagen.

Auch aus der Bescherung am Heiligabend machte er sich nicht viel. Er fand, dass an diesem hohen Feiertag alles zu laut und zu hektisch war und das Christkind zu sehr verniedlicht wurde. Vor allem wurde zu viel gesungen. Wenn er mit Frida aus der Kirche kam, wollte er eigentlich nur noch still dasitzen und bei Kerzenschein in der Bibel lesen. Auch war es ihm egal, was an diesem Tag auf den Tisch kam, es musste nichts Besonderes sein. Peter aß, um satt zu werden, mehr nicht.

Als Gretchen und Heinrich noch Kinder waren, sagte er an jedem Weihnachten gleich nach der Bescherung den einen lapidaren Satz: „Und nun ist Weihnachten vorbei!“

Worauf Frida jedes Jahr enthusiastisch ausrief: „Aber Vater, jetzt fängt Weihnachten doch erst an!“

Das Ganze verunsicherte die Kinder stets, bis sie alt genug waren, um zu verstehen, dass die Worte ihres Vaters nicht mehr als ein bärbeißiger Scherz waren, der noch nicht mal eine Pointe hatte.

Und dann kam jener Weihnachtsabend, an dem Heinrich diesen ungemütlichen Satz seines Vaters übernahm, er war vierzehn und es lag ein gewisser Triumph in seinen Worten. Danach suchte er den Blick des Vaters, doch dieser zuckte nicht mal mit der Wimper. Ab da verzichtete er jedoch auf den Satz.

Anfang Dezember fanden zwei Kulturereignisse der besonderen Art in der kleinen Stadt an der Oder statt. Der Eintritt war frei, wenn man von den zwei Briketts absah, die jeder Zuschauer am Eingang abliefern musste. Ein Kino oder gar ein Theater gab es nicht mehr, alles Kulturelle fand nun im Saal einer Gaststätte statt, deren vorderer Teil ausgebrannt war.

Am 2. Dezember lief in diesem Saal ein Film, der mehr einer Wochenschau glich. Am 20. November hatte der Nürnberger Prozess begonnen, von dem nur eine kurze Sequenz von der Eröffnung gezeigt wurde, danach folgten Bilder aus einem KZ unmittelbar nach der Befreiung durch die Amerikaner. Ausgemergelte Menschen, Tote, die man wie Brennholz aufgestapelt hatte. Das Grauen schlechthin. Auf einmal war es so still im Saal, dass man das Surren des Vorführapparats überlaut hörte. Die Last des Schweigens blieb, als nach der Vorführung das Licht aufflammte, nur hier und da hörte man dumpfes Stimmengemurmel. Als sie hinausgingen, sagte ein Mann laut: „Alles Propaganda."

„Halt die Schnauze", rief ein anderer.

Frida ließ sich nicht anmerken, was in ihr vorging. Sie war mit Reinhild und Gretchen in der Filmvorstellung gewesen, schweigend liefen sie nach Hause.

Eine Woche später gab es im gleichen Saal die Vorstellung eines Musik- und Tanzensembles der Roten Armee, das begeistert beklatscht wurde. Gestern waren sie noch bolschewistische Untermenschen gewesen, nun waren sie Bühnenstars.

Diesmal war auch Peter mitgekommen, Gretchen beobachtete ihn aus den Augenwinkeln, er verzog keine Miene und sein verhaltener Beifall zeugte bestenfalls von Höflichkeit. Doch kaum waren sie zu Hause, da sagte er: „Das kann ich auch."

Und dann tanzte er einen Hopak, der die Tassen im Küchenschrank klirren ließ und erzählte von den österlichen Reiterfesten seiner Jugend, bei denen er es angeblich geschafft hatte, über sechs Pferderücken zu springen. Sein Gesicht wurde jung, seine Augen blitzten. Frida aber dachte, so viel hat er seit fünfundzwanzig Jahren nicht mehr von Russland erzählt, gleich wird er den Mädchen von nächtlichen Schlittenfahrten berichten und wir werden die Wölfe heulen hören.

- 20 -

Yussip und Gretchen verlobten sich am ersten Weihnachtstag. Vorher hatte es eine Unterredung zwischen Peter und Yussip gegeben und Yussip hielt in aller Form um ihre Hand an.

Peters Gefühle waren zwiespältig, sie bereiteten ihm schlaflose Nächte. Gretchen war nun so alt wie Frida, als er um ihre Hand angehalten hatte. Ein Mädchen mit zweiundzwanzig Jahren war im besten heiratsfähigen Alter. Yussip war ein ehrenwerter Mann in Peters Augen, und sicher würde er gut für Gretchen sorgen. Doch was sollte werden, wenn sie ihn wieder in die Heimat schickten?

Der Gedanke, von seiner geliebten Tochter getrennt zu sein, war für ihn unvorstellbar, da nützten auch Yussips Beschwichtigungsversuche nichts. Er behauptete, er sei in den nächsten Jahren in Deutschland unentbehrlich und sprach nebulös von einer wichtigen Stellung. Peter ahnte nicht im Geringsten, dass sein künftiger Schwiegersohn nun dem Geheimdienst Tscheka unterstellt worden war.

Selbst Gretchen hatte nicht alles richtig verstanden, was er ihr an jenem nebligen Novembertag in der Schorfheide erzählt hatte. Sie wollte es gar nicht verstehen, weil jede Frage eine neue Frage aufwarf und sie intuitiv fühlte, dass es hier um ein gefährliches Spiel ging. Gretchen war an einem Punkt angelangt, an dem sie nur noch eines wollte: Yussip heiraten, um sich mit ihm nicht mehr länger verstecken zu müssen. Der Preis, den er dafür gezahlt hatte, war hoch. Das ahnte sie, aber verdrängte es vehement, weil sie sich nicht eingestehen wollte, in seiner Schuld zu stehen.

Frida freute sich vorbehaltlos über Gretchens Wahl. Seit ihrer ersten Begegnung hatte sie Yussip in ihr Herz geschlossen. Und so feierten sie Weihnachten in schönster Harmonie, dafür sorgte Fridas Freude über die Verlobung. Allerdings hatte man davon abgesehen, weitere Gäste einzuladen, um kein unnötiges Aufsehen zu erregen.

– 21 –

März 1946

Als Gretchen aus dem Auto gestiegen war und sich umschaute, konnte sie ihre Enttäuschung nicht verhehlen. Sie stand direkt vor einer Kuhweide und schaute auf ein einfaches, einsam in der Landschaft stehendes Gehöft. Sofern man von Landschaft reden konnte. Tiefland, über das gerade ein grässlicher Wind hinweg pustete, eine ungepflasterte Straße voller Schlaglöcher, gesäumt von struppigen Pappeln. Daneben der Lauf eines schlammigen Baches. Irgendwo weiter hinten im Nebel musste Berlin liegen. Ein entferntes Summen war zu hören, auch glaubte sie am Horizont die Umrisse großer Bauten zu sehen. Oder war das nur Einbildung?

„Wir sind da!“ Yussip folgte ihrem Blick. „Ein bisschen einsam, aber es wird dir gefallen.“

Grigorij hatte sie hergefahren, weil er den Jeep wieder zurückbringen musste. Er öffnete gerade den Wagenschlag, um das Gepäck auszuladen.

Gretchen stemmte die Hände in die Taille, legte den Kopf in den Nacken und reckte ihr Kinn hoch. Wie früher auf dem Gutshof in Zichow stand sie da, wenn sie die Mädchen zur Arbeit einteilte. „Komisch. Berlin habe ich mir ganz anders vorgestellt. Sind wir hier überhaupt richtig?“

Es sollte spöttisch klingen, aber der Wind verschluckte ihre Worte. Doch Yussip hat sie verstanden.

„Das ist Berlin, Gretchen!“ Er küsste sie lachend auf die Wange. „Randberlin. Wir können froh sein, dass wir nicht in der Innenstadt zwischen den Trümmern wohnen müssen.“

„Da hast du recht", sagte sie mit fester Stimme, „wir werden es uns hier draußen schon schön machen."

Gretchen war maßlos enttäuscht. Da wollte ich einmal in der Großstadt wohnen, so dachte sie, und bin doch wieder im Pisspott gelandet. Irgendwo bei Berlin. Bernau bei Berlin, Bernau war nur eine Kleinstadt ganz dicht bei Berlin.

„Und wo ist Bernau?"

„Dahinten. Ist nicht weit weg." Yussip machte eine vage Handbewegung in Richtung Westen.

Vor dem Haus stand ein windschiefer Zaun, im Vorgarten wucherte knietiefes Gras. Gretchen blinzelte gegen die Sonne, ihr Blick streifte das Haus. Eigentlich gar nicht schlecht, dachte sie, kann man bestimmt was draus machen.

„Na los!" Sie schnappte sich eines der Gepäckstücke, die Grigorij bereits ausgeladen hatte, und steuerte auf die Haustür zu. Yussip war schneller. „Moment", sagt er, nahm sie auf den Arm und trug sie über die Schwelle.

Drinnen war es stockfinster und der muffige Geruch abgestandener Luft wehte ihr entgegen.

„Die Braut über die Schwelle tragen ... macht man das in Russland auch?"

Yussip zuckte mit den Schultern. „Das weiß ich nicht. Willkommen, Gretchen, nun sind wir zu Chause."

Sie öffnete Fenster und Fensterladen, lehnte sich hinaus und stieß seufzend die Luft aus.

„Es ist ja nicht für immer", sagte Yussip, „nur für den Übergang."

Gretchen aber schmiegte sich an ihn und dachte, ach wenn es doch für immer wäre, dann wüsste ich wenigstens, ich bin angekommen.

– 22 –

Hamburg, März 1946

Durch jede Ritze des kleinen Lokals drang die Kälte des heulenden Windes. Er fuhr um die Hausecken, wirbelte den Dreck hoch und sein kalter Gesang mischte sich mit dem allgegenwärtigen

Raunen der Menschen, die an der Ecke zwischen Reeperbahn und Talstraße auf dem Schwarzmarkt ihr Glück versuchten. Doch war dieser Wind nur ein laues Lüftchen im Gegensatz zu den orkanartigen Stürmen, die vor wenigen Wochen das norddeutsche Land heimgesucht hatten.

Als wenn es nicht schon genug Tote im Krieg gegeben hätte, forderte der Sturm weitere Opfer. Es folgte eine heftige Sturmflut, in den Vierlanden brach ein Deich und überflutete weite Gebiete. Die von Bombenangriffen beschädigte Decke des Hamburger Dammtorbahnhofs stürzte ein, und so manche Ruine wurde einfach niedergemäht. Wieder gab es neue Obdachlose, meist waren es Leute, die sich in den Ruinen ein primitives Behelfsheim geschaffen hatten.

Jemand öffnete die Tür zum Lokal, und prompt rief ein Gast: „Es zieht!"

Dabei war die Luft miefig und abgestanden, aber immerhin war es hier drin ganze drei Grad wärmer als draußen. Richtig gelüftet wurde nie, der Winter saß der Wirtin noch in den Knochen, und Kohlen gab es nicht. Geheizt wurde mit dem Holz der Alleebäume, die reihenweise den Sägen zum Opfer fielen. Natürlich war das illegal, doch Polizei und Besatzungsmacht schauten weg, wenn man sich nachts ans Werk machte, um Hamburg kahl zu schlagen. Man schreckte auch vor Parkbänken nicht zurück, und so mancher Landungssteg an Elbe und Alster musste dran glauben. Hamburg heizte, um zu überleben, und verheizte dabei die Reste seiner einstigen Schönheit.

Frische Luft braucht kein Mensch, erfroren sind schon viele, erstunken noch keiner, sagten die Leute.

Mangels Glas waren fast alle Fenster des bombengeschädigten Hauses mit Pappe vernagelt worden, aber die Wirtin hatte aus der Not eine Tugend gemacht. Hübsch anzusehen waren diese Bilder vor den Fensterlöchern, auf denen sich spärlich bekleidete und exotisch aussehende Frauen tummelten. Auf ihren Köpfen trugen sie überquellende, verlockende Körbe, gefüllt mit Ananas, Bananen und Orangen. Wenn man sie nur lange genug anschaute, dann stieg die Erinnerung an den Duft dieser Früchte auf.

„Costa Rica Fruchtkompanie, Butenbrenner & Söhne" stand auf den Kartons, und falls ein Gast es las, erinnerte er sich vielleicht wehmütig an jene Zeit, als die ganze Speicherstadt nach exotischen Waren geduftet hatte, nach Kaffee und Gewürzen, Orangen, Bananen und Kokosnüssen. Es schien gefühlte hundert Jahre her zu sein.

Auch passte diese neue Fensterdekoration gut zur Galionsfigur, die über dem Tresen schwebte, eine etwas streng blickende Dame mit blondem Haar, stechenden blauen Augen und prallen Brüsten.

Wo ihr verräterischer Fischschwanz begann, verschwand ihr Körper diskret in der dunklen Holzvertäfelung. St. Paulis trügerischer Charme. Selten hielten hier die Dinge, was sie versprachen, und auch dieses kleine, dunkle Lokal an der Ecke war nicht das, was es vorgab zu sein. Auch wenn der Gang zu den WCs mit den Fotos von Nackttänzerinnen geschmückt war, die gewerbsmäßigen Deerns aus der Davidstraße hier regelmäßig einkehrten, um sich bei heißem Malzkaffee aufzuwärmen, und der blinde Schifferklavierspieler ein Repertoire drauf hatte, das alle Sehnsüchte nach freier Seefahrt und freier Liebe bediente, so war dieses Lokal doch nicht mehr als eine kleinbürgerliche Gaststätte, die von braven Leuten betrieben wurde und in besseren Zeiten eigentlich ein Café gewesen war. Ein Café, wie es sich gehörte, mit Schwarzwälder Kirschtorte auf einem Büfett, einer blubbernden Kaffeemaschine, Spitzengardinen und Topfpflanzen, hinter denen man sich verbergen konnte bei einem heimlichen Rendezvous.

Nun aber war es eine Art Wärmeraum geworden, in dem überwiegend ein seltsames rotes Getränk serviert wurde, eine Art Limonade, von der keiner wusste, was da eigentlich drin war. Eine richtige „Plöör“, wie der Hamburger sagt. Oder sollte es ein Saft sein? Da es als Heißgetränk ausgeschenkt wurde, die Wirtin zapfte es aus einem großen Teekessel, der einst dem Deutschen Rotem Kreuz gehört hatte, konnte es auch als Ersatz für einen Glühwein durchgehen. Die Leute erzählten sich, dass dieses Getränk von den Briten in Pulverform hergestellt wird und eine Substanz enthält, die dazu dienen sollte, eventuellen Widerstand der deutschen Bevölkerung im Keim zu ersticken. Ein Mittel also, das die Menschen gleichgültig macht. Hier und da regte sich in der Tat Widerstand gegen die ständigen Kürzungen der

Lebensmittelrationen und die regelmäßig ausfallenden Kohlezuteilungen. Die neu gegründete kommunistische Partei hatte sogar zum Generalstreik aufgerufen. Aber wer will schon kämpfen, wenn er Kohldampf schiebt. Die Tagesration reichte gerade mal für zwei Scheiben Brot und einen Teller Suppe mit Kohl, Steckrüben oder Kartoffeln. Fleisch war eine Rarität, und in keiner anderen Besatzungszone waren die Rationen so knapp bemessen wie bei den Briten. Wer hungerte, dachte nicht an Revolte, sein ganzes Sinnen und Trachten richtete sich darauf aus, an Nahrung zu kommen. Bestenfalls brach man in die Depots der Besatzer ein; wer erwischt wurde, erhielt hohe Gefängnisstrafen.

Auf den Tanzdielen, die nun wieder mithilfe einer britischen Lizenz öffnen durften, servierte man das ominöse Getränk kalt, weil es dort heiß herging. Dicht an dicht drängten sich die Paare, ein richtiger Tanz war eigentlich in dieser schweißtreibenden Enge nicht möglich, eher handelte es sich um ein genussvolles Schieben. Hunger, Kälte und Tod schienen die Vergnügungssucht nicht zu beeinträchtigen, sondern befeuerten sie eher noch. Und so wälzten sich Abend für Abend Tausende Besucher durch St. Pauli. Zu später Stunde kehrte der eine oder andere von ihnen auch in den „Hüürbaas“ ein, dessen Name darauf hinwies, dass hier früher die Seeleute angeheuert wurden. Doch wer wusste das noch, höchstens ein paar ganz alte Leute. In der dunklen Ecke, ab dem späten Nachmittag saß jetzt dort ein blinder Musikant, hatte einst ein Stellenvermittler der christlichen Seefahrt residiert. Aber das war lange vor der Zeit der Torten gewesen, damals hieß das Lokal, wie es jetzt aussah: „Zum dunklen Sack“.

Im Dunkeln ist gut munkeln, sagt der Volksmund, deshalb sah man hier oft den einen oder anderen Händler des benachbarten Schwarzmarkts, der flüsternd seine Ware anbot, sich aufwärmte oder manchmal auch vor einer Razzia türmte. Vorn rein, hinten raus durchs Toilettenfenster.

Das konnte Lieselotte Kumm nicht, trotz der mageren Zeiten war sie dafür zu dick. Sie saß gleich neben der Theke, hatte den Kopf auf den Tisch gelegt und gönnte sich eine Auszeit vom nervenaufreibenden Handel und Wandel. Sie machte also „Fofffteihn“, wie der Hamburger es nennt, was sie allerdings nicht verstehen würde, denn sie kam aus dem tiefsten Osten des ehemaligen Deutschen Reiches und so mancher, der sie reden hörte, hielt sie für eine Polin. Lieselotte kam aus der schönen Kaschubei.

Auch vor ihr stand ein Glas mit jenem roten Gesöff, es war inzwischen kalt geworden. Lieselotte Kumm war fünfunddreißig Jahre alt und sah aus wie fünfzig. Vor einem knappen Jahr war sie mit ihren Söhnen Manfred und Dieter nach Hamburg gekommen, und was sie auf ihrer langen Flucht erlebt, gesehen und durchlitten hatte, sah man ihr an.

Anfänglich hausten sie in einem der zahlreichen Hochbunker der Stadt, eng an eng mit anderen Gestrandeten. Eigentlich ganz sicher und auch nicht sehr kalt, dafür grau, lichtlos und abgeschnitten vom Leben.

So vegetierten sie dahin, bis zu jenem Tag, an dem sie feststellte, dass ihre Söhne besorgniserregende Anzeichen von Hospitalismus zeigten. Der Ältere kaute stundenlang an den Nägeln und riss sich Haare aus, auf denen er ebenfalls herumkaute. Als der Jüngere begann, seinen Kopf an die Betonwand zu schlagen, bis er blutete, packte sie die Rucksäcke und zog aus.

Am Rande eines verlassenen Schrottplatzes fanden sie einen recht komfortablen Schuppen, eine verlassene Werkstatt mit einem dazugehörigen Büro, in dem es sogar einen Wasseranschluss und einen Kanonenofen gab. Hier richteten sie sich wohnlich ein. Die Jungen klauten Dachpappe, um das Häuschen winterfest zu machen, Werkzeug lag genug in der Bude herum. Einen Teil davon behielten sie, der Rest wurde verhökert gegen Wolldecken, Streichhölzer, Butter und Schuhe. Werkzeug war in diesen Zeiten so wertvoll wie Gold.

Inzwischen lebten sie nicht mehr allein dort, Behelfsbuden wurden aus Trümmersteinen gemauert, wie überall in der Stadt hatte man Gemüsegärten angelegt und hielt sogar Geflügel und Kaninchen. Der Boden des Geländes war mit Altöl verseucht, das wusste keiner, und wenn sie es gewusst hätten, dann hätten sie nur müde mit den Achseln gezuckt. Und so war nach und nach ein geordnetes Provisorium entstanden, jede Parzelle längst sauber eingezäunt, ganz wie es sich in Deutschland gehörte.

Frau Kumm aber trieb noch immer einen gutgehenden Handel mit den Hinterlassenschaften der einstigen Werkstatt. Besonders Nägel waren auf dem Schwarzmarkt sehr begehrt. Außerdem beteiligte sie sich an einer Tauschzentrale, und dreimal in der Woche putzte sie im Hause eines kanadischen Majors. Bezahlte wurde sie mit Naturalien, meist mit der Leitwährung des Schwarzmarkts, den amerikanischen Zigaretten der Marke Lucky Strike.

Ihre Kinder gingen vormittags in die Schule, denn dort gab es eine Schulspeisung, die von ausländischen Hilfsorganisationen finanziert wurde. Meist wurde eine Gemüsesuppe ausgegeben, manchmal aber auch eine von den Kindern sehr geschätzte dicke Suppe aus Kakaomilch, in der Weißbrotbrocken schwammen. Diese Schulsuppe war eigentlich der einzige Grund, weshalb Frau Kumm darauf bestand, dass ihre zwölf- und dreizehnjährigen Söhne regelmäßig zur Schule gingen. Was sollten sie da auch noch lernen? Lesen, schreiben und rechnen konnten sie, erlebt und gesehen hatten sie mehr als mancher in seinem ganzen Leben.

Manfred und Dieter stahlen wie die Raben, und ihre Mutter duldete es schweigend. Zugute kam ihnen dabei, dass sie für ihr Alter recht klein und schmal waren und deshalb durch so manches Loch schlüpfen konnten. Ihren größten Zug hatten sie beim Einbruch in eine Fälscherwerkstatt für Lebensmittelkarten getätigt, die konnte man auf dem Schwarzmarkt gut verticken.

Manchmal standen sie auch Schmiere, wenn Güterzüge ausgeplündert wurden, indem man vorher die Signaldrähte blockierte, um sie anzuhalten. Das erfuhr ihre Mutter nicht, die Jungen waren schlau genug, um zu wissen, dass sie das nicht dulden würde.

Gut im Kurs standen auch diverse gefälschte Dokumente, die dem Käufer einen sogenannten Persilschein ausstellten, zum Beispiel militärische Entlassungspapiere.

Sogar KZ-Entlassungsscheine wurden auf dem Markt angeboten. Und so wurde aus einem Nazi flugs ein unbescholtener Mann, der einen sauberen Fragebogen vorlegen konnte, für dessen Bewertung es vier Kategorien gab: die Hauptschuldigen, die Belasteten, die Mitläufer und die Entlasteten. Papier ist geduldig. Bei diesen Transaktionen fungierten Dieter und Manfred als Kuriere.

Frau Kumm fand es nur mehr als gerecht, dass ihre Söhne sich nahmen, was sie kriegen konnten, weil man ihnen alles genommen hatte. Den Vater, der in Russland gefallen war, die Großeltern, die auf der Flucht gestorben waren, und die Heimat. Das Haus hinter den Dünen, den Birnbaum im Garten, die Rosen am Gartenzaun und den Gesang des Windes, der sie abends in den Schlaf wiegte.

Ob das nun immer so weitergehen würde und welche Zukunft ihre Söhne hatten, darüber machte sie sich keine Gedanken. Eine Zukunft war nicht in Sicht. Wie alles andere, so hatten sie auch die Zukunft auf der Flucht verloren. Ihre Kinder hungerten und froren nicht, das allein zählte jetzt.

Und so saß Frau Kumm nun in einem Lokal auf St. Pauli. Sie war wahrhaftig eingeschlafen, schreckte gerade hoch und vergewisserte sich, dass der Inhalt ihrer Manteltaschen noch da war. Dann ließ sie ihren Blick durch den Raum schweifen. Die Wirtin stand hinterm Tresen und spülte mit gelangweilter Miene Gläser. Das heißt, sie tauchte sie in eine trübe Brühe und stellte sie kopp-heister auf ein schmuddeliges Geschirrtuch.

Am Tisch gegenüber saß vor einem der zugenagelten Fenster eine junge Frau. Frau Kumm kannte sie vom Sehen. Auch sie handelte hin und wieder auf dem Markt. Sie bot grüne Seife an, Mottenkugeln, Pomade, Kämme und andere einschlägige Drogeriewaren. Manchmal auch Lebertran und Entlausungsmittel, beides ging gut, anämische Kinder gab es genug, verlauste auch. Den anderen Kram wurde sie selten los, wer braucht schon Mottenkugeln, wenn der Kleiderschrank leer ist.

Sie muss eine gute Quelle haben, hatte Frau Kumm schon oft gedacht, entweder klaut sie oder sie hat Beziehungen zu einem Drogisten. Beides stimmte und stand in einem direkten Zusammenhang, aber das konnte sie nicht wissen.

Sie mochte die Frau nicht, sie hielt sie für ein leichtes Mädchen. Leichte Mädchen, damit meinte sie nicht die Nutten auf der Reeperbahn, die waren in ihren Augen ehrlich und solide und arbeiteten wie andere Leute auch. Es hatte sie schon immer gegeben und würde sie immer geben. Sie meinte eine ganz andere Sorte junger Frauen, die hübschen, die sich aufputzten, um mit den britischen Soldaten anzubandeln.

So sieht die aus, das hatte Frau Kumm schon oft gedacht, oben hui und unten pfui. Deshalb lungert die hier jeden Sonnabend herum. Sie hält sich für was Besseres, sie macht einen auf höhere Tochter. Wie sie die Brauen hochzieht, mit den Wimpern klimpert und geziert flötend ihre Ware anbietet. Und diese roten Haare, die sind nicht echt. So eine Haarfarbe hat kein anständiger Mensch, die färbt sie sich mit Henna, die kleine Schlampe.

Dabei vergaß Frau Kumm, dass sich so gut wie nie ein Brite nach St. Pauli verirrte. Während sich im Krieg hier allerlei ausländisches Volk getummelt hatte, war der Kiez nun fest in deutschen Händen. Die Besatzer hatten ihre eigenen Lokale, die „No Germans", und ihre eigenen Läden, Hotels und Kinos. Diese Gebäude waren inzwischen alle renoviert worden, wurden gut geheizt und erstrahlten abends in verschwenderischer Lichtfülle. Und mit den jungen Damen traf man sich in ganz speziellen Lokalen wie dem „Faun". Dort spielten große Kapellen amerikanische Jazzmusik.

Die junge Frau hieß Regina Petersen, und dass Frau Kumm sie nicht mochte, lag wohl daran, dass sie all das verkörperte, was sie selbst viel zu früh verloren hatte. Jugend, Schönheit und die Chance auf eine gute Zukunft.

Auch vor Regina stand ein Glas mit jenem ominösen roten Getränk, und hier im „Hüürbaas" saß sie aus einem ganz bestimmten Grund. Dieses Lokal war weit und breit das einzige, in dem Zeitungen aushingen, ein Relikt aus besseren Zeiten, als es noch ein Café gewesen war. Sie hingen fein säuberlich aufgereiht neben der Garderobe, die nicht mehr als solche genutzt wurde, weil jeder seinen Mantel anbehielt, sei es wegen der Kälte oder aus Angst vor Diebstahl.

Viele Zeitungen waren es nicht, seit Ende Februar erschien „Die Zeit" unter britischer Lizenz, dann gab es das „Hamburger Nachrichtenblatt", auch von den Briten herausgegeben. Daneben hing eine Reihe kleiner Blättchen, die überwiegend Tausch- und Verkaufsanzeigen enthielten. Auch die Bekanntmachungen der Briten hingen hier aus und wurden stets lautstark vom Stammpublikum kommentiert. Einst war es Montgomerys Botschaft zum Fraternisierungsverbot gewesen, das im Juni des vergangenen Jahres den Unmut der St. Paulianer erregt hatte. Es war längst Geschichte und im Ofen gelandet. Das neueste Pamphlet kam von der Abteilung Wirtschaft und Ernährung der Hansestadt und forderte die Bevölkerung auf, sich unverzüglich an einer Pflichtabgabe zu beteiligen. Innerhalb von 24 Stunden sollten pro Haushalt ein Wintermantel, ein Pullover, eine Wolldecke und ein paar Socken abgegeben werden. Falls diese Aufforderung nicht befolgt wurde, hatte man mit einer Hausdurchsuchung zu rechnen. Es war nicht die Absurdität dieses Aufrufs, der die Leute erbitterte, sondern die Tatsache, dass in den Ämtern weiterhin viele Nazis saßen, weil die Briten sich auf die Schnelle keine neuen, sachkundigen Beamten und Angestellten backen konnten. Gestern hatten sie die Befehle der Nazis durchgedrückt, heute die Befehle der Briten, das brachte die Leute auf die Palme.

Regina schob ihren Rucksack tiefer unter den Tisch, stand auf und schnappte sich „Die Zeit" vom Ständer. Zielgerichtet blätterte sie sie durch, bis sie die Anzeigen fand. Alles andere interessierte sie herzlich wenig, und wenn sie wirklich mal einen Artikel anlas, ließ sie die Zeitung angewidert sinken. Wo waren die Schreiber dieser Zeilen vor ein paar Jahren gewesen? Im Ausland oder alle im KZ? Sie verstand die Welt nicht mehr. Plötzlich gab es nur noch Humanisten, reuige Sünder und verkannte Widerstandskämpfer, dabei waren sie doch alle brav mitmarschiert. Was blieb ihnen auch weiter übrig, wenn sie nicht unterm Fallbeil landen wollten. In ihrem Elternhaus hatte man Hitler nur den kleinen Gefreiten genannt, er war in den Augen ihres Vaters ein bildungsferner Emporkömmling gewesen. Aber es kam die Zeit, wo auch ihm nichts anderes übrig blieb, als in die NSDAP einzutreten, schließlich war er der Direktor eines Gymnasiums. Dafür konnte ihn Regina nicht verurteilen, aber ihre Verachtung galt all denjenigen, die jetzt so taten, als hätten sie sich nie mit den Nazis eingelassen. Sie logen, betrogen und legten falsche Zeugnisse vor um des eigenen Vorteils willen. Das war so unwürdig, empfand sie. Wenn die Deutschen auch noch ihren Stolz aufgaben und sich nicht offen zu ihren Taten bekannten, dann hatten sie ihr letztes Stück Würde verloren.

Sie fragte sich, wer sie selbst gewesen war in jener Zeit. Ein sehr naives junges Mädchen, das in behüteten Verhältnissen aufwuchs. Und jetzt? Jetzt wollte sie endlich leben, so richtig leben, ohne Not und Hunger, ohne Krieg. Sie spürte, das war zu wenig, das reichte nicht aus für einen Lebensplan. Aber dann dachte sie wieder, ich bin ja nur eine Frau, mein Gott, was kann ich schon machen.

Während sich Regina über den Anzeigenteil der Zeitung beugte, verließ Frau Kumm das Lokal. Der Tag war ein erfolgreicher gewesen, sie hatte auf dem Markt amerikanisches Trockeneipulver erstanden, heute konnte sie ihren Söhnen Eierkuchen zum Abendbrot backen. Im vergangenen Jahr, als sie hier angekommen waren und im Bunker wohnten, gab es noch Eipulver auf Lebensmittelkarten, inzwischen hatten es die Briten von den Bezugsscheinen gestrichen.

Regina schaute ihr hinterher. Diese Frau verkörperte in ihren Augen all das, was sie nie werden wollte. Ungepflegt, mürrisch, schlecht gekleidet und plump. Von frühester Kindheit an hatte ihre Mutter ihr eingetrichtert, dass ihr Aussehen ihr wichtigstes Kapital war. Wichtiger als ein Schul- oder Berufsabschluss, weil sie ein Mädchen ist und sowieso heiraten würde. Weil sie heiraten muss, unbedingt, ansonsten würde aus ihr eine alte, bedauernswerte Jungfer werden, die als fünftes Rad am Wagen am Familientisch saß. Dennoch hatte Regina nach der mittleren Reife eine Berufsausbildung zur Stenotypistin gemacht. Man weiß ja nie, was noch kommt, auch wenn man heiratet.

Was ihr Aussehen betraf, so waren die Worte ihrer Mutter auf fruchtbaren Boden gefallen. Regina ging nie aus dem Haus, bis alles an ihr perfekt saß, die Haare sorgfältig onduliert waren und die Schuhe spiegelblank glänzten. Vor allem musste man für jeden Anlass passend gekleidet sein. Nichts war peinlicher, als durch unpassende Kleidung aufzufallen.

Doch Frau Kumm hatte sich geirrt, ihre Haarfarbe war echt, ein sattes Kastanienbraun mit einem rötlichen Schimmer, im Licht leuchtete es wie das Fell eines Eichhörnchens.

„Mein Eichhörnchen“, so nannte sie ihr Vater, der Oberstudienrat Petersen. Er war in Russland gefallen.

Auch sonst war alles an ihr echt, die dichten schwarzen Wimpern, die wohlgeformten Brauen und der volle, rote Mund. Sie hatte sich noch nie geschminkt und würde es auch nicht tun. Eine deutsche Frau schminkt sich nicht, dieser Satz war ihr in

Fleisch und Blut übergegangen. Lippenstift war etwas für Nutten und für die Damen des Films, die durften das.

Eigentlich war sie stets die brave Tochter ihrer gutbürgerlichen Eltern gewesen, doch dann kam alles anders. Regina hatte sich von einer Abhängigkeit in die andere begeben, dabei wollte sie nur einmal ihren Willen durchsetzen, einmal nur selbst entscheiden, aber das ging nach hinten los. Deshalb saß sie jetzt hier im dunklen „Hüürbaas" und wälzte die Stellenanzeigen. Sie brauchte dringend einen neuen Job, um nicht länger in der Drogerie ihres zukünftigen Schwiegervaters arbeiten zu müssen. Das wäre schon mal ein erster Schritt, um endlich selbstständig zu werden, dachte sie, während sie sich über die Anzeigen beugte.

Regina hatte sich vor drei Jahren mit Gunther Lorenz verlobt, er war der Sohn des Drogisten, dessen Ware sie öffentlich im Laden und heimlich auf dem Flohmarkt verhökerte. Damals war sie gerade achtzehn gewesen, hatte die Lehre beendet und lag mit ihren Eltern ständig im Streit. Inzwischen war sie einundzwanzig, und die pubertäre Phase des Aufbegehrens lag längst hinter ihr. Geblieben war Gunther, mit dem sie sich damals nur verlobt hatte, um ihre Eltern zu ärgern.

Kennengelernt hatten sie sich auf dem Sommerdom im Zelt „Haus Zillertal" bei zünftiger Blasmusik. Natürlich wussten ihre Eltern nicht, dass sie gemeinsam mit ihren Freundinnen nach der Arbeit über den Dom bummelte. Wie immer bei solchen Anlässen hatte sie ihnen erzählt, dass sie Überstunden machen muss. Ihre Mutter lebte damals in der Hoffnung, sie würde sich mit ihrem einstigen Tanzstundenpartner verloben. Er war der Sohn eines Zahnarztes und damit eine gute Partie.

Und dann Gunther. Zehn Jahre älter als sie, gutaussehend, dunkelhaarig, schon mit einem leichten Hang zur Fülle, den er mit einer gewissen geschmeidigen Lebendigkeit und Sportlichkeit ausglich.

Er segelte und spielte Tennis. Zum Leidwesen seiner Eltern spielte er auch gern mit Frauen. Und er lebte weit über seine Verhältnisse, die kleine Drogerie in Ottensen war keine Goldgrube. Seine Eltern wünschten sich nichts sehnlicher, als dass er endlich heiraten und dieses Lotterleben, wie der Vater es nannte, aufgeben würde. Deshalb waren sie mehr als entzückt, als er ihnen Regina vorstellte. Eine Tochter aus gutem Hause mit guten Manieren.

Warum Gunther? Das hatte sie sich in den letzten Monaten oft gefragt. Warum hatte sie sich von ihm einwickeln, überrumpeln, abschleppen lassen oder wie man das auch immer nannte? Denn etwas anderes war es nicht. Sie war damals jung und dumm gewesen, so sah sie es jetzt, und sein großtuerisches Gehabe hatte ihr imponiert. Während in ihrem Elternhaus der hanseatische Grundsatz galt, dass man mehr sein und haben muss, als man nach außen hin zeigt, und man sich stets in norddeutsch protestantischer Bescheidenheit übte, spielte Gunther den großen Max. Das ganze Kontrastprogramm zum elterlichen Hause breitete er vor ihr aus, machte ihr teure Geschenke, ging groß mit ihr aus und hofierte sie wie eine Prinzessin. Sie wusste, dass er das Geld dazu nicht aus der schmalen Kasse der Drogerie nahm, sondern mit Pferdewetten verdiente. Auch das fand sie waghalsig und aufregend. Kam sie von ihren Verabredungen mit ihm nach Hause, dann empfand sie die Welt ihrer Eltern doppelt spießig und eng. Da saßen sie auf dem alten Plüschsofa im Erker bei Tee und trockenen Keksen. Mutter trug eine Schürze und stopfte Strümpfe, neben ihr saß Vater in seiner alten, ausgebeulten Strickjacke und las das Sonntagsblatt.

„In der Speisekammer steht noch ‚Birnen, Bohnen, Speck‘, Reginchen! Soll ich es dir schnell aufwärmen?“

„Nein, danke, ich habe schon gegessen“, rief sie zurück, bevor sie in ihrem Zimmer verschwand. „Birnen, Bohnen, Speck“ war gestern. Sie hatte mit Gunther im Alsterpavillon Austern geschlürft und Champagner getrunken. Ohne Lebensmittelmarken, begleitet von flotter Swingmusik.

Ihre Eltern fanden sich schließlich damit ab, als er in aller Form um ihre Hand anhielt. Ein Drogist, das war weit unter ihrem Niveau, so dachten sie jedoch insgeheim.

„Aber es muss ja alles seine Ordnung haben“, meinte die Mutter säuerlich, und sie setzte halb fragend, halb scheinheilig hinzu: „Wo er dich doch schon genug kompromittiert hat, oder nicht?“

Regina blieb ihr die Antwort schuldig. Mutter hatte Angst vor übler Nachrede, klar. Oder meinte sie etwa, dass sie mit ihm geschlafen hätte? Nein, das nun doch nicht. Alles hatte sie ihm gestattet, bis auf das Letzte. Was er stillschweigend akzeptierte, worüber sie sich anfänglich wunderte. Sie war ja nicht dumm und wusste von seinen früheren Liebschaften. Also schlussfolgerte sie schließlich aus seinem Verhalten, dass er es mit ihr ernst meinte und bis zur Hochzeit warten wollte. Sie sei etwas ganz Besonderes, sagte er ihr. Und so trug sie stolz seinen goldenen Ring.

Sie war nun verlobt. Das bedeutete, sie würde nicht mehr lange unter der Obhut ihrer Eltern stehen, sondern gemeinsam mit ihm ihr eigenes Leben führen. Dass dies ein Trugschluss war, wird sie erst viele Jahre später zu spüren bekommen, obwohl sie es schon ahnt in ihrer jetzigen Situation, an der nicht Gunther schuld ist, sondern dieser elende Krieg.

Regina und ihre Mutter hatten ihr Haus verloren. Das hübsche Anwesen in Blankenese, ihr Urgroßvater, ein Kapitän, hatte es einst erbauen lassen, war von den Briten beschlagnahmt worden. Damit hatten sie im Leben nicht gerechnet, stand es doch noch nicht mal auf der Butterseite, also nicht am Wasser, sondern auf der anderen Straßenseite, der sogenannten Margarineseite. Und eine richtige Villa war es eigentlich auch nicht, nur das Haus eines sparsamen und drögen Kapitäns, nicht das eines reichen Pfeffersacks. Rotklinker, weiße Sprossenfenster, vollgestopft mit den Hinterlassenschaften dreier Generationen. Gemütlich und gediegen, wie der Hamburger sagt. Auf dem Fensterbrett das Buddelschiff, im Garten blühen die Hortensien und die Möwen scheißen die Korbmöbel auf der Veranda voll. Hier war Regina zur Welt gekommen, das Tuten der Schlepper und der großen Pötte hatte sie morgens geweckt, und im Sommer war sie im Badeanzug an den Strand gelaufen.

Nun aber residierte in ihrem Haus eine Behörde der Briten. Überall wurden Privathäuser beschlagnahmt, vorzugsweise natürlich in den besseren und wenig zerstörten Stadtgebieten, in Rotherbaum, Harvestehude, Blankenese und Groß Flottbek. Es hatte sie kalt erwischt an einem heißen Tag im Juli des letzten Jahres, sie mussten innerhalb von drei Tagen das Haus verlassen. Dabei hatten sie seit jener schrecklichen Bombennacht im Juli 1943, als der Feuersturm in Hamburg wütete, eine Einquartierung. Oben in der Mansarde hauste eine dreiköpfige Familie aus Hamm, mit der sie sich Bad und Küche teilten. Das war schon Heimsuchung genug, so empfand es ihre Mutter, zumal auch noch ihr Mann auf dem Feld der Ehre gefallen war. Vergeblich wiesen sie darauf hin, dass sie das Haus mit Ausgebombten teilten, auch die mussten raus.

Da war guter Rat teuer. Gunther konnte nicht helfen, er war in Gefangenschaft. Vorher war er als Soldat in Holland stationiert gewesen und hatte recht großsprecherische Briefe geschrieben, allerdings auch hin und wieder was Leckeres geschickt, meist Schokolade oder Kekse.

Für ihn schien der Krieg ein Geländespiel zu sein, eine Art Schnitzeljagd. Er schrieb von seinem schönen Posten als Verwalter eines Magazins und schwadronierte herum, als er auf Urlaub kam. Zum ersten Mal spürte Regina eine leise Verachtung für seine Art, sich überall durchzuschlängeln, und sie hatte den Verdacht, im zerbombten Hamburg mehr vom Krieg geschmeckt zu haben als Gunther an der Front, von ihrem Vater in Russland ganz zu schweigen. Nun war er in britischer Gefangenschaft und arbeitete in einem belgischen Steinbruch. Allerdings nicht wirklich, wie er in seinen Briefen durchblicken ließ. Wieder hatte er einen guten Posten erwischt, durfte mit einem Jeep durch die Gegend fahren und organisierte alles Mögliche für die Briten.

Gunthers Vater August Lorenz half ihnen schließlich aus der Patsche, und genau da lag der Hase im Pfeffer. Zunächst lief alles gut an. Er besorgte ein Pferdefuhrwerk für ihre Plünnen. Viel konnten sie nicht mitnehmen, die neue Unterkunft bestand aus einem Zimmerchen und einer Toilette, wobei es sich um das ehemalige Kontor der Drogerie Lorenz handelte.

Aber immerhin, die ausgebombten Altonaer Mitbewohner mussten in eine Nissenhütte ziehen. Diese scheußlichen, überbelegten und vor allem schlecht beheizten Wellblechhütten mit halbrunden Dächern reihten sich kilometerweit an den S-Bahngleisen entlang. In ihnen wohnten vornehmlich die Flüchtlinge aus den Ostgebieten, man sagte, es seien mindestens hunderttausend, die so hausen mussten. Im Winter machte hier der Kältetod reiche Beute.

Und so zogen sie also in das Kontor der Drogerie, und bald darauf ließ August die Katze aus dem Sack. Nun sollte die Drogerie endlich wieder eröffnet werden, und zwar unter Reginas Leitung. Ihre Mutter könne ja auch ein bisschen mithelfen, meinte er. Er selbst war anderweitig beschäftigt und machte stets nur vage Andeutungen über seinen neuen Wirkungsbereich. Erst viel später erfuhren sie, dass August einem großen Schieberring angehörte, der zwischen den Zonen operierte. An der Front war er nicht gewesen, weil er irgendein geheimnisvolles Leiden hatte. Er war ein Schlitzohr, so viel war klar, und in Regina wuchs der Verdacht, dass Vater und Sohn sich nicht nur im Äußeren ähnlich waren, sondern auch denselben Charakter hatten.

Inzwischen aber dachte sie praktischer, das lehrt die Not, und wenn sie von ihm profitieren konnten, dann war es ihr egal, was er trieb. Hauptsache, irgendwie überleben.

Regina machte sich ans Werk, putzte und räumte auf, immer mit der jammernden Mutter im Schlepptau. Von Frau Lorenz war keine Hilfe zu erwarten, die residierte über der Drogerie in ihrer geräumigen Wohnung ganz ohne Einquartierung und war meistens krank. Mal Migräne, dann Rheuma, schließlich ein vereiterter Zahn, immer war was mit dieser Frau. Während Reginas Mutter die Treppen scheuerte, saß sie oben auf dem Sofa und trank Likör. Jeden Abend zählte sie die mageren Kasseneinnahmen und schloss sie im Safe ein. August war tagelang nicht daheim, Regina hatte den Verdacht, dass er mit anderen Frauen durch die Gegend zog.

In der ersten Zeit machte es ihr sogar Spaß, hier allein schalten und walten zu können, und immerhin war es besser, als Trümmer wegzuräumen. Wer keine Arbeit hatte, konnte von den Briten dienstverpflichtet werden.

August bezahlte sie, wobei er eine Miete für das schäbige Kabuff, mehr war es ja nicht, kleinlich abzog. Manchmal legte er noch Lebensmittel obendrauf, Raritäten, die es nirgendwo mehr gab. Er hatte eine perfide Art der Gönnerhaftigkeit an sich, die Regina im Laufe der Zeit immer wütender machte.

Inzwischen war Zeit vergangen, eine Zeit des Hungers, der Kälte und der Demütigungen. Regina war älter geworden, und obwohl sie gerade mal einundzwanzig war, kam es ihr so vor, als würde zwischen der unbeschwerten Zeit ihrer Kindheit und ihrem jetzigen Leben ein Jahrhundert liegen. Wenn sie August sah, dann sah sie Gunther in zwanzig Jahren und dachte manchmal, nein, danke, das muss ich nicht haben.

August wurde trotz der allgemeinen Not immer fetter. In die Drogerie kam er nur noch, um seine Spezialsalbe anzurühren, ein Mittel gegen die „Beulenpest“, wie er es grinsend nannte. Viele Menschen bekamen in dieser Zeit eitrige Furunkel, vornehmlich im Gesicht, im Nacken und am Hals. Das kommt vom Hunger, sagten die Ärzte. August verkaufte seine Salbe zu horrenden Preisen, Regina hatte den Verdacht, dass es sich um eine ordinäre Zugsalbe handelte, sie war schwarz wie die Nacht und stank wie die Hölle. Die Leute schworen darauf, und August sagte augenzwinkernd: „Der Glaube versetzt Berge, nicht wahr, Reginchen?“

Ein weiterer Renner war ein rotes Pulver, aufs Brot gestreut sollte es den Hunger unterdrücken. Auch das stellte er selbst her. Wenn man zu viel davon nahm, musste man sich übergeben.

Regina war hin- und hergerissen. An manchen Tagen dachte sie, wenn Gunther heimkommt, wird alles gut. Dann sah sie sich mit ihm im Alsterpavillon sitzen, verruchte Swingmusik hören und etwas Aufregendes trinken. In diesen Momenten vergaß sie, dass der Alsterpavillon längst den Bomben zum Opfer gefallen war.

An Tagen wie heute aber, an denen man den nahenden Frühling schon riechen konnte, wenn auch der eisige Wind noch durch die Straßen fegte, da wollte sie nur weg. Noch mal von vorn beginnen und endlich ein eigenes Leben haben. Ohne Gunthers Mischpoke, ohne ihre ewig nörgelnde und jammernde Mutter. Und ja, auch ohne Gunther. Sie passten nicht zusammen, damals war sie viel zu jung gewesen, um das zu überblicken.

Deshalb schaute sie sich die Stellenanzeigen an. Ein Job wäre der erste Schritt in ein selbstständiges Leben, und dann natürlich ein neues Zimmer für sich und ihre Mutter.

Regina blickte seufzend auf. Ihr alter Job war futsch, kurz vor Kriegsende war das Kontor, in dem sie für eine Reederei gearbeitet hatte, in Flammen aufgegangen. Der Chef tot, seine Schiffe versenkt. Ihr blieb nur die muffige Drogerie, aber das war kein Leben. Sogar Holz musste sie selbst hacken, während Hertha Lorenz sich da oben mopste.

In der Zeitung fand sie auch heute nichts, was ihr passend erschien. Sie gestand sich nicht ein, dass sie gar nichts finden wollte. August würde sie sofort vor die Tür setzen, wenn sie nicht mehr bereit wäre, seine Mottenkugeln und Haarwuchsmittel zu verhökern. Wo sollte sie dann hin mit Mutter, die sowieso schon mit den Nerven am Ende war?

Gelangweilt blätterte sie den Rest der Zeitung durch. „Der Frühling ist da“, las sie. Es folgte ein Bericht über die Blüte der Forsythien am Fuße der Lombardsbrücke, die stets ein wichtiger Hinweis darauf sei, dass nun auch im nordisch kühlen Hamburg endlich der Frühling einzog.

„Da habe ich aber was davon“, murmelte sie, stürzte das rote Gesöff hinunter und wollte eigentlich schon gehen. Aber gerade war der Mann mit dem Schifferklavier gekommen, deshalb entschied sie, noch ein bisschen zu bleiben. Sie hörte ihn gern spielen. Einmal wieder tanzen gehen, aber wo und mit wem? Außerdem würde ihr Mutter die Hölle heiß machen, schließlich war sie verlobt und ihr armer, zukünftiger Mann schmorte in der Gefangenschaft.

Der blinde Musikant wohnte direkt über der Kneipe, Regina wusste, dass er sein Augenlicht im Ersten Weltkrieg bei einem Gasangriff verloren hatte. Heute begleitete ihn seine Enkeltochter Rosemarie, ein zehnjähriges dünnes Mädchen mit aschblonden Haaren und einem Silberblick. Manchmal sang sie zur Musik ihres Opas, die Leute gaben dann mehr Geld.

Ihre Mutter hatte sich Mühe gegeben, sie hübsch aufzuputzen. Sie trug einen akkurat gebügelten marineblauen Faltenrock und eine Bluse aus matt glänzender Fallschirmseide, ihr Haar war mit einer großen rotkarierten Schleife zusammengebunden. Passend dazu steckten ihre Füße in rotkarierten Filzpantoffeln.

Die beiden tuschelten miteinander. Lohnte es sich überhaupt, schon anzufangen? Das Lokal war fast leer, bis auf ein paar Leute vom Schwarzmarkt, die gerade hereingekommen waren. Draußen hatte es inzwischen eine Razzia gegeben, die gab es meist so um drei Uhr nachmittags herum. Immer dasselbe, schrilles Gepfeife und Getrappel, Einkesselung. Wenn jemand verhaftet wurde, dann garantiert die Falschen, sagten die Leute.

Opa spielte und die Kleine sang das Lied vom „Tüdelband“. Das heißt, erst einmal holte sie tief Luft, seufzte praktisch in die ersten Akkorde hinein, um dann richtig loszulegen. Ein bisschen blechern klang es, aber richtig und sehr niedlich, das musikalische Gehör hatte sie vom Opa geerbt. Ihre Stimme hatte durch eine gerade überstandene Diphterie ein wenig gelitten. Aber ihr Opa meinte, das wird schon wieder, denn „wat mutt, dat mutt“.

Es folgte „Kleine Möwe, flieg nach Helgoland“. Bei diesem Lied verdrückte Regina immer ein paar Tränen. Sie schloss die Augen und lauschte der Kinderstimme. Einmal wieder mit dem Fährschiff den Strom hinauf. Blankeneses weiße Villen schmiegen sich an die grünen Hänge, Möwen kreischen und der Himmel ist so unverschämt blau. Weit wird der Strom, immer weiter, und dann festmachen an der „Alten Liebe“ in Cuxhaven. Und weiter bis aufs Meer hinaus.

Im Garten lag noch immer das Boot ihres Vaters. Aber da waren jetzt die Briten. Man könnte ja mal fragen, ob sie es herausgeben, schließlich war es ihr Eigentum und sie hatten ein Schreiben erhalten, das ihnen versicherte, Grundstück und Haus würden auch weiterhin in ihrem Besitz bleiben.

Es muss sicherlich gestrichen werden. Wo bekommt man Farbe her? Vielleicht mal in die Fenster der Tauschzentralen gucken, die sich in den Kellergeschossen halb zerbombter Häuser angesiedelt hatten. Farbe gegen Lebertran oder „Rotbäckchen“-Saft. Davon hatte sie zwei Sechserpacks unterm Bett versteckt. Der blöde August merkte das nicht, er kontrollierte nie das Lager und auf den ersten Blick sahen die Regale voll aus, weil sie die Werbeattrappen geschickt platziert hatte.

Und abdichten muss man den ollen Kahn, sicher. So lange wie der unterm Schleppdach gelegen hat. Eigentlich ist es ja nur ein kleines Dingi, ein Beiboot, wie es fast jeder in Blankenese besitzt. Aber wie der abgeht.

Segeln am Sonntag mit Papa. Alles vorbei. Die Segel, sind die überhaupt noch vorhanden? Und für den Außenbordmotor gibt es garantiert kein Benzin.

Resigniert stand sie auf und wollte die Zeitung an den Ständer hängen, da sagte eine Stimme hinter ihr leise: „Kann ich die Zeitung bitte haben, mein Fräulein?“

„Äh ... natürlich. Bitte.“

Nun war er also doch noch gekommen. Erst jetzt gestand sie sich ein, dass sie nur wegen ihm hier ihre Zeit vertrödelt hatte.

Sie bestellte einen Malzkaffee bei der Wirtin, fummelte nervös an ihrem Rucksack herum und kramte ihren Kamm hervor. Er saß auf seinem Stammplatz, und sie beobachtete ihn auf ihrem Weg zu den Toiletten. Er plauderte gerade mit der Wirtin, die an seinem Tisch stand, und schob ihr ein kleines Päckchen hin. Sie mutmaßte, dass es Zigaretten waren. Was er dafür erhielt, roch heiß dampfend nach besseren Zeiten. Schwarztee in einer Kanne, daneben eine kleinere mit Milch. Und Kandis. Den bekam Rosemarie, die gerade eine Pause machte und sich mit einem artigen Knicks bedankte.

Mein Gott, sieht der gut aus, dachte sie, während sie sich im blinden Spiegel auf der Toilette betrachtete. Und ich? Abgewrackt. Falten neben den Mundwinkeln, alte Frau! Das Haar ist ja ganz plattgedrückt von der dämlichen Baskenmütze. Hastig löste sie die Kämme, schüttelte es durch und kämmte es vorsichtig aus. Schon besser. Ich lasse es offen, nur seitlich die Kämme, ganz straff hochstecken und hinten fällt es lockig über die Schultern.

Sie kaute auf ihren Lippen herum, um ihnen Farbe zu geben, und formte die Brauen mit feuchten Fingern nach. Schon besser. Lächeln, immer lächeln. Die Schultern nach hinten, den Busen raus, Bauch rein.

Der Malzkaffee stand schon dampfend auf dem Tisch. Wieder ging sie zum Zeitungsständer und griff sich eines der Bekanntmachungsblätter. Sie tat so, als ob sie konzentriert lesen würde, dabei schweifte ihr Blick immer wieder zu ihm hinüber. Mit versonnener Miene trank er seinen Tee. Sie sah, wie er ihn genießerisch im Mund rollen ließ und dachte, Mutter würde das sicher ordinär finden. Dabei las er aufmerksam „Die Zeit". Ab und an zog er seine rechte Braue hoch, ganz als würde er den Text im Geiste kommentieren. Wie alt mochte er sein? Noch ganz jung, sicher jünger als sie. Ein richtiger blonder Sonnyboy. Durch ihn wird das dunkle Lokal heller.

Sicher arbeitet er für die Briten, mit dieser marineblauen Kluft, allerdings ohne Abzeichen. Labour Service, ich tippe auf Labour Service. Das sind die, die die Seeminen bergen. Furchtbar gefährlich soll das sein. Dafür hat er alles, gute Schuhe, gute Kluft und genug Zigaretten zum Tausch. So ist das Leben, wer wagt, gewinnt. Ich schätze mal, er ist einer von denen, die immer Glück haben, ein richtiger Hans im Glück.

Inzwischen hatte sich das Lokal gefüllt, und einige Gäste tanzten. Verdächtig viele Kaffeetassen standen nun auf den Tischen, sie enthielten jedoch keines der undefinierbaren Heißgetränke, nicht einmal Malzkaffee, sondern schwarz gebrannten Kartoffelschnaps, den der Wirt verbotenerweise ohne Konzession in seinem Hinterhofschuppen destillierte.

Der blinde Musikant spielte das Lied vom Mägdelein, welches weinend am Golf von Biskaya steht.

Rosemarie hatte Pause, denn das war kein Lied für kleine Mädchen, weil alle lautstark den Refrain mitsangen und ihn schlüpfrig verballhornten. Noch immer kaute sie andächtig auf ihrem Brocken Kandis herum.

Hinten im Flur polterte es laut auf den Dielen, jetzt war der Leierkastenmann gekommen und hatte seinen Kasten abgestellt, um sich im „Hüürbaas" aufzuwärmen. Seinen Papagei gab er in die Obhut Rosemaries, dann folgte er der Wirtin in die Küche, wo er einen Teller Suppe bekam, den die anderen Gäste nicht sehen sollten.

Was mache ich eigentlich hier, dachte Regina. Ich glotze einen fremden jungen Mann an, der noch nicht mal Notiz von mir nimmt. Eigentlich sollte ich mich schämen. Wo ich doch verlobt bin.

Der junge Mann legte die Zeitung beiseite, und als sie ihn ein letztes Mal anschauen wollte, bevor sie ging, so wie man ein schönes Bild anschaut, da stand er auf, kam zu ihr und sagte: „Darf ich bitten, mein Fräulein?"

„Ein Wind weht von Süd und zieht mich hinaus auf See, mein Kind, sei nicht traurig, tut auch der Abschied weh. Mein Herz geht an Bord und fort muss die Reise gehen, dein Schmerz wird vergehn und schön wird das Wiedersehn."

„La Paloma". Die Welt steht still.

Er tanzte nicht, er schwebte mit ihr durch das kleine Lokal. Sicher und leicht führte er sie, die anderen Tänzer wichen unwillkürlich zurück. Regina hob den Kopf, sie musste weit zu ihm hinaufschauen. Ein Blick und ein Lächeln voller Magie.

Sie sah die bunten Girlanden unter der Decke, und über ihnen schwebte ein lachender Mond. Es waren die Reste der Faschingsfeier, und sie erinnerten sie an eine Feier im Segler-Verein Blankenese, als der Krieg schon in den letzten Zügen lag, aber jeder so tat, als würde noch alles gut werden. Gunther auf Heimaturlaub, ein Tisch mit der ganzen Familie. „La Paloma“ und Moselwein, nur Papa fehlte. Gunther war ein lausiger Tänzer, er tanzte nicht, er exerzierte auf der Tanzfläche. Damals verkehrte sie noch nicht in den Lokalen der Reeperbahn, sondern war die wohlbehütete Tochter eines angesehenen Oberstudienrats gewesen. Und frisch verlobt.

Und nun bist du weg, Papa, und kommst nie mehr zurück. Weißt du noch, wie wir getanzt haben zur Radiomusik im Wohnzimmer? Da war ich fünfzehn. Alle Stühle hattest du beiseite geschoben und Mama gab den Takt an. „Eins, zwei, drei. Eins, zwei, drei. Nicht auf die Füße gucken, Reginchen, hörst du? Und lächeln. Immer lächeln!“

„Lass sie doch mal zufrieden, Ingeborg, sonst lernt sie das nie. Tanzen soll doch Spaß machen.“

Eine Woche nach der Feier im Segler-Verein kam die Nachricht von Papas Tod.

Ja, Mutter, Papa hat recht, tanzen soll Spaß machen und ich will tanzen und glücklich sein, verdammt noch mal.

Der junge Mann verbeugte sich vor ihr. „Ich habe mich noch gar nicht vorgestellt, gestatten Sie, mein Name ist Heinrich Merowin.“

„Angenehm“, erwiderte sie hastig, „Regina Petersen.“

Er hat gute Manieren, sicher kommt er aus einer guten Familie. Und er tanzt wie Papa.

Der Schifferklavierspieler machte eine Pause, die Wirtin servierte ihm einen Kartoffelschnaps.

„Darf ich Sie auch zu einem Tässchen einladen, Fräulein Regina?“

„Ich weiß nicht, Alkohol um diese Zeit?“

Heinrich kramte eine Taschenuhr hervor. „Wir dürfen. Es ist achtzehn Uhr fünfundvierzig, also ist die Sonne bereits untergegangen.“

Sie zog die Brauen hoch und schaute ihn fragend an.

Lachend zuckte er mit den Achseln. „Alte Kolonialregel, Alkohol nie vor Sonnenuntergang!“

„Ach so. Na gut, auf ein kleines Tässchen, meinetwegen.“

Alte Kolonialregel. Wo kommt er wohl her, war er etwa in den Tropen? Nein, dazu ist er viel zu jung. Vielleicht mit seinen Eltern. Oder er schwadroniert nur herum, wie es die Männer gern machen. Dabei hat er das gar nicht nötig, er sieht umwerfend gut aus, hat gute Manieren und tanzt wie ein junger Gott.

Der Kartoffelschnaps schmeckte scheußlich, aber er wärmte schön durch. Heinrich bot ihr aus einem silbernen Etui eine Zigarette an. „Rauchen Sie? Bitte."

Sie lehnte dankend ab. Früher hatte sie manchmal mit Gunther eine geraucht. Es hatte ihr nicht geschmeckt, sie tat es nur, weil ihre Mutter es nicht leiden konnte. „Regina! Eine deutsche Frau raucht nicht. Du schädigst dein Erbgut."

„Arbeiten Sie beim Labour Service? Wenn ich fragen darf ... wegen der Kluft."

Ja, er arbeitete beim Labour Service, erfuhr sie.

„Ist schon komisch", sagte er lachend, „eigentlich bin ich immer noch bei der Wehrmacht. Churchill hat Angst vor einem Krieg mit den Russen, deshalb hält er uns vor."

„Und was machen Sie da? Sind Sie beim Munitionsräumungsdienst?"

„Nee! Bloß nicht, ich will ja noch ein bisschen leben. Jetzt, wo alles erst so richtig losgeht."

Wo alles erst so richtig losgeht. Sie kam sich vor wie eine uralte Frau.

Es ist gleich sieben, dachte sie, um halb elf ist Sperrstunde, also muss ich um Viertel vor zehn los, spätestens, wenn ich laufe. Bloß nicht mit der vollen S-Bahn fahren, da hat man ja Angst, dass man zu Tode getrampelt wird. Mutter wird sauer sein. Egal.

Sie erfuhr, dass er auf dem Flughafen arbeitet. Die Air Force hatte dort eine provisorische Start- und Landebahn anlegen lassen, mit Rollstreifen aus durchlöcherten Stahlblechen, und bald sollte es losgehen.

„Ab dem 1. September werden sie zweimal täglich die Strecke London – Amsterdam – Hamburg – Berlin fliegen. Ziviler Liniendienst, toll, nicht wahr!" Er sagte es mit einer Begeisterung, als hätte er schon sein Flugticket gebucht.

„Es ist komisch, dass sie den Flughafen nicht zerbombt haben. Manche sagen, weil er so gut getarnt war durch die

Bepflanzung, aber ich glaube, eher aus strategischen Gründen. Das sieht man ja jetzt. Und da ist noch so viel zu tun, Arbeit ohne Ende. Hamburg Airport, das hört sich doch gut an, das riecht nach großer, weiter Welt! Aber wenn die erste Maschine fliegt, bin ich vielleicht gar nicht mehr da. Eigentlich warte ich ja nur noch auf meine Entlassungspapiere."

„Wo kommen Sie denn her?"

„Aus Schwedt an der Oder. Das liegt in der russischen Zone, deshalb dauert es so lange. Ich brauche die Entlassung aus der Wehrmacht und den Passierschein. Na ja, hier lässt es sich ganz gut aushalten. Und Sie, sind Sie gebürtige Hamburgerin?"

„Ja, ich bin mit Elbwasser getauft worden."

„Ach. Eine echte Hamburger Deern. Das hätte ich jetzt nicht gedacht."

„Warum nicht?" Normalerweise würde sie nun einen koketten Augenaufschlag starten, aber er zog sie so in ihrem Bann, dass sie alles vergaß. Keine Allüren, kein künstliches Lachen, nur hören, was er sagt, und in seine hellen Augen schauen.

„Na ja." Er lachte verlegen. „Die Hamburger Deerns sehen meist so ein bisschen farblos aus, so dunkelblond und blass. Aber Sie, Sie haben so etwas Exotisches an sich, wenn ich das sagen darf."

Er hatte es gesehen. Seltsam, dachte sie, Gunther hatte es nicht gesehen. Er erfuhr erst von Vater, dass meine Urgroßmutter Chinesin gewesen war. Auch eine waschechte Hamburgerin, geboren in der Schmuckstraße, hier gleich um die Ecke.

Die Großmutter ihres Vaters, der dunkle Fleck im Stammbaum. „Es soll ja eine Liebesheirat gewesen sein", sagte die Mutter eines Tages. Wobei sie das Wort mit einer gewissen Verachtung aussprach.

„Was weißt du schon", brummte der Vater. Man sah es ihm nicht an. Aber ihr, der Urgroßenkelin.

Sie saß vor dem Frisierspiegel, und die Mutter bürstete ihr Haar. Ihre Blicke trafen sich im Spiegel.

„Na ja, wenigstens ist dein Haar schön lockig", seufzte sie. Es klang, als würde sie sagen, dadurch bist du gerade noch vorzeigbar. Sie war zehn und kam sich minderwertig vor.

„Meine Urgroßmutter war Chinesin."

Noch nie hatte sie es jemandem erzählt, dabei ging es ihr nun so leicht von der Zunge, so ganz nebenbei. Sie hörte die Stimme ihres Lehrers: „Ihren asiatischen Einschlag können Sie nicht leugnen, Fräulein Petersen." Rassenkunde. Die ganze Klasse starrte sie an und sie schämte sich in Grund und Boden. Woher weiß der das überhaupt, dachte sie. Blankenese war ein Dorf.

„Ach, wirklich?", sagte er. „Na, ich bin auch kein richtiger Arier. Mein Vater stammt aus Russland."

Regina lächelte ihn still an. Das gefällt mir, dachte sie, dann ist er sicher kein Nazi gewesen.

Er kramte aus seiner Jacke ein fettiges Päckchen hervor und reichte ihr eines von drei Sandwiches. „Bitte, essen Sie, jetzt ist ja Abendbrotzeit."

„Danke!" Wie das duftete. Weißes, weiches Brot, weich wie Watte, mit Corned Beef, gierig biss sie hinein. Einfach himmlisch. Das dritte Sandwich brachte er Rosemarie.

„Aber nicht den Käpt'n damit füttern!"

Der Käpt'n war der Papagei des Leierkastenmannes, er saß schlafend auf der Gardinenstange. „Nee", lachte die Kleine, „der is bannig krüsch! Der frisst ja nur Schrot."

„Und was machen Sie Schönes den ganzen Tag?", fragte er sie lächelnd. Sie tanzten wieder, der Mann mit dem Schifferklavier spielte „My Bonnie".

Dicht an dicht schoben sich die Paare unter dem roten Licht der Laternen über das Parkett.

Rosemarie war ins Bett geschickt worden, jetzt sang die Wirtin selbst. Sie saß auf einem Barhocker vor dem Tresen und kündigte jeden Titel mit dem heftigen Läuten einer Schiffsglocke an. Das gefiel den Gästen, sie johlten und lachten und ließen die schmiedeeisernen Lampen über den Tischen schaukeln.

„Ich arbeite in einer Drogerie."

Regina legte den Kopf an seine Schulter. Frag mich jetzt nichts weiter, dachte sie. Tanzen will ich, immer nur tanzen.

„Ein hübscher Beruf für eine junge Frau."

Weißer Kittel, weißes Häubchen, Seifenduft. Maiglöckchen und Veilchen. Und ihr Haar riecht so aufregend, dachte er.

- 23 -

Gott sei Dank war Vollmond. Sie mied die Bürgersteige vor den Trümmergrundstücken und lief mitten auf der Straße neben den Schienen entlang. Sie gehörten zu einer der vielen Bahnen, auf denen der Schutt in Loren abgefahren wurde. In den Kellern der Ruinen sah sie hier und da Licht, hier hausten Menschen wie in Höhlen.

Ein Jeep fuhr an ihr vorbei und hielt am Bürgersteig. Vor dem Tor einer großen Fischhalle standen die Mädchen vom Rotlichtgewerbe, und sie erinnerte sich, dass hier schon immer ein Straßenstrich gewesen war. Gelächter schallte zu ihr hinüber, einer der Soldaten aus dem Jeep rief ihr etwas zu. Bloß nicht hinschauen, dachte sie, einfach weitergehen.

Jetzt konnte sie den Hafen sehen. Verwaist und zerbombt ragten die Überreste der einst so stolzen Werften in den Himmel, gespenstisch vom Vollmond beleuchtet. Blohm & Voss gab es nicht mehr.

Vor einigen Tagen waren die Helgenkrangerüste gesprengt worden und nun wurde alles demontiert, die Besatzungsmacht plünderte Hamburg aus. Wo einst so manches stolze Schiff auf der Helling gelegen hatte und mit großem Tamtam getauft worden war, herrschte nun Grabesstille, der ganze Hafen war ein einziger Friedhof. Auf seinem Grund lagen mehr als achtzig Frachtschiffe.

In Finkenwerder hatte man neulich den größten U-Bootbunker Deutschlands gesprengt, die Detonation ließ sogar noch in Ottensen die Scheiben klirren. Die gerade mal wieder mit schwerem Rheuma das Bett hütende Hertha Lorenz kam im Nachthemd die Treppen heruntergerannt.

„Die Russen kommen!“, schrie sie, und Regina sagte zu ihrer Mutter: „Guck an, wie die auf einmal laufen kann, vorhin hat sie noch gesagt, sie kann keinen Schritt mehr machen. Und ich dumme Kuh schleppe ihr das Holz hoch.“

Ausgebrannte Getreidesilos, eingefallene Schuppen, dennoch regte sich neues Leben im Hafen, Waren wurden wieder umgeschlagen, um die westlichen Zonen Deutschlands zu beliefern. Vieles jedoch ging nach England, Holland und Belgien,

Gemüse aus den Vierlanden und Obst aus dem Alten Land. Und die Hamburger bauten sich ihr Gemüse selbst an, um nicht zu verhungern.

Den letzten Rest des Weges rannte sie. Vor dem Haus hielt sie keuchend inne und schaute auf ihre Armbanduhr, es war gerade halb elf, jetzt begann die Sperrstunde.

Als sie die Haustür aufschloss, hörte sie oben in der Wohnung Lärm, Stimmengewirr und laute Musik. August war also zurück und hatte wohl wieder mal eine Einquartierung übers Wochenende mitgebracht. Im Hof stand ein kleiner Lkw mit einer Bremer Nummer. Wo der überall herumgurkt, dachte sie. Ihre Mutter war sich sicher, dass er einem Schieberring angehörte, aber das war ihr egal. Vielleicht erwischen sie ihn ja mal, dann ginge er eine Weile in den Bau, wünschen täte sie es ihm, sie konnte ihn nicht leiden. Irgendwie war er schmierig und manchmal versuchte er sie zu betatschen, aber sie wusste sich zu wehren.

„Regina? Bist du es?"

Mutter. Warum ist sie noch wach? „Wer soll es denn sonst sein? Warum schläfst du noch nicht?"

„Aber das ist jetzt nicht dein Ernst. Mein liebes Fräulein!"

Auf dem Tisch brannte eine Hindenburgkerze, und Ingeborg Petersen saß aufrecht im Bett, gestützt von einem Berg Kissen, den Kopf voller Lockenwickler unter einem Haarnetz.

„Es ist S-perrstunde!", rief sie entrüstet. Weil sie wütend war, stolperte ihre Zunge heftig über den spitzen Stein. „Längst S-perrstunde. Und deine Mutter, die wartet hier. Was bist du nur für eine Deern, ich hab dich schon tot gesehen und wenn du jetzt nicht gekommen wärst, hätte ich die Wache angerufen. Na, ist es denn die Möglichkeit!"

„Mutter! Nun reg dich wieder ab, ich war pünktlich von der Straße weg. Und nun willst du sicher wissen, wo ich war und mit wem, nicht wahr?"

„Allerdings!" Wie eine Königin thronte Ingeborg Petersen in ihrem Kissenberg und spielte den Moralapostel, dabei platzte sie fast vor Neugier.

Hastig streifte Regina ihre Sachen ab, schlüpfte in ihr Nachthemd und zog sich Strickjacke und Wollsocken an. Dann ging sie schweigend zum Waschbecken und putzte sich die Zähne.

„So weit ist es also gekommen, meine einzige Tochter treibt sich nächtelang herum. Der Mann ist tot und wir sind von der Gnade fremder Menschen abhängig. Ich will nicht mehr leben!"

„Ist ja gut, Mutter."

Sie setzte sich auf die Bettkante und streichelte sacht ihre Hand. Das war mehr, als Ingeborg Petersen ertragen konnte, hastig zog sie die Hand weg. Manchmal dachte Regina, sie hat richtig Angst davor, einem Menschen körperlich nahezukommen. Sie konnte sich nicht erinnern, dass ihre Mutter sie in den Arm genommen hatte. Ihre Abneigung gegen Berührungen hatte sie schon als Kind bemerkt und wenn sie Nähe suchte, dann war sie ihrem Vater auf den Schoß gekrochen, um mit ihm zu schmusen.

„Ich war auf dem Markt, das weißt du doch. Hab zwanzig Luckys ergattert, die kriegt die Oolsch vom Lück, dafür bekommen wir Butter."

„Die Oolsch" war die Frau vom Grünhöker Lück, er wohnte gegenüber. Sein Sohn war Melker auf einem Gut in Holstein und tauschte Butter gegen Zigaretten.

„Zwanzig Luckys? Was hast du denn dafür vertickt? Doch nicht etwa deinen Verlobungsring? Denkst du, ich habe nicht bemerkt, dass du ihn nicht mehr trägst."

„Ich trage ihn nicht, weil dort ein furchtbares Gedränge ist. Du weißt doch, dass er mir zu weit geworden ist. Wenn ich ihn auf dem Markt verliere, dann ist er futsch."

„Und? Was hast du vertickt?"

„Niveacreme."

„Etwa aus dem Depot? Woher hast du denn den Schlüssel? Hoffentlich merkt August das nicht, die dürfen wir doch gar nicht mehr im Laden verkaufen."

„Ja soll sie denn verschimmeln? August kann mich mal, den Schlüssel klaue ich ihm immer aus der Kitteltasche. Er kümmert sich doch gar nicht mehr um den Laden. Der hat doch nur noch eine Alibifunktion, damit deckt er seine illegalen Geschäfte."

„Ach Gott, ach Gott, was ist aus uns geworden. Aber du warst doch nicht bis jetzt auf dem Markt? Wenn das dein Vater wüsste!"

Wenn das der Vater wüsste, wenn das August wüsste, wenn das Gunther wüsste. Sie lachte laut auf, dabei war sie furchtbar wütend und hatte große Lust, ihrer Mutter alles haarklein zu erzählen. Dass sie einen netten jungen Mann kennengelernt und auf der Reeperbahn mit ihm getanzt hatte bis zum Ultimo.

Sie platzte fast vor Mitteilungsbedürfnis, aber hier gab es eine Grenze. Noch nie war die Mutter ihr Freundin genug gewesen, um ihr etwas anzuvertrauen oder gar ihr Herz vor ihr auszuschütten. Doch ging sie ganz auf ihr Bedürfnis ein, ein Stück wohlanständiger Bürgerlichkeit durch diese schlimme Zeit zu retten. Deshalb log sie nun, und ihr Vater hätte gesagt, dass sie schneller lügen konnte, als ein Pferd läuft.

„Stell dir vor, wen ich getroffen habe", zwitscherte sie munter drauflos, „die Geschwister Reimers! Du weißt doch, die Zwillinge, die mit mir in der Berufsschule waren. Lotte und Erika."

„Ach, das ist ja gediegen. Was machen die denn jetzt? Ausgebombt waren sie ja wohl nicht."

Sie weiß genau, dass ich lüge, dachte sie. Sie durchschaut alles. Wir lügen uns gegenseitig die Taschen voll, so war es schon immer.

„Nee, ausgebombt sind sie nicht. Es geht ihnen gut. Erika will heiraten, und stell dir vor, Lotte hat eine Stellung auf dem Arbeitsamt. Einen prima Job hat sie da ergattert, mit guter Lebensmittelkarte. Ja, so ist das, da haben wir uns verquatscht."

„Und wo wart ihr?"

Jetzt will sie mich ein bisschen in die Enge treiben, da hat sie ihren Spaß dran. Und ich werde jetzt mal zur Abwechslung die Wahrheit sagen.

„Stell dir vor, im ‚Hüürbaas'. Das ist ein Lokal Ecke Reeperbahn/Talstraße. Früher war das mal ein nettes Café. Na ja, den Kuchen gibt es nicht mehr, den kannst du dir malen."

Frau Petersen zog angewidert die Nase kraus. „Reeperbahn, also weißt du!"

„Mutter, tu bloß nicht so etepetete. Falls es dir entgangen ist, wir sitzen hier im Pisspott. Mein Gott, ich will auch mal ein bisschen Spaß haben, ich bin noch keine sechzig."

„Aber immerhin verlobt."

„Ich gehe jetzt ins Bett. Gute Nacht. Übrigens, getanzt habe ich auch."

„Mit wem?" Frau Petersen hatte sich bereits auf die Seite gedreht, nun saß sie wieder aufrecht im Bett.

„Mit einem netten jungen Mann, er sieht blendend aus und arbeitet beim Labour-Service."

„Bist du wahnsinnig? Labour-Service, was ist das denn? Doch nicht etwa ein Engländer? Was sind denn das für Fisimatenten, wenn August das mitkriegt, dann setzt er uns auf die Straße."

„Kein Engländer. Er arbeitet bloß für die – Labour-Service, das heißt auf Deutsch Arbeitsdienst. Ich habe nur mit ihm getanzt, das ist ja nicht verboten. Und August kann mich mal. Schlaf gut, Mutter."

Regina pustete die Kerze aus und schlüpfte unter ihr dickes Federbett. Wenigstens das haben wir noch, dachte sie, andere erfrieren in ihren Notunterkünften. Ihre Mutter meldete sich nicht mehr.

Sie kuschelte sich ein und wartete lauschend auf deren ersten Schnarcher. Jetzt. Sie schlief schon, sie hatte sich also gar nicht richtig aufgeregt. Wie immer war alles nur heiße Luft gewesen, sie wollte bloß zeigen, dass sie das Sagen hat.

Zufrieden schloss sie die Augen und dachte an Heinrich.

Das Boot, die Briten müssen es herausgeben, dann macht sie es mit ihm zusammen wieder flott.

Er kann segeln, hat er gesagt, das hat er bei der Marine-HJ gelernt. Ganz begeistert war er, als sie ihm vom Boot erzählte. Sie kann es ja vor dem Segler-Heim festmachen, dort könnte man es auch aufbocken und streichen. Nein, das geht nicht, die wissen da alle, dass ich mit Gunther verlobt bin. Ach, irgendwo werden wir schon ein Plätzchen finden, für uns und das Boot, ganz allein.

Morgen schon wird sie ihn wiedersehen, an der Lombardsbrücke, bei den blühenden Forsythien. Mal gucken, ob der Zeitungsmann recht hat, ob es wirklich schon Frühling wird.

Ihr Herz klopfte schnell, unruhig wälzte sie sich hin und her, strampelte ihr Federbett weg und richtete sich auf.

Regina Petersen war einundzwanzig Jahre alt, und sie erlebte die erste und einzige Liebe ihres Lebens. Was bisher gewesen war, es verblasste, war nur noch ein Schatten, davor aber sah sie leuchtend das Gesicht dieses jungen Mannes und hörte seine Stimme. Und sie stellte sich vor, wie sie mit ihm unter weißen Segeln über die Elbe gleiten würde, pfeilschnell durch den Wind.

– 24 –

Hamburg, April 1946

Heinrich saß am Ufer der Außenalster auf einem Baumstumpf, eine Hinterlassenschaft der allgemeinen Baumräuberei. Träumerisch schaute er in den schönen Tag. Noch nie hatte er so viele Segelboote auf einmal gesehen. Scheinbar schwebend lagen sie auf dem Wasser, weiße Segel vor einem Himmel, der so blau war wie Kopenhagener Porzellan. Auf der Alster glitzerte die Sonne.

Die Hamburger verstehen es zu leben, dachte er. Diese Stadt ist selbst nach vielen Bombenangriffen noch schön, so weit und so licht. Trotz der großen Zerstörung sieht man den Glanz ihrer einstigen Eleganz und Großzügigkeit immer noch.

Auch fiel ihm auf, dass die Menschen selbst jetzt in den Zeiten der Not besser gekleidet waren als in seiner Heimat, sogar besser als in Berlin, der Reichshauptstadt, wo es schon immer etwas ordinär zugegangen war. Hier hingegen kleidete man sich hanseatisch gediegen und ein wenig anglophil, was nichts mit den jetzigen Besatzern zu tun hatte, sondern mit den traditionellen Geschäftsbeziehungen der großen Handelshäuser.

Den ganzen Vormittag war er unterwegs gewesen. Lange hatte er vor dem Chilehaus gestanden und die elegante Fassade bewundert. Weiter ging es zum Michel, wo der Türmer gerade vom Kirchturm blies. Das Kirchenschiff der bedeutendsten barocken Kirche Norddeutschlands war stark zerstört worden, aber der Turm hatte alle Brände und Bombenangriffe fast unversehrt überstanden. Hineingehen konnte er leider nicht, und wenn das Kirchenschiff wieder begehbar war, war er vielleicht nicht mehr da. Schade. Wie schön der Türmer geblasen hatte. „Lobe den Herren“, das hätte Mutter hören müssen, es ist eines ihrer Lieblingslieder. Wenn er als Kind Geburtstag hatte, sang sie es morgens an seinem Bett.

Ein Brief aus der Heimat steckte in seiner Tasche. Gretchen hatte geheiratet! Er erinnerte sich, wie wütend sie gewesen war, als er zu ihr sagte, für dich muss erst einer gebacken werden, dir ist doch keiner gut genug. Das war damals, als der Walther aus Frauenhagen immer kam, der Kutscher. Der war ihr natürlich nicht gut genug und Mutter hatte der arme Kerl richtig leid getan. Und nun einen Russen, einen Offizier. Dürfen die überhaupt deutsche Frauen heiraten? Er legte seine Stirn in Falten, zog den Brief aus der Tasche und las ihn noch einmal.

„... Trauung in aller Stille, sie mussten gleich danach aufbrechen ... Jetzt in Bernau ... Schreiben kannst du ihr vorläufig noch nicht. Es ist momentan ein wenig schwierig, aber mach dir keine Sorgen, deiner Schwester geht es gut. Ihr Mann ist ein feiner Mensch ... Gottes Segen möge dich weiterhin begleiten, deine Mutter."

Trauung in aller Stille. Es gab nur eine Erklärung für Mutters Andeutungen, Gretchen war schwanger. Lächelnd steckte er den Brief wieder ein. Wenn das wahr ist, dann werde ich also Onkel! Wenn es ein Junge wird, kann ich später mit ihm segeln gehen und ihm zeigen, wie man eine ordentliche Briefmarkensammlung anlegt. Auf jeden Fall erbt er meinen alten Stabilbaukasten und ich werde ihm ein Katapult bauen. Wenn es ein Mädchen wird, dann gehe ich mit ihr in Gläsners Konditorei, da kann sie sich mit Liebesknochen und Schillerlocken vollstopfen und sich in den vielen Spiegeln angucken. Mädchen sind kleine Spiegeläffchen und Leckermäuler. Kuchen können die ja hier nicht backen. Neulich, der komische braune Kuchen aus der neuen Konditorei am Gänsemarkt, der soll ja eine Hamburger Spezialität sein. Na ja, der Hunger treibt es rein, vielleicht schmeckt er in besseren Zeiten besser.

Ein niedliches Mädchen mit hübschen Kleidern und so schönen dunklen Haaren wie Gretchen. Onkel Heinrich, das hört sich doch gut an.

Seufzend steckte er den Brief ein. Er spürte in diesem Augenblick seine innere Zerrissenheit und auch die Unschlüssigkeit, etwas zu unternehmen, um eine Änderung herbeizuführen. Aber was für eine Änderung, wo sollte die Reise hingehen? Nach Hause?

Da war die Sehnsucht nach der Heimatstadt, die ihn besonders in den Nächten umtrieb, in der Baracke, wenn er auf seinem Etagenbett lag, mit zwanzig Kameraden auf einer Stube. Das störte ihn nicht, dagegen stumpfte man ab, auch gegen die unflätig zotigen Gespräche an manchen Abenden, das vielstimmige Schnarchen und das ewige Pupsen war er inzwischen immun geworden.

Es war nicht mehr die Sorge um die Eltern, die ihn umtrieb, er wusste nun, es ging ihnen gut. Vater arbeitete wieder bei der Viktoriamühle, so wie früher, als er noch ein Kind gewesen war. Da musste er nur um die Ecke gehen. Sein alter Arbeitsplatz, das Sägewerk in Nipperwiese, lag nun hinter der polnischen Grenze und der Weg war bannig weit gewesen, wie der Hamburger sagt. Immer mit dem Rad, bei Wind und Wetter, aber Papa ist ein harter Knochen. Und Mutter hat sogar wieder Hühner. Die Wohnung war unversehrt geblieben, das ist die Hauptsache. Na ja, der Bahnhof war im Dutt, aber den konnte man wieder aufbauen.

Nein, das alles war es nicht, und eigentlich wollte er sich die Wahrheit nicht eingestehen. Er würde so gern hier bleiben, hier in Hamburg. Am Sonntag an den Landungsbrücken sitzen und auf den Strom schauen. Vielleicht sogar mal wieder angeln, wie früher in den Oderwiesen an der Meglitze.

Jetzt fuhren die Fähren wieder, man konnte rüber nach Finkenwerder. Sogar bis ins Alte Land oder zum Schulauer Fährhaus, zum „Willkomm Höft".

Bald würden die großen Pötte wieder nach Hamburg kommen. „Steuermann, halt die Wacht!" Da hatte er gestern eine Reportage im Radio drüber gehört, vom Nordwestdeutschen Rundfunk. Wie das früher war, jedes Schiff wurde dort begrüßt, mit Fahne und Hymne.

Es ging vorwärts, fast überall war der Schutt schon geräumt worden. Gestern sah er, dass der riesige Bombentrichter am Pferdemarkt beseitigt worden war, auch die Mönckebergstraße war nun vollständig geräumt und man hatte neue Gleise für die Straßenbahn verlegt.

Mit dem Alsterdampfer könnte er ja auch mal fahren, die sind wieder in Betrieb. Und dann auf der Elbe, von Hamburg aus kommt man überall hin, bis in die Deutsche Bucht. Bis nach Helgoland. Nee, da bomben ja die Briten gerade alles kurz und klein. Ewig sicher nicht, irgendwann wird auch das vorbei sein, mal muss ja Schluss sein mit dem ganzen Elend. Und dann wird er mit Regina nach Helgoland fahren. Die Seehunde anschauen, die „Lange Anna" und den Lummenfelsen.

„Grön is dat Land, rot is de Kant, witt is de Sand, dat sünd de Farven vun't hillige Land."

Heiliges Land, wie groß und erhaben sich das anhört. Der rote Felsen mitten in der tosenden Nordsee, eine uralte heilige Stätte. Ob die Felsen wirklich so rot sind wie auf dem Bild im „Hüürbaas"? Vielleicht sogar mal weiterfahren, bis Holland, bis England?

Hamburg, das Tor zur Welt. Wenn er entlassen wird, dann sucht er sich hier Arbeit bei der Bahn. Neulich hat er mit einem Eisenbahner geschnackt, die brauchen jetzt überall Leute. Und dann holt er Vater und Mutter her.

An dieser Stelle endete sein Traum regelmäßig. Wo sollen sie denn hier wohnen? Es gab ja nichts.

Und nie im Leben würden sie herkommen. Als Besucher schon. So wie früher, wenn man mal nach Stettin, Bad Freienwalde oder nach Berlin gefahren ist, um Verwandte zu besuchen. Aber für immer? Nee. Die haben ja so viele Freunde in Schwedt, die sie seit ihrer Jugend kennen. Hier sind sie fremd.

Und dann der Garten, von dem können sie sich doch nicht trennen. Und Vater will ein Haus bauen. Dazu hätte ich auch Lust. Aber es gibt doch kein Baumaterial, und die Russen haben die Konten eingefroren. Wie stellt er sich das vor? Ach, Papa. Wie sagt Mama immer? Nun aber bleiben Glaube, Hoffnung, Liebe, diese drei, und so weiter, das ist aus der Bibel, ich glaube, Korinther.

Wenn man nur fest an etwas glaubt, dann geht es in Erfüllung. Natürlich muss man das Seinige tun und der Herr sorgt für den Rest.

Aber jetzt musste er los, er hatte sich mit Regina verabredet, sie wollte am Rathausmarkt auf ihn warten. Sicher kam sie zu Fuß, von zehn Uhr vormittags bis sechzehn Uhr nachmittags fuhr ja heute nichts, der übliche sonntägliche Stromausfall.

Wie sie wohl wieder aussah? Bestimmt schick. Sie muss einen großen Schrank voller Klamotten haben. Und ihre Haare sind immer so schön frisiert, so raffiniert gesteckt. Ihre Familie war früher sicher mal sehr wohlhabend, das merkt man ihr an. Was würde wohl Mutter zu ihr sagen? Er konnte sich gar nicht vorstellen, die zwei zusammen zu erleben, sie waren doch sehr verschieden.

Er hatte den Verdacht, dass sie ein bisschen leichtlebig war und ab und zu flunkerte, das tat seiner Verliebtheit jedoch keinen

Abbruch. Im Gegenteil, es machte sie noch begehrenswerter. Dabei war ja bisher noch nicht viel passiert. Ein bisschen knutschen im dunklen Kino, ein bisschen eng tanzen im „Hüürbaas". Er würde gern mehr, aber er traute sich nicht. Er war ja erst achtzehn und hatte keine Erfahrungen mit den Mädchen. Und sie war so ... ja, so dominant. Sie war ja auch schon einundzwanzig, sicher wusste sie alles, was man von der Liebe wissen muss. Vielleicht lachte sie ihn aus, wenn er ihr näherkommen würde. Und wo auch, wo sollten sie hingehen?

Der Rathausmarkt war mit Stacheldraht eingezäunt, dahinter befand sich ein Fuhrpark der Briten. Laute Musik schallte ihm entgegen, sie kam aus einem der Lautsprecher, die an allen vier Ecken der Umzäunung angebracht worden waren. Musik des BFN, des britischen Soldatensenders.

Negerjazz, dachte Heinrich, so recht konnte er mit dieser Musik nichts anfangen, am liebsten mochte er Walzermusik oder Tango. Zweimal täglich wurden hier Bekanntmachungen der Besatzer durchgesagt, die man auch im Radio hören konnte.

Sie wartete schon auf ihn. Wie schick sie wieder aussah, ein graues Kostüm mit einem schwarzen Samtkragen und Samtstulpen an den Ärmeln. Sogar Handschuhe trug sie und einen kecken kleinen Hut, grün mit Feder. Mein Gott, sie sah aus wie eine Baroness. Wenn er so mit ihr durch Schwedt gehen würde, die Blicke!

Wie vereinbart wartete sie vor der kleinen Verkaufsbude, in der ein Hausierer seit einigen Wochen seine Waren anbot. Hosenträger, Schnürsenkel, Bürsten jeder Art, Kochtöpfe aus Stahlhelmen gefertigt und diese furchtbar schmeckenden braunen Kuchen hatte er auch, ohne Markenabgabe. Gegenüber stand ein britischer Posten am Stacheldrahtzaun, gerade rief er Regina etwas zu.

„Hallo, Frollein!"

Schnell drehte sie sich um und zeigte ihm die kalte Schulter. Ihr Haar leuchtete in der Sonne wie Feuer.

Er war stehen geblieben, um sie noch ein bisschen zu beobachten. Mein Mädchen, dachte er, wer hätte das gedacht. Ich und eine Hamburger Deern. Sein Herz machte vor Freude einen kleinen Hüpfer, seufzend stieß er die Luft aus. Noch hatte sie ihn nicht gesehen, sie tat so, als würde sie das Plakat an der Litfaßsäule neben der Bude studieren. Tauschanzeigen hingen dort aus, biete dies und suche das. Vier Pfund Mehl, feinste schlohweiße Qualität. Elektrische Heizkocher, Friedensware, abzugeben gegen Zigaretten. Daneben hing eine Ankündigung der Hamburger Schauspielbühnen: „Iphigenie auf Tauris" wurde gegeben.

Vielleicht geht er ja mal mit ihr ins Theater. Aber das wird teuer, da muss er erst genug Zigaretten bunkern. Ein Fahrrad hätte er auch gern wieder, das bekommt man schon für fünfzig Zigaretten. Sein altes war requiriert worden, das hatten sie ihm in der Rekrutenkompanie gleich weggenommen. Zu doof, dadurch wurde der Endsieg auch nicht mehr gerettet. Aber man konnte sich nicht wehren, dann wäre man gleich wegen Wehrkraftzersetzung dran gewesen. Wenn er wieder ein Rad hätte, dann könnte er mit ihr überall schnell hin, jetzt, wo der Sommer kommt. Die S-Bahn ist immer knüppeldicke voll, wenn sie überhaupt fährt. Neulich hat er im Gedränge einen Knopf eingebüßt.

Gleich sieht sie mich, bestimmt, dachte er. Dann gehe ich zu ihr und küsse sie einfach auf den Mund. Mitten auf der Straße, da wird der Posten aber dämlich gucken. Jetzt werde ich pfeifen.

Sie schmiegte sich an ihn und lachte. „He, du kannst mich doch nicht einfach hier auf der Straße küssen!"

Eigentlich wollten sie runter zum Jungfernstieg und ein bisschen an der Alster flanieren, wie man das am Sonntag so macht, aber plötzlich kam Wind auf, der dicke graue Wolken mitführte.

„Der kommt von Nordwest", sagte er, schaute in den Himmel und schlug seinen Kragen hoch. „Von der Nordsee. Dann gibt es immer was auf die Mütze." Die ersten Tropfen fielen.

„So ein Schietwetter." Lachend hielt sie ihr kleines Hütchen fest. „Und was machen wir jetzt?"

„Lass uns nach St. Pauli fahren. Gleich fährt die Bahn wieder."

Im „Hüürbaas" war es gerammelt voll, es roch nach nasser Kleidung und frisch gebranntem Kartoffelschnaps. Sie fanden noch Platz in einer Nische neben zwei älteren Herren, die offensichtlich vom Lande waren und in aller Gemütsruhe ihre stinkenden Stumpen rauchten. Dazu tranken sie Pharisäer, und Regina hätte zu gern gewusst, was die wohl gekostet hatten.

Die Wirtin war heute in Hochform, sie trällerte ein Stimmungslied nach dem anderen. Schließlich war Sonntag, da hatte sie Stammpublikum aus dem Umland hier, Bauern, die sich mit ihrer Oolsch zu Hause langweilten. Die kamen tatsächlich noch mit Pferd und Wagen, hinten im Hof stand ein Zweispänner. Die Herren mussten gerade erst eingetroffen sein, sie waren noch unbeweibt.

Und dann gab es an diesem späten Sonntagnachmittag noch eine ganz besondere Attraktion. Ein Fotograf wuselte durch das Lokal und schoss seine Blitze ins Publikum, ohne vorher jemand um Erlaubnis zu fragen. Als Regina ihn entdeckt hatte, wurde ihr kalt und heiß zugleich. Er soll von einer Illustrierten sein, erfuhren sie von der Bedienung. Stocksteif saß sie da und überlegte, wie sie hier wieder rauskam, ohne mit Heinrich fotografiert zu werden.

„Willst du den Hut nicht abnehmen?“, fragte er sie. „Der ist ja ganz nass.“

„Eine Dame behält ihren Hut im Lokal auf.“

„Was?“ Er beugt sich zu ihr hinüber, weil er sie nicht verstanden hatte.

„Ich geh mich mal frisch machen.“ Hastig bahnte sie sich einen Weg durch die Tanzenden und verschwand im Gang zu den Toiletten.

„Du bist mir eine schöne Dame“, zischte sie ihrem Spiegelbild zu, nahm den Hut ab und schüttelte ihr Haar aus. Mutter liest keine Zeitungen. Und wenn schon, ich tanze ja nur, das ist doch nicht verboten.

Zwei sehr junge Mädels kamen herein. „Stell dir vor“, sagte eine von ihnen kichernd, „der ist von einer englischen Zeitung, die machen hier eine Reportage! Er hat mich eingeladen, in das ‚Alhambra‘! Nachher, wenn er fertig ist.“

„Der lügt doch! Der sieht ja aus wie ein Lude. Du gehst doch nicht etwa mit? Nee, so was kann ich nicht ab, lässt dich von diesem Faselhans beschnacken.“

Eine englische Zeitung. England ist weit weg. Aufatmend verließ Regina den stillen Ort. Jetzt musste sie tanzen, unbedingt.

Heinrich unterhielt sich angeregt mit den Landwirten. „Machen Sie das bloß nicht, junger Mann“, sagte der eine gerade zu ihm, „da kommen Sie in Teufels Küche. Gehen Sie auf gar keinen Fall zum Russen!“

Und dann schilderte er lang und breit, was da drüben so alles los sein sollte. Seine Informationen kamen von einem Neffen, der es im vergangenen Sommer gerade noch geschafft hatte, aus Mecklenburg herauszukommen. Fast wäre er an der Grenze erschossen worden.

„Die schießen sofort, ohne Rücksicht auf Verluste! Für die ist ein Menschenleben nichts wert. Das war gleich nach dem Gebietsaustausch, da hatten die Russen schon übernommen. Alles schon dicht, bis zum Elbe-Trave-Kanal, bis sechs Kilometer vor Lübeck. Aber der Junge ist ein Teufelskerl, der hat es tatsächlich noch geschafft! Jetzt hat er große Pläne, nach Kanada will er, dort suchen sie Arbeitskräfte. Als Holzfäller will er arbeiten. Na ja, jeder wie er mag. Dabei könnte er später mal den Hof übernehmen, aber er hat eh keine Lust, ist ja nicht aus der Landwirtschaft. Der Brite, der ist auch ganz schön link. Bevor er abzog und die Russen kamen, hat er noch eine Ausgangssperre verhängt, damit keiner abhaut. Geplündert, marodiert und vergewaltigt haben die Bolschewiken, da war kein Ende von weg. Es soll ja auch viele Selbstmorde gegeben haben. Und alles, was nicht niet- und nagelfest ist, wird demontiert.“

„Aber das machen die Briten hier doch auch“, warf Heinrich ein. Ihm war nicht wohl. Die Russen, die Untermenschen. Ein Menschenleben ist ihnen nichts wert ... Er dachte an die Filmvorführung im Lager Neuengamme. Ein Ort des Grauens. Auch dort war ein Menschenleben nichts wert gewesen.

„Gloobste dit?“, hatte ein Kamerad zu ihm gesagt, als sie herauskamen und alle betroffen schwiegen. „Dit kann ick nich glooben, dit hamse sicher jetürkt.“

Er hatte nur mit den Schultern gezuckt und war seiner Wege gegangen. Was sollte er sich auch mit ihm anlegen, das gab ja nur Stunk. Davon hatte er genug gehabt, als Wolfgang verschwand und er einige Male zum Verhör antanzen musste. Dabei wusste er wirklich nichts. Gequatscht hatte er oft davon, dass er zur See fahren wolle, aber das nahm er nicht für voll. Und dann kam er sonntags nicht vom Ausgang zurück. Wo der jetzt wohl ist? Ohne

Papiere und Lebensmittelmarken. Traute hat er ja. Nee, das würde er nicht machen, er wartet lieber ab. Ist doch alles gut, und später kann er sich immer noch die Welt anschauen.

Sein Blick streifte Regina, anscheinend hatte sie nichts gehört vom Elend in Mecklenburg. Sie unterhielt sich gerade mit der kleinen Rosemarie, die mit einem Körbchen herumging, um für ihren Opa zu sammeln. Er hatte den Verdacht, dass sie so was gar nicht hören wollte.

„Es fahren da auch kaum Personenzüge", fuhr der Bauer fort, „weil Sie Eisenbahner sind, da bleiben Sie mal lieber hier."

Er hieß Hinrichsen und kam aus Moorburg. Vorhin hatte er sich vorgestellt und bei der Gelegenheit Regina charmant die Hand geküsst. „Wenn Sie Kartoffeln brauchen, gnädiges Fräulein, für Sie immer! Hinrichsen, Moorburg, Alter Landweg, gleich hinterm Kaiser-Wilhelm-Deich."

Regina hatte sich artig bedankt. Auf Hamsterfahrt musste sie nicht gehen, Kartoffeln besorgte August.

„Und wenn die Züge mal fahren, dann halten sie auf freier Strecke und die Leute werden ausgeplündert von polnischen Banden." Jetzt war er wieder beim Thema.

„Von polnischen Banden? Ach, ist ja nicht zu fassen!" Heinrich heuchelte Entrüstung, er glaubte ihm kein Wort.

Was die Leute sich so alles erzählen, dachte er. Mutter war doch neulich bei Tante Guste in Eberswalde gewesen, der Zug fuhr pünktlich ab Angermünde und war gar nicht überfüllt, schrieb sie. Na ja, das ist wohl eher die Ausnahme, hier sind die Züge ja auch alle heillos überfüllt und bis Weihnachten gab es noch gar keinen Personenzugverkehr, da sind die Leute illegal in die Güterwagen geklettert. Aber ob Mutter immer die Wahrheit schreibt? Vielleicht schwindelt sie manchmal ein bisschen, damit ich mir keine Sorgen mache.

„Zwangsarbeit, ohne Lohn", sagte Hinrichsen gerade laut, „die kriegen gerade mal so viel zu essen, dass sie nicht verhungern und weiter schuften können!" Er nickte bedeutungsvoll und zog an seinem stinkenden Schmök.

„Na ja, ich habe mich bisher noch nicht entschieden", meinte Heinrich hastig, um das lästige Gespräch zu beenden. „Ich muss erst mal entlassen werden, dann sehe ich weiter."

Der „Hüürbaas“ kochte, mehr ging nicht, denn nun war der Franz Pospischil gekommen. Ein Böhme, aus Prag. Jeden Sonntagabend sorgte er mit seiner Trompete für Stimmung.

Schifferklavier und Trompete, dachte Heinrich, klingt richtig gut, hätte ich nicht gedacht. Dabei ist das doch eigentlich so wie Schmalzbrot mit Marmelade.

„Rosamunde, schenk mir dein Herz und sag ja“, sang die Wirtin. Aber das ging unter, alle brüllten „Schenk mir dein Sparkassenbuch“ und Heinrich sang fröhlich mit.

Regina schaute zu ihm auf. Was ist er noch für ein Kind, dachte sie, wie er sich freuen kann über solchen Blödsinn. Oft ließ sie sich mitreißen von seinen Albereien und seiner ansteckenden Fröhlichkeit, aber dann gab es wieder Momente, wo sie neidvoll dachte, wieso kann er mitten in dieser ganzen Scheiße so tun, als ob die Welt in Ordnung wäre?

Sie drehte den Kopf zur Seite, und peng, hatte der Fotograf sein Bild gemacht. Greller Blitz, voll in ihr Gesicht. Wütend streckte sie ihm die Zunge raus, der zweite grelle Blitz folgte.

Die Tanzrunde war beendet. Vor ihnen stand der Fotograf und ein junger Mann im Regenmantel. Beide redeten auf Heinrich ein, sie verstand kein Wort, weil neben ihr jemand ständig „Zugabe“ brüllte. Genervt versuchte sie, Heinrich von der Tanzfläche zu ziehen.

„Warte doch mal“, sagte er, „sie machen uns ein Angebot. Sie wollen ein paar Fotos von uns schießen, sie zahlen mit Luckys!“

„Wie viele?“

„Eine ganze Stange!“

„Da hast du dich sicher verhört.“

Mein Gott, eine ganze Stange, dachte sie, dafür würde ich mich sogar nackt fotografieren lassen.

„Dann mal Butter bei die Fische, es kann losgehen“, meinte sie lachend. Der junge Mann im Regenmantel hatte alles übersetzt, denn ihr Schulenglisch war lückenhaft und Heinrich verstand nur ein paar Brocken.

Und nun schaute das ganze Lokal zu, wie sie posierten. Mit dem Schifferklavierspieler im Hintergrund, mit der kleinen Rosemarie und tanzend, eng aneinander geschmiegt. Und dann vor einem der zugenagelten Fenster, Regina hatte sich auf den

Tisch gesetzt und die Beine übereinander geschlagen. Heinrich legte den Arm um sie, über ihnen lachte die exotische Schöne mit ihrem Früchtekorb.

Bevor sie sich an diesem Abend trennten, teilten sie sich die Luckys. „Jetzt kannst du dir ein Fahrrad kaufen", sagte sie. „Und ich besorge mir Farbe für mein Boot!"

„Bis jetzt hast du es noch nicht."

„Das krieg ich wieder, lass mich nur machen. Und dann stechen wir beide in See, Schiff ahoi!"

Am Millerntor hielt ein Jeep neben ihm. „Henry", brüllte jemand, „old boy!"

So viel Glück auf einmal, dachte er und zwängte sich grinsend neben George in den Sitz.

George war einer von seinen Bewachern, seit die Sache mit Wolfgang gewesen war, hatte er einen Narren an ihm gefressen. Zufrieden seufzend lehnte er sich zurück. Das ist doch wieder ein schöner Sonntag gewesen, dachte er, eine halbe Stange Luckys, und in die volle Bahn muss ich mich jetzt auch nicht drängeln.

– 25 –

„Na, hast du dich gut amüsiert? Warst du wieder tanzen?"

„Ja, Mutter."

„Schade, dass du nicht da warst, du hast was verpasst. Hertha hatte uns zum Kaffee eingeladen, echter Bohnenkaffee und dazu diese leckeren belgischen Kekse. Ich musste natürlich wieder lügen, ich habe ihnen erzählt, du bist bei Tante Anna in Finkenwerder. Nur damit du Bescheid weißt, falls sie fragt."

„Ist gut, Mutter."

Hoffentlich schnüffelt sie nicht wieder in meiner Handtasche herum. Wenn sie die Zigaretten findet, denkt sie noch, ich gehe auf den Strich. Ich muss abwarten, bis sie zur Toilette geht, dann stopfe ich sie in den Rucksack. Der liegt unterm Bett, da kommt sie nicht hin, sie hat es im Kreuz.

„Ach, beinahe hätte ich es vergessen, hier ist ein Brief von Gunther."

„Seit wann kommt am Sonntag Post?" Warum guckt sie so lauernd, irgendwas ist komisch.

„Der kam gestern, den hat er wohl mit beigelegt, Hertha hat ihn mir gegeben. Es sieht nicht gut aus für ihn, der arme Junge hat sich da in was reingeritten.“

„Nun gib schon her.“ Typisch. Gunther schreibt an seine Eltern und legt für mich einen Brief mit rein. „Lag der etwa so ohne Kuvert da mit drin? Das ist ja nicht die feine englische Art.“

„Was weiß ich. Vielleicht durfte er nur einen Brief schreiben, mehr haben sie ihm nicht erlaubt.“

Es waren nur ein paar dürre Zeilen, und ganz am Ende las sie: „Meine Eltern werden Dir alles Weitere berichten. Meine liebe Regina, mach Dir keine Sorgen, ich werde auch das noch überstehen. In der Hoffnung auf ein baldiges Wiedersehen, Dein Gunther.“

„Sie haben ihn in eine Strafkompanie versetzt. Jetzt muss er in einem belgischen Bergwerk arbeiten und an Entlassung ist vorerst nicht zu denken. Wer weiß, was da los war, das schreibt er ja nicht.“

Ingeborg schaute ihre Tochter an. „Genau wie sein Vater, immer in was verwickelt. Der August, das ist doch ein richtiger Puttfarken! Wenn ich das vorher gewusst hätte, meinen Segen hättet ihr nicht bekommen und Vaters sicher auch nicht.“

„Ach ja, hinterher ist man immer schlauer. Ich kann die Verlobung auflösen, ganz wie du willst, Mutter.“

Es sollte ironisch klingen, aber das gelang ihr nicht, es hörte sich eher hoffnungsvoll fröhlich an.

„Sag mal, schämst du dich nicht? Dein Verlobter schuftet im Bergwerk, und du willst ihm den Laufpass geben! Was sollen denn die Leute von uns denken, das spricht sich doch herum. Und überhaupt, wie stellst du dir das vor, wo sollen wir dann hin? Tut er dir denn gar nicht leid? Ich muss mich doch sehr wundern, schließlich war es ja mal deine ganz große Liebe.“

„Schrei nicht so, Mutter, die hören dich bis da oben.“

Mein Mitleid hält sich in Grenzen, dachte sie. Das ist vielleicht schäbig von mir, aber es lässt mich so ziemlich kalt, was aus ihm wird. Damals, als er im Gefangenenlager bei Kamp-Lintfort in den Rheinwiesen war, da hat er mir wirklich leid getan. Wie sie da unter freiem Himmel campierten. Aber jetzt hat er sich doch was zuschulden kommen lassen, sonst hätten sie ihn nicht strafversetzt.

Ingeborg schrie weiter, nichts konnte sie mehr stoppen. „Und mein Hut! Ist es denn die Möglichkeit, mein liebes Fräulein, was hast du denn damit angestellt? Das ist noch Friedensware, den habe ich mir zu deiner Konfirmation gekauft! Am Großen Burstah, in diesem feinen Geschäft. Mein Gott, dein Vater war dabei und er hat gesagt: ‚Ingeborg, du siehst ja aus wie eine Gräfin!' Wie ist es nur möglich, der ist völlig ruiniert. Eingelaufen ist der ja!"

„Mutter, bitte. Er ist nass geworden, es hat wie aus Kannen geschüttet. Ich dampfe ihn dir wieder auf. Wirst sehen, der zieht sich wieder zurecht. Wie neu mach ich ihn dir."

„Wo treibst du dich auch immer herum, das nimmt noch mal ein schlimmes Ende."

Über ihnen lag Hertha Lorenz lang auf dem Fußboden. Zur Verstärkung des Schalls hatte sie einen tiefen Teller auf die Dielenbretter gelegt. Das Ohr tat ihr schon weh, so fest presste sie es an den Teller.

„Willst du heute da übernachten?" August steckte den Kopf zur Tür herein. „Also ich gehe jetzt ins Bett."

„Sei mal leise, da unten fliegen gerade die Fetzen. Ich könnte wetten, die war gar nicht in Finkenwerder, die betrügt unseren Sohn! Guck sie dir doch an, wie sie in letzter Zeit herumläuft, sie putzt sich raus wie ein kleiner Affe. Und sonntags ist sie nie da. Ich sage dir, August, da stimmt was nicht, die poussiert heimlich herum. Dabei war sie mal so ein adrettes Mädchen, ich habe sie richtig gern gehabt. Alles nur schöner Schein! Komm, hilf mir mal hoch."

Hertha ließ sich in den Sessel fallen und schnappte nach Luft. „Und gerade jetzt, wo der Junge es so schwer hat."

„Ach, hör auf! Sei froh, dass die hier sind, sonst hätten wir schon längst eine Einquartierung bekommen. Ich habe sie doch für das Zimmer hier oben gemeldet. Vom Kabuff da unten weiß keiner was, das muss ich nicht melden als Wohnraum, und so haben wir hier unsere Ruhe. Und den Laden machen sie auch. Oder willst du dich etwa mit deinem Rheuma da hinstellen?"

„Ist ja gut, August, hast ja recht. Aber fremd geht sie, da verwette ich meinen Hintern drauf."

„Das geht uns nichts an, Hertha, das können die beiden unter sich ausmachen, wenn der Junge wieder da ist. Halte du bloß deinen Sabbel, hörst du?"

Lug und Trug, Vermutungen und bittere Wahrheiten. Auch Heinrich erfuhr noch an diesem späten Abend etwas ganz Neues von seinen Kameraden. Ihr Zug sollte im Herbst aufgelöst werden, und damit waren sie regulär aus der Gefangenschaft entlassen. Wer wollte, konnte weiterhin für den Labour Service arbeiten. In der Baracke herrschte eine aufgeregte Stimmung, alle hier waren aus der sowjetischen Zone, die anderen hatte man längst entlassen. Eifrig wurde darüber debattiert, ob man lieber in den Westzonen bleiben oder zurück in die Heimat gehen sollte.

„Das mit dem Gebietsaustausch", meinte einer, „glaubt mal nicht, das ist schon alles in Sack und Tüten. Ich habe gehört, die Russen wollen ein Viertel vom Hamburger Hafen haben."

„Aber das ist doch längst vom Tisch", rief ein anderer.

Und dann drehte sich das Gespräch mal wieder um die Kriegsverbrecherprozesse im Curio Haus. Zur Zeit lief dort der Hauptprozess gegen die Verbrechen im KZ Neuengamme. Das saß allen hier in den Knochen, da marschierten sie jeden Tag vorbei, ganz in der Nähe parkten die Lkws, die sie zu ihren Baustellen brachten. Neue Häftlinge füllten nun das Lager, darunter waren viele Hamburger, einstige hochrangige Beamte, die sich schuldig gemacht hatten.

„Das wird noch ein paar Jahre dauern, bis sie die alle verurteilt haben. Todesstrafen wird es geben, und nicht zu knapp, das sag ich euch. Habt ihr gewusst, dass Neuengamme fünfundachtzig Außenstellen hatte? Fünfundachtzig KZs allein in Norddeutschland. Sozusagen Filialen des Todes."

„Klugschieter. Na und? Wer hat denn was davon gewusst? Mein Name ist Hase, ich weiß von nichts und habe niemand was getan!"

„Eben. Auch wenn wir was gewusst hätten, wir konnten ja nichts machen. Sonst wären wir auch da gelandet. Außerdem waren wir viel zu jung, gerade mal beim Arbeitsdienst und dann ging die Scheiße schon los. Wir hatten doch noch nicht mal richtig gedient. Aber ausbaden müssen wir jetzt alles."

„So ist es, Gott straft die Söhne für die Sünden ihrer Väter."

„Amen. Heiliger Strohsack, haltet jetzt endlich die Fresse, morgen früh ist die Nacht vorbei."

Alles schnarchte inzwischen, aber Heinrich lag noch wach. Nach Hause sollte es also gehen, im Herbst. Ein halbes Jahr noch mit Regina.

Der Sommer ist so schön hier, hat sie gesagt. Baden in der Elbe. Aber ich kann nicht bleiben, von diesem Traum muss ich mich wohl nun verabschieden. Wir werden uns schreiben, lange Briefe. Und dann, eines Tages, werde ich wieder in Hamburg sein. Es kann ja nicht ewig so weitergehen mit der Schießerei an der Grenze und diesen Zonen. Oder sie kommt nach Schwedt, warum nicht, es wird ihr schon gefallen. Vater baut sein Haus und wir ziehen in die Wohnung. Gretchen ist ja versorgt.

Regina in Schwedt. Schon sieht er sie auf dem Balkon stehen. Sie gießt die Petunien und ihr Haar leuchtet in der Sonne wie Feuer.

Wenn da nicht diese Ungewissheit wäre. Er wusste kaum etwas über sie. Nur, dass ihr Vater gefallen war und sie mit ihrer Mutter in einer kleinen Stube wohnte, weil das Haus von den Briten beschlagnahmt worden war. Von allein erzählte sie ihm gar nichts.

Er hingegen sprach oft über Vater, Mutter und Gretchen. Wie sie sind, was sie so sagen, erzählte er ihr, und dann lächelte sie und meinte: „Ihr seid sicher eine richtig nette Familie."

Ja, sie lächelte, aber da schwang auch noch etwas anderes mit. Eine gewisse Bitterkeit, so schien es ihm. Weil sie dann so guckte, so verloren. Irgendetwas stimmte nicht mit ihr, und manchmal stieg der Verdacht in ihm auf, dass sie einen Liebsten hat. Vielleicht war der ja noch in Gefangenschaft. Sie war einundzwanzig, in diesem Alter sind viele Mädchen schon verlobt, manche sogar verheiratet, und viele sind jetzt Strohwitwen. Als er zu ihr sagte, dass er gern mal ihre Mutter kennenlernen würde, da reagierte sie ganz komisch, richtig panisch wurde sie. Auf keinen Fall, meinte sie, weil die Mutter krank sei und sich immer gleich so aufregen würde.

Vielleicht stimmt das ja, dachte er nun, es soll ja heutzutage so viele psychisch Kranke geben. Er wusste nicht einmal, wo sie wohnte. Wenn er das wüsste, dann könnte er mal ein bisschen herumspionieren. Bevor er weggehen würde, musste er wissen, woran er ist. Aber nein, das geht nicht, das gehört sich doch nicht, und sie kennen sich ja erst seit acht Wochen. Er kann sich nicht in ihr Leben einmischen, dazu hat er kein Recht.

Ich werde ihr noch nichts sagen, dachte er, bevor er endlich einschlief. Ich werde uns doch nicht den Sommer versauen.

– 26 –

Juni 1946

„Manchmal werden Träume wahr. Siehst du, da sitzen wir nun in unserem Boot, nur wir zwei, und am Himmel ist nicht eine einzige Wolke!"

Übermütig lachend warf sie ihren Kopf in den Nacken und holte den Riemen ein. „Küss mich, hier sind wir ganz allein."

Das Boot war auf der anderen Seite der Elbe auf einer Sandbank gelandet und sie steckten tief im Schilf. Es war ganz still hier auf dem Wasser an diesem Sonntagnachmittag, so still, dass sie das leise Surren der Insekten hören konnten.

„Du hast ja Sommersprossen." Heinrich beugte sich über sie.

„Du auch."

Die Briten hatten doch tatsächlich das Boot herausgegeben. Hat alles gut geklappt, dachte er. Na ja, mit Georges Hilfe. Er war mitgekommen, um zu dolmetschen, und das machte natürlich Eindruck. Und dann Regina. Im kurzen Matrosenkleidchen, auf Teufel komm raus hat sie mit den Boys geflirtet. Ihm war nicht wohl dabei, er stand daneben wie ein Idiot. Nicht, dass er eifersüchtig war. Aber während er sie beobachtete, dachte er, was wird wohl sein, wenn ich erst mal weg bin?

Das Boot war in einem guten Zustand, die Riemen auch. Auch der Anstrich war noch in Ordnung. Der Außenbordmotor war allerdings unauffindbar. Den Schuppen, in dem er gelegen hatte, gab es nicht mehr, da stand nur noch der Betonsockel. Bestimmt hatten die Nachbarn ihn schon verheizt, bevor die Briten sich einquartierten. Auch die Segel und der Mast waren im Schuppen gewesen, und er sagte trocken: „Alles Gute ist nie beisammen."

Regina warf noch einmal einen wehmütigen Blick auf ihr Elternhaus. Zwei Briten lümmelten sich gerade auf der Terrasse in den Korbsesseln ihrer Großmutter, tranken Coca Cola und pfiffen ihr hinterher. Heinrich trug das Boot mit zwei seiner Kameraden hinunter zum Elbufer. Der alte Festmacher ihres Vaters war auch noch da, den hatte bisher keiner verheizt.

Das war vor zwei Wochen gewesen, und seitdem verbrachten sie die Sonntage auf der Elbe, legten an, wo es ihnen gefiel, und badeten.

„Wer ist eigentlich Ingeborg?“, fragte er sie eines Tages. So hieß das Boot.

„Meine Mutter.“

„Vielleicht will sie ja auch mal mit aufs Wasser, frag sie doch mal.“

„Nee!“ Regina schüttelte heftig den Kopf. „Wenn die sieht, dass wir das Boot geholt haben, kriegt sie einen Nervenzusammenbruch. Das darf sie gar nicht wissen! Sie will auch nie wieder hierher.“

Das leuchtete ihm ein. Wer will schon wiedersehen, was ihm einst gehört hat und nun in fremden Händen ist. Und so lag er neben ihr im weißen Sand und dachte, meinetwegen kann es ewig so weitergehen, ein Sommer ohne Ende.

– 27 –

September 1946

Seit einer Woche hatte es ununterbrochen geregnet. Gestern, am Sonnabend, klarte es endlich auf. Gemeinsam mit seinen Kameraden hat er Reginas Boot aus dem Wasser gezogen und zum Grundstück hinaufgebracht.

Noch zwei Wochen bis zu seiner Entlassung. Am 1. Oktober geht es los, seine Papiere hat er schon. Ein Fahrrad besitzt er auch wieder. Da ist er nun in die Welt hinausgezogen und kommt so zurück, wie er aufgebrochen war. Mit einem Fahrrad und einem Rucksack. Die hochtrabenden Pläne sind verrauscht. Eisenbahner in Hamburg, das wird vorläufig nichts, wenn überhaupt. Da wird er wohl wieder die Füße unter Mutters Küchentisch stecken müssen. Aber immerhin, er kommt heil zurück, andere kehren gar nicht mehr heim. Mutter hat ihm geschrieben, wer alles gefallen ist für Führer, Volk und Vaterland.

Und nun saß er ganz allein oben auf dem Stintfang und ließ seinen Blick über den Hafen schweifen. Diese Himmelsweite und das Licht. Nie würde er Hamburg vergessen.

Der Wind kam heute von Süden und jagte kleine weiße Wölkchen vor sich her. Fast sah es aus, als würde der Sommer noch einmal zurückkehren wollen, aber das war wohl nur eine Illusion. Empfindlich kalt war es jetzt hier oben.

Was vorbei ist, ist vorbei, dachte er mit Wehmut. Ein Lied fiel ihm ein, ein Gassenhauer, den die Mutter manchmal beim Abwasch geträllert hatte. Da sang sie immer vor sich hin. „Es geht alles vorüber, es geht alles vorbei, auf jeden Dezember folgt wieder ein Mai ..."

Was würde Mutter wohl sagen, wenn Regina mitkäme? Mutter, immer so schlicht mit ihrer blauen Schürze und dem Dutt. Und Regina, wie eine Dame von Welt.

Wie wird sie sich freuen, wenn er vor der Tür steht! Bei diesem Gedanken hellte sich sein Gesicht auf. „Danket dem Herrn für seine Gnade", wird sie voller Inbrunst ausrufen, und endlich kann er wieder spüren, was er so sehr vermisst hat. Das helle Licht ihrer Liebe. Lachen und scherzen werden sie und er wird ihr alles haarklein erzählen müssen. Und Papa und Gretchen sitzen daneben, wie immer schweigend, mit bärbeißiger Miene, als wenn sie sagen wollten: „Ob das wohl alles stimmt, was er uns hier auftischt?"

Lächelnd schloss er die Augen, ein bunter Reigen der Erinnerungen stieg vor ihm auf.

Hach, die Sache mit dem Käse, jahrelang hatte Gretchen ihn damit aufgezogen. Mutter, wie sie vor dem Feinkostgeschäft in der Berliner Straße steht und sich den großen Schweizer Käse, das Herzstück der Auslage, anguckt. Rote Rinde, in der Mitte ein Etikett mit schneebedeckten Bergen. „So einen hätte ich auch gern mal", meinte sie seufzend, „das ist doch ganz was Besonderes."

Da legten sie ihr Erspartes zusammen und kauften ihn. Zwei Tage vor ihrem Geburtstag war es, er lag gut versteckt im Keller. Er sieht sich in der Küche sitzen mit seinen Schulaufgaben, Gretchen neben ihm, sie stopft Strümpfe. Mutter aber steht am Spültisch und trällert mal wieder fröhlich einen alten Gassenhauer. „Wer hat denn den Käse zum Bahnhof gerollt?", singt sie lauthals. Ab und zu schaut sie ihn lächelnd an, bis er es nicht mehr aushält, aufspringt, nach Luft schnappt und ruft: „Woher weißt du das? Hast du den Käse etwa gesehen? Siehst du, Gretchen, ich habe es dir gleich gesagt, nicht bei den Kartoffeln, da findet sie ihn!"

Und dann Papa, die Story mit dem Weihnachtsbaum, Mutter hat gedacht, jetzt dreht er durch. Wie er aufrecht im Bett sitzt, die ganze Erde auf seinem Kopf, wütend vor sich hin brummelt und mit den Händen fuchtelt. Erst hat sie sich total erschrocken, aber dann, als sie sah, was passiert war, da lachte sie so laut, dass wir alle wach wurden. Der Baum war ihm auf den Kopf gefallen, samt Topf. Weil Besuch da war, schlief er im Wohnzimmer auf dem Sofa, daneben stand der Baum auf dem Vertiko. Wie der umfallen konnte, komisch. Kein Wort hat er am anderen Tag mit uns geredet, weil wir alle gelacht haben.

Heinrich schlug den Kragen hoch und stieg hinab. Es sah schon wieder nach Regen aus, aber nun war ihm ganz warm geworden. Er war in Gedanken zu Hause gewesen, und jetzt pfiff er wie früher, einfach alles, was ihm so einfiel und was Mutter gerne trällerte. Zwischendurch sang er sogar, und als er schon am Hamburger Berg war, da sang er mit Grabesstimme: „Es steht ein Soldat am Wolgastrand, hält Wache für sein Vaterland". Franz Lehár, „Der Zarewitsch". Wenn das im Radio kam, dann mussten alle still sein, weil Mutter es so gern hörte.

Da fiel ihm ein, dass er ihr ja etwas mitbringen wollte. Aber was? Nächstes Wochenende wird er mal die Buden unten an den Landungsbrücken abgrasen. Vielleicht etwas Exotisches? Neulich hat er ein Schmuckkästchen aus Elfenbein dort gesehen, bestimmt teuer. Aber er hat noch genug Zigaretten, und Geld bekommt er auch noch. Aber das ist Quatsch, das mit dem Kästchen, sie hat ja gar keinen Schmuck, nur die eine Brosche, die sie zu ihrer Sonntagsbluse trägt. Lieber was Praktisches, ein schönes Tuch oder so, mit Schisslaweng drauf, bunte Muster, das scheint jetzt Mode zu sein. Regina hat neulich so eins umgehabt. In grün, mit lauter goldenen Elefanten.

Nur noch vierzehn Tage, heute muss er es ihr endlich sagen.

Im „Hüürbaas“ war es noch still, es waren nur drei Gäste da. Sie saßen in einer dunklen Ecke und spielten Karten.

Rosemarie kam an seinen Tisch. „Deine Braut ist noch nicht da, Onkel Heini. Ich sag Bescheid, einmal Tee mit alles, stimmt doch, oder? Reginas Tee wird ja kalt, den bestellst du später nach.“

„Genau, danke.“

„Da nich für“, rief sie und rannte in die Küche. Er schaute ihr hinterher. Sie hatte sich in diesem Sommer tüchtig rausgemacht, war gewachsen und sah nicht mehr so käsig aus. Neulich hatte sie ihm stolz erzählt, dass sie im August zwei Wochen lang auf großer Fahrt gewesen war. Jeden Tag auf der Elbe, immer hin und her.

„Opa hat gesagt, das nennt man Kreuzfahrt und das machen nur die feinen Leute!“

Rosemarie war auf einem der Schiffe gewesen, die in den Sommerferien auf der Elbe kreuzten, um den Kindern Hamburgs ein bisschen Ferienspaß zu bieten.

„Tee kommt gleich.“ Sie setzte sich neben ihn und musterte ihn neugierig. „Was ist?“, sagte er und gab ihr einen Nasenstüber.

„Ach“, seufzte sie, „Opa ist krank. Gestern war ihm schon so blümerant und jetzt ist er ganz malade. Fieber hat er auch. Aber Franz kommt nachher und der bringt noch jemand mit. Nur, damit ihr tanzen könnt!“

„Na, das ist aber schön. Dann bestell mal deinem Opa schöne Grüße und gute Besserung.“

Als er seinen ersten Schluck Tee geschlürft hatte, kam Regina zur Tür herein. Sie war nass wie eine Katze. Er nahm ihr den Mantel ab und sah, wie blass sie heute war. Die frische Bräune des Sommers war verschwunden und er sah dunkle Schatten unter ihren Augen.

„Alles gut?“, flüsterte er, während er sie umarmte und ihr feuchtes Haar küsste.

„Alles gut“, antwortete sie hastig, aber ihr Lächeln wirkte gekünstelt. „Ich glaube, ich bekomme eine Erkältung.“ Sie schüttelte ihr nasses Kopftuch aus und setzte sich neben ihn.

„Rosemaries Opa ist auch krank.“

„Ja, die Grippe grassiert jetzt überall, die Leute haben keine Widerstandskraft mehr.“

Sie blies in den Tee, den die Wirtin ihr gebracht hatte. Ihre schmalen Hände umfassten die Tasse, um sich an ihr zu wärmen. Er schaute auf ihre Hände und dachte, ich werde sie so sehr vermissen, wie soll ich das bloß aushalten. Es geht ihr nicht gut heute, deshalb werde ich es ihr lieber noch nicht sagen. Das hat auch Zeit bis nächstes Wochenende. Ich tue einfach so, als wenn das mit uns immer so weitergeht. Als wenn ich hierbliebe, für immer.

„Ist was mit dir?", fragte sie ihn leise. „Du guckst so komisch."

„Alles in Ordnung. Du, hör mal zu, ich muss dir was erzählen."

Heinrich gab eine seiner kurzweiligen Belanglosigkeiten zum Besten, eine kleine Anekdote aus dem Alltag seines Arbeitszugs erzählte er ihr, wie schon so oft. Perfekt ahmte er den Dialekt eines sächsischen Kameraden nach. Natürlich lachte sie, jeder musste lachen, wenn er loslegte mit seinen Geschichten. Dabei war ihr zum Heulen zumute.

„Ach, Heinrich, du könntest zum Varieté gehen, das Talent hast du."

„Ach nee. Das ist doch nichts Solides. Ich meine, man muss ja auch an später denken, wenn man eine Familie hat und so."

„Eine Familie. Willst du denn mal eine Familie?"

„Na klar, das gehört doch dazu."

„Ja", sagte sie leise, „das gehört wohl dazu, so zum Leben." Nervös spielten ihre Hände mit dem Teelöffel.

Was hat sie nur, dachte er, weiß sie etwa was? Hat sie erfahren, dass ich bald weggehe? Aber das kann nicht sein, ich habe mit keiner Menschenseele darüber geredet. Es ist wohl mehr der siebte Sinn, Frauen ahnen so was. Bei Mutter ist das auch so, der kann man nichts vormachen.

Sanft legte er seine Hand auf ihre, da schaute sie auf und sagte: „Ich liebe dich, Heinrich."

Das hatte sie noch nie zu ihm gesagt, es verschlug ihm die Sprache. Schnell ging er zu ihr, sie saß ihm gegenüber auf der Bank, legte den Arm um sie und küsste sie.

„Ich liebe dich auch", murmelte er in ihr Haar und verbarg seinen Kopf an ihrer Schulter. Er spürte die aufsteigenden Tränen und schaute schnell zur Seite.

Franz kam mit seiner Trompete. Er hatte einen Freund mitgebracht, der Saxophon spielte. Die beiden hatten es heute mit den alten UFA-Schnulzen, einen Schlager nach dem anderen spielten sie.

„Es wird einmal ein Wunder geschehen“, sang die Wirtin mit heiserer Stimme. Auch sie war erkältet und Heinrich dachte, ein Wunder könnte ich jetzt brauchen. Wenn doch alles wieder so wäre wie früher und es keine Zonen mehr gäbe.

Rosemarie saß auf Opas Platz und beobachtete sie. Wie schön sie wieder tanzen, dachte sie, aber sie schauen so traurig vor sich hin. Haben sie etwa Liebeskummer? Vielleicht haben sie sich gezankt. Wenn sie sich trennen, das wäre aber schade.

Rosemarie beobachtete sie seit jenem Tag im März, an dem sie das erste Mal miteinander getanzt hatten, und sie malte sich gar zu gern aus, dass die beiden einmal heiraten würden. Und dann werden sie hier im „Hüürbaas“ Hochzeit feiern, so richtig, mit allem drum und dran, wenn wieder bessere Zeiten sind. Mit Buttercremetorte. Sie würde auch so gerne in der Kirche mit dabei sein und Reginas Schleier tragen. Das hatte sie schon mal gemacht, bei einer Hochzeit in Elmshorn. Da gab es noch Buttercremetorte und alles war heil. Jetzt lachen sie. Na, ein Glück, und wie elegant sie wieder aussehen.

Rosemarie wird Regina und Heinrich nie vergessen.

– 28 –

Frau Petersen lief nervös auf und ab. Viel Platz war nicht in dem engen Kabuff, und eben hatte sie sich das Knie gestoßen, was sie noch wütender machte. Aber eigentlich war die größte Wut schon verraucht, jetzt ging es nur noch um Schadensbegrenzung.

Ihre Tochter war also schwanger. Im dritten Monat, dass sie aber auch gar nichts bemerkt hatte! Nun war wohl nicht mehr dran zu rütteln, Regina war heute beim Arzt gewesen.

Das Mädchen, ihre Tochter. Eigentlich ganz gut geraten, hübsch und intelligent, wenn auch etwas zu kapriziös. Immer musste man auf der Hut sein, dass sie nicht über die Stränge schlug. Und dann kam Gunther. Na ja, gepasst hatte ihr das nicht, sie hätte sicher was Besseres bekommen können.

Seitdem aber hatte sie sich, ohne es zu bemerken, immer mehr von Regina entfernt. Der Grund dafür war jedoch nicht die Verlobung mit Gunther Lorenz, sondern ihre Unfähigkeit, sich mit der Tatsache abzufinden, dass Regina nun eine junge Frau war. Sie selbst hingegen war alt, eine fünfundvierzigjährige Witwe, der man alles genommen hatte und die von der Gnade anderer Leute lebte. Ihr Leben war vorbei, was war sie denn noch wert, ohne Mann und ohne Besitz. Einen Beruf hatte sie nicht erlernt, sie war in einer Zeit aufgewachsen, in der sich eine Frau über den Ehemann definierte. Einst Frau Oberstudienrat in einer hübschen Blankeneser Villa, stand sie nun hinterm Tresen einer abgewrackten Drogerie, die ihr nicht einmal gehörte.

Das Mädchen ist also schwanger. Sie macht, was sie will, ohne Rücksicht auf ihre Mutter zu nehmen.

„Ich bin volljährig“, hatte sie trotzig gesagt, und sie antwortete ihr: „Na dann geh doch, sieh zu, wie du klarkommst.“

Aber das geht natürlich nicht, wenn Regina geht, dann muss sie mit. Bloß wohin?

Regina lag auf ihrem Bett und las seelenruhig in einer Zeitung. Sicher studiert sie schon wieder die Stellenanzeigen. Nerven hat sie ja, dachte Ingeborg Petersen. Wenn mir das passiert wäre, damals, ich wäre in die Elbe gegangen.

Am Fenster hielt sie endlich inne und schaute hinaus. Viel gab es nicht zu sehen. Ein öder Hof mit einer kümmerlichen Kastanie, die Mülltonnen und das Garagentor. Mir muss was einfallen, dachte sie, mir ist doch immer was eingefallen. Plötzlich drehte sie sich um. „Hör zu, ich weiß, wie wir es machen können.“

Regina ließ seufzend die Zeitung sinken. Wir, hat sie gesagt, immerhin. Ihr Mitleid hält sich ja deutlich in Grenzen. „Ich höre, Mutter.“

„Pass auf. Spätestens zu Weihnachten hast du einen kugelrunden Bauch. Also musst du so schnell wie möglich hier weg. Nicht auszudenken, wenn sie uns mitten im Winter vor die Tür setzen. Keine Wohnung, keine Arbeit!“

„Aber das weiß ich doch alles selbst. Natürlich muss ich weg, ich bin schon auf Arbeitssuche. Morgen gehe ich aufs Amt. Wir werden irgendwo anders unterkommen. Und dann mache ich mit Hertha und August reinen Tisch und löse die Verlobung auf."

„Bist du wahnsinnig! Das tust du nicht, du löst gar nichts auf. Du gehst weg, bekommst das Kind und gibst es in Pflege. Für eine Abtreibung ist es ja nun zu spät. Dann kommst du zurück, und wenn Gunther wieder da ist, heiratest du ihn. Nur so kannst du deine Ehre retten und uns vor dem Hungertod bewahren."

„Meine Ehre retten! Jetzt ist es aber genug, Mutter, wir leben doch nicht mehr im Mittelalter. Ich werde Gunther nicht heiraten!"

„Hör mir mal gut zu, mein Fräulein, dieses Kind ist unehelich und es wird dir dein ganzes Leben ruinieren. Weißt du, wie schwer es eine alleinstehende Mutter hat? Wenn du das tust, kannst du froh sein, wenn dich überhaupt noch einer heiratet, eine Wahl hast du dann jedenfalls nicht mehr. Und das Kind ist auch ein Leben lang gebrandmarkt. Willst du das?"

„Ich soll mein Kind zu fremden Leuten geben?"

„Vorläufig. Nicht für immer. Schließlich ist es dein Kind und mein Enkelkind."

„Wie stellst du dir das vor? Ich heirate Gunther und dann, eines schönen Tages, sage ich zu ihm, es tut mir leid, ich hatte ein Verhältnis und da ist noch ein Kind, das hole ich jetzt heim? Mutter, du spinnst doch."

„Nun wirst du auch noch frech. Lass mich doch erst mal zu Ende reden, ich habe einen Plan. Also, ich schreibe heute noch an Tante Käthe."

„An Tante Käthe? Was hat die denn damit zu tun? Ihr habt doch schon lange keinen Kontakt mehr."

„Aber wir schreiben uns doch regelmäßig. Sie ist immerhin deine Patentante und war meine beste Freundin seit der Schulzeit. Außerdem steht sie in meiner Schuld, ich habe ihr in einer ähnlichen Situation auch aus der Patsche geholfen."

„Du sprichst in Rätseln."

„Ist ja egal, und das geht dich auch gar nichts an. Sie wird dich aufnehmen, sie lebt in sehr guten Verhältnissen."

„In diesem Heidedorf am Arsch der Welt."

„Genau. Sie haben ein großes Gut, und kein Mensch kennt dich da. Ganz in der Nähe ist ein Säuglingsheim, das heißt, wenn es noch existiert. Es gehört zum Stift."

„Was für ein Stift?“

„Ein Damenstift für adlige, unverheiratete Fräuleins.“

„Also so eine Art Kloster.“

„Nein, das ist protestantisch. Die leben da ganz normal und helfen Bedürftigen. Mildtätige Werke, du weißt schon, was ich meine.“

„Und wenn das Kind da ist, dann soll ich zurückkommen und so tun, als wäre nichts? Was willst du denn Hertha und August erzählen? Die wollen doch wissen, wo ich die ganze Zeit über war.“

„Wir sagen einfach, Käthe ist krank und braucht deine Hilfe. Schließlich hat sie sieben Kinder, die Älteste ist so alt wie du, das Jüngste sieben.“

„Die arme Frau.“

„Quatsch, die hat jede Menge Personal. Wenn Geld keine Rolle spielt, dann kann man so viele Kinder in die Welt setzen, wie man will. Das ist bei denen auf den Gütern so üblich, die haben alle so viele Kinder. Außerdem gibt es da genug zu essen, das ist jetzt für dich ganz wichtig, wenn du ein gesundes Kind zur Welt bringen willst.“

„Na ja, deine Idee ist gar nicht so schlecht. Und wie geht es dann weiter?“

„Wie ich es gesagt habe. Du heiratest Gunther. Er ist genau der richtige Mann in dieser Zeit und dir wird es an nichts fehlen. Glaub mir, von Liebe wirst du nicht satt. Und dann bekommst du auch ein Kind von ihm, damit bindest du ihn stärker an dich. Irgendwann holen wir dann dein erstes Kind zurück. Ich kann es ja dann erst mal nehmen.“

„Das würdest du tun?“

„Natürlich, ist doch auch mein Blut.“

„Und wenn Gunther sich dann scheiden lassen will?“

„Dann bist du wieder da, wo du wärst, wenn du die Verlobung auflösen würdest. Mit einem Unterschied, er muss für dich und das gemeinsame Kind Unterhalt zahlen, du stündest also besser da als so ein armes, verlassenes Mädchen. Natürlich ist eine Scheidung in den Augen der Gesellschaft auch ein gewisser Makel. Aber das kann man vertuschen. Hamburg ist groß, du kannst irgendwo anders hinziehen, wo die Leute dich nicht kennen. Dann denken sie womöglich, du bist eine Kriegerwitwe."

„Mein Gott, Mutter! Ich habe gar nicht gewusst, wie raffiniert du bist."

Ingeborg zuckte mit den Schultern. „Was bleibt uns Frauen denn anderes übrig."

„Zu Tante Käthe, das ist gut, damit kann ich mich anfreunden. Aber wie das dann weitergehen soll, das kann ich jetzt noch nicht entscheiden. Und wer macht hier die Drogerie?"

„Das sollte dir wohl jetzt egal sein. Da muss er eben jemand einstellen, und ich bin ja auch noch da. Und dieser Heinrich, der geht also wieder zu den Russen?"

„Ganz bestimmt, er ist schon ganz krank vor Heimweh, ständig erzählt er mir von seiner Familie. Er hängt so an ihnen, die scheinen auch wirklich nett zu sein."

Frau Petersen winkte unwillig ab. „Ach, das will ich gar nicht wissen. Weiß er, dass du schwanger bist?"

Regina schüttelte den Kopf. „Ich war mir ja bis heute noch nicht ganz sicher."

„Sag es ihm nicht! Sonst fühlt er sich noch genötigt hierzubleiben. Und dann ist er unzufrieden, weil er von seiner Familie getrennt ist, das geht nicht gut. Außerdem hat er ja nichts, wie willst du da dein Kind groß kriegen. Glaub mir, wenn die Not so drückend ist, dann ist es schnell vorbei mit der großen Liebe."

„Aber er ist Eisenbahner, er findet sicher Arbeit."

„Und wo wollt ihr wohnen? In einer Nissenhütte? Und dann bekommt er sicher auch nur die üblichen Lebensmittelmarken, noch nicht mal Schwerarbeiterzuschlag. Regina, lass ihn ziehen, da liegt kein Glück drauf. Und er ist doch noch so jung. Glaubst du, der will sich jetzt schon binden? Das geht nicht gut! Dann zankt ihr euch, er geht weg und du sitzt da wie Kind im Dreck. Sag mal, wie heißt er eigentlich mit Nachnamen?"

„Spielt das eine Rolle? Merowin, er heißt Merowin."

„Klingt gut, aber gehört habe ich diesen Namen noch nie."

„Seine Vorfahren waren Baltendeutsche."

„Ach. Ja, schön, die Baltendeutschen haben einen guten Ruf."

Wenn du wüsstest, dachte Regina, fast hätte ich Lust, es dir zu sagen.

„Wie sieht er denn so aus?"

„Mutter! Erst willst du, dass ich ihm den Laufpass gebe, und dann erkundigst du dich nach seinem Aussehen. Er ist groß, blond und hat helle graue Augen.“

„Und sonst? Ist er auch gesund?“

„Kerngesund. Er lacht viel, er hat ein sonniges Gemüt.“

Und ich heule jetzt gleich, sie soll mich in Frieden lassen, ich kann nicht mehr, sogar zum Streiten fehlt mir die Kraft.

„Na, das hört sich doch gut an.“

„Wieso?“ Regina schaute sie verständnislos an.

„Ach, Regina! Du bekommst ein Kind von ihm, es geht um die Gesundheit des Kindes. Wir schaffen das, das wird schon.“

Regina umarmte sie, Ingeborg Petersen machte sich ganz steif, ging auf Abstand und sagte: „Tja, was man sich einbrockt, muss man auch auslöffeln. Und nun hör auf zu heulen, den Brief an Käthe werde ich heute noch schreiben, jetzt zählt jeder Tag.“

– 29 –

Im „Hüürbaas“ war es recht voll, der Schwarzmarkt draußen hatte sich gerade verlaufen und einige Händler wärmten sich jetzt hier auf, bevor sie nach Hause gingen. Über Nacht war es bitter kalt geworden, ein kleiner Vorgeschmack auf den Winter, der kommen würde. Ein Winter, so unbarmherzig kalt, dass die Menschen wie die Fliegen sterben werden. An Kälte, Unterernährung und Schwäche.

Die Wirtin kam zu ihm an den Tisch, sie trug ein schwarzes Kleid. „Moin, junger Mann“, sagte sie leise und schaute ihn mit ernster Miene an.

„Moin, Frau Wirtin. Ist was passiert?“

„Rosemaries Opa ist letzte Nacht gestorben. Einen schönen Gruß von ihr, sie ist oben bei ihrer Mutter.“

„Oh, das tut mir aber leid. Grüßen Sie sie auch von mir und geben Sie ihr das.“ Heinrich reichte ihr ein in Pergamentpapier eingewickeltes Sandwich.

„Danke, da wird sie sich freuen.“ Die Wirtin räusperte sich verlegen und holte einen Brief aus ihrer Schürzentasche. „Das soll ich Ihnen geben. Für Sie, von Ihrer Freundin.“

„War sie hier? Ist sie krank? Es ging ihr nicht gut neulich.“

„Gestern war sie hier, nur ganz kurz“, antwortete sie hastig. „Ich habe aber nicht viel mit ihr geredet, sie hatte es wohl auch eilig. Soll ich jetzt Ihren Tee bringen?“

„Gern.“

Als sie ihm den Tee servierte, sah sie, wie seine Hand, die den Brief hielt, leicht zitterte. Er hatte die wenigen Zeilen schon mehrmals gelesen.

„Lieber Heinrich, leider muss ich Dir mitteilen, dass ich einen großen Fehler gemacht habe. Ich habe Dich belogen, aber nun muss ich endlich die Wahrheit sagen. Ich bin verlobt. Mein Verlobter ist in belgischer Kriegsgefangenschaft. Es tut mir unendlich leid, dass ich Dir so wehtun muss. Es ist alles meine Schuld, ich hätte es Dir von Anfang an sagen müssen, dann wäre zwischen uns sicher nichts weiter geschehen als ein kleiner Flirt. Aber ich habe es nicht übers Herz gebracht, aus Angst, Dich dann nie wieder zu sehen und ich hatte mich doch so sehr in Dich verliebt. Ich werde diesen Sommer nie vergessen, es war der schönste meines Lebens und das wird immer in meinem Herzen bleiben. Du und dieser Sommer, für immer und ewig. Komm Du nun gut heim, mein Liebster. Auch ich werde Hamburg verlassen und für eine Weile aufs Land gehen.

Und auch wenn Du fern von mir bist und wir uns vielleicht nie wiedersehen werden, so wird doch etwas von Dir immer bei mir sein. In Liebe, Deine Regina.“

„Wissen Sie zufällig, wo Fräulein Petersen wohnt?“

„Nein.“ Die Wirtin musterte ihn erstaunt. „Also wenn Sie das nicht wissen, woher soll ich ...“

„Das ist kompliziert“, murmelte er, stand hastig auf, knöpfte die Joppe zu und setzte seine Mütze auf.

„Sie wollen schon los? Sie haben den Tee noch gar nicht ausgetrunken!“

Er hörte sie nicht mehr, schon stand er draußen an der Ecke. Ein Wind kam auf, wirbelte Laub und Papierfetzen hoch. Menschen hasteten vorüber, die Hüte tief ins Gesicht gezogen, die Mantelkragen hochgeschlagen, den Blick zu Boden gesenkt.

An der Ecke stand mutterseelenallein der Leierkastenmann, niemand beachtete ihn. Der Papagei hockte traurig auf seiner Schulter und er drehte die Kurbel und sang dazu mit tiefem Bass: „Wir lagen vor Madagaskar und hatten die Pest an Bord.“

Heinrich legte Kleingeld in sein Körbchen, der Alte nickte ihm zu und lächelte.

Jetzt konnte er nicht mehr an sich halten, er rannte und rannte, nur fort von hier. Erst unten am Hafen auf einer Brücke zu den Landungsstegen hielt er inne, spuckte ins Wasser und dachte, bloß gut, dass heute so ein Schietwetter ist, da fällt mir der Abschied nicht so schwer. Dabei wusste er nicht, ob er den Abschied von Regina meinte oder den Abschied von Hamburg. Regina und Hamburg waren für ihn untrennbar miteinander verbunden.

– 30 –

Schwedt, Oktober 1946

Es dämmerte bereits, als der Güterzug in den Angermünder Bahnhof einfuhr. Heinrich schreckte nervös auf, er war wider Erwarten eingeschlafen. Mit dem Rucksack als Kopfkissen und einer Zeitung als Unterlage hatte er sich hingelegt, als der Zug endlich alle Grenzkontrollen Berlins passiert hatte und sich langsam leerte.

Noch spürte er den Takt der Gleise in allen Gliedern und hatte den Gestank von vielen Leibern in der Nase. Der Güterwaggon war bis Berlin-Lichtenberg proppenvoll gewesen. Endlich waren alle ausgestiegen. Die weinenden Kinder mit ihren nervösen Müttern, alte Leute, die apathisch in einer Ecke hockten und aussahen, als würden sie heute noch das Zeitliche segnen. Städter auf Hamsterfahrt, blass und krank aussehend, mit Rucksäcken voll Kartoffeln, gut ausgefressene Schieber in Lederjacken. Die einen waren gereizt und keiften sich an, die anderen schwiegen und starrten apathisch vor sich hin.

Heinrich griff sich sein Rad und löste die Strippe, die seinen Arm mit dem Lenker verband. Die Tür des Waggons wurde mit großem Getöse geöffnet, eine Taschenlampe blendete ihn.

„Endstation! Was is, junger Mann, wollnse hier übernachtn?"

„Nee, nee. Sagen Sie, fährt noch was bis Schwedt?"

„Sie sind wohl nich von hier? Da fährt nur eener am Tag, manchmal ooch nich. So wie die Lust und Laune ham. Aber Sie haben ja dit Rad, junger Mann. Wenn Se tüchtig strampln, kommse noch an, bevor et zappenduster is."

Heinrich tippte an seine Mütze und schaute dem Eisenbahner hinterher. Er kannte ihn nicht, aber seine Uniform zu sehen und den vertrauten Klang der heimatlichen Sprache zu hören, das war ihm Begrüßung genug.

Wenn er sich später daran erinnern wird, wie er in der Abenddämmerung durch die vertraute Feldmark heimfuhr, dann wird er denken, Gott sei Dank, da habe ich nicht gleich den kaputten Bahnhof gesehen und die Schlossruine, dieses ganze Elend.

Heinrich näherte sich seiner Heimatstadt von Westen her, und hier sah es eigentlich aus wie immer. Bei Flemsdorf hielt er kurz an, um sich hinter einem Gebüsch zu erleichtern. Nebenan hing ein rotes Transparent an der Mauer. Es verkündete, dass Junkerland in Bauernhand gehört und nun der Kommunismus aufgebaut wird. Das kann ja schön was werden, dachte er. Was Vater wohl dazu sagt? Aber die Kommunisten werden wir nun auch noch überstehen, schließlich sind wir alle heil durch den Krieg gekommen. Und er dachte an Mutters Spruch: „Immer heiter, Gott hilft weiter!"

Da war schon die Kastanienallee.

Er stieg ab, lehnte den Kopf an einen Stamm und atmete tief den Geruch des welken Laubes ein. Sein Blick streifte durch das Gras, nur wenige Kastanien lagen noch auf dem Boden, längst hatte man sie alle aufgesammelt, um sie an die Schweine zu verfüttern. Heinrich stopfte sich drei in die Tasche, so wie er es schon als Kind getan hatte. Kastanien in der Tasche sind gut gegen Rheuma, sagt Mutter.

Nun schob er sein Fahrrad, er wollte alles ganz genau sehen. Dahinten, da waren schon die Wipfel der höchsten Bäume in Vaters Garten, und jetzt sah er auf der anderen Seite das Dach des Hauses der Berliner Allee 9. Sein Gesicht glänzte vor Freude. Niemand wusste, dass er heute kam, er wollte sie überraschen.

Und Mutter hat morgen Geburtstag. Ein Tuch hatte er für sie gekauft, aus feiner lila Wolle, das wird ihr sicher gefallen. Für Gretchen hatte er ein königsblaues ausgesucht. Wenn sie wollen, können sie ja auch tauschen. Und für Vater schwarzen Tee, da wird er zu ihm sagen: „Schwarzer Tee vom schwarzen Markt auf St. Pauli, Papa, eine Hamburger Spezialität!"

Fast war er schon am Hoftor, da kam ihm eine junge Frau entgegen. Hübsch sah sie aus, hochgewachsen und blond. Unter ihrem offenen Mantel trug sie eine Schwesterntracht. Ein Gedanke huschte durch sein Hirn. Wie war das noch mal im Märchen? Das Erste, was dir bei deiner Heimkehr begegnet ...

Jetzt bog sie vor ihm ins Tor ein. Nanu, wohnt sie etwa hier, dachte er. Es sollen jetzt ja auch viele Flüchtlinge da sein.

Die blonde junge Frau drehte sich um und musterte ihn stumm. Verlegen blieb er stehen und nickte ihr zu. „Tach, wohnen Sie auch hier?"

Sie schaute ihn an und schüttelte den Kopf. Er sah ihr ungläubiges Staunen und verstand es nicht. „Du bist Heinrich! Heinrich Merowin, hab ich recht?"

Er nickte wortlos, sprechen konnte er nicht, ein dicker Kloß saß in seinem Hals.

„Ich fasse es nicht", sagte sie leise, „und ich bin Reinhild Wagner."

„Oh! Du bist also Reinhild, ich habe ja schon viel von dir gehört."

Reinhild lachte. „Ich habe dich gleich erkannt, dein Bild hängt ja in der Stube. Mein Gott, was werden sich deine Eltern freuen! Pass auf, lass mich mal vorgehen. Ich sage ihnen, ich habe noch einen Gast mitgebracht und dann hole ich dich."

„Na, dann bleib ich am besten unten an der Treppe stehen, die knarrt ja immer so und Mutter erkennt jeden am Schritt."

„So machen wir das." Sie winkte ihm zu und lief schnell hoch. Schöne Beine, dachte er, so schlanke Fesseln, und wie sie mit dem Hintern wackelt beim Laufen. Nicht übel, das Mädel.

Reinhild drehte sich um und legte den Zeigefinger über ihre Lippen. Heinrich grinste und blieb brav unten stehen.

Leise öffnete sie die Wohnzimmertür. Frida saß an der Nähmaschine und Peter beugte sich über sein Radio. Jetzt kann ich ja gar nichts sagen, dachte sie, er hört gerade Radio London. Dann wird er sicher fuchtig.

„N'abend", sagte sie leise. Frida schaute lächelnd auf und folgte ihr in die Küche.

„Hattest du einen guten Dienst?"

„Ja, es war alles ruhig."

„Da ist noch Kohlsuppe, ich mach sie dir schnell warm."

„Nee, lass mal, Frida, ich habe schon gegessen. Aber da steht jemand unten im Hof, vielleicht hat der ja Hunger, er war lange unterwegs."

„Im Hof, wer denn?"

Jetzt ahnt sie was, dachte Reinhild, diesen Blick kenne ich.

„Wirst du gleich sehen." Sie ließ die verblüffte Frida stehen und lief zur Treppe.

„Jetzt kannst du kommen", wisperte sie verschwörerisch.

Auch Peter war nun aus der Stube gekommen, er hatte gemerkt, dass da draußen was los ist. Und so ging er in die Küche und sah seinen Sohn, der seine Mutter im Arm hielt. Reinhild stand am Fenster, und alle drei weinten sie.

„Mein Sohn", sagte er, mehr nicht. Ihre Blicke trafen sich, auch in seinen Augen schimmerten nun Tränen.

– 31 –

Regina schaute aus dem Zugfenster, eine karge, herbstliche Landschaft zog an ihr vorüber. Abgeerntete Felder, ein Schwarm Wildgänse, eine Birkenallee, dann ein einsames Gehöft mit einem reetgedeckten Haus und zwei Pferden auf der Koppel. Eigentlich hätte sie die Fahrt genießen können. Seit langer Zeit saß sie in einem Zug, der nicht überfüllt war. Sogar mäßig warm war es. Wenn da nicht die Übelkeit gewesen wäre, die in Wellen immer wieder in ihr aufstieg. Zweimal war sie schon auf dem WC gewesen, aber danach wurde es nur noch schlimmer, weil der Geruch dieser schmuddeligen Örtlichkeit unerträglich war. So fühlt sich also schwanger an, dachte sie, und es kommt noch schlimmer. Und das alles für ein kleines bisschen Glück.

Draußen fuhr ein britischer Militärkonvoi vorbei, einfach mitten über die Heide. Sogar Panzer waren dabei. Ob es wohl wieder Krieg gibt? August redete ständig davon. Diesmal alle gegen die Russen, hatte er gesagt, dann ist endlich Ruhe und wir sind wieder wer. Dieses Großmaul.

Gestern hatte er eine neue Verkäuferin eingestellt, eine Geflüchtete aus der russischen Zone. Ein schüchternes junges

Mädchen, sie stellte sich in Begleitung ihres Vaters vor. Wie er sich dabei gespreizt hat.

„Da sind Sie also geflüchtet. Na ja. Aber so kann es ja auch nicht weitergehen! Wenn ihr alle hier rüberkommt, dann überlasst ihr ja den deutschen Osten den Bolschewiken. Dann werden bald in euren Häusern die Polacken hausen und alles kaputt wirtschaften."

August ist sie vorläufig los. Gemerkt haben sie bisher nichts. Hoffentlich.

Die Übelkeit hatte nachgelassen. Nun würde sie gern was essen, sie hatte genug dabei, dank August sogar Schokolade. Das musste sie ihm lassen, mit dem Essen war er nicht knausrig. Aber sie traute sich nicht, das Brot herauszuholen. Ihr gegenüber saß eine Frau mit einem kleinen Jungen, beide sahen sie halb verhungert aus. Schließlich reichte sie ihnen eine Schnitte und einen Apfel, die Frau bedankte sich überschwänglich.

Sie lehnte sich zurück, steckte den Kopf hinter ihren Mantel und versuchte, ein wenig zu schlafen. In der letzten Nacht hatte sie kein Auge zugemacht, und auch jetzt war sie äußerst nervös.

Ob Heinrich wohl schon daheim war? Er wusste nicht, dass sie über seine Entlassung informiert gewesen war, zufällig hatte sie auf dem Schwarzmarkt gehört, wie zwei seiner Kameraden darüber redeten. Hoffentlich hatte er den Brief bekommen. Ob er wohl die Anspielung versteht? So wird doch etwas von dir immer bei mir sein ... Mehr konnte sie ihm nicht sagen, dann wäre alles noch komplizierter geworden.

„Ein Kind, Regina, wir bekommen ein Kind!", hätte er lachend gerufen, Heinrich eben, wie er leibt und lebt. Jetzt lächelte sie unter ihrem Mantelversteck. Dies war einer jener Momente, in denen die Erinnerung an ihn warm in ihr Herz fiel, und sie vergaß, dass sie ihn bestimmt nie wieder sehen würde.

Natürlich hätte er sich gefreut, aber wie wäre es dann weitergegangen? Gerannt wäre er, zu ihrer Mutter, er hätte schon herausbekommen, wo sie wohnen. Mein Gott, dachte sie, ich könnte wetten, er wäre richtig zu Höchstform aufgelaufen und von einer Behörde zur anderen gegangen, damit ich mit rüber kann. Gefreut hätte er sich wie verrückt, einer wie er freut sich bestimmt, wenn er Vater wird.

Seufzend kam sie hinter ihrem Mantel hervor und schaute wieder hinaus in die triste Landschaft. Grauer Himmel und braunes Land, die Zeit der Heideblüte war längst vorbei. Es fing an zu regnen, ein Schäfer stand inmitten seiner Herde und sein Hund kläffte den Zug an.

Regina lag richtig mit ihren Vermutungen. Heinrich hätte sich über das Kind gefreut, ohne sich Sorgen über die Zukunft zu machen, das passte nicht zu seinem Naturell. Er schöpfte aus dem, was gerade war, und für ihn war das stets viel. Wenn er auch nicht halb so fromm wie seine Mutter war, so lebte doch in ihm die unzerstörbare Zuversicht, dass der liebe Gott schon alles richten werde, sein Gott war ein Gott der Fülle.

In dieser Stunde wurde sich Regina darüber klar, dass sie nie im Leben mit ihm in die russische Zone gegangen wäre. Anders ging es nicht, da hatte ihre Mutter recht. Ohne seine Familie in Hamburg, nein, dazu war er noch viel zu jung. Und dann kein ordentliches Dach über dem Kopf.

Sie hätte es nicht mit ansehen können, wie er sich abstrampelt, wie er tut und macht und dabei immer Sehnsucht nach seiner Familie hat. Wo doch seine Eltern auf keinen Fall rübergehen würden, das hatte er zu ihr gesagt.

Ich habe dir sehr wehgetan, dachte sie, aber so ist es besser für dich. Du bist noch so jung und du wirst mich vergessen.

„Düstermoor“ stand auf dem Schild der kleinen Bahnstation, an der sie ausstieg. Allein der Name ließ sie erschaudern. Sie schaute sich um, trister konnte es nicht sein. Auf der anderen Seite des einzigen Gleises sah sie einen Schafstall, einige armselige Katen, ein fast städtisches Haus mit einem Gasthof und einem kleinen Gemischtwarenladen, flankiert von zwei mächtigen alten Eichen. Kein Mensch war zu sehen, nur ein paar Hühner gackerten hinter einem Zaun. Ihr Blick ging zur Bahnhofsuhr. Zwölf Uhr, der Zug war pünktlich angekommen, aber sie sah weit und breit niemand, der auf sie wartete. Dabei hatte Tante Käthe geschrieben, dass sie der Kutscher des Gutes abholen würde.

Nun regnete es auch noch in Strömen. Bis zum Gutshof waren es zwei Kilometer und sie fühlte sich außerstande, die Strecke mit ihrem Gepäck zu laufen. Also verließ sie den Bahnsteig und schaute sich in der Hoffnung auf eine Fahrgelegenheit auf dem kleinen Vorplatz um. Gerade kam ein Fuhrwerk um die Ecke, hielt genau vor ihr an und eine helle Mädchenstimme rief: „Bist du Regina Petersen?"

„Ja. Und du bist sicher Hiltrud, Tante Käthes Tochter."

„Die bin ich." Die junge Frau in Männerkleidung stieg vom Kutschbock.

„Herzlich Willkommen in der Lüneburger Heide."

Erleichtert atmete Regina auf. „Danke."

Der Regen hatte nachgelassen, aus den dunklen Wolken sprühte es nur noch sacht, und jetzt blitzte sogar die Sonne hervor. Glänzende Helle und tiefes Dunkel trafen aufeinander, vereinten sich zu mystischem Schein und die Wacholder standen da wie die stummen Wächter der Heide.

Hiltrud konzentrierte sich ganz aufs Kutschieren und Regina musterte sie verstohlen. Sie trug einen alten Strohhut, ihr dunkles Haar fiel offen und unfrisiert bis über ihre Schultern. Ihre Gesichtszüge erschienen Regina recht maskulin, das Kinn war sehr kräftig, ebenso die Nase, die Lippen jedoch waren schwellend und dunkelrot und ihre Augen schauten braun und sanft hinter dichten, dunklen Wimpern hervor.

Hiltrud bemerkte ihren Blick und lächelte sie an. „Der Kutscher musste mit in die Kartoffeln, deshalb hole ich dich ab. Du warst ja schon mal bei uns, kannst du dich noch daran erinnern?"

„Ich erinnere mich, aber ich weiß so gut wie nichts mehr. Ich war acht oder neun Jahre alt, da waren wir im Sommer für ein paar Wochen bei euch."

„Stimmt. Ich weiß noch, wie wir uns oben im Treppenspeicher versteckt hatten. Und dann haben sie alles nach uns abgesucht, bis zum Moor sind sie gelaufen. Eine von den Mägden hat uns dann zufällig entdeckt, da war es schon dunkel. Das gab ein Theater! Zur Strafe bekamen wir kein Abendbrot. Erinnerst du dich nicht mehr?"

Regina schüttelte den Kopf. „Nee. Aber eines weiß ich noch, wir haben Honigwaben ausgelutscht, die waren so lecker."

„Kann sein, bestimmt beim Imker Grothus. Mein Gott, es kommt mir vor, als wären seitdem hundert Jahre vergangen."

„Ja, mindestens."

Reginas Stimme zitterte, nur mühsam konnte sie die aufsteigenden Tränen unterdrücken. Hiltrud hatte es nicht bemerkt, schweigend schaute sie nach vorn. Jetzt musste sie höllisch aufpassen, der unbefestigte, sandige Weg war ausgewaschen vom Regen, sodass sich tiefe Kuhlen gebildet hatten.

Doch dann, sie war abgebogen auf eine gepflasterte Straße, schaute sie Regina an und sagte: „Schon gut, Mädchen. Mach dir keine Sorgen, hier ist genau der richtige Ort zum Kinderkriegen."

Regina seufzte laut auf. „Wenn du das sagst, Hiltrud."

Hiltrud stellte keine weiteren Fragen. Dabei wussten sie doch sicher alle Bescheid, Mutter hatte damals haarklein von ihrer Verlobung mit Gunther berichtet, sie pflegte einen regen Briefwechsel mit Käthe Brockmann. Und nun wussten sie sicher auch von dem Malheur, wie ihre Mutter es nannte.

„Gleich sind wir da."

Hiltrud bog in eine Birkenallee ein, schon sah man an ihrem Ende das schmiedeeiserne Tor. Rechts und links lagen mächtige Findlinge, auf denen Name und Gründungsdatum des Hofes eingemeißelt waren.

Waldhof, las Regina, und ihr Blick schweifte hinüber zum dunklen Kiefernwald, der gleich hinter dem Hof begann und den man bis hierher riechen konnte. Sie schloss die Augen und schnupperte, sofort stellte sich ein angenehmes Wohlgefühl ein und es ging ihr gleich viel besser.

Der Gutshof glich mit seinen anscheinend wahllos verstreuten, reetgedeckten Katen und den zahlreichen Nebengebäuden einer kleinen Siedlung.

Eine Schar Gänse kam herbei, der Ganter reckte seinen Hals und zischte bedrohlich. Hiltrud antwortete ihm, indem sie schrill auf den Fingern pfiff. „Marsch!", brüllte sie laut, der Ganter drehte ab, gefolgt von seiner aufgeregt hinter ihm her watschelnden Schar.

„Das ist Gustav", sagte sie zu Regina, während sie ihr beim Absteigen half. „Aber der macht nur Theater, gebissen hat er noch nie jemand."

Heftiges Hundegebell ertönte, Regina fuhr erschrocken herum.

„Castor und Pollux, aus!“, brüllte Hiltrud die beiden Foxterrier an. Sie vollführten wahre Luftsprünge in ihrem Zwinger.

„Keine Angst, die gebärden sich heute nur so, weil sie eingesperrt sind, ansonsten sind sie lammfromm. Aber wenn keiner auf dem Hof ist, dann müssen sie in den Zwinger. Nachher lass ich sie mal raus, damit sie dich beschnuppern können. Wenn sie wissen, dass du zu uns gehörst, spielen sie nicht mehr verrückt.“

Direkt vor ihnen lag das Hallenhaus. Mit seinem tiefgezogenen Walmdach, dem breiten Giebel und seinen zehn Fachen, die insgesamt ganze fünfundzwanzig Meter lang waren, wirkte es außerordentlich imposant, gleichzeitig aber auch behäbig und gemütlich.

Dieses Haus sieht aus wie eine gestrandete Arche, dachte Regina, wie ein Schiff, das mitten im Heidesand stecken geblieben ist. Und genau so komme ich mir jetzt auch vor. Gestrandet zwischen zischenden Gänsen und bedrohlich bellenden Hunden. Na ja, ich werde es überleben, ich habe ja gar keine andere Wahl.

Ganz oben auf der Dachspitze des Giebels kreuzten sich zwei kunstvoll geschnitzte Pferdeköpfe und über dem Eingang, der „Groten Dör“, die direkt in die Diele führte, konnte man lesen, dass Johann und Caroline Brockmann dieses Haus im Jahre 1790 erbauen ließen.

Mensch und Tier lebten hier seit Anbeginn unter einem Dach, und wenn man in den hinteren Kammern war, dann hörte man nebenan das Muhen der Kühe und das Gackern der Hühner. Doch die großen Viehbestände, besonders die Heidschnuckenherde, waren schon lange in den Hofställen untergebracht.

Regina brauchte einen Moment, bis sie sich an die Dunkelheit in der Halle gewöhnt hatte. Ganz hinten brannte ein Feuer in einem mächtigen Kamin.

„Mutter!“, brüllte Hiltrud.

„Es ist keiner da“, sagte sie zu Regina, „die sind alle in den Kartoffeln.“

„Musst du immer so brüllen?“ Käthe Brockmann tauchte plötzlich aus dem Dunkel auf, sie trug einen Stapel Wäsche, den sie Hiltrud in die Hand drückte. „Trag das mal in die Leinenkammer.“

Regina stellte fest, dass sich Tochter und Mutter sehr ähnlich sahen, abgesehen davon, dass Käthe recht rundlich war und ihr Haar ordentlich aufgesteckt trug.

Käthe musterte Regina. „Da bist du also, Mädchen. An dir ist ja nichts dran! Na, das kriegen wir schon hin und alles andere auch. Ich zeige dir erst mal deine Kammer und dann bekommst du was zu essen, du bist doch sicher hungrig. Hier geht es zurzeit ein bisschen drunter und drüber, wir sind mit der Kartoffelernte in Verzug, alle sind auf dem Feld. Sag mal, kannst du nähen? Stopfen und flicken und auf der Maschine ein paar Nähte? Ich habe keinen mehr, der das macht, wir hatten eine Französin als Hausschneiderin, eine Fremdarbeiterin, die sind ja nun alle weg."

Regina nickte. „Klar, gern. Stricken kann ich auch."

„Gut. Die Kinder müssen für den Winter eingekleidet werden, sie wachsen wie Unkraut, und auf Kleidermarken bekommt man ja nur Plunder. Aber wir haben noch genug altes Lodenzeug und Wollsachen, die man aufräufeln kann, und aus der alten Leutebettwäsche können wir Hemden und Blusen nähen. Da kannst du mir schön bei helfen."

Ihre Stube war klein, jedoch anheimelnd und gemütlich. Vor dem Fenster hingen geblümte Vorhänge, als sie sie aufzog, schaute sie direkt in den Wald. Auf der Fensterbank stand eine Zinnvase mit einem Trockenstrauß aus Rosen. Ein bunt bemalter Bauernschrank, ein Waschtisch mit einem Lavabo, ein bequemer alter Ohrensessel und ein Tischchen mit passendem Stuhl vervollständigten die rustikale Einrichtung. Das Bett mit der rotkarierten Bettwäsche war ebenso hübsch bemalt wie der Schrank, und über dem Bett hing ein Kunstdruck, den sie kannte. Es handelte sich um „Hannibals Grab" vom Heidemaler Eugen Bracht, derselbe Druck hatte im Arbeitszimmer ihres Vaters gehangen. Als ihr Blick auf das Bild fiel, konnte sie nur mühsam die Tränen unterdrücken. Das Haus in Blankenese, Vater, das Boot und der Sommer mit Heinrich, all das war nun vergangen, vergessen, verweht.

„Das ist aber eine hübsche Stube", sagte sie eine Spur zu laut, niemand sollte ihr anmerken, wie ihr ums Herz war. „Und so schön ruhig ist es hier."

„Vor allem warm", meinte Käthe und zeigte ihr den kleinen gusseisernen Ofen in der Ecke. „Kannst du heizen? Holz bringt dir das Frühmädchen, aber heizen musst du selbst, wir haben ja kaum noch Personal."

„Klar kann ich heizen, Frau Brockmann."

Was ist wohl ein Frühmädchen? Alles ist so anders als in Hamburg, dachte sie, aber eigentlich doch ganz nett, ich hätte es schlechter treffen können.

„Aber Kind, nun sag bloß nicht Frau Brockmann zu mir. Für dich bin ich Tante Käthe, ich kenne deine Mutter, seit wir zwölf waren, und ich sage dir, wir haben so einiges miteinander erlebt ... Bei uns sind nicht alle Räume beheizt, aber du brauchst jetzt Wärme. Das stille Örtchen ist auch gleich nebenan. Ich denke, das ist praktisch für dich, bei mir wurde das ja von Kind zu Kind schlimmer, was die auf die Blase gedrückt haben! Und für den Fall der Fälle steht natürlich ein Nachttopf unterm Bett. Aber nun komm erst mal was essen."

Die Köchin Mathilde war die Einzige, die nicht mit in die Kartoffeln gegangen war, und an sie glaubte sich Regina zu erinnern. Gern hätte sie Mathilde gefragt, ob sie schon damals hier gewesen war, doch sie fühlte sich so matt, dass sie nicht einmal Lust hatte, mit jemand zu sprechen. Auch schaute die alte Frau recht brummig vor sich hin, aber ihre Buchweizengrütze und das Blaubeerkompott schmeckten himmlisch.

– 32 –

So vergingen die Tage und Wochen, und alles, was in diesem Jahr geschehen war, erschien ihr immer fremder, als wäre es gar nicht ihr Leben gewesen, sondern nur ein Traum.

Die Tage wurden kürzer und düsterer, und meist saß sie mit Käthe in der Leinenkammer, strickte und stopfte für die Kinder, während Käthe die Nähmaschine rattern ließ oder Wolle spann. Oft räufelten sie alte Wollsachen auf, davon schien es einen schier unerschöpflichen Vorrat zu geben. Aus der alten, blau karierten Bettwäsche, in der früher die Mägde und Knechte geschlafen hatten, schneiderte Käthe Hemden und Blusen für die Kinder. Regina erfuhr, dass in diesem Haus nie etwas weggeworfen wurde.

„Das Wams ist noch von der Moder", sagte Käthe eines Tages zu ihr, als sie eine Weste aus ungefärbter Schafwolle aufräufelte.

Die Moder, das war die längst verstorbene Urgroßmutter der Kinder gewesen.

Und dann war da noch die Sache mit den Hakenkreuzen, die Regina von den HJ-Blusen der Kinder abtrennte und achtlos in den Abfallkorb warf. Käthe schaute auf und sagte mit ruhiger Stimme: „Das kannst du nicht wegwerfen, Mädchen. Dieses Symbol ist uralt und gehört zu unserem Volk. Nur weil der Hitler, dieser Idiot, es beschmutzt hat, ist es nicht weniger wert. Gerade jetzt dürfen wir nicht unsere Identität verlieren, das würde den Untergang unseres Volkes herbeiführen."

Und sie bückte sich, sammelte die Hakenkreuzzeichen ein und legte sie in ihren Nähkasten.

Regina wagte nicht zu widersprechen. Argumente hätte sie genug gehabt. Sie dachte an einen Zeitungsartikel über das Lager Bergen-Belsen, es lag nur wenige Kilometer entfernt vom Waldhof. Was hinderte sie daran zu sprechen? Diese Frage stellte sie sich Stunden später. War es die Tatsache, dass sie in diesem Hause nur ein Gast war, den man aus Mitleid aufgenommen hatte? Nein, es war etwas anderes. Käthe war keiner von jenen Menschen, die jetzt so taten, als hätten sie nichts gewusst. Regina hatte großen Respekt vor dieser Frau, sie schien ihr geradlinig, offen und ehrlich zu sein. Warum aber sprach Käthe vom Untergang des Volkes? War dieses Volk nicht schon längst untergegangen? Waren nicht Millionen auf den Schlachtfeldern, in den KZs, auf der Flucht und in den Bombennächten gestorben? Vielleicht würde Käthe das Hakenkreuz in den Abfallkorb werfen, wenn sie den Feuersturm in Hamburg miterlebt hätte. In Düstermoor und auf dem Waldhof war keine einzige Bombe gefallen. Warum hebt sie diese Hakenkreuze auf, wo wir doch jetzt etwas ganz Neues wollen, dachte Regina. Aber was? Diese Frage konnte sie nicht beantworten, und so schob sie die Sache weit von sich.

Zum Martinstag waren die Kinder neu eingekleidet. Zwar trugen die Jüngeren die Kleidung der Älteren auf, aber nur in der schulfreien Zeit. Die neuen Sachen trugen sie in der Schule und am Sonntag, wenn sie mit den Eltern außer Haus fuhren, zum Gottesdienst in die Düstermoorer Kirche oder um Verwandten einen Besuch abzustatten. Warm mussten sie gekleidet sein, über die Heide wehte in dieser Jahreszeit ein schneidend kalter Wind und der Frost kam früh ins Land. Unter ihren Loden-Capes und Joppen trugen sie dicke Pullover aus Schafwolle.

Ihr Schulweg war weit, täglich liefen sie bei jedem Wetter zwei Kilometer hin und wieder zurück. Regina bedauerte oft den Kleinsten, den siebenjährigen Widukind, wenn er am Nachmittag mit rot gefrorenen Wangen abgekämpft nach Hause kam.

Seine Mutter fand das überhaupt nicht schlimm. „Was ihn nicht umbringt, das macht ihn stark“, pflegte sie zu sagen. „Wenn die Mädchen das schaffen, dann muss er es erst recht schaffen, schließlich will er ein Mann werden!“

Hiltrud sah sie selten, sie war meist mit ihrem Vater unterwegs. Sie ritten die Felder ab, auf denen Buchweizen, Roggen, Futterrüben und Kartoffeln angebaut wurden. Oft war sie auch im Wald, Regina sah sie dann bei den Forstarbeitern oder mit dem Jäger am Waldrand stehen. Sie sah Hiltrud meist vom Fenster aus, weil sie ständig im Haus zu tun hatte. Wenn sie am späten Nachmittag einen kleinen Spaziergang machte, weil Käthe sie dazu drängte, war Hiltrud nirgendwo zu sehen. Sie trafen sich nur zu den Mahlzeiten.

Von Käthe erfuhr sie, dass ihre älteste Tochter nach der Realschule ein landwirtschaftliches Institut für junge Frauen besucht hatte. Dort lernte sie, den Haushalt eines großen Gutes zu leiten.

„Damals dachten wir noch, dass sie eines Tages heiraten würde, aber daraus wird nichts. Du hast es sicher schon bemerkt, Regina. Hiltrud ist anders als andere Mädchen, sie ist eine Amazone.“

An dieser Stelle hielt sie inne und schaute Regina an, als würde sie auf ihre Reaktion warten. Regina schwieg verlegen und Käthe sagte mit fester Stimme, ohne ihren Blick abzuwenden:

„Wir akzeptieren das. Solche Mädchen hat es immer gegeben, sie sind als Schildmaiden in die Geschichte eingegangen, in grauer Vorzeit zogen sie unseren tapferen Kriegern in der Schlacht voran. Sie ist wie ein Mann und sie denkt auch wie ein Mann. Und sie ist ihres Vaters Liebling. Weißt du, dass sie eine großartige Leichtathletin war? Sie war sogar bei den Olympischen Spielen als Fackelträgerin dabei gewesen. Aber dann kam die Pubertät, da hörte sie auf mit dem Sport. Das war eine schwere Zeit für Hiltrud, doch nun hat sie ihren Platz im Leben gefunden. Jeder findet seinen Platz, wenn er nur den festen Willen dazu hat. Darauf kommt es doch an, seinen Platz in der Sippe und in der Volksgemeinschaft zu finden. Allein sind wir nichts, erst in der Gemeinschaft sind wir stark."

Regina nickte zustimmend, Käthes Redefluss plätscherte an ihr vorbei, allzu oft hatte sie von der Volksgemeinschaft in der Schule und im BDM gehört. Nur das Wort Amazone geisterte ihr noch lange im Kopf herum. Was meinte Käthe damit? Sollte das heißen, dass Hiltrud gar keine richtige Frau war? Was war sie dann? Doch schließlich schob sie auch diesen zutiefst irritierenden Gedanken weit von sich.

Den Zweitältesten der Familie, den achtzehnjährigen Konrad, sah sie nur an jedem vierten Wochenende. Er wohnte in Lüneburg in einem Internat und bereitete sich auf das Abitur vor.

Konrad, so schien es ihr, stand ganz im Schatten seiner älteren Schwester. Während Hiltrud eine blutvolle, geerdete und dominante Stärke ausstrahlte, wirkte er eher schwach, blass und wenig ambitioniert. Er kam im Äußeren sehr nach seinem Vater. Der hochgewachsene Junge mit dem glatten, sandfarbenen Haar und den farblosen hellblauen Augen sah aus wie ein trockener Beamter. Auch war er recht schweigsam und zeigte ihr gegenüber eine gekünstelt wirkende Höflichkeit, hinter der sie Verachtung witterte. Sie mochte ihn nicht.

Ganz anders verhielt es sich mit Allmuth und Annedore, den sechzehn und vierzehn Jahre alten Mädchen. Schwatzhaft und ewig kichernd steckten sie Regina mit ihrer Backfischfröhlichkeit an.

Auch hatten sie keine Allüren, sie waren einfach nur junge Mädchen vom Lande, noch recht naiv und stets darauf bedacht, etwas Verbotenes zu tun und etwas Sensationelles zu hören. Ständig wollten sie von Regina Geschichten aus Hamburg hören, die große Stadt war für sie das Ziel all ihrer kindlichen Wünsche. An den Sonntagnachmittagen tanzten sie ausgelassen auf der Diele zur Radiomusik. Ab und an kam dann ihr Vater aus seinem Arbeitszimmer und beschwerte sich über den Krach. Besonders störte es ihn, wenn sie amerikanische Musik hörten. Dann zog er den Stecker heraus, setzte sich ans Klavier und spielte Volksweisen. Das war ihnen egal, auch dazu tanzten sie ausgelassen.

Der elfjährige Helmut und die neunjährige Gerlinde waren eher stille Kinder, und ihre schulischen Leistungen ließen sehr zu wünschen übrig. Besonders bei Helmut zeigte sich eine ausgeprägte Lese- und Rechtschreibschwäche, und Käthe erteilte Regina den Auftrag, täglich mit ihm zu üben. Dazu suchte Käthe eigenhändig Textmaterial aus, weil sie der Meinung war, ansonsten würde er sicher nur das Lesebuch auswendig lernen. Es waren heimatkundliche Texte, und während Helmut sie mühsam buchstabierte, erfuhr Regina einiges über Land und Leute und fand es sehr interessant.

Nun wusste sie, wo sie war. Sie erfuhr, dass der Wilseder Berg 169,2 Meter hoch ist, las etwas über die Flüsse Seeve, Aue, Luhe und Ilmenau und über die Hohe Heide, eine Endmoräne, die gleich hinter Hamburg in den Harburger Bergen beginnt und sich bis zum Wilseder Berg hinzieht. Besonders der malerische Totengrund beeindruckte sie, immer wieder schaute sie sich die düstere Fotografie an.

Helmut hingegen quälte sich mühevoll durch die Lektüre und Käthe sagte: „Das Abitur schafft er nie. Aber er ist sehr geschickt. Am besten, er lernt was Handwerkliches, vielleicht Tischler oder Zimmermann, das sind ehrenwerte Berufe." Um die neunjährige Gerlinde machte sich Käthe keine Sorgen. Sie war ja ein Mädchen, noch dazu auffallend hübsch und putzte sich gern stundenlang vorm Spiegel. Der passende Mann würde sich schon finden. Regina teilte ihre Meinung.

Reginas heimlicher Liebling aber war der kleine Widukind. Auch er war ein Stiller, aber während die stille Aura seines großen Bruders Konrad befremdlich auf sie wirkte, strahlte Widukind eine warme, wohltuende Ruhe aus. Es kam vor, dass er einfach zu ihr ging und ihre Hand nahm, ohne ein Wort zu sagen. Dann strich sie ihm sanft über den Kopf. Sein krauses, recht kurz geschnittenes Haar fühlte sich an wie eine weiche Bürste, lächelnd schaute er zu ihr auf und legte den Kopf an ihre Seite. „Na, Widukind", flüsterte sie dann, und ein glückliches Gefühl stieg in ihr auf, wenn sie ihm nachsah, wie er schnell fortlief.

Er war musikalisch begabt, das hatte er wohl vom Vater geerbt, der außerordentlich gut Klavier spielte. Widukind begleitete ihn auf der Blockflöte und einmal in der Woche kam ein Klavierlehrer ins Haus, um ihm Unterricht zu geben. Auch Regina hatte einst Klavier gespielt, doch sie wagte es nicht, dies zu erwähnen; es schien ihr, als wäre es in einem anderen Leben gewesen.

Wenn es sich einrichten ließ, dann las sie Widukind und Helmut, die sich eine Stube teilten, abends etwas vor. Am liebsten hörten sie die Tiergeschichten von Hermann Löns.

Den Herrn des Hauses sah sie meist nur zu den Mahlzeiten, abends zog er sich in sein Arbeitszimmer zurück. Mit ihm erging es ihr wie mit Konrad, sie hatte das Gefühl, er würde schlecht über sie denken. Sie fühlte sich in seiner Gegenwart minderwertig.

Nie vergaß sie die peinliche Szene am Mittagstisch. Es war am dritten Tag nach ihrer Ankunft, da schaute er von seinem Teller auf, sah sie an und sagte kühl: „Das Fräulein ... wie war bitte noch mal der Name?“ Sein Blick war kalt, sein schmaler Mund spöttisch verkniffen.

Hastig stand sie auf, deutete vor lauter Verlegenheit einen Knicks an und stellte sich vor.

„Also, weißt du, Herrmann“, fuhr ihm Käthe in die Parade, „das ist doch Ingeborg Petersens Tochter!“

„Ach so, ja.“

Er fixierte sie erneut. Regina senkte ihren Blick, sie konnte die Kälte seiner Augen nicht ertragen. „Petersen, Petersen, jetzt fällt es mir ein. Gab es da nicht einen Chinesen im Stammbaum?“

Die Kinder schauten von ihren Tellern auf und lauschten mit offenen Mündern. Niemand sagte ein Wort, das Sprechen beim Essen war ihnen grundsätzlich verboten.

„Das war meine Urgroßmutter“, piepste sie.

Herrmann Brockmann winkte ab. „Na ja, ist lange her. Man sieht es Ihnen ja nicht mehr an. Da haben sich die guten Gene durchgesetzt.“

Regina senkte schweigend den Kopf über ihren Teller, aus den Augenwinkeln beobachtete sie, wie Käthe ihrem Mann auf den Fuß trat.

Später sagte Käthe zu ihr: „Mein Mann ist manchmal so, Regina, das darfst du ihm nicht übel nehmen. Du musst ihm zugute halten, dass er viel Schweres durchgemacht hat. Er ist durch die Hölle gegangen.“ Sie schwieg einen Moment und setzte dann flüsternd hinzu: „Er war in Bad Nenndorf!“

Regina verstand nicht, sie wusste nur, dass Bad Nenndorf ein Kurort in Niedersachsen ist. Vielleicht war ja Käthes Mann schwer krank? Natürlich, dann musste man Rücksicht nehmen und sollte nicht gleich wegen einer taktlosen Bemerkung beleidigt sein.

Käthe stand an der Wäschemangel und Regina am Bügelbrett, schweigend arbeiteten sie weiter, bis Käthe aufschaute und sagte: „Du weißt nichts darüber, nicht wahr? In Bad Nenndorf ist ein Verhörzentrum der britischen Rheinarmee. Was da los ist, kann sich kein Mensch vorstellen. Herrmann hat vierundzwanzig Stunden lang im kalten Wasser stehen müssen und sie haben ihm zwei Schneidezähne ausgeschlagen. Sie foltern mit Elektroschocks!"

Erschrocken schaute Regina sie an. „Das habe ich nicht gewusst", flüsterte sie, „das ist ja furchtbar."

„Wie sollt ihr auch davon erfahren, die Zeitungen dürfen darüber nichts berichten! Aber glaube mir, es wird der Tag der Abrechnung kommen."

Regina faltete schweigend ein Wäschestück nach dem anderen zusammen.

Was hatte Herr Brockmann wohl auf dem Gewissen? Grundlos hatten sie ihn bestimmt nicht gefoltert. War er etwa in Bergen-Belsen gewesen? Nein, das konnte nicht sein, dann würde er schon längst im Gefängnis oder in einem Lager sitzen. Sie hatte gelesen, dass man die Lagerführung Bergen-Belsens in Lüneburg zu hohen Strafen verurteilt hatte, einige wurden sogar zum Tode verurteilt und die Urteile waren bereits in Hameln vollstreckt worden.

„Weshalb ist er nach Bad Nenndorf gekommen?"

Kaum hatte sie es ausgesprochen, da bereute sie es. Auch wenn ihre Mutter ihren Aufenthalt auf dem Gut und alles, was noch kommen würde, mit einer hohen Summe Geld bezahlt hatte, so war sie doch auf Käthes Gnade angewiesen. Sie schaute aus dem Fenster und sah, wie Hiltrud gerade vom Pferd abstieg. Die hat es gut, dachte sie, sie hält sich aus allem raus und spielt die Gräfin. Heiraten will sie auch nicht, und die Eltern haben sich damit abgefunden. Wo sie wohl immer abends allein hinreitet? Vielleicht hat sie ja einen Geliebten, die Amazone.

Käthe schwieg und Regina dachte, das hätte ich lieber nicht sagen dürfen. Doch dann holte sie tief Luft, und auf ihrer Stirn schwoll eine Zornesader an.

„Du willst wissen, weshalb er dort hingekommen ist? Das fragen wir uns auch. Er hat niemandem etwas getan, Herrmann kann keiner Fliege was zuleide tun! Parteigenosse war er natürlich, aber das ist auch alles gewesen. Er war die ganze Zeit über hier auf seinem Gut und hat dafür gesorgt, dass die Bevölkerung was zu essen hatte, außerdem arbeitet er seit Jahrzehnten unermüdlich für den Naturschutz. Wir vermuten, irgendein Neider wird ihn denunziert haben. Der hat sich einfach was ausgedacht, um ihn anzuschwärzen."

„Ein Neider?"

„Ja, natürlich. Herrmann musste ja nicht in den Krieg, weil unser Gut wichtig war für den Reichsnährstand. So ist das, schlechte Menschen gibt es überall. Ich denke, du verstehst jetzt, warum er manchmal etwas ungehalten ist. Er hat einfach keine Nerven mehr. Früher war er ganz anders, hat gelacht und die Kinder geneckt."

„Das tut mir sehr leid, Tante Käthe."

„Schon gut. Und nun geh noch ein bisschen raus, du brauchst frische Luft."

Es dämmerte bereits und die herbstliche braune Heide lag einsam und still vor ihr. Kein Mensch kam ihr entgegen, nur ein Birkhuhn flog aufgeschreckt aus einem Gebüsch und aus einem Schafstall drang das Blöken der Tiere. Am Horizont erhoben sich einige Hügelgräber. Wenn sie diese sah, dachte sie stets, das ist ein guter Ort für ein Grab, hier hat man seine Ruhe.

An einem kleinen Bächlein machte sie halt, setzte sich auf einen großen Stein und schaute zu, wie die Sonne langsam unterging.

Ist es nicht seltsam, dachte sie, auch hier ist es keiner gewesen, nur der Hitler, der ist an allem schuld. Alle reden sich raus. Aber es soll mir egal sein, ich werde Brockmann möglichst aus dem Weg gehen. Irgendwas hat er an sich, was mir nicht gefällt, genau wie sein Sohn Konrad. Wie er mich vorgeführt hat.

Auf ihrem Rückweg kam sie am Barackenlager vorbei. Auf dem Gelände eines ehemaligen Militärflugplatzes hatten die Briten ein Lager für Flüchtlinge aus Schlesien, Ostpreußen, Wolhynien, Galizien und Sudetenland eingerichtet. Einige von ihnen arbeiteten als Tagelöhner auf dem Waldhof, halfen bei der Ernte und beim Holzeinschlag. Regina hatte das nur zufällig erfahren, da sie mit der Gutsarbeit wenig zu tun hatte.

Das Frühmädchen, inzwischen wusste sie, was ein Frühmädchen war, kam ebenfalls aus der Siedlung und stammte aus Ostpreußen. Das vierzehnjährige, magere blonde Mädchen, Gisela, das ihr jeden Morgen den Korb Holz und das warme Waschwasser ins Zimmer stellte, redete gern und viel, und bald wusste Regina, was dort im Lager los war. Zank und Streit bestimmten den Alltag der auf engstem Raum eingepferchten Menschen, die sich ständig gegenseitig des Diebstahls bezichtigten.

„Am schlimmsten sind die Schlesier", meinte Gisela, „die tun alle so, als hätten sie in ihrer Heimat ein Rittergut besessen und spielen sich auf."

Regina plauderte oft mit ihr, Gisela war gescheit und lustig. Sie neckte das Mädchen gern und nannte sie Aschenputtel, weil sie am Morgen als Erstes den Kamin besorgte. Wenn sie dann in ihr Zimmer kam, hatte sie Ruß im Gesicht und Regina versprach ihr einen Prinzen zum Mann.

Im Krieg hatten französische Gefangene auf dem Gut gearbeitet, auch das hörte sie zufällig.

Was sie nicht wusste: Eine Magd hatte ein Liebesverhältnis mit einem Franzosen gehabt. Als die Sache ruchbar wurde, weil das Mädchen schwanger war, lieferte Herrmann Brockmann sie und den Franzosen guten Gewissens an die Behörden aus, schließlich war so etwas verboten. Aus diesem Grund landete er nach dem Krieg im Verhörzentrum Bad Nenndorf, davon sprach man im Hause Brockmann jedoch nicht.

Es wurde allgemein wenig gesprochen, besonders während des Abendessens herrschte ein geradezu eisiges Schweigen. Am Abend gab es die Hauptmahlzeit, zu der sich alle im Speisezimmer versammelten. Regina liebte dieses Zimmer mit seinen Delfter Kacheln, dem großen, gemütlichen Ofen und den dunklen, reich mit Schnitzwerk verzierten Möbeln. Die übrigen Mahlzeiten wurden zwanglos bei Mathilde in der Küche eingenommen.

Ein Tischgebet sprach man im Hause Brockmann nicht. Bevor die Kinder sich setzen durften, mussten sie sich aufstellen und ihre Hände vorzeigen. Wer mit schmutzigen Händen erwischt wurde, bekam nichts zu essen. Allerdings wurde diese Strafe umgangen, Mathilde gab dem Sünder in der Küche etwas, und alle wussten es. Aber er war ausgeschlossen von der gemeinsamen Mahlzeit, darum ging es.

Solange Regina auf dem Hof lebte, kam das nur einmal vor. Natürlich passierte es Helmut, weil er ständig irgendwo im Dreck wühlte. Aber auch die Mädchen traf es. Hatten sie ihre Haare nicht ordentlich geflochten und hochgesteckt, gab es eine scharf ausgesprochene Rüge vom Vater und sie durften erst wieder an den Tisch, wenn sie ihr Haar gerichtet hatten. Selbst die erwachsene Hiltrud steckte schnell noch ihr stets wirres Haar hoch, bevor sie ins Speisezimmer ging.

Wenn endlich alle saßen, murmelte die Mutter einen plattdeutschen Spruch, den Regina nie verstand, und dann brüllten alle im Chor: „Guten Hunger!"

Das Essen war einfach, aber schmackhaft und nahrhaft. Oft gab es nur Pellkartoffeln mit einer gebräunten Speckstippe, und auch Erbsen- oder Bohneneintopf stand mindestens einmal in der Woche auf dem Speiseplan. Manchmal reichte man zu den Pellkartoffeln Knipp, eine leckere Grützwurst. Regina mochte am liebsten die Buchweizenpfannkuchen mit saurer Sahne oder Preiselbeerkompott, und auch der Kartoffelsalat mit reichlich ausgelassenem Speck und Zwiebeln schmeckte ihr ausgesprochen gut. Dazu gab es Bratlinge aus Gemüse und Buchweizen. Ein Braten kam nur am Sonntag auf den Tisch, meist war er gepökelt.

Auf dem Hof wurde geschlachtet, und als es im November so weit war, suchte Regina das Weite und kotzte sich die Seele aus dem Leib. Sie hatte gesehen, wie der kleine Widukind andächtig das Blut des Schweines umrührte.

Helmut lief ihr nach und sagte grinsend: „Ich soll dir von Mutter ausrichten, wer essen will, muss auch ein Schwein schlachten können. Und sie erwartet dich in der Küche. Zwiebeln schneiden!"

Also wusch sie sich das Gesicht und ging in die Küche, was blieb ihr übrig. Schließlich konnte sie nur dankbar dafür sein, dass sie nicht mehr in Hamburg war und sich durch den Winter hungern musste. Aber die Blutkuchen, die es zum Abendessen gab, sehr lecker serviert mit Kartoffelstampf, gebratenen Äpfeln und Zwiebeln, die aß sie nicht.

Ja, es war schon ein ganz anderes Leben als in der Großstadt, aber eigentlich vermisste sie nichts.

Hamburg, die zerstörte, elende Stadt, rückte in weite Ferne. Wenn sie, was selten genug geschah, an Hamburg dachte, dann an das Hamburg ihrer Kindheit.

Mit ihrer Mutter war sie überein gekommen, dass sie auf Briefkontakt verzichten wollten. Es war einfach zu riskant. Hertha, August und Gunther wussten, dass sie in der Heide war, um bei einer befreundeten Familie auszuhelfen, doch kannten sie weder Ort, Adresse, noch den Namen der Familie. August war ständig mit seinem Lkw auf Tour, es wäre fatal, wenn er plötzlich auftauchen und sie mit dickem Bauch sehen würde.

Regina beeindruckte es sehr, wie raffiniert ihre Mutter vorgegangen war. Nach ihrer Ankunft rief sie nicht in der Drogerie, sondern beim Grünhöker gegenüber an und bat darum, ihrer Mutter zu bestellen, dass sie gut angekommen sei. So hatten sie es ausgemacht, und auch in Zukunft sollte sie sich über diesen Umweg telefonisch melden, jedoch nur, wenn etwas Unvorhergesehenes passieren würde.

Wenn Abends Ruhe einkehrte und sie allein am Fenster ihrer Stube stand, dachte sie an Heinrich. Sie versuchte, ihm Grüße über den Himmel zu schicken, dabei schaute sie nach Osten, weil dort seine Heimat war, und beschwor sein Bild herauf.

Je mehr Tage und Wochen vergingen, desto blasser wurde die Erinnerung an ihn. Sie wusste, dass sie etwas sehr Kostbares verloren hatte, aber viel mehr als der Verlust schmerzte sie, dass sie nicht mehr nachempfinden konnte, was sie mit ihm erlebt hatte.

Manchmal wurde sie mitten in der Nacht wach und redete zu ihrem ungeborenen Kind. Wie lieb sie Heinrich hatte, erzählte sie dem Kind und was für ein ganz besonderer Mensch er sei.

„Und du wirst sehen, mein Kleines“, flüsterte sie dann in der Dunkelheit, „eines Tages wird alles gut.“

Als sie an einem dunklen Morgen in die Küche kam, traf sie Hiltrud dort an. Sie saß auf dem Tisch, was ihre Mutter nicht leiden konnte und trank Kornkaffee mit Milch. Mathilde stand am Herd, sie bereitete die Morgensuppe für die Kinder.

Nachdem sie „Guten Morgen“ gewünscht und Mathilde ihr schweigend eine Schale mit Haferflockensuppe hingestellt hatte, sagte Hiltrud trocken: „Langsam platzt du aus allen Nähten, Regina. Du siehst ja aus wie ein gestrandeter Wal. Du brauchst dringend neue Sachen.“

Regina ließ den Löffel sinken, gerade wollte sie sich hungrig über ihre Suppe hermachen. Sie hatte in den letzten Wochen einen unbändigen Appetit entwickelt.

„Ich weiß“, meinte sie kleinlaut, „ich habe ja noch Kleidermarken, wo kann man denn hier was kaufen?“

Schon bei ihrer Anreise hatte sie Sachen von ihrer Mutter getragen, aber die passten nun auch nicht mehr. Scham stieg in ihr auf, sie schaute an sich herab und kam sich vor wie ein Fass.

Hiltrud lachte. „Kaufen! Es gibt doch nichts Gescheites! Aber Mutter hebt ja alles auf, die hat sicher noch was, sooft wie sie trächtig war. Ich rede mal mit ihr.“

„Danke, Hiltrud.“

Trächtig, trächtig sind Tiere. Frustriert schaute sie ihr hinterher. Leichtfüßig verließ Hiltrud die Küche. Schlank wie eine Elfe sah sie aus in ihren hautengen Reithosen.

„Ach, hör nicht auf sie, du bist nicht halb so dick wie andere Schwangere.“ Mathilde legte ein Honigbrot neben ihren Teller und goss ihr Kaffee ein.

Regina lächelte sie dankbar an, aber eigentlich war ihr zum Heulen zumute. Mathilde hat gut reden, dachte sie. Sie ist sechzig, und wenn man erst mal eine Matrone ist, dann spielt die Taille keine Rolle mehr. Aber ich bin erst einundzwanzig.

Am Nachmittag desselben Tages, sie kontrollierte gerade die Hausaufgaben der Kinder, rief Käthe sie zu sich und stieg mit ihr auf den Dachboden.

„Dass ich noch nicht selbst daran gedacht habe“, sagte sie. „So kannst du wirklich nicht mehr herumlaufen.“

Sie öffnete eine Truhe. „Das sind alles Sachen, die ich während meiner Schwangerschaften getragen habe, da finden wir sicher was für dich.“

Und dann stand sie in Käthes Schlafzimmer und sah eine Fremde im Spiegel. Sie trug ein blaues Wollkleid mit hoher Taille und einem weißen Kragen. Das Rockteil war vorn fein gefältelt und am Saum und an den Manschetten mit einer kunstreichen Stickerei verziert.

„Schön", meinte Käthe, „jetzt siehst du aus wie eine kleine Mutti. Das ist noch Friedensware, echt Bleyle, ich habe es in Lüneburg gekauft. Und nun setz dich, ich mache dir mal die Haare, zu diesen Kleidern passt deine Filmfrisur nicht.

„Meinst du?", nuschelte Regina verlegen, während Käthe ihr die Kämme herausnahm und das Haar straff nach hinten bürstete.

Als sie das Speisezimmer betrat, waren alle Augen auf sie gerichtet. Herr Brockmann sagte: „Schau an, das Fräulein. Gut sehen Sie aus."

Verlegen lächelnd nestelte sie an ihrer Frisur, Käthe hatte ihr einen Kranz geflochten. Konrad, der gerade zu Hause war, kicherte hörbar hinter seiner Serviette, Hiltrud stieß ihn in die Seite und funkelte ihn böse an.

Auch für die Aussteuer des Kindes sorgte Frau Brockmann. Es war noch alles da, wenn auch teilweise schon recht verwaschen und vergilbt.

„Bei der Gelegenheit kann ich gleich mal aussortieren", meinte Käthe. „Was wirklich nicht mehr zu verwenden ist, davon kannst du dann Putzlappen schneiden. Aber umsäume sie mit der Maschine, nichts ist liederlicher als ein ausgefranster Lappen. Und die Sachen, die du nimmst, die wäschst du alle noch mal durch."

Es war genug da, um einen Säugling auszustatten, und Regina sagte: „Ich habe ja auch noch Geld, vielleicht kann ich davon irgendwo einen Kinderwagen kaufen."

„Einen Kinderwagen? Den brauchst du hier nicht. Die Heidjerinnen tragen ihre Kinder im Tragetuch herum, und wenn sie sieben Monate alt sind, dann kommen sie in den Bollerwagen. Ein Tuch habe ich auch noch, ich zeige dir dann, wie man es bindet. Es gibt nichts Besseres, du hast die Hände frei und das Kind ist immer bei dir. Und dein Geld, das hebe dir mal schön auf. Spare in der Zeit, dann hast du in der Not."

Es war schon Advent, als ihre Mutter sich endlich meldete.

„Wie geht es dir, Tochter?", fragte sie und ihre Stimme klang alt und brüchig. Mühsam unterdrückte Regina ihre Tränen.

Plötzlich fühlte sie, dass Mutter der einzige Mensch war, der ihr nahestand, und sie bereute es, oft so schroff zu ihr gewesen zu sein.

„Mir geht es gut, Mutter. Das Kind bewegt sich schon, es ist alles in Ordnung und sie sind hier alle sehr nett zu mir."

Herr Brockmann schaute vom Schreibtisch auf, das Telefonat fand in seinem Arbeitszimmer statt.

„Von wo aus rufst du denn an?", fragte sie. Im Hintergrund hörte man Stimmengewirr.

„Von der Post. Übrigens klopfe ich jetzt Steine."

„Steine? Was ist denn passiert?"

„Alles gut, Regina. Stell dir vor, Hertha klopft auch Steine. Du müsstest mal sehen, wie die sich anstellt! August hat das kaputte Haus gekauft, das neben dem Grünhöker. Die zweite Etage und der Dachstuhl werden gerade abgerissen, das ist ja alles nur noch Schrott. Da kommt dann ein Flachdach drauf. Du kannst dir nicht vorstellen, was für einen Dreck wir jetzt hier haben. August will in die Haushaltswarenbranche einsteigen, Töpfe und so, damit will er im Erdgeschoss eine zweiten Laden einrichten. Im Obergeschoss können wir dann wohnen, wenn Gunther kommt."

„Kommt er denn schon zurück?"

„Im Sommer, Mädchen, höchstwahrscheinlich. Mach dir keine Sorgen, wir schaffen das."

„Gut, Mutter, grüß schön von mir. Ach ja, ich war beim Arzt in Düstermoor, Geburtstermin ist der 15. März."

„Viel Glück, Mädchen, ich muss jetzt einhängen, und grüß Käthe von mir."

August will also einen zweiten Laden eröffnen, dachte sie. Doch schien ihr alles so weit weg, so unwirklich, was sie gehört hatte, dass sie es gleich wieder vergaß.

– 33 –

Das Weihnachtsfest kam, und es wurde recht schlicht im Hause Brockmann begangen. Der Baum stand im Speisezimmer, eine Kiefer, geschmückt mit Strohsternen und Girlanden, die die Kinder gebastelt hatten. Fast alles, was geschenkt wurde, war selbst angefertigt. Helmut hatte für seine Mutter einen Schuhputzkasten geschreinert und bunt bemalt. Wenn seine Lesekünste auch immer noch bescheiden waren, so würde sicher ein guter Handwerker aus ihm werden, wie Käthe es prophezeit hatte.

Nach dem festlichen Essen am frühen Nachmittag, es gab Heidschnuckenbraten, vorweg eine Hochzeitssuppe und als Nachtisch rote Grütze mit Schlagsahne, fuhr die Familie in zwei Kutschen zur Düstermoorer Kirche. Hiltrud hatte als älteste Tochter die Aufgabe, den Siebensternleuchter in die dunkle Kirche zu tragen, und Regina erfuhr, dass dies ein alter Brauch sei.

Die Bescherung danach zog sich hin. Jedes der Kinder musste etwas vortragen, ein Gedicht aufsagen oder ein Lied singen. Widukind musizierte gemeinsam mit seinem Vater und man sang die einschlägigen Weihnachtslieder. Es war ein stiller und besinnlicher Abend, auch wurden die Kinder gleich nach der Bescherung ins Bett geschickt.

Aber dann, am dritten Feiertag, da liefen sie zu Höchstform auf. Gleich nach dem Frühstück begann die wilde Jagd. Durch das Haus, durch alle Ställe und durch die Katen der Deputanten ging es im Galopp, und überall hinterließen sie Dreck und Unordnung. Nichts war mehr sicher vor ihnen. Sie beschmierten die Klinken und Türbalken mit Ruß und malten seltsame Zeichen auf, dabei gaben sie furchtbare Geräusche von sich. Sogar Hiltrud beteiligte sich an diesem merkwürdigen Treiben, lief voran mit einer Tröte, gefolgt von Widukind, der eine Trommel schlug. Ihnen folgten die anderen mit krächzenden Knarren aus Holz, die sie hektisch drehten.

Auch ihre Gesichter hatten sie mit Ruß beschmiert, und die Jungen trugen alte, zerfetzte Tierfelle. Am gefährlichsten aber sah Helmut aus, auf seinem Kopf thronte der Schädel eines Schafes. Er schwang eine Peitsche und ließ sie laut auf der Diele knallen.

Regina hatte keine Ahnung, was dieser Mummenschanz bedeuten sollte, sie saß mit Käthe am Kamin und stopfte Strümpfe. Käthe sortierte und las die Post, die seit vierzehn Tagen endlich mal wieder den Waldhof erreicht hatte. Völlig unvorbereitet traf Regina der grelle Ton der Tröte, und als sie erschrocken aufsah, schaute sie direkt in die leeren Augenhöhlen des Schafschädels.

„Hier nicht!“, schrie Käthe, aber es war schon zu spät. „Regina lasst zufrieden, sonst verschreckt ihr das Kind.“

Beleidigt vor sich hin murmelnd zogen sie ab, ihr nächstes Opfer sollte Mathilde in der Küche sein.

Käthe erzählte was von den Raunächten und dass dies ein alter Brauch sei. „Zwischen den Jahren dürfen sie sich mal so richtig austoben, um die bösen Geister zu vertreiben. Aber nur bis Neujahr, dann ist Schluss! Hast du dich sehr erschreckt? Ich werde ihnen noch mal ausdrücklich sagen, sie sollen dich aus dem Spiel lassen. Am besten, du gehst gleich und schließt deine Stube ab, sonst erlebst du heute Abend eine unliebsame Überraschung.“

Die Überraschung war schon platziert worden, auf ihrer Fensterbank lagen ein paar Hühnerkrallen. Hellsichtig schlug sie ihr Federbett auf und fand eine mit rotem Saft gefüllte Schweineblase.

Nur der achtzehnjährige Konrad beteiligte sich nicht am Geisteraustreiben, was Regina sehr zu denken gab. Ich habe es geahnt, dachte sie, mit dem stimmt etwas nicht. Vor ihm muss ich mich vorsehen, vor den anderen nicht, das sind einfach nur Kinder. Aber er hat etwas Heimtückisches an sich.

An den Abenden zwischen den Jahren ging es auch bei Tisch zwangloser zu. Der Vater selbst richtete das Wort an seine Kinder, die sonst keinen Piep beim Essen von sich geben durften.

Danach versammelten sie sich alle um den Kamin, und Käthe las ihnen etwas vor oder erzählte frei. Meist waren es uralte Sagen, die an Grausamkeit und Schrecken kaum zu überbieten waren. Menschenfressende Werwölfe, Kinder, die von bösen Gnomen ins Moor gelockt wurden, und Fürsten, die arme Jungfrauen in ihrem Wehrturm gefangen hielten, all das trug sie mit ihrer vollen warmen Altstimme langsam und getragen vor, während Widukind, ihr Jüngster, sich an ihre Seite schmiegte. Er hielt seine Augen geschlossen, aber wenn es allzu dramatisch wurde, schaute er erschrocken zu ihr auf. Doch zum Schluss siegten immer die Guten, sodass er beruhigt ins Bett gehen konnte.

Regina genoss diese Abende. Als sie ein Kind gewesen war, hatte ihr niemand Märchen erzählt. Und so saß sie da, hatte die Hände über ihren runden Bauch gefaltet und lauschte. Auch Konrad saß dabei, aber sie mied seinen spöttischen Blick, der sie hin und wieder streifte.

An Silvester durften die Kinder bei Mathilde in der Küche Blei gießen. Auch war es ihnen am Abend gestattet, mit den Kindern der drei Deputantenfamilien in der Diele ein kleines Fest zu veranstalten.

Derweil draußen die Kinder lärmten, saß sie mit Hiltrud, Käthe und Herrmann im Arbeitszimmer, weil dieses klein und deshalb gut zu beheizen war. Sie tranken Punsch, für Regina gab es warme Milch mit Honig, und sie hörten ein Konzert, das im Radio übertragen wurde.

Reginas Gedanken wanderten in die Vergangenheit. Was sie mit Heinrich im letzten Jahr erlebt hatte, zog wie ein schöner Traum an ihr vorüber. Doch dieser Traum nahm ein jähes Ende, nachdem sie der Wirtin im „Hüürbaas" den Brief an Heinrich übergeben hatte.

Sie sah sich, wie sie durch den Wind rannte, das ganze Stück zu Fuß, wie der Regen ihr ins Gesicht peitschte und sich mit dem Salz ihrer Tränen vermischte. An dieser Stelle endete ihr Traum abrupt, so wie ein Film endet, wenn die Zuschauer hastig aufstehen und nur noch ein diffuses Flimmern auf der Leinwand zurückbleibt. So diffus und hoffnungslos wie ihr Leben danach. Viel dramatischer als jeder Film, viel schlimmer als Käthes gruselige Geschichten, denn ein glückliches Ende hatte es nicht gegeben. Und so erschien es ihr, als wenn sie nun vor einer Wand stünde, die kein Fenster, keinen Ausblick in die Zukunft bot. Das einzige Stück gewisse Zukunft war der Geburtstermin ihres Kindes.

„Fräulein Petersen?" Sie hörte die Stimme des Hausherrn und schaute überrascht auf. „Wer ist eigentlich der Vater Ihres Kindes?" In seinem Gesicht zeigte sich keine Regung, er musterte sie auf eine merkwürdig kalte Art, so empfand sie es.

„Aber Herrmann", zischte Käthe scharf, „muss das jetzt sein?"

Regina versuchte, sich gerade hinzusetzen, was ihr mit ihrem dicken Bauch schwerfiel, sie saß weit zurückgelehnt in einem tiefen, weichen Ledersessel.

„Der Vater heißt Heinrich Merowin."

Ihre Stimme klang fest, man merkte ihr nicht an, dass sie Angst hatte. Seine Ausstrahlung wirkte bedrohlich. Von Anfang an hatte sie das Gefühl gehabt, Herrmann Brockmann war nicht der biedere Mann, der er vorgab zu sein.

„So, so, ein Heinrich. Merowin, diesen Namen habe ich allerdings noch nie gehört."

„Seine Vorfahren waren Baltendeutsche, daher wohl der Name", beeilte sich Käthe zu sagen.

Regina spürte ihren eindringlichen Blick und sah die roten Flecken auf ihrem Gesicht. Die bekam sie immer, wenn sie aufgeregt war. Sie nickte bestätigend.

Was passiert, wenn ich ihm sage, dass Heinrichs Vater ein Russe ist? Ob er mich wohl dann rausschmeißt, an Silvester bei Nacht und Nebel? Sie zwang sich zu einem Lächeln.

„So, so, Baltendeutsche, das sind gute, tapfere Männer. Ein Hamburger ist er also nicht. Wo kommt er denn her?"

„Aus der Mark Brandenburg, aus Schwedt an der Oder."

„Ach, das ist ja interessant, eine alte Garnisonsstadt. Die Schwedter Dragoner, ein Kamerad von mir hat dort gedient. Aus Preußen also. Gut! Und der junge Mann ist also wieder in den Osten gegangen. Zum Russen, da gehört ja eine gehörige Portion Mut dazu."

„Er wollte seine Familie nicht im Stich lassen, die haben es schwer genug. Von dem Kind weiß er nichts, ich habe es ihm nicht gesagt."

„Machen Sie sich keine Sorgen, Fräulein Petersen. Ihr Kind hat hier eine bessere Perspektive. In ein paar Jahren ist der ganze Spuk vorbei und wir sind wieder ein freies Volk. Unsere Leute sitzen bereits jetzt in allen wichtigen Schlüsselstellen der kommunalen Verwaltungen, und das ist nur der erste Schritt. Und wie verhält sich das nun mit Ihrem Verlobten, dem Herrn Lorenz?"

„Eigentlich wollte ich die Verlobung schon längst lösen, ich war damals viel zu jung, es war übereilt. Ich habe es bisher nicht getan, weil er im Krieg war, das wäre nicht anständig gewesen."

Ihr Herz klopfte heftig. Wie glatt mir das über die Lippen geht, dachte sie. Lüge, Lüge, Lüge. Ich lüge, weil ich im größten Schlamassel sitze, und wenn ich nicht aufpasse, wird alles noch schlimmer.

„Das kann ich nachvollziehen. Zwar haben Sie einen Fehler begangen, aber Sie sind anständig geblieben. Mit einem Soldaten kann man nicht brechen, so etwas tut keine deutsche Frau."

Hiltrud saß still daneben und tat so, als würde sie das Ganze nichts angehen. Scheinbar sehr interessiert blätterte sie in einer alten Zeitschrift. Käthe zündete die Kerze im Stövchen an, das unter der Punschkanne stand und ausgegangen war, dann zupfte sie eifrig an der gehäkelten Tischdecke, sie hatte sich etwas verschoben.

„Und wie soll das nun weitergehen?“, fragte Herr Brockmann.

„Ich weiß es nicht.“ Ihre Blicke trafen sich. „Erst muss das Kind zur Welt kommen, dann sehe ich weiter.“ Und du lass mich in Ruhe, dachte sie, dann werde ich das alles gut überstehen. Morgen ist Neujahr, danach werde ich dich wieder nur zu den Mahlzeiten sehen.

„Wenn ich Ihnen einen Rat geben darf, lösen Sie die Verlobung nicht. Heiraten Sie den Herrn Lorenz und schenken Sie ihm reinen Wein ein, was das Kind betrifft. Wenn Sie mit dem Kind allein bleiben, werden Sie wenig Erfolg auf eine Heirat haben. Was wir jetzt brauchen in Deutschland, das sind junge Familien mit vielen gesunden Kindern. Wo hat denn Ihr junger Mann gedient, wo war er an der Front?“

„Er war bei der Marine. Er ist ja noch so jung, er hatte gerade den Reichsarbeitsdienst hinter sich. Aber er hat sich sofort freiwillig gemeldet.“ Gut, Regina, nur so kommst du durch, jeder bekommt das, was er hören will.

„Das ist sehr löblich, Fräulein Petersen. Sicher wird er dem Kind gute Gene hinterlassen. Was ist er denn so für ein Mensch, beschreiben Sie ihn mir, wie sieht er aus?“

„Groß und blond. Und er war immer sehr fröhlich, er hat viel gelacht.“

Hiltrud schaute plötzlich auf. „Es tut mir so leid, Regina“, sagte sie hastig, „aber du musst jetzt nach vorn schauen. Und du, Papa, hör auf, sie zu löchern!“

Regina lehnte sich zurück und faltete ihre Hände wieder über ihren Bauch. „Danke, Hiltrud“, sagte sie mit fester Stimme, „ich beantworte gern eure Fragen, ich habe nichts zu verbergen.“

Um Mitternacht ließ der Kutscher die Glocke auf dem Hof ertönen. Alle Leute vom Gut hatten sich versammelt, um das neue Jahr zu begrüßen. Die Kinder hielten brennende Kerzen in den Händen, und Herr Brockmann stimmte mit inbrünstiger Stimme ein Lied an. Regina kannte es nicht, er sang von der Heimat, der teuren, und alle stimmten lauthals mit ein. Und so stand sie still daneben, schaute in den Himmel und dachte an Heinrich.

– 34 –

In der ersten Januarwoche fuhr sie mit Käthe nach Elbingerode. Der Tag war kalt und klar, der Himmel wölbte sich hoch und blau über der braunen Heide. Sie saßen gemütlich eingepackt in ihren Fellsäcken auf dem Zweispänner.

„Endlich mal frische Luft“, rief Käthe, „ich bin in den letzten Wochen ja kaum rausgekommen.“

Und wie schön es hier ist, dachte Regina, aber ich kann es gar nicht genießen. Wer weiß, wo sie mich hin verfrachtet. Mein Gott, in einem Kloster soll ich mein Kind kriegen. Eins steht fest, wenn es mir bei dieser Frau nicht gefällt, dann fahre ich nach Lüneburg und gehe einfach ins Krankenhaus.

Wieder kutschierte sie Hiltrud, der Kutscher hatte im Forst zu tun.

„Ich muss dir noch was sagen, Regina.“ Käthe schaute sie an, und sie sah eine gewisse Unsicherheit in ihrem Blick. „Leider habe ich vor ein paar Tagen erfahren, dass dieses Säuglingsheim in Elbingerode aufgelöst wurde. Frau von Anstetten schrieb es mir nach Weihnachten.“

Regina spürte, wie etwas Kaltes in ihr hochkroch. Sie richtete sich auf und schaute Käthe an, ohne ein Wort herauszubringen.

„Ich habe es dir noch nicht gesagt, weil ich schnell eine andere Lösung finden wollte. Es tut dem Kind ja nicht gut, wenn du dir Sorgen machst.“

Mir tut es auch nicht gut, dachte sie, aber das ist ja nebensächlich. Alle reden ständig von meinem Kind, wie es mir dabei geht, interessiert dagegen nicht sehr.

„Aber ich habe eine Lösung gefunden“, fuhr Käthe fort. „Dein Kind musst du natürlich in Elbingerode zur Welt bringen, unser Hof liegt zu einsam, ehe da die Hebamme kommt, vom Arzt ganz zu schweigen.“

Sie hielt einen Augenblick inne, ihr Blick streifte Reginas Leib, der sich unter dem Fellsack deutlich aufwölbte.

„Du bist eine Erstgebärende und dein Becken ist sehr schmal. Das ist ein Risiko, es kann zu Komplikationen kommen, dann muss schnell ein Arzt zur Stelle sein. Das kann ich nicht verantworten, Regina, das verstehst du doch."

„Ja, natürlich."

„Frau von Anstetten ist eine ausgebildete Hebamme, sie hat alle meine Kinder geholt. Sie ist zwar schon im Ruhestand, aber mit ihren siebzig Jahren noch richtig gut beisammen. Also, da brauchst du dir keine Sorgen zu machen. Und gleich nebenan in der Stiftgasse wohnt Doktor Gefken, ein Gynäkologe. Falls was ist, kann man ihn holen. Er will dich nachher gleich mal sehen, er kommt vorbei. Was das Kind betrifft, habe ich dir einen Vorschlag zu machen. Du kennst doch Anna Haderlev?"

Regina nickte. Anna Haderlev wohnte mit ihrem Mann und dem achtjährigen Sohn in einer der drei Katen des Gutes. Sie kümmerte sich um die Brockmannschen Gänse, Enten und Hühner, ihr Mann arbeitete im Wald.

„Ich habe schon mit ihr gesprochen, sie würde das Kind gern in Pflege nehmen. Weißt du, sie wollte gern noch ein zweites Kind, aber sie kann keine mehr bekommen. Ich finde, das ist eine gute Lösung. Das Kind bleibt auf dem Hof und ich habe ein Auge drauf. Vorausgesetzt natürlich, du bist damit einverstanden."

Regina verspürte eine riesige Erleichterung. „Ich danke dir, Tante Käthe, das ist eine gute Lösung, besser als das Säuglingsheim."

Käthe tätschelte ihre Hand. „Na siehst du, das wird schon, verlass dich drauf."

Das ehemalige Kloster lag mitten in der Stadt auf einem Hügel und bestand aus zahlreichen alten Gebäuden, die sich eng aneinander schmiegten und durch einen mittelalterlichen Kreuzgang verbunden waren. An der höchsten Stelle des Hügels stand eine sehr alte romanische Basilika. Gerade ertönte dünnes Glockengeläut aus ihrem Turm, und in Regina stieg ein Bild auf, sie sah eine Schar betender Nonnen unter dem Kreuz knien.

Hiltrud setzte sie am Fuße des kopfsteingepflasterten Weges ab. „Ihr müsst leider hoch laufen, diesen Weg kann ich den Gäulen nicht zumuten."

„Willst du denn Tante Gisela nicht begrüßen?“, fragte Käthe.

„Später, Mutter. Ich hole euch nachher ab, ich muss noch ein paar Besorgungen machen.“

Der Weg hinauf war steiler, als er von unten aussah, schwer atmend kam Regina oben an und wünschte sich einmal mehr, dass dieser Zustand bald vorbei wäre. Seit dem Jahreswechsel machte ihr die Schwangerschaft zu schaffen. Sie war sehr dick geworden und konnte schlecht schlafen.

Gisela von Anstetten erwartete sie bereits, sie hatte den Teetisch gedeckt und im Kamin brannte ein Feuer.

„Das ist also die junge Frau.“ Ihr Blick glitt über Reginas Leib. „Wann ist denn der Termin?“

„Am 15. März.“

„Na, da haben wir ja noch Zeit. Aber ich würde sagen, Käthe, zum 1. März sollte sie hier auf der Matte stehen. Vorsichtshalber.“

Käthe nickte. „Gut siehst du aus, Gisela. Deine siebzig sieht man dir wirklich nicht an.“

Gisela von Anstetten lachte. „Ich tue ja auch was dafür, meine Liebe.“

„Ja, ja, ich weiß.“ Käthe lächelte maliziös. „Jeden Morgen kalte Güsse, danach Meditation und Yoga, Haferbrei zum Frühstück und bloß kein Fleisch essen. Leider habe ich für solch ein Programm weder Zeit noch Muße, liebe Gisela.“

Während sie Tee tranken und die beiden Freundinnen lachend plauderten, blieb Reginas Blick immer wieder an Gisela von Anstetten hängen. Faszinierend fand sie diese schlanke, vital wirkende Frau, die wirklich nicht viel älter als Käthe aussah. Sicher hat sie keine Kinder, dachte sie, Käthe hat sieben zur Welt gebracht.

Sie erfuhr, dass sich Gisela von Anstetten nach dem Tod ihres Mannes hier eingekauft hatte. Sie schien in recht wohlhabenden Verhältnissen zu leben und beschäftigte ein Mädchen, das jeden Morgen aus der Stadt heraufkam. Und sie war kinderlos geblieben, wie Regina es vermutet hatte.

„Es hat nicht sollen sein“, sagte sie, „aber ich habe unzähligen Kindern geholfen, auf die Welt zu kommen. Ich bin sozusagen die Moder Griep von Elbingerode!“

Im evangelischen Stift gab es fünf Wohnungen, die von Witwen und alleinstehenden Frauen bewohnt wurden. Während diese weitestgehend für sich waren, wohnte hier auch eine Gruppe Stiftsdamen in enger Gemeinschaft. Sie nahmen ihre Mahlzeiten gemeinsam im Refektorium ein und trafen sich dreimal am Tag zu einer Andacht und zum Chorgesang. Auch pflegten sie gemeinsam den Garten und die Anlage, kochten für eine Suppenküche, leiteten eine Nähstube und eine Wäscherei und kümmerten sich um Arme und Kranke unten in der Stadt. All das erfuhr Regina von Frau von Anstetten.

„Bis vor Kurzem wohnten hier noch Flüchtlinge, doch nun sind sie auf die Gemeinden im Umland verteilt worden", sagte sie.

Verteilt worden, dachte Regina. Menschen werden seit Ende des Krieges wie Dinge verteilt. Ob das wohl jemals aufhören wird?

Frau von Anstetten zeigte ihr das Zimmer, in dem sie während ihres Aufenthaltes wohnen sollte. Es war recht klein, bot aber einen sehr schönen Ausblick auf den Klostergarten; eigentlich war es ihr Arbeitszimmer. Es gab ein bis zur Decke reichendes Bücherregal, vollgepackt mit einem wahren Wust von Büchern, außerdem stand ein Tischchen unter dem Fenster, darauf eine Schreibmaschine, umgeben von Bücherstapeln und Schreibutensilien. Ein Schreibtischsessel und eine Liege mit einem bunten, orientalischen Überwurf vervollständigten die Einrichtung. Über der Liege hing ein verblichener Gobelin, der eine französische Parklandschaft zeigte.

„Das Kanapee kommt raus", sagte sie. „Ich werde dir hier ein ordentliches Bett aufstellen lassen und einen Toilettenstuhl. Die Schreibmaschine und der ganze andere Kram kommen natürlich auch raus, schreiben kann ich auch im Wohnzimmer. Du brauchst ja einen Wickelplatz für das Kind."

Sie erfuhr später von Käthe, dass Frau von Anstetten Schriftstellerin war. Was sie schrieb, blieb ihr verborgen und sie fragte auch später nicht nach, sie war viel zu sehr mit sich selbst beschäftigt.

Frau von Anstetten zeigte ihr einen schmalen Wandschrank in einer Nische. Dahinter verbarg sich ein Waschtisch mit einem Lavabo und ein schmaler Garderobenschrank.

„Das Körbchen für das Kind bringen wir dann mit", sagte Käthe. „Wir werden es demnächst herrichten."

Regina nickte beflissen, dabei hatte sie an das Körbchen überhaupt noch nicht gedacht. Wieder einmal fühlte sie, dass sie sich in eine Lage begeben hatte, in der andere ihr sagten, was sie zu tun und zu lassen hatte. Und sie dachte wie so oft, da muss ich jetzt durch, ich kann froh sein, dass ich nicht in Hamburg bin. Bis jetzt ist alles gut gegangen, niemand außer Mutter weiß, dass ich bald ein Kind zur Welt bringe.

Am nächsten Tag saß sie mit Käthe an Anna Haderlevs Küchentisch. In der Ecke am Fenster stand ihr Webstuhl, Anna war eine Meisterin im Weben kunstvoller, kleiner Teppiche, die sie auf den Märkten der Umgebung verkaufte. Lindenblütentee dampfte in den Tassen und Anna schickte ihren Sohn raus, der mit einer Schnitzarbeit am Herd hockte. Murrend zog er ab. Regina kannte ihn, er war Helmuts bester Freund. Wenn die Kinder ihn necken wollten, riefen sie ihm „Rotfuchs" hinterher. Sein Haar leuchtete wie Feuer und sein Gesicht war voller Sommersprossen.

Während Anna und Käthe redeten, beobachtete Regina die kleine Frau, die genauso rothaarig und sommersprossig wie ihr Sohn war. Anna sprach bedächtig, dehnte ihre Worte, hielt oft inne und schaute verschämt zu Boden, als würde sie überlegen, ob das Gesagte auch richtig sei. Sie sprach nicht das Plattdeutsch der Heidjer wie alle anderen hier auf dem Hof, sondern ein breites Hochdeutsch. Regina wusste von Käthe, dass Anna und ihr Mann aus Friesland stammten. Wenn sie unter sich waren, sprachen sie Saterfriesisch, was kein Mensch hier verstand.

Anna kam ihr etwas einfältig vor. Aber das spielt keine Rolle, dachte sie. Sie ist eine freundliche Frau, sicher wird sie gut für das Kind sorgen.

„Wenn Fräulein Petersen ihre Angelegenheiten geordnet hat, dann holt sie das Kind zu sich, Anna. Wann das ist, können wir dir noch nicht sagen. Morgen kommt der Notar, um den Vertrag aufzusetzen für die Pflegschaft. Komm bitte um elf zu uns rüber, ja? Wir regeln dann auch gleich das Finanzielle."

„Ist gut, Frau Brockmann." Anna gab ihnen die Hand und machte einen Knicks, bevor sie ihnen die Tür öffnete.

Notar und Pflegschaft, dachte Regina und fühlte sich wie ein unmündiges Kind. Dass alles irgendwie geregelt werden muss, daran hatte sie überhaupt noch nicht gedacht.

Und so blieb es, nicht nur für die Zeit der Schwangerschaft und Geburt des Kindes, sondern über Jahre hinaus. Stets wird ihr jemand sagen, was sie zu tun hat. Regina hatte den roten Faden ihres Lebens aus der Hand gegeben, sie reagierte nur noch auf das, was andere ihr sagten. Und irgendwann gewöhnte sie sich an die Bequemlichkeiten eines solchen Lebens.

In einer stürmischen Märznacht wurde ihr Kind geboren.

Am frühen Morgen dieses Tages war sie zur Andacht in der Kirche gewesen, sie liebte den Chorgesang der Stiftsdamen. Ihre klaren, hohen Stimmen beruhigten sie, und wenn sie still in der Bank saß und die Hände über ihrem Leib faltete, spürte sie, wie das Kind sich bewegte. Auch schaute sie gern die Figur der Maria mit dem Kind an, eine Holzschnitzerei aus dem 16. Jahrhundert. Ihr Anblick verlangsamte ihren unruhigen Puls und eine tiefe Ruhe breitete sich in ihr aus. Frau von Anstetten ging nie zur Andacht, Regina hatte den Verdacht, dass sie nicht allzu gläubig war. Es wunderte sie, warum sie dann ausgerechnet in einem Kloster wohnte.

Als sie an diesem Morgen aus der Kirche kam, setzten die ersten Wehen ein. Käthes Befürchtungen bewahrheiteten sich nicht, die Geburt ging komplikationslos vor sich, wenn auch die Wehen vierzehn Stunden dauerten und sie an den Rand ihrer Kräfte brachten.

Als Gisela von Anstetten ihr das Kind in den Arm legte, war sie maßlos enttäuscht. Das ist kein Kind, das ist ein hässlicher alter Gnom, dachte sie. Irgendetwas muss schiefgelaufen sein, sie fand nicht die geringste Spur von Ähnlichkeit mit Heinrich oder ihr selbst im roten, zerknautschten Gesicht dieses fremden Wesens. Hilfesuchend schaute sie Frau von Anstetten an.

„Ist sie nicht süß?“, rief diese euphorisch aus, „so ein prachtvolles Mädchen! Gesund und proper, sie wiegt ganze sieben Pfund. Das hast du gut gemacht, Regina!“

Erschöpft schlief sie ein.

Am nächsten Tag, Regina hat das Kind bereits gestillt, auch das ging ohne Komplikationen, kam ein Standesbeamter ins Haus.

„Wie soll sie denn überhaupt heißen?“, hatte Frau von Anstetten sie vorher gefragt, und Regina kaute ratlos auf ihrer Unterlippe. „Eigentlich habe ich nur einen Namen für einen Jungen. Heinrich sollte er heißen.“

„Es ist aber eine Büx geworden", lachte Frau von Anstetten.

„Dann nenne ich sie eben Heidi, weil sie in der Heide geboren wurde."

„Heidi ist nur eine Abkürzung von Heiderose, Heidemarie oder Heidelore."

Und so trug der Standesbeamte den Namen Heidemarie in sein Register ein. Heidemarie Ingeborg Petersen, den zweiten Namen nach der Mutter. Da wird sie sich freuen nach all dem Schlamassel, dachte Regina.

Der Standesbeamte fragte nach dem Namen des Vaters.

„Muss ich den angeben?", fragte sie leise.

„Nein, müssen sie nicht", antwortete er ihr sachlich. „Also, dann schreibe ich ‚Vater unbekannt'."

Sie kam sich wie eine Verräterin vor.

– 35 –

März 1947

Nun war sie wieder auf dem Waldhof, und in ihrer Stube neben dem Ofen stand das Körbchen mit dem Kind. Käthe wuselte ständig um sie herum, dabei kam sie ganz gut allein zurecht. Heidemarie war ein ruhiges Kind, sie schrie kaum, trank gut und Regina fand, dass sie von Tag zu Tag schöner wurde. Jetzt sah sie nicht mehr aus wie ein kleiner Gnom.

Und wieder saß sie am Kamin und stopfte Strümpfe, neben ihr lag das Kind im Körbchen. Sie übte mit Helmut lesen, legte Wäsche zusammen und Heidi schlief an ihrer Brust im Tragetuch.

Manchmal ging sie mit ihr rüber zu Anna, sie redeten über Kinderpflege und Anna war dabei, als sie Heidi das erste Mal badete.

Wenn abends alles ruhig im Haus geworden war und sie das Kind stillte, dann wünschte sie sich manchmal, für immer auf dem Waldhof bleiben zu können. Ach, dachte sie dann, wenn ich doch nur Käthes Tochter wäre.

Es war ein dummer, ein kindischer Traum, denn Herrn Brockmann und den ihr unheimlichen Konrad blendete sie einfach aus.

Die letzten Wochen vor ihrer endgültigen Abreise kamen ihr vor wie eine Gnadenfrist. Sie nannte das Kind Heidi und sang ihr abends Lieder vor. Wenn sie in das kleine Gesicht schaute und ein Lächeln zu sehen schien, erlebte sie kurze Momente eines reinen, ungetrübten Glücks. Doch dann dachte sie stets, ich darf mich nicht an sie gewöhnen, weil ich bald fort muss. Deshalb unterdrückte sie ihre Tränen und sie achtete darauf, sich nicht zu viel mit Heidi abzugeben, um den Abschied nicht noch schwerer zu machen.

Und Käthe sagte zu ihr: „Man darf einen Säugling nicht zu viel liebkosen und man soll ihn nicht ständig mit sich herumtragen und bei jedem Mucks an die Brust legen. Kinder müssen auf das Leben vorbereitet werden, und das Leben ist nun mal hart. Man muss ihnen frühzeitig Grenzen setzen. Wenn du immer gleich nachgibst und sie bei jedem kleinen Schrei aus ihrem Bettchen nimmst, erziehst du sie zu kleinen Tyrannen, die sich später nicht in die Gemeinschaft einfügen können."

In der letzten Aprilwoche stillte sie das Kind ab, es gewöhnte sich schnell an die angedickte Kuhmilch. Ihre Brust schmerzte höllisch, Käthe machte ihr kalte Umschläge mit irgendwelchen stinkenden Kräutern. Sie fühlte sich sterbenskrank, als hätte man sie in einen Abgrund fallen lassen, aus dem sie nicht mehr herauskam. Eines Tages fing sie während der gemeinsamen Abendmahlzeit ohne Grund an zu weinen. Die Kinder schauten betroffen auf, und Käthe brachte sie in ihr Zimmer.

„Das geht vorbei", sagte sie, „das sind bloß die Hormone. Du schaffst das! Pass mal auf, in ein paar Tagen sieht schon alles anders aus."

Mathilde brachte ihr einen Krug mit kaltem Tee, er stank noch schlimmer als die Kräuter im Brustwickel. „Von Käthe. Schluckweise langsam austrinken", sagte sie, „in einer Stunde musst du alles ausgetrunken haben. Wirst sehen, morgen geht es dir wieder besser."

Sie beugte sich über Heidis Körbchen. „Ich bin ja auch noch da, Regina, ich passe auf die süße Lütte auf, verwöhnen werde ich sie, das verspreche ich dir."

Regina drehte sich wortlos um.

Hiltrud hatte es sich nicht nehmen lassen, sie zur Bahn zu fahren. „Schließlich habe ich dich damals abgeholt, also muss ich dich auch wieder hinbringen. Schade nur, dass ich so wenig Zeit für dich hatte."

„Aber das macht doch nichts, du hast ja immer so viel zu tun", sagte Regina. Und außerdem interessierst du dich nicht fürs Kinderkriegen, setzte sie im Stillen hinzu.

Hiltrud hatte ihr gestern von ihren Plänen erzählt, sie wollte auf dem Gut eine Pferdezucht aufbauen. „Aber noch ist das Ganze nicht spruchreif", meinte sie, „ich muss erst Papa überzeugen, er ist ja so schrecklich altmodisch und hasst Veränderungen."

Das schafft sie sicher, dachte Regina mit einem leisen Anflug von Neid. Was die will, das schafft sie auch.

Hiltrud hatte bei ihrer Ankunft aus Elbingerode einen recht kurzen Blick auf das Kind geworfen und das wohl nur aus Höflichkeit. Während ihre jüngeren Geschwister sich wie eine Schar neugieriger junger Enten um die Kleine drängten und sie am liebsten alle anfassen wollten, was Käthe energisch unterband, suchte Hiltrud schnell das Weite.

Und so standen die beiden jungen Frauen nun auf dem Bahnsteig und waren sich noch genauso fremd wie bei Reginas Ankunft. Hiltrud, schlank wie ein Junge, trug einen karierten Hosenrock und dazu einen Janker aus roter Wolle, der gut zu ihrem dunklen Haar passte.

Schick sieht sie aus, dachte Regina und kam sich ein bisschen schäbig vor. Sie trug die Sachen ihrer Mutter, in denen sie vor einem halben Jahr angereist war. Jetzt saßen sie ihr hauteng und sie kam sich vor wie ein plumper Elefant.

„Was machst du nun?", fragte Hiltrud leise. „Willst du wirklich diesen Gunther Lorenz heiraten?"

Regina zuckte mit den Schultern. „Habe ich eine Wahl?"

„Ich denke schon. Man hat immer eine Wahl, Regina. Ich würde es nicht tun, damit begibst du dich in eine fatale Abhängigkeit."

Regina schwieg. Was weißt du schon, dachte sie.

„Ich weiß es noch nicht, Hiltrud", sagte sie schließlich hastig, „ich muss erst mal sehen, wie das wird, wenn er wieder da ist. Und was die Abhängigkeit betrifft, sind wir Frauen nicht alle abhängig? Erst von unseren Eltern und später von einem Mann? Wir sind es, die die Kinder austragen, gebären und aufziehen. Das macht uns doch abhängig. Ich weiß, das trifft vielleicht auf dich nicht zu, Hiltrud, aber bist du nicht auch in gewisser Weise von deinem Vater abhängig?"

Hiltrud zog die Brauen hoch. „Das sehe ich nicht so", antwortete sie kühl. „Ich bin volljährig, ich kann jederzeit den Waldhof verlassen, woanders hinziehen und mir eine Arbeit suchen."

„Mag sein, theoretisch. Aber würdest du das tun? Bist du nicht dort fest verwurzelt? Ich könnte mir gar nicht vorstellen, dass du woanders lebst."

Hiltrud blieb ihr eine Antwort schuldig. Der Zug fuhr ein, sie sagten sich Adieu.

– 36 –

Regina fuhr bis Bahnhof Altona. Ihre Mutter stand am Gleis, sie sah sie schon vom Zugfenster aus und dachte, wie schmal und klein sie aussieht, früher war sie stattlicher. Sie sieht aus, als wenn sie geschrumpft ist. Aber immer noch sehr elegant in ihrem Schneiderkostüm.

Ingeborg Petersen hatte einen Handwagen mitgebracht für das Gepäck, es war weitaus umfangreicher als bei ihrer Abfahrt. Käthe hatte es sich nicht nehmen lassen, sie mit allerlei Fressalien zu versorgen.

Alles musste sie haarklein berichten. Ob das Kind auch gesund sei, nach wem es denn nun käme, wie es Käthe ging und was eigentlich mit ihrem Mann los wäre, wollte ihre Mutter wissen.

„Der war ja ein ganz schlimmer Nazi. Aber, na ja, das ist vorbei, interessiert ja auch keinen mehr."

Sie hatten Rast gemacht auf ihrem Weg nach Ottensen. Es war recht heiß in der Sonne, und sie saßen auf den Mauerresten eines Ruinengrundstücks. „Früher standen hier große Platanen und Bänke", seufzte Ingeborg Petersen, „alles verheizt."

Der Brockmann war also ein ganz schlimmer Nazi, dachte Regina. So hat er sich auch aufgeführt. Wie hat Papa immer gesagt, ein Herrenmensch.

„Was ist mit Gunther?"

„Tja, es gibt eine Menge Neuigkeiten. Er wird zum ersten Juni entlassen."

Regina nickte. „Und sonst?"

„Halt dich fest, wir wohnen jetzt oben bei August!"

„Wieso das denn?"

„Weil er das Kabuff als Lager braucht. Du kannst dir nicht vorstellen, was der alles eingebunkert hat. Also, ich sag dir, das ist ein richtiger Großschieber geworden. Irgendwann nehmen sie ihn mal hopp, dann ist die ganze Herrlichkeit vorbei. Er hat schon jede Menge Ware für den neuen Laden eingelagert, alles Haushaltswaren, Töpfe, Pfannen, Porzellan und solchen Kram. Und nun rate mal, woher er das Zeug hat, da kommst du nie drauf!"

„Woher?" Es interessierte sie herzlich wenig, vielmehr würde sie gern wissen, ob August und Hertha was von dem Kind ahnten. Auch behagte es ihr nicht, mit ihnen in einer Wohnung zu wohnen und das Bad mit ihnen teilen zu müssen. Hertha war furchtbar neugierig.

„Aus der russischen Zone!"

„Was? Ich denke, die haben da nichts. Wie bekommt er denn das rüber?"

„Über Berlin, geht alles über Berlin. Mir erzählt er natürlich nichts, aber Hertha redet immer so laut, da bekomme ich alles mit."

Mutter lauschte. Da belauschen sie sich nun also gegenseitig. Furchtbar. Am liebsten würde sie mit dem nächsten Zug zurückfahren, das Kind holen und – ja, was dann? Sie hatte keine Wahl, jedenfalls im Moment nicht.

Kaum waren sie angekommen, lud Hertha sie zum Kaffee ein und auch August war zu Hause. Damit hatte sie nicht gerechnet. Nun galt es, Ruhe zu bewahren, um alle neugierigen Fragen geschickt beantworten zu können.

„Hast dir ja richtig Speck angefressen in der Heide, da auf dem Waldhof!"

August musterte sie grinsend, und sie sah etwas Lauerndes in seinem Blick. Woher kannte er den Namen des Hofes? Sie wechselte einen schnellen Blick mit Mutter. Auf Ingeborg Petersens Gesicht zeigte sich eine hektische Röte, und sie erzählte hastig von einem Todesfall in der Nachbarschaft. Aber August setzte noch eins nach. „War sicher langweilig, da in Düstermoor."

„Ich hatte zu tun", erwiderte sie ihm knapp. Den Namen des Ortes kannte er also auch.

„So, du hattest zu tun. Was hast du denn den ganzen Tag gemacht?"

„Die Kinder betreuen, mit ihnen Hausaufgaben machen, nähen, Wäsche mangeln und bügeln."

„Haben die kein Personal?"

„Nur noch wenig, sie hatten französische Kriegsgefangene, die sind ja nun weg."

„Aber die Franzosen haben doch sicherlich nicht mit den Kindern Hausaufgaben gemacht, oder?"

„Frau Brockmann ist krank, sie brauchte dringend Hilfe!" Die Stimme ihrer Mutter klang schrill, August unterbrach sie.

„Ist ja gut, Ingeborg, ich rede mit deiner Tochter. Da warst du also recht fleißig da in der Heide. Na, wir haben hier inzwischen auch nicht geschlafen, nicht wahr Hertha? Wenn Gunther kommt, dann könnt ihr euch ins gemachte Nest setzen."

Schließlich gingen sie alle rüber, um das renovierte Haus zu besichtigen. Etwas merkwürdig sah es ja aus mit dem fehlenden dritten Geschoss und dem primitiven Flachdach, das mit Dachpappe gedeckt worden war. Die schmutzige, rußgeschwärzte Fassade war noch nicht renoviert worden, aber über dem Laden im Erdgeschoss hing schon ein gelbes Schild mit knallblauer Schrift:

„Alles für den Haushalt kauft die kluge Hausfrau bei August Lorenz! Ob alt, ob neu, alles 1a Qualität!"

Im geräumigen Laden stapelten sich bereits die Waren. „Hier fehlen noch Regale, aber die kommen nächste Woche, prima Regale vom Reichsarbeitsdienst in Cuxhaven. Da habe ich alte Beziehungen spielen lassen!"

Stolz schaute er sich um. „Na, was sagst du nun, Regina? Hast du Lust, hier Nachtpötte zu verkaufen?" Sein Lachen dröhnte durch den Raum.

Regina lächelte spöttisch. „Wo hast du bloß den ganzen Kram her, August?"

„Das meiste sind ja Altwaren. Aber Friedensware, kein Nachkriegsschrott und keine Alukochtöpfe, die schon vom

Anfassen verbeulen! Der Name Lorenz steht für Qualität, nicht wahr, Hertha?"

August tätschelte Herthas Wange. „Und nun, meine Damen, auf zur Wohnungsbesichtigung!"

Im zweiten Stock befand sich eine recht geräumige Wohnung mit viereinhalb Zimmern.

„Muss natürlich noch renoviert werden." Er drehte den Wasserhahn auf. „Wasser fließt auch wieder, und der Gasherd ist neu aufgestellt worden. Na, was sagt ihr nun?"

Jetzt muss ich vor Dankbarkeit zerfließen, dachte Regina und lächelte pflichtschuldig. „Sehr schön, und so geräumig!" Mehr konnte sie sich nicht abringen.

„Also ich würde gern das Zimmer zum Hof nehmen, Regina", sagte Ingeborg Petersen.

„Wie du willst, Mutter."

„Ist ja sicher nicht für ewig, Ingeborg." Nun tätschelte August auch Mutters Wange und Regina wich einen Schritt zurück. „Wirst sehen, es dauert nicht mehr lange, dann bekommst du dein Haus wieder. Ich habe da was läuten gehört!"

Die Mutter zog die Brauen hoch und seufzte. „Dein Wort in Gottes Ohr, August Lorenz."

„Abwarten und Tee trinken. Jetzt kommen andere Zeiten. Im nächsten Jahr soll es eine Währungsumstellung geben, das habe ich aus einer sicheren Quelle erfahren."

„Eine Währungsumstellung? Und was wird dann aus der Reichsmark?"

„Weg, wir werden alle bei Null anfangen. Das heißt, ab Winter bunkern wir so viel gute Ware ein, wie wir kriegen können, damit wir für den Start gerüstet sind. Was denkt ihr denn, warum ich das Haus gekauft habe? Das alte Geld muss weg!"

Da standen sie nun und hörten, was er so alles wusste und plante. Hertha und Ingeborg waren sichtlich beeindruckt und Regina dachte, ich mag ihn nicht, aber ohne ihn wären wir echt aufgeschmissen.

Der Juni kam, und mit ihm kam tatsächlich Gunther. Allerdings nicht am 1. Juni, wie angekündigt, sondern einige Tage später. Vorab schickte er eine Karte, auf der er die Verzögerung mitteilte. Er schrieb, er hätte noch etwas zu erledigen, was August veranlasste zu sagen: „Ganz mein Sohn, der ist noch gar nicht entlassen, da macht er schon wieder Geschäfte!"

Und so klingelte er an einem heißen Tag, und Regina öffnete ihm die Tür. Gerade hatte sie die Treppe gewischt und stand unten im Flur ohne Schuhe und Strümpfe, mit nasser Schürze.

Gunther sagte kein Wort, und im ersten Moment erkannte sie ihn nicht, das hereinfallende Sonnenlicht blendete sie. „Ja, bitte?", fragte sie leise.

Als er über die Schwelle trat und sie immer noch schweigend anschaute, da rief sie plötzlich: „Oh Gott, Gunther! Ich habe dich nicht erkannt!"

Gunther Lorenz hatte sich sehr verändert. Seine weichen Gesichtszüge waren straff geworden, die Haut spannte sich über den Wangenknochen. Sein dunkles, volles Haar, das er früher gern etwas länger getragen hatte, als es üblich war, war nun sehr kurz geschnitten, an den Schläfen zeigte sich erstes Grau. Er trug eine militärisch aussehende, knappe graue Jacke, Knickerbocker und Stiefel. Das war nicht mehr der elegante Gunther, der immer etwas schlitzohrig aussehende Genussmensch im modischen Anzug, der mit ihr im Alsterpavillon Austern geschlürft hatte. Seine dunklen Augen musterten sie eindringlich, er umarmte und küsste sie. „Da bin ich wieder, Prinzessin. Und nun binde mal die Schürze ab, du bist doch hier nicht die Scheuerfrau!"

„Aber wir haben ja keine Scheuerfrau mehr."

„Das wird sich ändern, jetzt bin ich ja wieder da." Er schob sie ein Stück von sich weg und musterte sie von oben bis unten. „Gut siehst du aus, so fraulich. Das gefällt mir."

Sie lächelte ihn an. Du bist ein ganz anderer geworden, dachte sie. Was haben sie mit dir gemacht da draußen, und was bedeutet das für mich?

„Was bin ich froh, wieder daheim zu sein." Er zog sie an sich und verbarg sein Gesicht in ihrem Haar. „Reginchen, jetzt wird alles gut."

Nichts wird gut, dachte sie, und dennoch spürte sie in diesem Moment die alte Vertrautheit, die noch immer zwischen ihnen bestand, als wäre er nie fort gewesen. Aber das wollte sie nicht, sie machte sich ganz steif in seinen Armen.

Da erschien Hertha oben an der Treppe, gefolgt von ihrer Mutter, und beide heulten im Chor.

Regina wechselte einen eindringlichen Blick mit ihrer Mutter.

– 37 –

Anfang Juli gaben sie sich auf dem Standesamt Altona das Jawort. Auf Reginas Wunsch waren nur wenige Gäste eingeladen worden. „Ich will kein großes Gedöns", hatte sie gesagt, „die Zeiten sind nicht danach."

„Das ist eine sehr vernünftige Einstellung", pflichtete August ihr bei, „wozu sollen wir der ganzen Mischpoke unser Geld in den Rachen schmeißen!"

Anschließend gab es bei Hertha Kaninchenbraten mit Rotkohl, danach eine Marzipantorte und echten Bohnenkaffee. Ein Musikant war engagiert worden, er malträtierte das verstimmte Klavier und so tanzte sie mit Gunther den Hochzeitswalzer und dachte, so weit, so gut. Verheiratet bin ich also jetzt, aber wie soll das weitergehen?

Seit Gunther wieder da war, hatte sie ihn kaum zu Gesicht bekommen, ständig war er mit seinem Vater unterwegs. Inzwischen war die Wohnung renoviert worden, und sie hatte alle Hände voll zu tun gehabt, um sie für den Einzug herzurichten. Außerdem musste unten der Laden eingeräumt werden, spätestens am 1. September wollte August ihn eröffnen.

Er war der Meinung, der 1. September wäre ein magisches Datum, an diesem Tag würden alle Hausfrauen nach der Sommerpause ausschwärmen, um ihren Hausstand in Ordnung zu bringen. Und so rackerte sie mit ihrer Mutter Tag für Tag. Hertha kochte Mittag für alle und machte die Abrechnung in der Drogerie, in der das Mädchen aus dem Osten nun ganz allein bediente.

Vieles fehlte noch in der Wohnung, aber Gunther hatte ein recht ordentliches Schlafzimmer aus einem Nachlass aufgetrieben sowie ein Küchenbuffet mit Tisch und Stühlen.

„Siehst du", sagte ihre Mutter, „er ist tüchtig und wird gut für dich sorgen. Ein Schlafzimmer aus Volleiche und dieser schöne Frisierspiegel, der ist ja wie neu."

Vor ihrer Hochzeit waren sie selten allein gewesen. Einmal gingen sie ins Kino, und er benahm sich merkwürdig. So empfand sie es jedenfalls, weil er eine gewisse Distanz zu ihr hielt. Kaum eine Umarmung und nur ein flüchtiger Kuss. Als sie ihm vorschlug, noch ein wenig zur Elbe hinunterzugehen, da sagte er kühl: „Ach weißt du, ich bin rechtschaffen müde und muss früh raus."

„Du bleibst natürlich noch ein Weilchen bei uns wohnen", hatte August zu Ingeborg zwei Tage vor der Hochzeit gesagt, „schließlich wollen wir dem jungen Paar ja seine Flitterwochen gönnen."

Dröhnendes Lachen, anzügliche Blicke in Reginas Richtung.

Und nun die Hochzeit.

Gunther trank zu viel, stellte sie fest, und das war ihr nur recht. Die Feier hatte inzwischen ihren Höhepunkt erreicht und keiner war mehr nüchtern. Die Damen taten sich am Eierlikör gütlich, die Herren an „Lütt un Lütt", dem kleinen Bier und dem kleinen klaren Schnaps, den sie während des Trinkens mit derselben Hand, die das Glas hielt, geschickt in das Bierglas gossen. Darauf verzichtete Gunther, dazu wäre er auch gar nicht mehr in der Lage gewesen, und als er torkelnd zur Toilette ging, folgte sie ihm, fing ihn ab und sagte: „Wollen wir nicht jetzt rübergehen?"

„Klar, mein Schatz, wir gehen." Er umarmte sie schwankend, sie hatte große Mühe, ihn zu halten. Regina war völlig nüchtern, sie hatte nur ein Glas Sekt getrunken, als sie aus dem Standesamt kamen. Im Wohnzimmer klatschten sie gerade im Takt und sie hörte die Frauen rufen: „Der Schleier muss vertanzt werden!"

„Hast du gehört, wir müssen den Schleier vertanzen! Halt mal deinen Kopf unter den Wasserhahn."

Auch das war geschafft, alles ging gut. Und nun verschwanden sie. Bloß schnell über die Straße, dachte sie, sonst wird er noch nüchtern an der frischen Luft. Dem war nicht so, als sie aus dem Bad kam, schnarchte er schon laut.

Lange vor ihm wurde sie wach, eigentlich hatte sie gar nicht richtig geschlafen, es war mehr nur so ein Dahindämmern gewesen.

Was bin ich doch für ein ausgekochtes Luder, dachte sie nun in der Stunde des Morgengrauens. Hab sein Glas genommen, so getan, als wenn ich dran nippe und gesagt, prost Gunther, auf uns! Immer wieder, und er hat gekippt und gekippt, bis er blau war. Notwehr, reine Notwehr, schließlich musste ich als Jungfrau in die Ehe gehen. Dabei ist er gar nicht so übel, so als Mann. Vielleicht hat diese Ehe doch noch eine Chance. Ich werde das Beste daraus machen, was bleibt mir denn weiter übrig. Wenn ich nur wüsste, wie ich ihm das mit dem Kind beibringe.

Sie hatte mit Käthe telefoniert, der Kleinen ging es gut.

Als er endlich wach wurde, hatte sie schon den Frühstückstisch gedeckt.

„Na, Frau Lorenz?“ Plötzlich stand er hinter ihr und drückte ihr seinen Stoppelbart in den Nacken. „Boah, geht es mir schlecht! Ich glaube, ich höre auf, so viel zu saufen, schließlich bin ich jetzt verheiratet. Sag mal, haben wir gestern ...“

„Sicher“, sagte sie, „und so blau warst du gar nicht.“

„Komm!“ Gunther nahm sie auf den Arm und trug sie ins Schlafzimmer. „Frühstück kann warten.“

– 38 –

Inzwischen war es Hochsommer geworden. Wenn Gunther zu Hause war, gingen sie am frühen Abend zum Elbstrand, um zu baden. Er sprach von seinem Segelboot, das eingemottet in einer Halle in Wedel den Krieg überstanden hatte.

„Nächsten Sommer geht's wieder los, Reginchen, ganz bestimmt!“

Da dachte sie an die „Ingeborg“ und an den letzten Sommer mit Heinrich, und es schien ihr, als wäre seitdem ein ganzes Leben vergangen.

Sie balgten sich im Wasser und ein ganz neues Körpergefühl breitete sich in ihr aus. Es tat ihr wahnsinnig gut, wenn er sie berührte. Obwohl sie wusste, dass sie ihn nie so lieben könnte, wie sie Heinrich geliebt hatte, so zog sein Begehren sie doch ganz in seinen Bann. Sie genoss dieses Begehren, es entschädigte sie für eine lange Zeit, in der sie sich wertlos gefühlt hatte. Es verging keine Nacht, ohne dass sie sich liebten.

Manchmal weilten ihre Gedanken bei Heinrich. Ich muss das Kind holen, ich halte das nicht aus, dachte sie dann. Heinrichs

Kind muss doch bei mir sein. Vielleicht wäre jetzt der richtige Zeitpunkt. Oder noch nicht? Ich muss endlich mit Gunther reden.

An einem sonnigen Sonntagmorgen sagte Gunther: „Was hältst du davon, wenn wir heute mit Vaters Auto mal einen schönen Ausflug machen?“ Er schaute sie nicht an, er klopfte auf seinem Ei herum.

„Warum nicht? Wollen wir Mutter mitnehmen, sie kommt ja auch kaum raus?“

Ingeborg wohnte noch bei Gunthers Eltern, in der letzten Augustwoche wollte sie zu ihnen ziehen.

„Ein andermal gern“, sagte er hastig, „heute nicht, Regina, heute möchte ich mit dir allein sein.“

„Wo fahren wir denn hin? Soll ich unsere Badesachen einpacken? Ich werde uns ein paar Butterbrote machen.“

„Keine Badesachen, keine Butterbrote.“ Gunther stand auf und ging auf den Balkon, um zu rauchen.

„Ist es eine Überraschung?“, rief sie ihm hinterher.

„In gewisser Weise ja.“

Sie konnte sein Gesicht nicht sehen, aber der Klang seiner Stimme erschien ihr seltsam. Wo wollte er denn mit ihr hin? Nicht an die Ostsee, nicht an die Nordsee. Vielleicht ins Alte Land, da wohnte Verwandtschaft von ihm.

Eine Stunde später wusste sie, wo dieser Sonntagsausflug sie hinführte. Gunther hatte die Autobahn verlassen, bog in eine stille Birkenallee ein und hielt an.

„Komm, wir machen eine kleine Rast. Sieh nur, die Heide blüht in voller Pracht. Ist das nicht schön, Regina?“ Er legte den Arm um ihre Schulter, angespannt hielt sie die Luft an.

„Ja, wunderschön.“ Ihre Augen füllten sich mit Tränen.

„Da drüben liegt der Waldhof. Wir fahren jetzt dorthin und holen dein Kind.“

Sie mied seinen Blick. „Woher weißt du, dass ich ein Kind habe?“, stieß sie hastig hervor.

„Das tut nichts zur Sache. Ich will auch gar nicht wissen, wer der Vater ist. Eigentlich will ich gar nichts wissen, wir werden einfach das Vergangene ruhen lassen! Ich habe auch andere Frauen gehabt, genug. Und vielleicht habe ich auch irgendwo ein Kind, von dem ich nichts weiß. Aber nun lass uns einen Schlussstrich ziehen. Der Krieg ist lange vorbei und ich möchte endlich wieder in geordneten Verhältnissen leben. Mit dir, Regina, du hast mich jetzt geheiratet und ich wünsche mir, dass wir in Zukunft wie Mann und Frau leben und keine Geheimnisse mehr voreinander haben. Versprichst du mir das?"

„Ja, Gunther, ich verspreche es dir. Ich wollte es dir ja sagen, aber ich dachte, es ist noch nicht der richtige Zeitpunkt."

Gunther nahm sie in den Arm. „Schon gut, hör auf zu weinen, trockne dein Gesicht ab und dann fahren wir. Sie erwarten uns zum Mittagessen."

„Sie erwarten uns?"

„Ja, Herrmann und Käthe Brockmann erwarten uns. Ich habe bereits alles mit ihnen geregelt, wir können die Kleine gleich mitnehmen! Nun steig schon ein."

„Warst du denn bei Ihnen?"

„Bevor ich nach Hamburg kam, war ich auf dem Waldhof. Der Brockmann, das ist wirklich ein ganz feiner Kerl."

Feiner Kerl, dachte sie, der Nazi. Was läuft hier eigentlich? Woher weiß er es, sicher von seinen Eltern. Irgendwas habe ich übersehen, ich muss einen Fehler gemacht haben und sie sind mir auf die Schliche gekommen.

„Wissen deine Eltern von meinem Kind?"

„Bisher nicht, ich dachte, es ist besser, wenn wir beide erst mal ins Reine kommen."

Eine ungeheure Erleichterung überflutete sie. Der schmierige August und die neugierige Hertha wussten nichts. Aber woher hatte Gunther dann seine Informationen? Sie beschloss, jetzt nicht weiter zu bohren. Und überhaupt musste sie jeden Konflikt vermeiden, auch in Zukunft.

Verstohlen musterte sie ihn, er hatte den Blick konzentriert nach vorn gerichtet. Sie betrachtete sein Profil mit dem kräftigen Kinn und der leicht gebogenen Nase. Wie sehr er sich verändert hatte. So ernst und hager, fast düster sah er aus. Ganz anders als früher. Aber er ist doch ein anständiger, dachte sie, ein ganz anständiger Mensch, nicht so einer wie August. Und das ist die Hauptsache, gerade in dieser Zeit.

Es dämmerte bereits, als sie nach Hause fuhren. Regina saß hinten, neben ihr lag Heidi schlafend in einem Wäschekorb. Sie schaute auf das Kind und Gunthers Worte klangen in ihr nach. Bevor sie auf dem Waldhof ankamen, hatte er zu ihr gesagt: „Heidi wird meinen Namen tragen und als unser gemeinsames Kind aufwachsen."

Sie aber dachte an Hiltruds Worte, bevor sie sich auf dem Bahnsteig verabschiedeten: „Du begibst dich in eine fatale Abhängigkeit."

Was dann auf dem Waldhof geschah, kam ihr vor wie ein abgekartetes Spiel, das man ohne sie bis ins kleinste Detail abgesprochen hatte. Die Familie Brockmann empfing sie herzlich, man hatte sie erwartet, alles war schon vorbereitet. Die Kinder freuten sich sehr, Regina wiederzusehen, und musterten Gunther mit neugierigen Blicken. Man hatte im Hof eine lange Tafel aufgebaut, an der zu Mittag gegessen wurde. Konrad fehlte, er war in einem Sommerlager der Pfadfinder. Das war ihr nur recht, seine spöttischen Blicke hätte sie heute nicht ertragen können. Ihre Nerven lagen blank.

„Mir scheint, du bist etwas nervös, meine Liebe", sagte Käthe zu ihr, als sie einen Augenblick allein waren. „Das musst du nicht. Gunther Lorenz ist ein grundanständiger Mann, er wird für dich und das Kind gut sorgen."

„Aber ich wusste nicht, was er heute vorhat. Er lud mich zu einem Ausflug ein. Erst auf dem Weg hierher sagte er mir, dass er alles wüsste und wir nun das Kind holen."

„Ach, schau an, er ist also genau so ein Geheimniskrämer wie mein Herrmann. Ich rate dir, ihn nicht mit neugierigen Fragen zu löchern, dann nimmst du ihm den Wind aus den Segeln. Wenn du denkst, er verbirgt etwas vor dir, dann lass dir nichts anmerken. Du wirst es schon noch erfahren, Männer suchen immer nach Strategien, um den Frauen eine Nasenlänge voraus zu sein. Lassen wir ihnen diese Illusion, das brauchen sie als Selbstbestätigung. Eine kluge Frau hält die Zügel in der Ehe fest in der Hand, ohne dass der Mann es merkt. Das schaffst du, Regina, immerhin hast du es geschafft, dieses ungewollte Kind zur Welt zu bringen, alles andere wird sich finden!"

Regina schaute hinüber zu Gunther. Er stand neben Herrn Brockmann vor dem Treppenspeicher und lauschte aufmerksam seinen Worten. Sie hörte, wie er Gunther Zweck und Bauweise dieses traditionellen Vorratsspeichers erläuterte. Gunther hing an Herrmanns Lippen und sie dachte, er scheint große Stücke auf ihn zu halten. Es sieht aus, als wenn sie sich schon ewig kennen, aber woher?

Erst Monate später erfuhr sie von ihm, dass er im Krieg oft auf dem Waldhof gewesen war.

Mehr erzählte er nicht, und sie unterließ es lieber, weitere Fragen zu stellen. Sie wusste, er konnte sehr ungehalten werden, wenn sie vom Krieg sprach. Dieses Thema war für ihn tabu.

Anna war mit dem Kind gekommen und legte es ihr in den Arm. Heidi war jetzt fünf Monate alt und hatte sich gut entwickelt. Anna weinte und Regina weinte, Hiltrud aber verließ fluchtartig die Tafel. So viel Rührseligkeit war ihr suspekt.

„Gib sie mir mal, ich will sie auch mal auf den Arm nehmen", sagte Gunther.

Er hielt sie recht geschickt. Schweigend schaute er auf das Kind, und niemand sagte etwas. Es wurde ganz still, so eigenartig still, als würde keiner mehr atmen, bis Gunther aufschaute und rief: „So eine Süße! Sie wird ein hübsches Mädchen, das sieht man jetzt schon."

Die Sachen des Kindes hatte Käthe bereits eingepackt, und wieder dachte Regina, alles ist vorbereitet, nur ich habe nichts gewusst.

„Ich habe vier Flaschen vorgekocht", sagte Käthe, „du musst sie nur noch im Wasserbad aufwärmen. Ich dicke die Milch mit Maismehl an, hier habe ich dir alles aufgeschrieben. Ihr habt doch einen Eisschrank? Gunther sagte, ihr habt einen."

„Ja, der ist zwar uralt, aber er funktioniert noch."

„Dann kannst du ihr die Flaschen immer vorkochen und kaltstellen. Sie bekommt alle vier Stunden zweihundertfünfzig Gramm. Wenn sie zwischendurch schreit, dann gib ihr Fencheltee, keine Milch, sonst wird sie zu dick. Ab Mitte September kannst du mit Brei anfangen, Gemüsebrei und Milchbrei mit Zwieback oder Grieß und fein geriebenem Apfel, hab ich dir auch alles aufgeschrieben. Fang mit Möhren an, die sind gut verträglich, auf keinen Fall Kohlgemüse. Und dann stell sie mal demnächst einem Kinderarzt vor."

„Aber sie ist doch gesund, oder?"

„Ja, natürlich. Aber du brauchst einen Arzt, einmal im Vierteljahr solltest du sie schon dort vorstellen. Sie wird auch bald den ersten Zahn bekommen, der Gaumen ist oben rechts schon ganz hart. Einen Beißring hat sie schon, und der Doktor kann dir dann was zum Einreiben geben."

„Danke, Tante Käthe. Ich weiß gar nicht, wie ich dir danken soll, was du alles für mich getan hast."

„Schon gut, Regina. Ihr seid ja nur eine Stunde unterwegs, ich stelle die vorgekochten Flaschen kurz vor eurer Abfahrt in einen Topf mit Eisstücken und wickle alles mit Zeitung ein, das müsste reichen, um sie frisch zu halten. Aber koste die Milch noch mal, bevor du sie ihr gibst."

„Ja, natürlich."

„Sag mal, wie läuft es denn so mit Gunther und dir?"

„Ganz gut, wirklich. Das wird wieder, wir verstehen uns gut."

„Na, das freut mich aber, du siehst auch gut aus. Wenn was ist mit der Kleinen, dann rufst du mich an, ja? Und grüß deine Mutter von mir, ich habe noch Briefschulden bei ihr. Ach, ich komme ja zu gar nichts mehr! Du warst mir eine große Hilfe, Regina. Frau von Anstetten lässt dich auch ganz herzlich grüßen, sie will mir demnächst ein Mädchen schicken, eine junge Hauswirtschafterin. Mathilde schafft das nicht mehr allein. Warte, ich gebe dir gleich die Adresse von Frau von Anstetten, schreibe ihr doch mal und berichte ihr von Heidi, dann freut sie sich."

Sie kamen wohlbehalten zu Hause an. Regina wickelte die Kleine und Gunther schaute zu. „Richtige Speckbeinchen hat sie", sagte er, „ob sich das noch verwächst?"

„Natürlich", lachte Regina, „sie ist doch noch ein Baby. Willst du sie halten? Ich mache ihr die Flasche warm."

Gunther folgte ihr in die Küche. „Mutti macht dir dein Fläschchen, Heidi. Schau mal, dort!"

Regina beobachtete ihn aus den Augenwinkeln. Er redete unentwegt mit dem Kind und seine Augen strahlten. Ein tiefes Glücksgefühl durchflutete sie.

„Ach, übrigens", sagte er, „das habe ich ganz vergessen. In der Speisekammer stehen drei Pakete Trockenmilch für Babys. Amerikanische! Damit müsstest du erst mal eine Weile über die Runden kommen, sie ist sehr konzentriert. Hab ich gestern noch besorgt, hat mich ganz schön was gekostet."

„Danke, Gunther, ich weiß gar nicht, wie ich dir dafür danken soll."

„Ich schon. Was meinst du, findest du nicht auch, dass Heidi Geschwister braucht?"

„Ja, natürlich, sie wird ganz bestimmt Geschwister haben. Aber wollen wir nicht erst mal mit einem Kind anfangen? Oder willst du Zwillinge? Dafür kann ich nicht garantieren."

„Ein Geschwisterchen reicht für den Anfang, nicht wahr, Heidi?"

Das Kind gluckste fröhlich vor sich hin.

„Was werden wohl deine Eltern sagen?" Sie lagen bereits im Bett, und Heidi schlief in ihrem Körbchen.

„Lass mich nur machen, Regina. Misch dich da gar nicht ein. Und jetzt beginnt ein neues Leben, du arbeitest nicht mehr im Laden, du hast genug mit dem Kind zu tun. Ich werde noch jemand einstellen, meine Frau muss nicht arbeiten. Gute Nacht."

„Ich gehe gleich rüber", sagte er zu ihr, als sie am nächsten Morgen beim Frühstück saßen. „Und deine Mutter bringe ich auch gleich mit, sie kann ja heute schon einziehen. Pass mal auf, wir machen das folgendermaßen: Ich lade meine Eltern zum Mittagessen ein, bis dahin werden sie sich sicher beruhigt haben."

„Ist gut, Gunther."

Regina war um sechs Uhr aufgestanden, hatte Heidi gefüttert, gewaschen und frisch angezogen.

Das Kind war recht ruhig gewesen, es hatte sich nachts nicht gemeldet und sie dachte, sicher ist sie noch zu klein, um zu bemerken, dass sie jetzt bei anderen Menschen ist. Ein Glück, dass wir sie so früh geholt haben, wäre sie schon ein Jahr alt, dann hätte sie sicher geweint in der fremden Umgebung.

Heidis Körbchen stand neben ihnen auf dem Fußboden, Gunther schaute hinab und sagte: „Sie braucht dringend ein anständiges Bett. Da werde ich mich gleich nachher drum kümmern."

„Was koche ich denn da, wenn deine Eltern kommen?"

Fragend schaute sie ihn an. Ich kann überhaupt keinen klaren Gedanken mehr fassen, was ist bloß mit mir los, dachte sie. Ich komme mir vor wie ein dummes Kind.

„Dir wird schon was einfallen. Käthe hat dir doch Eier und Speck mitgegeben, da machst du uns ein schönes Bauernfrühstück, Kartoffeln sind noch genug da."

Er strich sich ein Honigbrot und biss genüsslich hinein. „Hm, echter Heidehonig. Manchmal denke ich, vielleicht sollte man auch aufs Land ziehen, Kartoffeln anbauen, Schafe züchten und imkern. Das ist doch eigentlich das wahre Leben, so mit eigener Scholle. Die Brockmanns, die sitzen schon seit Hunderten von Jahren auf ihrem Hof, denen kann auch ein Krieg nichts anhaben."

„Meinst du etwa auch, es gibt wieder Krieg? Dein Vater redet ständig von einem Krieg gegen die Russen."

„Quatsch. Da musst du gar nicht drauf hören. Ich denke, wir werden jetzt eine lange Periode des Friedens haben. Na ja, Frieden ist übertrieben, es wird wohl mehr ein Waffenstillstand bleiben. Jedenfalls werden wir uns jetzt was aufbauen können, eine solide Grundlage für uns und unsere Kinder. In einem hat Vater recht, es wird im nächsten Jahr eine Geldentwertung geben. Also nicht sparen, Regina, sondern das Geld, so wie es reinkommt, ausgeben, besonders für solide, langlebige Sachen. Wenn du was Größeres für das Kind oder den Haushalt brauchst, dann sag mir Bescheid. So, und jetzt gehe ich rüber."

Eine Stunde später war er wieder da. Fragend schaute sie ihn an.

„Na?", meinte er grinsend, „willst du gar nicht wissen, was los war?"

„Ja, was?" Sie weichte gerade Wäsche ein, schaute auf und pustete sich eine Haarsträhne aus der Stirn. „War es schlimm? Vielleicht hätte ich doch lieber mitkommen sollen?"

Gunther stieß verächtlich die Luft aus. „Mein Vater ist ein seniler alter Knacker. Weißt du, was ich bereue? Dass ich mich nicht früher von ihm gelöst habe und meinen eigenen Weg gegangen bin. Aber ich war einfach zu faul, zu bequem."

Das stimmt, dachte sie, du warst bequem. Aber jetzt bist du ganz anders. Dieser Krieg, der uns so viel Leid gebracht hat, für dich war er gut gewesen. Du bist endlich erwachsen geworden.

„Jetzt ist es zu spät“, fuhr er fort, „ich bin bald Mitte dreißig. Aber lass mal, in spätestens zehn Jahren geht er aufs Altenteil. Er hat sich natürlich aufgeführt, das kannst du dir ja denken, seine unflätigen Ausdrücke will ich dir ersparen. Ich habe ihm unmissverständlich klargemacht, dass er sich in unsere Familienangelegenheiten nicht mehr einzumischen hat.“

„Und deine Mutter?“

„Na, du kennst sie doch. Angeblich hat sie alles gewusst und so weiter. So, und jetzt hole ich das Zeug von deiner Mutter rüber. Die sitzt da und heult.“

„Ich komme mit. Heidi schläft.“

An ihre Mutter hatte sie überhaupt nicht mehr gedacht. Hertha öffnete ihnen die Tür und tat so, als wäre Regina Luft für sie. Ihre Mutter wirtschaftete gerade auf ihrem kleinen Balkon mit den Geranien herum. „Die lasse ich ihr nicht hier. Das sind meine!“ Laut schluchzend umarmte sie Regina.

„Ist ja gut, Mutter.“ Ein merkwürdiges Gefühl stieg in ihr auf, eine Mischung aus Verwunderung und Erleichterung. Sie konnte sich nicht erinnern, wann ihre Mutter sie jemals so umarmt hatte.

„Jetzt wird doch alles gut! Du kommst gleich mit, nun hör schon auf zu weinen. Drüben wartet dein Enkelkind auf dich.“

„Sie hat dich eine raffinierte kleine Schlampe genannt!“ Ingeborg wandte sich ab und schluchzte noch einmal laut auf, dann beugte sie sich über ihre Geranientöpfe und zupfte hektisch an ihnen herum.

„Und wenn schon, lass sie doch, sie kriegt sich auch wieder ein.“

„Wenn ich daran denke, was wir alles für sie getan haben! Tag für Tag haben wir in ihrem Laden gestanden und du hast die Treppen gescheuert und ihr die Öfen geheizt, damit sie sich mit ihren hundert eingebildeten Krankheiten mopsen konnte. Und das alles für ein bisschen Essen.“

„Immerhin, sonst wären wir vielleicht verhungert.“

„Ach, wenn das dein Vater wüsste.“

„Ist ja gut, Mutter. Lass mich die beiden Koffer nehmen, nimm du die Reisetasche. Die Geranien kannst du immer noch holen. Wo ist denn Gunther? Komm, wir gehen, ich will hier endlich raus, Gunther kann später den Rest rüberschaffen.“

„Mein Geschirr! Das steht ja alles noch in ihrem Küchenschrank. Und das Besteck, die Töpfe!“

„Später, Mutter, später.“

Ingeborg Petersen beugte sich über das Kind, und wieder flossen die Tränen. „Mein Gott, ist die niedlich“, flüsterte sie, „und sie kommt ganz nach dir.“

Hertha und August kamen tatsächlich wie verabredet um Punkt ein Uhr zum Mittagessen. August ließ sich nichts anmerken, er tat so, als wäre alles in bester Ordnung, Hertha spielte weiterhin die gekränkte Hoheit. Schließlich wollte August das Kind sehen, Regina holte es aus dem Schlafzimmer.

„Hm“, brummte er, „scheint alles in Ordnung zu sein, ist jedenfalls alles dran.“

Hertha tat die ganze Zeit so, als wären Regina und das Kind nicht vorhanden, doch dann zupfte sie Gunther am Ärmel und sagte: „Ich habe alles aufgehoben von dir. Bett, Wickeltisch und Kinderwagen in bester Qualität! Steht im Keller, in der rechten Abseite.“

„Danke schön, Hertha, das kann ich alles gut gebrauchen“, rief Regina mit gespielter Munterkeit.

Hertha reckte ihren Hals, schob die Brauen hoch, schaute hoheitsvoll an ihr vorbei und nickte kurz. Sie sah wie eine komische alte Filmdiva aus. Mühsam unterdrückte Regina ihr Lachen.

– 39 –

Eine Woche vor der Eröffnung des Ladens stellte Gunther eine Verkäuferin ein, ein etwas älteres Fräulein, sie hatte in einem Haushaltswarengeschäft auf dem Großen Burstah gearbeitet, bis das Haus den Bomben zum Opfer gefallen war. Ingeborg wollte gern weiter mit im Laden arbeiten. „Sonst komme ich mir ja vor wie das fünfte Rad am Wagen“, meinte sie, „ich muss doch was zu tun haben, Kinder.“

Nicht nur, was das Kind betraf, hatte Gunther mit seinem Vater reinen Tisch gemacht. Sie zahlten nun Miete für die Wohnung, und er wurde seines Vaters regulärer Angestellter. Darauf hatte er bestanden.

„Ich will Trennung und Klarheit“, sagte er zu Regina, „dann kann er sich nicht mehr einmischen. Und eines Tages gehört uns sowieso alles, ich bin der einzige Erbe.“

Doch nach wie vor war er mit August unterwegs, und im Keller und Lagerraum stapelten sich die Waren. Oft blieben sie tagelang weg. Manchmal hatte Regina eine schlaflose Nacht und malte sich aus, wie das alles wohl weitergehen sollte, wenn Vater und Sohn im Knast landen würden. Aber es geschah nichts dergleichen, und schließlich gewöhnte sie sich daran.

Pünktlich zum 1. September eröffneten sie den zweiten Laden. August hatte recht behalten, die Hausfrauen rissen ihnen die Töpfe, Pfannen, Elektrokocher und Bügeleisen förmlich aus den Händen.

„Seht ihr“, meinte er, als sie abends die Einnahmen zählten. „Der Sommer ist vorbei. Jetzt wollen sie es sich alle wieder gemütlich machen in ihren vier Wänden. Und passt mal auf, nach dem Weihnachtsgeschäft, da machen wir eine große Rabattaktion! Gleich im neuen Jahr, und warum dann? Na, wisst ihr das nicht? Wenn sie den Weihnachtsbaum rausgeschmissen haben, dann geht das Räumen und Putzen von vorne los. Die Weiber sind doch alle gleich!“

Heidi hatte nun ihr eigenes Zimmer, und es fehlte ihr an nichts. Gunther schleppte ständig neue Sachen für sie an. Puppen und Teddys, mit denen sie noch gar nichts anfangen konnte, und Kleider, die ihr noch nicht passten. Regina hütete sich, etwas zu sagen, und ihre Mutter meinte:

„Er hat einen Narren an ihr gefressen, wer hätte das gedacht. Sei froh, dass es so gekommen ist. Siehst du, ich habe damals recht gehabt.“

„Ja, ja, Mutter“, sagte sie. Es sollte ironisch klingen, aber es hörte sich müde und gleichgültig an.

Der September neigte sich dem Ende entgegen, die Tage wurden langsam kürzer und die Abende waren schon empfindlich kühl. Obwohl Regina jetzt nicht mehr im Laden stehen musste und mehr Zeit für sich und das Kind hatte, ging es ihr nicht gut. Sie fühlte sich schlapp und ausgelaugt.

Mitte Oktober, an einem schon recht kalten Herbstsonntag, saß sie mit Gunther nach dem Mittagessen im Wohnzimmer. Ingeborg machte mit dem Kind eine Ausfahrt.

Heute hatte sie zum ersten Mal in diesem Herbst im Wohnzimmer und in Heidis Zimmer geheizt. Noch immer gab es nicht genügend Kohlen auf Bezugsschein, aber Gunther und August hatten vorgesorgt, es lag viel Holz in der Garage.

Regina saß auf der Ofenbank und genoss die Wärme. Sie schloss die Augen und ließ ihre Handarbeit in den Schoss sinken. Gunther lag auf der Couch und las die Zeitung.

„Schläfst du?“ Er raschelte mit den Zeitungsblättern und setzte sich auf.

„Nein, ich schlafe doch nicht am hellen Tag.“

„Machst du uns einen schönen Kaffee, einen echten? Heute ist doch Sonntag, und hast du nicht gestern einen Napfkuchen gebacken, Reginchen?“

Was ist er bloß verfressen, dachte sie, vor zwei Stunden hat er gerade Mittag gegessen. Und ich habe wieder kaum einen Bissen runterbekommen.

Gunther schaute ihr zu, wie sie den Tisch deckte, ein zufriedenes Lächeln lag auf seinem Gesicht.

„Hübsch machst du das immer. Und der Kuchen, wie der duftet. Nun setz dich mal hin, ich muss was mit dir besprechen.“

„Ich auch, Gunther“, sagte sie leise.

Erstaunt schaute er auf. „War wieder was mit meiner Mutter?“

„Nein, das läuft jetzt ganz gut. Aber erzähl du zuerst.“

„Der Grünhöker gibt seinen Laden auf.“

„Davon habe ich schon gehört, er will zu seinen Kindern ziehen. Alt genug ist er ja, um sich zur Ruhe zu setzen.“

„Was hältst du davon, wenn wir den Laden pachten? Ich habe schon mit ihm gesprochen, die Pacht ist lächerlich niedrig. Der Laden wird zum Frühjahr frei werden.“

„Das heißt, du willst einen dritten Laden eröffnen?“

„Genau. Und zwar eine Parfümerie, klein aber fein!“

„Also keine Drogerie, sondern ...“

„Eine Parfümerie, sag ich doch, so ein bisschen Luxus und Glamour. Findest du nicht auch, dass es langsam mal wieder Zeit dafür wird? Die Frauen sind doch ganz ausgehungert danach! Parfüm, Lippenstifte, Nagellack und Haarlack, dieser ganze Kram. Mit Mottenkugeln und Läusepulver allein kann man keinen Staat mehr machen.“

„Ich brauche das nicht unbedingt."

„Du bist ja auch von Natur aus schön, meine Liebe. Also, ich habe eine gute Quelle entdeckt. In Belgien."

„In Belgien? Gunther, wenn sie dich da hopp nehmen ..."

„Alles legal, Regina. Eine amerikanische Firma, sie würden mir die Ware zu äußerst günstigen Konditionen überlassen. Das ist ihnen wichtig, sie wollen hier auf dem Kontinent neue Märkte erschließen. Und noch etwas: Vater ist da raus. Ich mache mein eigenes Ding, und das wird mein erster eigener Laden werden!"

„Aber bist du denn nicht mehr sein Teilhaber?"

„Nein, das weißt du doch, ich bin nur noch sein Angestellter. Jeden Monat krümmt er sich vor Geiz, wenn er mir mein Gehalt auszahlen muss."

Gunther grinste. Er lehnte sich behaglich zurück und zündete sich eine Zigarette an. Regina holte einen Aschenbecher.

„Damit bin ich rein theoretisch auch aus seinen illegalen Geschäften raus", fuhr er fort. „Mein Name ist Hase, ich weiß von nichts. Und der neue Laden wird sauber. Wir haben das jetzt auch gar nicht mehr nötig, wir haben uns doch gut etabliert. Es läuft viel besser als vor dem Krieg, weil wir kaum noch Konkurrenz im Viertel haben. Diese Situation müssen wir ausnutzen. Außerdem kommt im nächsten Jahr die Geldumstellung, das ist bombensicher. Und dann gibt es alles zu kaufen, also wird der Schwarzmarkt über kurz oder lang zusammenbrechen. Jedenfalls hat er keine Zukunft mehr."

„Wo soll denn das auf einmal alles herkommen? Ich meine, die ganzen Waren?"

„Die werden doch jetzt künstlich zurückgehalten. Was denkst du, was die machen? Genau dasselbe, was wir im Kleinen machen, das veranstalten die im großen Stil. Außerdem läuft im nächsten Jahr der Marshallplan an. 12,4 Milliarden Dollar sollen dann in den westeuropäischen Markt fließen, allein für Westdeutschland 1,5 Milliarden! Rohstoffe, Lebensmittel, Kredite, auf einmal wird alles wieder da sein. Regina, es geht aufwärts!"

„Und was wird dein Vater dazu sagen? Er nimmt es dir sicher übel, wenn du einen eigenen Laden aufmachst."

„Klar gibt es Stunk, du kennst ihn ja."

„Wenn er dich nun rausschmeißt? Ich meine, er könnte ja auch jemand einstellen, der sich um alles kümmert, Arbeitslose gibt es genug."

„Das, meine Liebe, wird er sicher nicht machen."

„Warum nicht?"

„Weil er seine Grenzen kennt. Eigentlich wollte ich es dir noch nicht sagen, aber Vater hat Alzheimer."

„Alzheimer. Was ist denn das? Meinst du etwa, er fängt an zu tüdeln? Das ist mir und Mutter auch schon aufgefallen, er fragt uns ständig dasselbe, Heidis Namen kann er sich auch nicht merken. Erst dachte ich, er will mich damit ärgern, aber dann ..."

„Er war mit Mutter bei unserem Hausarzt", unterbrach er sie, „der hat einen Test mit ihm gemacht. Ich habe mit dem Arzt gesprochen, er meinte, es wird in nächster Zeit immer schneller mit ihm bergab gehen, diese Krankheit kann man nicht aufhalten und es gibt auch keine Medikamente dagegen. Das heißt, irgendwann ist er nicht mehr geschäftsfähig. Er sieht jetzt schon nicht mehr durch, sein Kopf ist wie ein Sieb."

„Aber das ist ja schrecklich."

„Ach, Regina, hör auf zu heucheln, das kann uns in unserer Situation nur recht sein. Natürlich tut er mir leid, er ist mein Vater. Und Mutter erst. Aber du kennst doch das Sprichwort: ‚Dem Eenen sin Uhl ist dem Anderen sin Nachtigall'."

„Ach weißt du!"

„Übrigens ist es erblich. Also wenn es bei mir dann so weit ist, musst du mich pflegen."

„Ach, Gunther, hör auf!"

„Darüber muss man doch reden, Regina. Du wolltest auch was von mir, was war das noch mal?"

„Ich war auch beim Arzt, ich bin schwanger, Gunther."

„Hab ich doch recht gehabt! Ich habe es mir schon gedacht."

„Warum?"

„Weil du jeden Morgen kotzt. Meinst du, ich höre das nicht?"

„Freust du dich denn nicht?"

„Natürlich freue ich mich, und wie!"

Ende Oktober wurde Heidi auf den Namen Heidemarie Ingeborg Lorenz getauft, und als sie aus der Kirche kamen, da sagte Gunther zu ihr: „Nun hat alles seine Ordnung, Regina. Streng dich mal an, dass unser zweites Kind ein Junge wird."

Regina aber zuckte lächelnd mit den Schultern. „Es kommt, wie es kommt", sagte sie leise und dachte sich, irgendwie geht es immer weiter. Das ist nun mein Leben, und eigentlich ist es gar nicht so schlecht. Es hätte schlimmer kommen können.

– 40 –

Schwedt, Winter 1947/1948

Heinrich wusste, was alle von ihm erwarteten. Er war der lustige Typ, der Witze und Anekdoten erzählte und den Tag mit einem Pfeifkonzert begann. Doch seine Fröhlichkeit war ihm abhanden gekommen. Und so bemühte er sich redlich, ganz der Alte zu sein, der gute, lustige Junge von nebenan, um ihre Erwartungen zu erfüllen. Aber sobald er allein war, spürte er, wie sich eine bisher nie gekannte Schwermut auf ihn senkte.

Als die erste Euphorie nach der Ankunft verflogen war, spürte er eine innere Leere, sie paarte sich mit einem diffusen Schuldgefühl. Er ging durch die Straßen der zerstörten Stadt und suchte nach den Wegmarken der Vergangenheit, nach Kindheitserinnerungen, nach den lichten Momenten einer Zeit, die ihm nun so fern schien, als hätte sie nichts mit seinem Leben zu tun gehabt.

Die Stadt war leer. Geräumt vom Schutt lag sie da wie ein Tier, von dem nur noch das Skelett übrig geblieben war. Alles andere hatten die Aasgeier des Krieges gefressen. Über die weiten, kahlen Flächen pfiff der eisige Wind, er kam von Osten über die Oder. Er kam aus einem verlorenen Land, an dessen Grenze man nun wohnte und dessen einstige Bewohner wie Treibgut nach der Flut westlich der Oder gelandet waren.

Heinrich aber ging allein durch die dunklen Straßen, und sein Herz füllte sich mit Bitterkeit. Er sah die Einschüsse an den Häusern und dachte, sie haben gekämpft und gelitten für unsere Stadt, sie sind vergeblich geflohen, sinnlos gestorben und ich war nicht da. Ich habe meine eigene Haut gerettet und alles überlebt.

Er vergaß, wie sinnlos der Kampf und das Leiden gewesen waren und dass er es schon damals gewusst und genau richtig gehandelt hatte. Er vergaß, was er über die Verbrechen der Nazis in Hamburg gehört und gesehen hatte. Er fühlte sich schuldig, weil er sich aus seiner Stadt davongestohlen hatte.

Er sah die Plätze seiner Kindheit, geschändet, öde und leer. Er sah die zerschossene Kirche, die Schlossruine und die leere Schlossfreiheit, die einstige Prachtstraße. Eine dunkle Schwermut senkte sich auf ihn. In diesen Stunden kreiste alles in seinem Kopf um das Thema Schuld, sowohl um die Schuld, nicht dabei gewesen zu sein in der Todesstunde seiner geliebten Heimatstadt, als auch um die Kollektivschuld des deutschen Volkes. Der Brand des Krieges, den die Nazis entfacht hatten, er war mit dem Ostwind zurückgekommen und hatte verzehrt, was ihm lieb und teuer gewesen war. Und so musste er sich von seinem geliebten Städtchen, dessen Bild er in seiner Hamburger Zeit stets im Herzen getragen hatte, verabschieden.

Am Bürgermeisteramt, in dem nun die neuen, von der sowjetischen Militäradministration eingesetzten Machthaber saßen, hing über dem Tor zur Hofeinfahrt ein rotes Transparent.

„Nie wieder Krieg und Faschismus“, las er. Das spricht mir aus dem Herzen, dachte er. Das ist der gemeinsame Nenner, dem sich alles andere unterordnen muss. Vorher kann nichts Neues so richtig beginnen.

Dennoch las er es mit Vorbehalt, denn hier regierte nun die SED, die Sozialistische Einheitspartei Deutschlands, hervorgegangen aus der SPD und der Kommunistischen Partei. Natürlich wusste er, dass bei dieser Vereinigung nicht alles mit rechten Dingen zugegangen war und die neuen Machthaber sich mit neuer Schuld beladen hatten. Jeder wusste es, aber in der Öffentlichkeit schwiegen sie alle. Die Angst, denunziert zu werden und in einem Lager oder im Zuchthaus zu landen, ging in der Stadt um wie ein Gespenst.

Kurz nach seiner Ankunft erfuhr er von seiner Mutter vom Schicksal Karl Rennerts. Er war der Vater von Wolfgang, mit dem er damals die Stadt verlassen hatte und der sich aus dem Arbeitsdienst der Briten abgesetzt und seitdem „vaschütt“ war, wie der Schwedter sagt, vermisst, verschollen. Sein Vater Karl aber, ein alter SPD-Mann, hatte sich der Zwangsvereinigung mit den Kommunisten öffentlich widersetzt, nun saß er im Zuchthaus Brandenburg. Er war nicht der Einzige, dem das widerfuhr. Die Revolution fraß ihre Kinder, denn nun ging es um die absolute Macht. Nicht um Frieden, Völkerfreundschaft und Sozialismus und wie die Phrasen alle hießen, nicht um eine bessere Zukunft, sondern vor allem um die diktatorische Inanspruchnahme der Macht. Nun begann auch in der sowjetisch besetzten Zone die Zeit der stalinistischen Säuberungen. Doch davon wusste Heinrich vorerst nichts, und welches Ausmaß diese Verbrechen annehmen würden, das würde er erst als alter Mann erfahren.

Schon an einem der ersten Abende machte er sich auf den Weg, um Frau Rennert einen Besuch abzustatten. Denn das bin ich ihr schuldig, so dachte er, wenigstens das.

Sie freute sich sehr, ihre Augen leuchteten. Aber als er in ihr erwartungsfrohes Gesicht schaute, da fiel es ihm sehr schwer, ihr das wenige zu erzählen, was er über Wolfgangs Verbleib wusste. Dennoch gelang es ihm, in seinen alten, plaudernden Ton zu fallen, und so konnte er ihr vorgaukeln, dass Wolfgang sicher bald auftauchen würde.

Nein, natürlich nicht, beruhigte er sie, die Briten würden ihm nichts tun, er galt ja damals theoretisch schon als entlassen, der Arbeitsdienst war freiwillig. Die Wahrheit war, Heinrich wusste nicht, welche Konsequenzen Wolfgangs Verschwinden haben könnte, falls man ihn aufgreifen würde. Aber er war ja schon eine ganze Weile weg, vaschütt, und das war gut so, nur nicht für seine Mutter. Vier Jahre später erhielt Frau Rennert Post aus Frankreich. Ihr Sohn war als Söldner der Fremdenlegion in einem fernen asiatischen Land gefallen.

Erst als Heinrich schon im Flur stand und sich verabschieden wollte, wagte er es, nach ihrem Mann zu fragen. Frau Rennerts Gesicht, sie stand unter der Deckenlampe, er konnte jede Linie und Falte deutlich sehen, veränderte sich in Sekundenschnelle. Es glich einer Totenmaske, wurde grau und hart wie Beton.

„Er hat vier Jahre bekommen, Heini“, flüsterte sie heiser, „es ist nicht anders als unter den Nazis, nichts hat sich verändert! Ich bin ja nur froh, dass sie ihn nicht deportiert haben, wer erst einmal in Sibirien ist, der kommt nicht zurück.“

Bevor er an diesem Abend zu Bett ging, holte er sein Fotoalbum hervor. Es hatte den Untergang der Stadt wohlbehalten im Erdreich überstanden. Er schaute lange auf sein Klassenfoto und zählte die Toten. Von fünfunddreißig Schülern waren fünfzehn gefallen, und auch der Lehrer lebte nicht mehr. Mutter hatte ihm die Namen der Toten genannt.

Er sah ihre Gesichter, und schließlich nahm er die Lupe, um sie noch einmal genau anzuschauen. Er sah das Individuelle in jedem Gesicht, das Typische, das Unverwechselbare, und die Erinnerungen stiegen in ihm auf. Da war der Stotterer, hellblond und sommersprossig, dann der Kleine, der leicht hinkte, weil er Kinderlähmung gehabt hatte. Dann der dicke Werner, mit dem hatte er sich mal auf dem Schulhof geprügelt. Der Klassenprimus, ein schlauer Kopf. Der vorlaute Dieter, den die Lehrer immer auf dem Kieker hatten, und Jonny, der seinem Vater Zigaretten stahl. Max mit seiner Briefmarkensammlung, mit der er allen auf den Keks ging, und hinten stand der lange Harald, frech wie Oskar, die Haare pomadig, der Schwarm aller Mädchen.

Nun würde er sie nie wieder an heißen Sommertagen oder an lauen Abenden in der Badeanstalt und in der Eisdiele treffen, nie wieder mit ihnen gemeinsam vom Fünfmeterbrett springen, nie wieder mit ihnen den Mädchen nachpfeifen.

„Was liegt so an, Leute?“, murmelte er, „was macht ihr denn jetzt da oben? Und was sagt der liebe Gott zu dieser ganzen Schweinerei hier?“

Er schloss die Augen und hörte ihre Stimmen, roch den Mief des Klassenzimmers und das Bohnerwachs auf den Fluren und er hörte das Quietschen der Kreide auf der Tafel. Gelächter, ein Papierflieger, Stühle scharren, Heil Hitler! Setzen!

Jahrgang 1928, mit siebzehn Jahren für Führer, Volk und Vaterland gefallen. Jungmänner mit Pubertätspickeln, in ihren Schränken hingen die Konfirmationsanzüge, aus denen sie gerade herausgewachsen waren. Sie träumten von der ersten großen Liebe, während ihre Beine noch unter Mutters Tisch steckten.

Er ging in ihre Elternhäuser, um zu kondolieren, und jedes Mal, wenn er sich auf den Weg machte, dachte er, wenigstens das muss ich tun. Ich bin es ihnen schuldig, sie waren meine Kameraden und als sie im Dreck lagen, da war ich nicht dabei.

Ich bin es ihnen schon deshalb so verdammt schuldig, weil ich mit heiler Haut davon gekommen bin. Und vor allem, es darf nie wieder ein Krieg von deutschem Boden ausgehen, dafür werde ich alles tun, was in meiner Macht steht.

Wenn er nach diesen Besuchen heimging, fühlte er sich besser, ganz als hätte man ihm ein Stück seiner großen Last von den Schultern genommen. Alle Familien freuten sich über seinen Besuch und fragten, wie es ihm denn so ergangen sei. Er schilderte es mit recht sparsamen Worten und beobachtete sich dabei selbst. Nichts wäre fataler, als ins Schwadronieren zu kommen, dachte er.

Ja, ihm war es gut gegangen, er hatte nicht gehungert und gefroren, er war heil und gesund zurückgekommen. Doch es gehörte sich nicht, ihnen zu erzählen, wie gut ihm das Weißbrot der Briten geschmeckt hatte, mit Butter und Corned Beef, oder dass er sich an den Wochenenden auf St. Pauli verlustiert hatte, als ihre Söhne schon längst tot gewesen waren.

Inzwischen hatte er seinen Dienst bei der Bahn wieder aufgenommen. Anstelle des abgebrannten Bahnhofsgebäudes stand nun eine schwarz geteerte Baracke am Bahnsteig, ein symbolhaftes Bild der allgemeinen Trostlosigkeit. Von den alten Kollegen fehlte nur einer, und der Zugverkehr fand wieder statt wie seit eh und je, das heißt, wie seit hundert Jahren mit einem kaum veränderten Fahrplan.

Schwedt – Heinersdorf – Niederlandin – Pinnow – Mürow – Angermünde. Siebenmal täglich, dazu ein wenig Güterverkehr, die Bauten des Güterbahnhofs hatten fast alle den Krieg überstanden. Manchmal pendelte er mit dem Fahrrad zwischen den einzelnen Haltepunkten, und er liebte es sehr, in Heinersdorf oder Niederlandin seinen Dienst zu versehen. Auf dem Land gab es kaum Ruinen, und wenn er über die endlosen Felder schaute und sah, wie die Schwalben in langer Reihe auf den Telegrafendrähten saßen, wenn er das Brüllen der Kühe in den Ställen hörte und ihm der Geruch des Kiefernwaldes in die Nase wehte, dann war die Illusion des Friedens perfekt. Eines richtigen, echten Friedens, ohne Besatzungsmächte und ohne Angst vor einem neuen Krieg.

Dennoch war er nicht mehr so ganz zufrieden mit seiner Arbeit. Eine gewisse Verdrossenheit breitete sich in ihm aus.

Welche Möglichkeiten hätte er in Hamburg gehabt, Hamburg Hauptbahnhof, Hamburg Airport, der Duft der großen weiten Welt. Aber da kann ich später immer noch hin, so dachte er dann stets, es wird sich alles beruhigen, ewig kann das ja nicht so weitergehen mit den Besatzungsmächten. Wir werden wieder ein Land sein, und dann gehe ich vielleicht zurück nach Hamburg. Er wusste, dass er sich in Illusionen wiegte. Doch obwohl sich eine gewisse depressive Grundstimmung in seinen Alltag eingeschlichen hatte, so verfügte seine Seele immer noch über genug Hoffnung, um zu träumen.

Dass die Realität eine andere war, hörte er jeden Tag im Rundfunk des amerikanischen Sektors und er erlebte und hörte es hautnah in der Stadt. Ständig war von Verhaftungen und Enteignungen die Rede. Es betraf nicht seine Familie, sie gehörten jetzt zur Arbeiterklasse, also zu denen, die nun die Macht im Lande haben sollten. Dennoch empfand er es als ungerecht, wenn Leuten ihr Hab und Gut weggenommen wurde. Gerecht war das nur, wenn sie sich im Sinne des Nationalsozialismus schuldig gemacht hatten. Er hörte von den Plünderungen auf den großen Gütern der Umgebung. Die früheren Eigentümer hatten alles verloren, falls sie nicht schon vor den anrückenden Russen in den Westen geflohen waren. Es blieb ihnen nichts, sie mussten ihre Güter, auf denen die Familien seit Hunderten von Jahren gelebt hatten, mit ein wenig Handgepäck verlassen, sie wurden aus ihren Heimatkreisen ausgewiesen. Außerdem versuchte man ihnen nachzuweisen, dass sie Nazis gewesen waren, um sie in Lager einzusperren.

Das ist schreiendes Unrecht, dachte er, sie gaben den Leuten Lohn und Brot, sie sorgten für ihre Leute, sie sorgten für die Dorfgemeinschaften und für das Wohl der Städter. Das ist Kommunismus und Kommunismus ist Chaos und bringt Not und Leid hervor. Man sieht es an Russland, da hat sich nichts geändert seit der Oktoberrevolution. Es ist ein Wunder, dass dieses Volk trotz der seit Jahrzehnten auftretenden Hungersnöte den Krieg gewonnen hat.

Heinrich wusste, darüber durfte nicht gesprochen werden. Man konnte ganz schnell im Zuchthaus landen, wenn man die neuen Machthaber kritisierte. Unter der Schirmherrschaft der sowjetischen Militäradministration errichteten die Kommunisten einen deutschen Ableger der stalinistischen Diktatur, und sie taten es mit derselben deutschen Gründlichkeit, mit der die Nazis ihre Diktatur errichtet hatten. In diesen Tagen begann für Millionen Ostdeutsche eine lange Lebensperiode des Schweigens und der Doppelzüngigkeit. Um die eigene berufliche Entwicklung und die Zukunft seiner Kinder nicht zu gefährden, machte man Zugeständnisse bis zur Grenze dessen, was man mit seinem Gewissen vereinbaren konnte.

Für Heinrich mündete dies vorläufig nur in einer Mitgliedschaft der FDJ, der Freien Deutschen Jugend. Eigentlich war er schon zu alt für diese Jugendorganisation, aber sie brauchten dringend Mitglieder, aus ihnen sollten später Genossen der SED werden. Ein Werber war während der Dienstzeit zu ihm gekommen und Heinrich hatte alles, was er als Argument für eine Mitgliedschaft hervorgebracht hatte, für gut und richtig befunden. Nie wieder Faschismus, nie wieder Krieg, gegen Atomwaffen, für Völkerfreundschaft und für den Aufbau eines friedlichen, vereinten Deutschlands. Allein der Gruß „Freundschaft“, da konnte man nicht dagegen sein, es sei denn man war ein ewig Gestriger. Noch erschienen ihm die Phrasen, die man überall gebetsmühlenartig wiederholte, als die Stimmen eines neuen, sozialistischen Deutschlands. Was sich dahinter verbarg, eine Macht, die jeden Widerspruch im Keim erstickte, das wurde ihm erst viele Jahre später klar.

Klubhäuser, Fahrten, Chöre, Theatergruppen und Tanzveranstaltungen, ein neues Leben und neue Freunde versprach ihm der Mann. Also zog Heinrich das blaue Hemd an und ging in das Kulturhaus des VEB Rohtabak. Das war praktisch, es lag ja gleich gegenüber.

Er hörte sich ein paar Reden an und fand sie ein wenig geschwollen. Danach gab es Schmalzstullen umsonst und ohne Marken. Es war genug da, jeder konnte so viel essen wie er wollte, dazu wurde ein dünnes Bier vom Fass ausgeschenkt. Der Höhepunkt aber war eine schmissige Kapelle, die zum Tanz aufspielte. Es war schon in der Adventszeit, und so tanzte Heinrich selbstvergessen und selig um den geschmückten Tannenbaum mit allen Mädchen, die er noch von früher kannte und auch mit denen, die neu in der Stadt waren. Der Reihe nach forderte er sie alle auf.

Als er nachts nach Hause kam, wurde Frida wach. Sie sah ihn in der Küche sitzen, er hatte sich ein Fußbad gemacht, so weh taten ihm die Füße vom Tanz in den recht unbequemen, neuen Kunstlederschuhen. Da saß er, schaute auf seine lädierten Zehen, pfiff sich ein Lied und war rundum zufrieden.

„War es schön?“, fragte sie ihn.

„Ja, Mutter. Ich habe den ganzen Abend geschwoft. Gar nicht schlecht, diese FDJ.“

In dieser Zeit begann der Exodus. Jedes Mal, wenn Heinrich hinter dem Fahrkartenschalter saß und hörte, wie eine nervöse Stimme Karten für Berlin ohne Rückfahrkarten verlangte und er die Familie im Hintergrund sah, die Frau mit den Kindern in ebenso nervöser Anspannung, umgeben von zahlreichem Gepäck und angetan im besten Sonntagsstaat, dann wusste er Bescheid.

Wieder einmal kehrte jemand der Stadt den Rücken. Für immer. Ab in den Westen, denn da sollte alles besser sein. Ja, es war besser, das wusste Heinrich jetzt, aber wenn einer von ihm wissen wollte, wie es denn da gewesen war, im Westen, dann sagte er im Brustton der Überzeugung:

„Im Westen? Das kannst du dir nicht vorstellen! Da sind die Wiesen viel grüner als hier. Das Salz ist salziger und die Tomaten röter!“ Und dann lachte er. Es war ein Lachen voller Ironie, das sein Gegenüber für einen kleinen Moment irritierte, bis es schließlich auch lachte.

Was hätte er sonst auch sagen sollen. Sich um Kopf und Kragen reden? Sollte er ihnen erzählen, dass im Westen niemand nach Sibirien geschickt wurde, weil er offen seine Meinung sagte oder sich ein privates Geschäft aufbauen wollte? Nein, das war es nicht wert.

Und wieder hatte jemand der Stadt den Rücken gekehrt. An solchen Abenden kam er still nach Hause, und wenn seine Mutter ihm das Essen hinstellte, dann sagte er nur: „Mit dem Mittagszug, eine ganze Familie.“

Frida legte ihm das Brot neben den Suppenteller und sagte leise: „Gott behüte sie.“

Eines abends ging Frida aus dem Haus, er dachte, sie würde irgendwo einen Besuch machen. Erst am späten Abend kam sie mit zwei schweren Koffern zurück.

„Wo warst du denn, Mutter, und was bringst du da mit?"

„Das muss ich in kleine Kartons umpacken", sagte sie leise, „Herr Moltzan holt es morgen ab. Kümmere dich nicht darum, Junge. Du hast nichts gesehen. Geh zu Bett."

Herr Moltzan war der Postbote. Nebenan hörte er seine Mutter rumoren, sie konnte gar nicht leise sein, alles was sie tat, war stets mit lauten Geräuschen verbunden. Am nächsten Morgen ging er auf den Balkon, um seine Schuhe zu putzen. Da lagen drei sorgfältig verschnürte Päckchen, der Absender war ein Fantasiename, der Empfänger eine Westberliner Adresse.

„Das will ich gar nicht wissen", murmelte er.

Die Sache mit den Päckchen wiederholte sich noch einige Male, und schließlich erfuhr er, wem sie das Hab und Gut hinterherschickte. Er warf ihr vor, dass sie die ganze Familie in Gefahr bringen würde, aber insgeheim bewunderte er sie. So war sie nun mal, sie konnte nicht anders, sie musste helfen. Manchmal kam er vom Dienst, da saß ein Fremder in ihrer Küche und aß sich satt. Seine Mutter teilte das Letzte, und dafür liebte er sie umso mehr.

– 41 –

Reinhild war kurz nach seiner Heimkehr ausgezogen, sie wohnte jetzt in einer kleinen Mansarde in der Bahnhofsstraße, ganz in der Nähe des Krankenhauses. Das hatte nichts mit ihm zu tun, es war schon so geplant gewesen, bevor er kam. Vor einem Jahr hatte sie eigenen Wohnraum beantragt, und das Krankenhaus setzte sich sehr für sie ein.

Heinrich half ihr bei der Renovierung. Sie strichen alle Wände mit einer faden, hellgrünen Leimfarbe, etwas anderes hatten sie nicht bekommen und an Tapeten war überhaupt nicht zu denken. Es gab keine und außerdem war das bisschen Geld, das sie bisher gespart hatte, draufgegangen für etwas Bettwäsche, Handtücher, Geschirr und anderen nötigen Hausrat. Das Krankenhaus half ihr aus mit einem Bett und einem Schrank. Ein

Tisch und zwei Stühle fanden sich im Gartenschuppen und aus alten Bettbezügen nähte Frida Fenstervorhänge.

„Ist das nicht gemütlich? Nun sag bloß, ist das nicht schön geworden?"

Reinhild strahlte vor Glück. Sie stellte ein paar Tannenzweige in eine Vase und zündete eine Kerze an. „Das wird mein erstes Weihnachten in der eigenen Wohnung. Wenn ich daran denke, wie ich vor drei Jahren mit nichts als einem Rucksack hier ankam. Nun komm, setz dich, Heinrich, und greif zu, du bist mein erster Gast!"

Auf dem Tisch dampfte Malzkaffee in einer Blechkanne, daneben stand ein Teller mit Pfefferkuchen, eine Sonderzuteilung des Krankenhauses für die Mitarbeiter. Heinrich setzte sich, er fühlte sich so wunderbar zu Hause bei ihr wie sonst nirgendwo außer in der Küche seiner Mutter.

Er mochte sie sehr, beim Renovieren der Wohnung hatten sie viel Spaß miteinander gehabt. Sie lachten, alberten, beschmierten sich gegenseitig mit Farbe und pfiffen und sangen so laut, dass sich schließlich ein Nachbar beschwerte. Er fand, sie war ein prachtvolles Mädel. Obwohl sie alles verloren hatte, ihre Familie und ihre Heimat, schaute sie doch voller Optimismus in die Zukunft. Wenn er mit ihr zusammen war, schämte er sich ob seiner manchmal recht düsteren Gedanken. Er hatte weder die Familie noch die Heimat verloren.

Reinhild war sehr ehrgeizig, sie wollte das Krankenpflegeexamen machen. Die Ausbildung begann im nächsten Jahr in der Klinik Berlin-Buch. Dort würde sie dann jeweils einmal im Monat für eine Woche den theoretischen Unterricht absolvieren und in dieser Zeit in einem Schwesternwohnheim der Klinik wohnen. Heinrich bewunderte ihren Tatendrang, und wenn sie Zukunftspläne schmiedete, dann kam er sich manchmal uralt vor. Wie ein Mann, der schon alles hinter sich hatte, dabei war er jünger als sie. Er war sogar ein klein wenig neidisch. Sie kam raus, sie würde in der Nähe von Berlin wohnen, da konnte man schnell mal mit der S-Bahn nach Westberlin fahren, und sei es nur, um dort ins Kino zu gehen und sich die Nase an den Schaufenstern plattzudrücken. Vielleicht kam sie dann eines Tages gar nicht mehr zurück. Was sollte denn so eine lebenslustige junge Frau wie sie hier in dieser Einöde. Ihre Tante aus Lichtenberg, ihre einzige Verwandte, war inzwischen nach Westberlin gezogen, sie hatte dort also sogar eine Anlaufadresse, auch wenn der Kontakt nur lose war.

Heinrich gewöhnte sich in diesem Winter an, öfter mal bei ihr vorbeizuschauen, wenn er vom Dienst kam. Ihre Wohnung lag an seinem Weg, er kannte ihren Dienstplan und wusste, wann sie frei hatte. Dann tranken sie zusammen Tee und besprachen die Neuigkeiten.

Reinhild hatte sich mit wenigen Mitteln ein gemütliches Zuhause geschaffen, auch dafür besaß sie ein Händchen. Heinrich fand die blassgrüne Wandfarbe, die er erst als Klofarbe bezeichnet hatte, nun gar nicht mehr so grässlich, seit ein großformatiges Foto im goldenen Rahmen den Raum dominierte, eine Ansicht vom Schwedter Schloss. Sie hatte es günstig aus dem Nachlass eines Patienten erstanden, ebenso einen alten Ohrensessel. Den schon etwas abgenutzten Bezugsstoff verhüllte sie geschickt mit einem selbstgestrickten bunten Überwurf. Auch schmückten zahlreiche Blattpflanzen das Zimmer, fast schon zu viele, wie Heinrich fand, aber sie harmonierten bestens mit der Klofarbe. Schließlich erstand sie auf ähnlichem Wege ein recht gutes altes Radio Marke Blaupunkt, sodass sie zu ihrer Teestunde Musik hören konnten.

Reinhild sprach nie von ihrer Vergangenheit in der alten Heimat. All ihre Wünsche und Hoffnungen waren ganz auf die Zukunft ausgerichtet. Einmal eine Station leiten, das war ihr größter Wunsch, am liebsten eine geriatrische, wo man sich um die alten Patienten kümmerte, mit denen verstand sie sich am besten.

„Und dann eine Wohnung mit Badewanne, die wünsche ich mir so sehr, und vielleicht mal im Urlaub in die Berge fahren oder an die See!"

„Dann musst du einen Arzt heiraten", meinte Heinrich lachend, worauf sie verächtlich die Luft ausstieß und ihm antwortete: „Dazu brauche ich keinen Arzt, das kann ich mir alles selbst leisten, wenn ich meine Ziele erreiche."

„Na klar", lenkte er ein, „du schaffst das."

Für Heinrich gehörte sie nun zur Familie. Er sah in ihr so etwas wie eine Cousine, eine flotte, junge Verwandte, mit der man so ein bisschen flirtete und seinen Spaß hatte, aber das war auch alles. Er ahnte nicht, dass Reinhild ihr Verhältnis in einem ganz anderen Licht sah. An jenem Abend, als der Krieg sie an Land gespült hatte und sie schließlich in der Wohnung der Familie Merowin gestrandet war, da stand sie vor seinem Bild, und je länger sie es betrachtete, desto ruhiger wurde sie. Das Foto dieses blonden Jungen strahlte Zuversicht und Frieden aus. In der folgenden Zeit betrachtete sie es jeden Morgen nach dem Aufwachen und dachte: Wieder ein neuer Tag, bis jetzt ist alles gut gegangen, es wird schon werden. Heinrich war in dieser Zeit ihr Schutzengel gewesen.

Bis zu jenem Tag im Hof, als er leibhaftig vor ihr stand in seiner marineblauen Kluft, die so gut zu ihm passte. Kein Junge mehr, ein junger Mann, der nach Fremde roch, ein Heimkehrer, der sehnlichst erwartet wurde. Von diesem Moment an hatte sie sich in ihn verliebt. Sie liebte ihn mit der unverbrauchten Kraft einer jungen Frau, die noch nie die Liebe geschmeckt hatte. Sie war sich sicher, er mochte sie sehr, aber so wie Frida war auch sie eine hellsichtig und intuitiv fühlende Frau, die spürte, dass er zwar heimgekehrt, aber noch nicht ganz und gar da war. Er wusste nicht, wohin seine Lebensreise gehen sollte, das spürte sie, und sie fand es klüger abzuwarten. Sie verlor ihn ja nicht, er war praktisch immer da. Sie verbrachte jeden ihrer freien Sonntage in der Berliner Allee bei seinen Eltern.

Inzwischen war auch sie in die FDJ eingetreten, wobei ihre Motivation sich sehr von Heinrichs unterschied. Ihr ging es nicht um den Ringelpiez, wie Heinrich die Tanzveranstaltungen nannte, und auch nicht um Schmalzstullen satt, sondern um ihre Ausbildung und ihr weiteres berufliches Fortkommen. Es kann mir nur von Nutzen sein, wenn ich die blaue Bluse anziehe, dachte sie, das ist ja nichts Schlechtes. Auch gestaltete sie regelmäßig eine Wandzeitung für das Dienstzimmer ihrer Station, was ihr Lob vom Chef einbrachte und von Heinrich ironisch kommentiert wurde.

„Ich glaube, du würdest sogar in die SED eintreten, so wie du dich für die Propaganda in die Bresche schlägst“, meinte er eines Tages. Er grinste dabei, es war leicht dahergesagt, wie so vieles von ihm.

„Warum nicht?“, antwortete sie ihm mit ernster Miene. „Was vergangen ist, ist vergangen, und ich will in meinem Beruf vorwärtskommen.“

Heinrich schwieg. Also will sie hierbleiben, dachte er. Das freut mich. Es wäre schade, wenn sie auch noch in den Westen gehen würde.

Und so ging er nun mit Reinhild zum Tanzabend der FDJ, und bald hielt sie alle Welt für ein Paar, was sie beide unabhängig voneinander heftig abstritten. Natürlich glaubte ihnen keiner, wenn sie beteuerten, dass sie nur befreundet wären.

Manchmal versuchte sie ihn über seine Hamburger Zeit auszufragen. Dann verdüsterte sich seine Miene und er antwortete ihr sehr einsilbig.

An einem Sonntagnachmittag stand er mit ihr in der Berliner Allee auf dem Balkon. Sie rauchte, sie hatte sich im Krankenhaus das Rauchen angewöhnt. Sie behauptete, das würde ihre Nerven beruhigen und sie in den Nachtdiensten wachhalten. Peter war ein konsequenter Nichtraucher, also ging sie hinaus und Heinrich begleitete sie.

„Puh, was rauchst du da für ein Kraut“, sagte er, „da kannst du ja gleich alte Socken rauchen.“

Er erzählte von den Luckys, die er bei den Briten bekommen hatte und für die man fast alles, was das Herz begehrt, auf dem Schwarzmarkt erhalten konnte.

„Und sonst?“, fragte sie ihn, „was hast du denn sonst noch so da gemacht? Ich wette, du hattest eine Freundin. War sie hübsch, deine Hamburger Liebe?“

Heinrich hob seinen Blick, er schaute in die aufziehende Dämmerung, schon stand der Mond als schmale Sichel am Horizont. „Ja, sie war hübsch, verdammt hübsch. Aber sie war falsch, sie hat mich belogen und betrogen.“

Ich habe es geahnt, dachte sie. Deshalb sieht er mich nicht. Nicht als Frau, eher als Freundin oder so. Er hat Liebeskummer, immer noch. Aber auch das wird vergehen, und wir haben alle Zeit der Welt.

– 42 –

Zu Weihnachten sah Heinrich endlich seine Schwester wieder. Irgendetwas stimmte da nicht, so viel glaubte er inzwischen herausgefunden zu haben. Seine Eltern reagierten sehr einsilbig, wenn er sie mit Fragen bombardierte. Doch langsam ergab sich ein Bild.

„Kommst du aus dem Mustopp?", hatte ihm Reinhild spöttisch geantwortet, als er sich darüber wunderte, dass man Gretchen nicht ohne eine Sondergenehmigung besuchen konnte. „Ihr Mann ist jetzt beim Geheimdienst! Mann, Heinrich, du hast aber auch eine lange Leitung. Und darüber darfst du nirgendwo ein Wort verlieren, hörst du?"

Er schwieg und war ein wenig beleidigt, weil Reinhild mal wieder alles besser wusste.

„Geheimdienst", sagte er schließlich, „wie konnte sie den nur heiraten?"

Und so erfuhr er von Reinhild, was sich ereignet und was Gretchen ihr unter dem Siegel der Verschwiegenheit erzählt hatte.

„Er war doch der Kommandant, bei dem dein Vater Dolmetscher war, und als er eines Tages in der Berliner Allee aufkreuzte, da hat sie sich in ihn verliebt. Ich erinnere mich genau, ich war ja dabei. Mein Gott, du hättest sie sehen sollen, wie sie ihn angehimmelt hat! Er ist ja viel älter als sie, aber sie war ganz närrisch nach ihm. Ich habe ihr abgeraten. Das hat doch keine Zukunft, habe ich zu ihr gesagt, aber rede mal mit ner Kuh französisch! Und dann hat er ihr ja diese Stellung besorgt."

„Das weiß ich von Mutter."

Ausgerechnet Gretchen, dachte er, wo sie immer so kühl zu den Männern gewesen war. Er konnte es nicht fassen, inzwischen musste einiges passiert sein und er hatte alles versäumt.

„Und jetzt kommt der Knaller", fuhr Reinhild fort, „aber du musst mir versprechen, dass du mit niemand darüber redest."

„Ja, ja, mach ich doch nicht", knurrte er, „nun erzähl schon!"

Er hatte sich lang auf ihrem Bett hingelümmelt, sie saß ihm gegenüber im Sessel, ihre Beine lagen auf einem Stuhl.

„Für Yussip war der Krieg eigentlich vorbei, er sollte zurück in die Sowjetunion. Er will mich nicht verlieren, hat Gretchen zu mir gesagt, aber ich gehe auf keinen Fall mit, schon wegen der Eltern.

Ja, und so ist er beim Geheimdienst gelandet, ihr zuliebe. Das war die einzige Alternative, die man ihm anbot."

„Dann ist er also jetzt so eine Art Agent?"

„Ich glaube, sie nennen das Kundschafter. Aber ich will das gar nicht wissen, Heinrich. Ich bitte dich, halte du dich da auch raus, stell ihr bloß keine Fragen."

„Natürlich nicht. Mutter hat gesagt, erst wohnten sie in Bernau, da konnte sie noch jeder besuchen. Warst du da mal mit?"

„Ja, einmal. Sie hausten da mitten in der Einöde, weitab vom Ort in einem alten Bauernhaus. Das schien sie aber nicht weiter zu stören, sie hatte sich schon recht nett eingerichtet und fing an, den Garten zu bestellen. Sogar ein paar Hühner hatte sie sich angeschafft und einen Hund, weil es da so einsam war. So einen grässlichen Köter! Den musste sie einsperren, als wir kamen, sonst hätte er uns glatt gefressen."

„Wie lange wohnten sie denn da?"

„Ungefähr ein halbes Jahr. Und stell dir vor, in dieser Zeit hat sie Yussip kaum gesehen! Er kam immer nur für ein paar Stunden, und sie wusste auch nie, wo er gewesen war. Ich denke, das darf sie auch gar nicht wissen. Dann sind sie ja umgezogen, nach Hohenschönhausen, in die Orankestraße. Deine Eltern durften sie ja schon mal da besuchen, da kommt man nur mit Passierschein rein. Das soll ja wie ein Ghetto sein! Das ganze Gelände ist umzäunt, sogar mit Stacheldraht, ein riesiges Gebiet und überall stehen Posten. Aber mach dir keine Sorgen, deine Mutter hat mir erzählt, sie lebt da wie eine Prinzessin. In einer alten Villa, sie hat sogar ein Hausmädchen! Da wohnen nur Russen und sie haben alles da, Geschäfte, ein Kino, ein Kasino und wunderschöne Parks. Ich darf da nicht rein, weil ich nicht mit ihr verwandt bin. Und dich werden sie da sicher auch nicht reinlassen, weil du bei den Briten warst. Also, ehrlich gesagt, ich möchte nicht mit ihr tauschen, auch wenn sie in Saus und Braus lebt. Sie ist doch total vom Leben abgeschnitten, da wohnen nur russische Offiziere mit ihren Frauen. Es ist sicher schwer für sie, so als einzige Deutsche, und mit der Sprache tut sie sich auch schwer."

„Na ja, immerhin hat sie einen russischen Vater."

„Das steht ihr aber nicht auf die Stirn geschrieben. Mach dir nichts vor, Heinrich, ich kann mir gut vorstellen, dass sie da zwischen den Russenweibern die Außenseiterin ist. Ihre Arbeit hat sie ja nun auch nicht mehr. Da ist sie völlig drin aufgegangen, das hat ihr Spaß gemacht. Ich weiß nicht, sie ist jetzt so eine Art Anhängsel von Yussip, so kommt es mir vor. Die Frau, die darauf wartet, dass der Mann endlich nach Hause kommt."

„Ja, das ist schon komisch. Ausgerechnet Gretchen. Ich habe immer gedacht, sie heiratet nie. So couragiert war sie früher, wie ein Mann. Du hättest sie mal in Zichow erleben sollen."

„Ich weiß, ich kenne sie ja auch noch so. Ich denke, sie liebt ihren Yussip über alles, deshalb fällt es ihr nicht schwer, da in ihrem goldenen Käfig zu sitzen und zu warten, bis er heimkommt."

„Vielleicht schaffen sie sich ja Kinder an, dann hat sie was zu tun."

„Das sagt deine Mutter auch, Platz sollen sie genug haben."

Als Heinrich an Heiligabend vom Dienst kam, waren Gretchen und Yussip schon da. Ein Fahrer hatte sie gebracht und es war verabredet, dass er sie abends um neun wieder abholen sollte.

Er kam in die Küche und hörte im Wohnzimmer ihre Stimmen. Leise zog er seinen Mantel aus, dabei klopfte sein Herz voller Freude. An der Garderobe hing ein Pelzmantel. So etwas Elegantes hatte er nie zuvor gesehen, er konnte nicht anders, seine Hand glitt über das glänzende Fell. Später erfuhr er von Gretchen, dass es ein Zobelpelz war, ein Weihnachtsgeschenk Yussips.

Es war sehr laut im Wohnzimmer, er hörte das herzliche Lachen seiner Mutter und dann rief eine tiefe Bassstimme „So sdorowje!".

In der Küche duftete es herrlich nach Hühnersuppe und Kaninchenbraten, zu Weihnachten hatte Frida zwei Kaninchen schlachten lassen. Peter hielt wieder Kaninchen, außerdem widmete er sich neuerdings der Bienenzucht. Ein Bienenhaus stand nun im Garten, eine Honigschleuder war angeschafft worden und er studierte die einschlägige Fachliteratur. Im kommenden Jahr wollte er richtig loslegen mit der Imkerei.

Das wurde einer jener Momente, die für immer in Heinrichs Herzen bleiben sollten. Er öffnete leise die Tür, hörte Gretchen vor Freude kreischen, und als sie an seinem Halse hing, da konnte er die Tränen nicht mehr zurückhalten. Gut sah sie aus, fand er, noch immer mädchenhaft wirkend durch ihr lebhaftes Wesen, nur ein bisschen fülliger war sie geworden. Bekam sie etwa ein Doppelkinn?

„Heinrich, der Wagen bricht!", rief sie mit zwitschernder Stimme, und er antwortete ihr mit brummigen Bass und ernster Miene: „Nein, mein Herr, der Wagen nicht, es ist ein Band von meinem Herzen, das da lag in großen Schmerzen, als ihr in dem Brunnen saßt, als ein Frosch ihr wart."

Und wieder lagen sie sich in den Armen. Schließlich schob sie ihn von sich, schaute zu ihm auf und rief: „Ich kann es nicht fassen, mein kleiner Bruder ist ein richtiger Mann geworden!"

Auf dem Tisch standen eine Karaffe mit Wodka und kleine Schüsseln mit Vorspeisen, darunter Mutters Ziegenkäse, marinierte Tomaten, frisches Weißbrot, eingelegte Gurken und ein Glas mit köstlicher Leberwurst. Frida hatte es von einer Bäuerin, für die sie manchmal arbeitete, zum Fest geschenkt bekommen. Wenn ich das alles koste, dachte Heinrich, dann brauche ich kein Mittagessen mehr. Aber es ist ja Weihnachten, und wenn man Wodka trinkt, dann muss man was dazu essen, so ist es russischer Brauch. Und so stieß er mit Yussip an und wunderte sich über seinen Vater, der gut mithielt, wo er doch sonst kaum etwas trank.

Als sie beim Mittagessen saßen, beobachtete er verstohlen seinen Schwager. So sieht also ein Geheimdienstmann aus, dachte er, und irgendwie hat er Ähnlichkeit mit Stalin. Yussip war ihm nicht unsympathisch, dennoch befremdete es ihn, dass er hier am Tisch seiner Eltern saß. Es passte nicht, so fühlte er. Und noch eines fiel ihm auf, sprang ihm direkt ins Auge, sodass er glaubte zu wissen, weshalb sich seine Schwester in diesen Mann verliebt hatte. Sie waren sich sehr ähnlich in ihrer Art, zwei Alphatiere. Er sah, dass sie beide Menschen waren, die gern die Führung übernahmen, um anderen zu sagen, wo es langgeht. Hatte Gretchen das nicht schon als Kind an ihm ausgelebt, sodass er so manches Mal unter ihrer Strenge gelitten hatte? Aber er liebte sie zärtlich, denn sie war nicht nur streng zu ihm gewesen, sondern auch sehr fürsorglich. Er kam zu dem Schluss, dass sie solch einen Mann brauchte, jeder andere würde unter ihrem Pantoffel stehen.

Es dämmerte bereits, als Reinhild kam, sie hatte Frühdienst gehabt.

„Du siehst abgekämpft aus", sagte Gretchen zu ihr, „armes Mädchen, musst zu Weihnachten arbeiten."

„Ach, das macht mir nichts aus, ich mach es gern", wehrte sie ab.

Auch Heinrich fand, dass sie schlecht aussah, blass und schmal. Sie hatte in den letzten Wochen sehr viele Nachtdienste gehabt. Doch sie strahlte ihn über den Tisch hinweg an, als wäre alles in bester Ordnung und er dachte, sie ist unglaublich stark, sie kann eine Menge aushalten. Sie aß nur wenig vom Mittagessen, sie aß wie ein Spatz, wie Peter sagte. Dann ließ sie sich von Yussip einen Wodka eingießen, leerte ihn in einem Zug, schüttelte sich und sagte: „So! Jetzt ist Weihnachten."

So ist Reinhild, dachte Heinrich, sie arbeitet alles der Reihe nach ab, und nun ist Weihnachten dran. Dabei ist Weihnachten doch etwas Fließendes und kommt schon in der Adventszeit von Tag zu Tag ein Stück näher. Weihnachten schleicht sich an, geheimnisvoll und wispernd steht es hinter verschlossener Tür und man wartet sehnlichst darauf, dass endlich alle Kerzen am Baum brennen. Wie schnell war Reinhild mir vertraut gewesen, eigentlich vom ersten Augenblick an, und ich glaube, ich weiß jetzt auch, warum. Weil sie so ist, wie sie ist, so praktisch und einfach. Sie weiß genau, was sie will. Schon jetzt liest sie jeden Abend in ihrem Krankenpflegebuch, dabei fängt ihr Kurs erst im März an.

Reinhild fing seinen Blick auf, und er lächelte sie an. Er ist wie ein Kind, dachte sie. Er freut sich, dass Weihnachten ist, so richtig, von Herzen. Wenn er mich so anschaut wie jetzt, dann leuchten seine Augen und das tut mir so gut.

– 43 –

Mai 1948

Erleichtert ließ sich Reinhild auf den Sitz sinken und holte ihr Arzneimittellehrbuch aus der Aktentasche. Der Berliner Zug war hoffnungslos überfüllt gewesen, sie hatte während der ganzen Fahrt bis Angermünde stehen müssen.

Noch eine halbe Stunde bis Schwedt, lange genug, um das im Fach Arzneimittellehre heute Gelernte noch einmal durchzugehen. Reinhild verschwendete keine Zeit, nie verschwendete sie Zeit und wenn sie in Erwägung zog, dieses oder jenes zu tun, dann überlegte sie genau, ob es ihr einen praktischen Nutzen bringen würde.

Sie war die Älteste im Krankenpflegeseminar, die anderen Schülerinnen waren nicht älter als achtzehn, eine Schar junger Mädchen, die allesamt noch im Elternhaus wohnten. Reinhild hatte wenig Kontakt mit ihnen. Aber das störte sie nicht, schon als Kind war sie gern mal allein gewesen, sie brauchte nicht ständig eine Horde Freundinnen um sich. Natürlich hatte sie Freundinnen gehabt, doch von Zeit zu Zeit musste sie allein sein, um aufzutanken.

Der Zug hielt am Haltepunkt Heinersdorf. Sie stand auf, öffnete das Fenster und schaute hinaus. Es roch nach Rauch, nach Kuhmist und nach den Kiefern des nahen Waldes. Gegenüber auf der Wiese sah sie eine Frau mit Kopftuch und Kittelschürze, die eine Ziege am Strick mit sich führte und eine Kiepe auf dem Rücken trug. Jetzt band sie die Ziege an einem Holunderbusch fest, bückte sich und schnitt den frischen Löwenzahn mit einer Sichel ab.

Sie holt Kaninchenfutter, dachte Reinhild. Die Frau erinnerte sie an Frida. Lächelnd setzte sie sich hin, steckte das Buch ein und zündete sich eine Zigarette an. Gleich war sie zu Hause. Ob Heinrich wohl auf dem Bahnhof sein würde? Morgen war der 1. Mai, und er hatte glücklicherweise frei bekommen. Heute Abend wollten sie endlich mal wieder tanzen gehen. Reinhild drückte die Zigarette aus und schob sich einen Pfefferminz in den Mund. Heinrich mochte es nicht, wenn sie rauchte, da war er ganz wie sein Vater.

Sie sah ihn schon, als der Zug einfuhr. Er trug Zivil und lächelte sie strahlend an. „Na du?“ Übermütig wirbelte er sie herum und gab ihr einen Kuss auf die Wange.

„Ich fühle mich sehr geehrt, dass du dich so freust, mich wiederzusehen. Was ist denn los, Heinrich? Du grinst ja wie ein Honigkuchenpferd! Gibt es dafür einen besonderen Grund?“

„Ich freue mich, dass du wieder da bist, außerdem ist schönes Wetter und morgen ist der 1. Mai.“

Er zeigte auf ein Transparent, welches über die ganze Breite der elenden Baracke gespannt worden war. Irritiert folgte sie seinem Blick und las: „Es lebe der 1. Mai, der Kampftag aller Werktätigen.“

„Und sonst?“ Sie sah, wie sein Grinsen immer breiter wurde: „Vor dir steht der neue Bahnhofsvorsteher! Na, was sagst du nun?“

„Nee!“ Vor Staunen stand ihr der Mund offen.

„Doch. Willst du mir nicht gratulieren? Na ja, so ein großer Verdienst ist es nicht, es ist ja keiner weiter da, der es machen könnte, seit der Alte in Rente gegangen ist. Und nun muss ich noch mal die Schulbank drücken, genau wie du. Mich qualifizieren, so nennen sie das, weil ja jetzt alles anders ist als vor dem Zusammenbruch.“

„Herzlichen Glückwunsch, ich freue mich so für dich. Wo machst du denn diese Qualifikation?“

„Im Fernstudium, die ersten Unterlagen habe ich schon von der Reichsbahndirektion in Greifswald zugeschickt bekommen. Ich muss das zu Hause durchackern und dann immer mal ein paar Tage nach Angermünde zum Unterricht und zur Prüfung. Siehst du, jetzt mache ich dir Konkurrenz.“

„Du bist ja schon viel weiter als ich, du bist jetzt Chef. Ich muss erst mal mein Examen machen.“

„Das schaffst du doch mit links. Und? Heute Abend Ringelpiez mit Anfassen?“

„Klar!“ Lachend hakte sie sich bei ihm ein.

Am nächsten Morgen weckte sie ein heftiger Regen, er prasselte gegen die Scheibe wie ein Trommelfeuer.

Sie ging zum Fenster, das eigentlich nur eine Bodenluke war, schob den Vorhang beiseite und schaute hinaus. Der Regen peitschte die Bäume und sie sah die frischen grünen Blättchen, die der Wind in die Pfützen geweht hatte.

„Mist“, murmelte sie, „das wird ja ein schöner 1. Mai.“

Denn eines stand fest, um neun Uhr mussten alle Krankenhausmitarbeiter, die nicht im Dienst waren, auf dem Karlsplatz zur Kundgebung antreten, um sich anschließend mit einer schmetternden Kapelle vorneweg zum Maiumzug zu formieren. Da konnte es Mistgabeln regnen, die Maidemonstration durfte nicht ausfallen, und wer nicht erschien, wurde am nächsten Tag zu einem Gespräch vorgeladen. Wenn der Abtrünnige FDJ-Mitglied war oder gar in der Partei, dann musste er außerdem vor der FDJ oder vor seinen Genossen Rede und Antwort stehen und erhielt eine Strafe. Manchmal handelte es sich um Arbeitsstunden für das Allgemeinwohl. Glimpflicher kam man davon, wenn man nur eine ausführliche Entschuldigung vorbringen musste, die man zuvor schriftlich auszuarbeiten hatte und die von einem Funktionär abgesegnet wurde, bevor man sie vor versammelter Mannschaft vortrug.

Jetzt war es Viertel vor acht und es sah nicht so aus, als ob der Regen gleich aufhören würde. Seufzend goss sie sich Waschwasser ein und rieb sich gründlich mit dem eiskalten Wasser ab.

Das tat gut, der Abend war für ihren Geschmack ein wenig zu heftig alkoholisiert gewesen. Heinrich hatte Wein spendiert anstatt des sonst üblichen dünnen Bieres. Er hatte sie in das einzige halbwegs ordentliche Restaurant der Stadt eingeladen, um mit ihr seine Beförderung zu feiern. Sie aßen Kartoffelsalat und Bockwurst auf Marken, wobei es sich bei der Wurst um Pferdewurst handelte, die sie eigentlich nicht mochte, aber mit einer großen Portion scharfem Senf war sie essbar gewesen. Heinrich aß sie sehr gern.

Ab neun Uhr spielte ein Trio zum Tanz auf. Heinrich war ein guter Tänzer, sie fühlte sich in seinen Armen, als würde sie über die Tanzfläche schweben. Doch wenn sie seinen Blick suchte, schaute er sie nicht an, er sah über sie hinweg ins Nirgendwo. An wen dachte er? Wieder einmal stieg ein leiser Anflug von Eifersucht in ihr auf, aber diesem Gefühl ließ sie keinen Raum. Sie mochten sich und waren zusammen, und sie hatten ihr ganzes Leben vor sich. Alles andere würde sich finden.

Auf der Toilette traf sie eine Bekannte, ein Mädchen, das wie sie in jenen Tagen nach Kriegsende die Kühe auf den Gütern gemolken hatte. Sie hatten sich lange nicht gesehen. Von ihr erfuhr Reinhild, dass jeder in der Stadt glaubte, Heinrich und sie wären ein Paar. Diesmal widersprach sie nicht. Es hat ja keinen Zweck, dachte sie, und es ist auch irgendwie lächerlich, sie sehen uns ständig zusammen. Doch es nagte an ihr. Alle Welt hielt sie für ein Paar, und was hatte sie davon? Nichts. Er behandelte sie wie seine Schwester. Manchmal dachte sie, vielleicht bin ich wirklich so eine Art Ersatz für Gretchen, aber mehr sicher nicht.

Er sah nicht einmal, dass sie ihr allerbestes Kleid trug, ein moosgrünes Samtkleid mit verlängerter Taille und einem schwingenden, mit Taft unterfütterten Rock. Es war das Weihnachtsgeschenk von Gretchen und Yussip, und sie hatte es noch nie getragen, weil es bisher keinen passenden Anlass für dieses auffallend schöne Kleid gegeben hatte.

Am 8. März, zur Frauentagsfeier, wollte sie es eigentlich anziehen, aber als sie sich damit im Spiegel sah, zog sie es schnell wieder aus. So dort aufzukreuzen, das erschien ihr geradezu dekadent. Es war einfach zu elegant für den Anlass, also zog sie lieber wieder ihr graues Nadelstreifenkostüm an.

Sieht er mich überhaupt als Frau, dachte sie, während sie einen langsamen Walzer tanzten. Auch dass ihr langes blondes Haar heute nicht hochgesteckt war, sondern offen und lockig bis über ihre Schultern fiel, schien er nicht zu bemerken. Sogar Lippenstift hatte sie aufgetragen, allerdings das meiste davon gleich wieder abgewischt, bevor sie aus dem Haus ging.

Sie ließen keinen Tanz aus und es war schon halb zwei, als sie endlich zu Hause war. Und dann lag sie im Bett und schalt sich eine dumme Ziege. Es war doch ein schöner Abend gewesen, resümierte sie. Er ging mit ihr aus, nur mit ihr. Und er war stets charmant und freundlich, das war doch schon was, das war sogar eine ganze Menge. Sie kam zu dem Schluss, dass es mehr war, als viele andere junge Frauen in einer Beziehung hatten. Keine Eifersüchteleien, keine Szenen, all das kam zwischen ihnen nicht vor. An dieser Stelle seufzte sie laut auf und warf sich auf die andere Bettseite. Kam es nicht vor, weil er nicht in sie verliebt war? Natürlich nicht, sonst hätte er schon längst versucht, sie zu küssen. So richtig, nicht nur ein Küsschen rechts und links zur Begrüßung und zum Abschied.

Sie stand auf, schob die Vorhänge beiseite und schaute aus dem Fenster. Vollmond, zwei betrunkene Männer torkelten unten vorbei und blieben genau unter ihrem Fenster stehen. Sie unterhielten sich lautstark über ein Mädchen, das Ilona hieß. Es fielen unflätige Worte, schnell schloss sie leise das Fenster und schlüpfte in ihr Bett zurück. So abfällig würde Heinrich nie über eine Frau reden, er war ein ganz feiner Kerl.

Wie würde er reagieren, wenn sie offen mit ihm darüber reden würde? Nein, das geht nicht, entschied sie, ich könnte es nicht ertragen, wenn er mir einen Korb geben würde. Vor allem, wie soll es dann weitergehen? Sie gehörte doch zur Familie, Frida und Peter behandelten sie wie ihre Tochter. Als sie schon fast eingeschlafen war, schreckte sie plötzlich auf. Nun wusste sie, was sie zu ihm sagen würde. Sie musste es tun, gleich morgen.

Als sie in die Berliner Straße einbog, sah sie schon die ersten geschmückten Wagen des Demonstrationszugs am Straßenrand parken. Der Regen hatte etwas nachgelassen, jetzt pfiff ein kalter Wind um die Hausecken und ließ die roten Fahnen knattern. Sie war auf jeden Fall gut präpariert. Unter ihrem Trenchcoat trug sie einen dicken Pullover. Dazu hatte sie einfach die alte Skihose angezogen, die eigentlich Heinrich gehörte, und ein wollenes Kopftuch umgebunden. Schick war das nicht, aber es war ihr egal. Bloß keine Blasenentzündung bekommen wie im letzten Winter.

Kaum hatte sie ihre Kollegen auf dem Karlsplatz gefunden, da verfinsterte sich der Himmel und es fing an zu hageln.

„Petrus hat mit den Kommunisten nichts am Hut“, hörte sie eine Männerstimme hinter sich sagen.

Die Hagelkörner peitschten ihr Gesicht, sie zog das Kopftuch tiefer in die Stirn und lauschte dem etwas konfusen Redner. Er kämpfte vergeblich gegen den Wind an, die Blätter seines Scripts flogen ihm um die Ohren. Schließlich stopfte er sie in seine Joppe und leierte nun frei sprechend die üblichen Phrasen herunter. Endlich ging es los, man formierte sich zum Zug.

„Du musst die Fahne tragen“, sagte der FDJ-Sekretär zu ihr.

Erstaunt schaute sie ihn an. „Ich? Wieso?“

„Weil wir dich zur Ausbildung delegiert haben. Wir hatten das doch besprochen.“

„Meinetwegen, gib her.“

Die Fahne war ein schweres Monstrum, sie konnte sie kaum halten, der Wind riss sie ständig herum. Schließlich lehnte sie sie gegen ihre Brust. Schon jetzt schmerzten ihr die Handgelenke.

„Der ist doch selten doof, der Heini von der FDJ! Gib mal her, Mädel, ich trag sie für dich.“

Erleichtert gab sie dem hilfsbereiten Kollegen die schwere Fahnenstange aus massiver Eiche in die Hand. Der FDJ-Sekretär hatte es nicht gesehen, er schwirrte eifrig am Rande des Bürgersteigs hin und her, um seine Schäfchen auf Linie zu bringen. Endlich ging es los, zum Glück hagelte es nicht mehr.

Leute schauten aus den Fenstern, trotz des schlechten Wetters hatten sie Kissen auf die Fensterbretter gelegt und winkten. Vor einigen Toreinfahrten und Treppenaufgängen standen Kübel mit grünen Zweigen. Rote Fahnen sah man wenige an den Häusern, dafür umso mehr Transparente, die sich über die Straße spannten und auf denen versprochen wurde, dass der Sozialismus siegt. Dekorativ illustriert waren die Losungen mit den vier Gipsköpfen, wie Heinrich sie nannte, Marx, Engels, Lenin, Stalin.

Der Demonstrationszug bewegte sich in Richtung Augustiner Tor. Die Kapelle spielte das Lied vom „Kleinen Trompeter“, eine Weise, zu der es sich schlecht marschieren ließ, und so war es mehr ein dumpfes Latschen, zumal das nächste Musikstück auch nicht gerade preußisch zackig klang. Reinhild kannte es nicht, vielleicht etwas Russisches, mutmaßte sie.

Es war geschafft, hier löste sich der offizielle Demonstrationszug auf. Die Fahnen und Transparente wurden eingesammelt, und nun begann nach der Pflicht die Kür. Die Kapelle wärmte sich an einem Stand mit Grog auf. Gleich würde es weitergehen, mit Musik bis nach „Monplaisir“, wo der gemütliche Teil der Maifeier stattfinden sollte.

Reinhild hatte sich am Zollhaus mit Heinrich verabredet, auch sie wollten hinaus nach „Monplaisir“, so war es abgesprochen worden, gestern bei strahlendem Frühlingswetter. Unter schattigen Linden im Lustgarten des Markgrafen ein Bier oder eine Weiße trinken, dazu Tanz auf dem Pariser. Damit war es nun Essig, bei diesem Wetter würden sie keine zehn Pferde nach „Monte“ kriegen.

Sie hörte Heinrich pfeifen, bevor sie ihn sah. Laut und sehr melodisch pfiff er die Internationale. Er trug seine Eisenbahneruniform, darüber ein altes Cape aus schwarzem Gummi, stand auf einem kleinen Lkw und hantierte mit Fahnen und aufgerollten Transparenten herum.

„Wir müssen den ganzen Kladderadatsch erst zum Lokschuppen fahren, Reinhild. Ich komm dann zu dir rum. Oder willst du doch noch nach Monte? Bei dem Wetter?“

„Nee, bloß nicht. Gut, bis gleich.“

Heinrich tippte grinsend an seine Mütze, der Lastwagen setzte sich in Bewegung.

Das ist gut, dachte sie, das Sauwetter kommt mir gerade recht. Wenn wir allein sind, kann ich besser mit ihm reden.

Daheim verfiel sie in hektische Geschäftigkeit. Sie setzte Pellkartoffeln auf und öffnete eine Dose Schmalzfleisch und ein Glas Gewürzgurken, beides hatte sie als eiserne Reserve aufgehoben. Heinrich hatte immer Hunger, und bei dem Sauwetter musste man etwas Kräftiges essen. Nach dem Essen würde sie ihm einen schönen, starken Schwarztee machen, so wie er ihn liebte.

Sie heizte den Ofen nach und deckte den Tisch. Dann zog sie sich um und bürstete ihr Haar, sie tat alles in fliegender Hast, gleich würde er da sein. Sie schaute aus dem Fenster und lief unschlüssig auf und ab. Sollte sie die Kartoffeln schon abgießen oder lieber noch damit warten? Schließlich goss sie sie ab und stellte den Topf in die Ofenröhre. Wo er nur blieb? Oder hatte sie was falsch verstanden? Nein, er wollte gleich kommen, das hatte er doch gesagt. Sie legte sich aufs Bett, starrte zur Decke und kaute an den Nägeln. Schließlich drehte sie sich auf die Seite und schlief sofort ein.

Eine Stunde später weckte sie ein heftiges Klopfen und sie hörte seine Stimme. „Du bist doch da, Reinhild! Schläfst du? Ich bin es, Heinrich, warum machst du denn nicht auf?“

Wütend öffnete sie ihm die Tür. Er hatte eine gehörige Schnapsfahne und entschuldigte sich wortreich. Dafür, dass ja 1. Mai war und er mit den Kollegen noch einen trinken musste, dafür, dass er so spät kam und überhaupt.

„Ach, Heinrich", seufzte sie genervt, „komm endlich rein, aber vorher ziehst du die Schuhe aus und dieses olle Cape, du tropfst mir ja alles voll."

Die Kartoffeln waren noch warm. Während er sie pellte, erzählte er ihr haarklein, was er bei der Demo gehört und gesehen hatte und kommentierte es ironisch. Das wird heute wieder nichts, dachte sie resigniert, er ist zu sehr mit sich selbst beschäftigt, er braucht mich nur als Zuhörerin. Hastig räumte sie den Tisch ab und setzte Teewasser auf. Heinrich zog seine Jacke aus und machte es sich wie immer auf ihrem Bett gemütlich. Behaglich seufzend streckte er sich aus und sagte: „Schön hast du es hier, Reinhild. Das muss man dir lassen, du hast ein Händchen dafür, aus wenig was zu machen."

„Ja, ja, die Reinhild, die macht das schon", murmelte sie und stellte das Service so heftig auf den Tisch, dass es laut klirrte.

Erstaunt setzte er sich auf. „Was hast du denn? Was ist denn los mit dir? Du bist heute so komisch, hat dich etwa jemand geärgert?"

„Nein!", wehrte sie ab. „Komm, der Tee ist fertig."

„Aber du hast doch was, irgendwas hast du. Bist du mir noch böse, weil ich so spät gekommen bin? Ich schwöre, es kommt nie wieder vor!"

„Ich bin dir nicht böse, aber ..."

Jetzt ist eigentlich doch noch eine gute Gelegenheit, dachte sie und holte tief Luft.

„Aber?", wiederholte er und schaute sie erstaunt an.

„Wir müssen reden, Heinrich."

„Worüber denn? Ist was passiert? Haben sie dich wieder in der Mangel gehabt wegen der Kandidatur?"

Der Parteisekretär des Krankenhauses versuchte sie seit Wochen zu überreden, Kandidat der SED zu werden. Zwar war sie gar nicht abgeneigt, aber momentan war ihr das alles zu viel. Die Schichtarbeit, die Ausbildung und dann noch die Kandidatur, die garantiert die Teilnahme an einem Parteilehrgang nach sich zog. Das hieß noch mehr büffeln und sich den Hintern breit drücken in langweiligen Versammlungen. Das hatte Zeit bis später.

„Nein, darum geht es nicht. Zurzeit lässt er mich zufrieden."

Reinhild senkte ihren Blick und pustete in den Tee. Dann stellte sie die Tasse zurück, schaute ihn an und sagte leise: „Es geht um uns, Heinrich."

„Also habe ich doch was falsch gemacht."

Sie stand auf und lief unruhig hin und her. „Du hast nichts falsch gemacht! Du bist immer nett zu mir, du bist mein bester Freund, das weißt du."

Reinhild blieb vor dem Fenster stehen und schaute schweigend hinaus. Auch Heinrich schwieg. Der Regen rauschte ununterbrochen, es war so still, dass sie das Wasser in der Dachrinne glucksen hörten.

Und dann drehte sie sich um und sagte hastig: „Aber es gibt ein Problem zwischen uns, und wir müssen das klären! Alle in der Stadt denken, dass wir ein Paar sind, also dass wir zusammen sind, so richtig. Jeder fragt mich, wann wir uns verloben und so. Weißt du, das ist einfach lästig und peinlich! Vielleicht sollten wir einen Aushang machen, im Schaukasten am Rathaus, wo wir öffentlich bekannt geben, dass wir nur befreundet sind. So platonisch eben und mehr nicht!"

Nun war es endlich raus, eine große Erleichterung breitete sich in ihr aus.

Heinrich stand auf und ging zu ihr. Sie sah ein kleines Lächeln in seinen Augen. Er umarmte sie, hielt sie einen Augenblick ganz fest im Arm, dann schob er sie ein Stück von sich und schaute sie an.

„Reinhild, Reinhild! Das meinst du nicht im Ernst, mit dem Schaukasten, oder? Aber die Idee ist gar nicht so schlecht, wir werden einen Aushang machen! Wir werden unser Aufgebot bestellen und heiraten. Das heißt, wenn du mich willst."

„Natürlich will ich dich", sagte sie leise, mehr kam nicht aus ihrem Mund heraus, ihr waren die Worte ausgegangen. Auch hätte sie gar nichts mehr sagen können, denn nun küsste er sie so, wie er es nie zuvor getan hatte.

Sie heirateten an einem sonnigen Tag im August des Jahres 1948. Ihre Trauringe waren aus Messing, Reinhilds Brautkleid aus Fallschirmseide und Heinrichs Anzug geliehen. Das tat ihrem Glück keinen Abbruch. Die Zeit der Rosen war für sie gekommen, und sie liebten sich zärtlich mit der Liebe zweier

Menschen, die zueinander tiefes Vertrauen hatten. Einer spiegelte sich im anderen und alles, was sie gemeinsam planten und taten, erwuchs ihnen zum Guten.

Am Polterabend stahl sich Heinrich aus der lustigen Runde davon. Nachbarn, Freunde und Bekannte hatten sich bei seinen Eltern im Hof versammelt und es ging hoch her, es wurde getanzt, gesungen und gelacht. Heinrich aber ging hinunter zum Fluss, setzte sich unter eine Trauerweide und dachte an Regina. Alles, was er mit ihr erlebt hatte, lief wie ein Film vor ihm ab, und er spürte, diese Etappe seines Lebens war nun endgültig Vergangenheit.

„Lebe wohl, Regina", sagte er, „ich bin glücklich und zufrieden und ich hoffe, du bist es auch. Ich wünsche es dir von ganzem Herzen."

Und er warf einen Stein in das Wasser der Oder und sinnierte noch eine Weile darüber, welchen Weg wohl eine Flaschenpost gehen müsste, um ans Hamburger Elbufer nach Blankenese zu gelangen. Er kam zu dem Schluss, das würde schwierig werden, schon wegen der verschiedenen Strömungen und Wetterlagen. Am besten durch den Nord-Ostsee-Kanal und dann bei Wind von Nordwest mit einer Sturmflut in die Elbe ... Vorher natürlich bis zur Odermündung nach Stettin und dort in die Ostsee. Da war jetzt der Pole, aber das Wasser konnten die auch nicht aufhalten. Niemand kann das Wasser aufhalten, dachte er, so wie niemand die Liebe aufhalten kann. Und ein letztes Mal fühlte er, wie weh es getan hatte.

Als er zurück in den Hof kam, lief ihm Reinhild lachend entgegen. Sie trug eine weiße Bluse und einen bunten, weiten Rock, den sie sich aus einem alten Vorhang genäht hatte. Dazu ein Kranz aus Blumen, die Nachbarskinder hatten ihn für sie geflochten und nun musste sie ihn tragen, damit sie zufrieden waren. Ihr Haar war gebleicht von der Sonne und ihre Haut tief gebräunt von den Sonntagen, die sie am Fluss verbracht hatten.

„Wo warst du?", rief sie, „wir müssen noch Scherben fegen! Und guck mal, was da oben auf dem Dach steht."

Ein Kinderwagen. Uralt, der musste wohl noch aus Kaisers Zeiten sein. Wie hatten sie den denn da oben raufgehievt? Heinrich nahm sie in den Arm. Sie roch nach Kamille und

Pfefferminz, das war der Duft ihres Kranzes. Auch Kornblumen waren dabei, so blau wie ihre Augen, und Klatschmohn, so rot wie ihr Mund. Heinrich legte beide Hände um ihre Taille und küsste sie. Ich bin jetzt endlich angekommen, dachte er, nun kann das Leben richtig losgehen.

- 44 -

Vor einer Woche war er mit seinem wenigen Hab und Gut in Reinhilds Mansarde eingezogen.

Sie kauften ein gebrauchtes, aber noch gut erhaltenes Sofa, auf dem er nun schlief. Für ein Doppelbett gab es keinen Platz und an neue Möbel war überhaupt nicht zu denken. Weit und breit gab es kein Möbelhaus, in das man einfach hineinspazieren und sich etwas aussuchen konnte. Und als es dann endlich wieder Möbel gab, aus Holzersatzstoffen zusammengezimmert, da musste man sich vorher anmelden, um überhaupt irgendwann etwas zu bekommen. Ihm war das egal. Weil seine wenigen Kleidungsstücke nicht in Reinhilds schmalen Schrank passten, hängte er sie einfach an Garderobenhaken, die er irgendwo aufgetrieben hatte und an die Wand nagelte. Reinhild nähte einen Vorhang, den sie geschickt mithilfe einer alten Gardinenstange davor befestigte, fertig war sein Kleiderschrank.

Er hatte seinen Schreibtisch, ein solides, altertümliches Teil und ein Federbett nebst Kopfkissen mitgebracht. Außerdem etwas für ihn sehr Wichtiges: seinen selbst getischlerten Schuhputzkasten, in dem peinliche Ordnung herrschte. Heinrich war ein eifriger Schuhputzer, er ging nie aus dem Haus, bevor seine Schuhe so blank geputzt waren, dass man sich darin spiegeln konnte. Reinhild machte sich oft darüber lustig, sie behauptete sogar, er hätte eine Zwangsneurose und empfahl ihm den Besuch der Nervenklinik Eberswalde, weil er sogar den Steg zwischen Sohle und Absatz blank wienerte. Dabei war sie froh, wenn er auch ihre Schuhe putzte, sie tat das nicht gern. Für den Sommer hatte sie sich in Berlin ein paar Leinenschuhe gekauft, die waren gerade groß in Mode und sie musste lange dafür anstehen. Weiße Ballerinas mit einer großen Schleife.

„Schick, nicht wahr?“, meinte sie, hob ihren Fuß und drehte ihn kokett hin und her.

Hübsch, dachte er, was für schlanke Fesseln sie hat, was ist sie für ein süßes Mädel. Und dann knurrte er: „So ein Tinnef, das ist doch kein Leder, wie willst du die denn putzen?“

Nun war das Zimmer unterm Dach recht vollgestellt, sie lebten in drangvoller Enge. Es gab noch eine winzige Küche, aber da hielten sie sich nur auf, um zu kochen und abzuwaschen, weil es im Winter dort elend kalt war und im Sommer glühend heiß. Eigentlich war es ja gar keine richtige Küche, nur ein Verschlag mit Luke zum Hof. Einen Herd gab es auch nicht, sie kochten auf einem Elektrokocher mit zwei Platten.

Es dauerte monatelang, bis er sich nicht mehr den Kopf stieß. Er war einfach zu groß für diese Mansarde. Schließlich hatte er die besonders niedrigen Stellen verinnerlicht und zog automatisch den Kopf ein, wenn er sich ihnen näherte. Vorher gab es Streit mit Reinhild, weil er drauf und dran gewesen war, die kritischen Stellen mit roter Farbe zu markieren.

Vor einem Monat war das Geld umgewertet worden, indem man einfach Coupons auf die Reichsmarkscheine geklebt hatte. Diese Währungsunion, die fast zeitgleich auch in den Westzonen stattfand, änderte nichts an ihrer materiellen Lage. Während im Westen Deutschlands auf einmal die Schaufenster voll waren mit allem, was man lange entbehrt hatte, und es den Leuten dank des Marshallplans wesentlich besser ging, herrschte im Osten weiterhin ein eklatanter Mangel am Lebensnotwendigen. Erst zehn Jahre später wurden die Lebensmittelmarken abgeschafft.

Beide zusammen verdienten sie nicht schlecht, sie hatten ein weitaus höheres Einkommen als so manche Familie mit Kindern, wo der Vater Alleinverdiener war. Aber was sollten sie mit dem Geld anfangen? Es gab ja nicht viel Gescheites zu kaufen, nur Plunder, wie Heinrich zu sagen pflegte. Also sparten sie jeden Monat ein gutes Sümmchen. Für später, wenn die von der Partei versprochenen goldenen Zeiten anbrechen würden.

Die Versorgungslage besserte sich, als zum Ende des Jahres 1948 die ersten HO-Läden eröffnet wurden.

Gretchen und Yussip hatten ihnen zur Hochzeit einen ganzen Satz kostbarer Kristallgläser geschenkt.

„Ich will ja nicht undankbar sein“, sagte Reinhild, „aber was sollen wir denn damit? Ich habe ja noch nicht mal eine Vitrine, in die ich sie hineinstellen kann. Am besten, ich lasse sie erst mal im Karton, im Küchenschrank ist kein Platz mehr.“

„Du wirst deine Vitrine schon noch bekommen“, tröstete er sie, „und außerdem hast du mich, wozu brauchst du da eine Vitrine. Mit der kannst du dich noch nicht mal streiten.“

Natürlich stritten sie sich, alles musste lebhaft ausdiskutiert werden, bis sie einen gemeinsamen Nenner fanden. Manchmal ging es um die große Weltpolitik oder um die kleine Politik vor Ort, aber meist nur um die Dinge des banalen Alltags. Musste die Wäsche nach Farbe sortiert auf die Leine gehängt werden? Heinrich fand das albern, Reinhild bestand darauf. Und wer machte was im Haushalt? Da wurden sie sich schnell einig. Heinrich war der Mann fürs Grobe, während er den Müll hinunterbrachte und einkaufen ging, bügelte sie die Wäsche und stopfte seine Strümpfe.

Trotz aller anfänglichen Schwierigkeiten des gemeinsamen Alltags liebten sie sich von Tag zu Tag ein bisschen mehr in ihrem „Verschlag“, wie Heinrich die Mansarde nannte. Sie genossen jede Stunde, die sie miteinander hatten, denn viele waren es nicht, da sie beide im Schichtdienst arbeiteten. Oft saßen sie bis in die späte Nacht über ihren Studienaufgaben und fragten sich vor Hausarbeiten gegenseitig ab. Während Heinrich schon im nächsten Frühjahr seine Prüfung ablegen würde, hatte Reinhild noch anderthalb Jahre bis zum Examen vor sich.

Nachdem sie das erste Mal miteinander geschlafen hatten, machte sie ihm unmissverständlich klar, dass sie auf keinen Fall schwanger werden wollte. „Jedenfalls nicht jetzt“, sagte sie, „erst muss ich die Ausbildung abgeschlossen haben und dann brauchen wir eine ordentliche Wohnung.“

Sie erläuterte ihm die Knaus-Ogino-Methode. Etwas verlegen und leicht verwirrt hörte er ihr zu. Davon hatte er noch nie etwas gehört, er kannte nur Präservative und den Coitus interruptus. Und nun sprach eine junge Frau, seine Frau, ganz offen und sachlich über diese intimen Dinge, so wie andere über das Wetter sprechen. Das war neu für ihn, in seiner Familie wurde wie in den meisten Familien nicht über Sexualität geredet. Außerdem war die Empfängnisverhütung in der Nazizeit verpönt gewesen.

Und so kam es vor, dass sie ihm manchmal, wenn er sich ihr zärtlich näherte, eine zwar freundliche, aber doch recht rigorose Abfuhr erteilte. „Heute nicht, Heinrich, und morgen und übermorgen auch nicht. Schau in meinen Kalender, es ist Alarmstufe rot!"

Er fügte sich, aber oft dachte er, ob wohl alle Frauen so sind? Sicher nur die Krankenschwestern, sie stopfen sich den Kopf mit Wissen voll und vergessen die Liebe. Wie gern hätte er schon jetzt ein Kind gehabt. Die Zeiten waren nie passend für Kinder, und doch kamen sie und man schaffte es, sie großzuziehen. Das wusste er von seiner Mutter.

Inzwischen war es Herbst geworden, der kalte Wind zog durch alle Ritzen. Heinrich besorgte Fensterkitt und Reinhild brachte aus dem Krankenhaus ausrangierte Wolldecken der Wehrmacht mit, aus ihnen nähte sie Vorhänge für Fenster und Türen. Die Kohlenversorgung war etwas besser geworden, dennoch mussten sie sparsam mit Brennmaterial wirtschaften, um über den Winter zu kommen. Manchmal zogen sie mit Fridas Handwagen in den Heinersdorfer Forst, um Reisig zu sammeln.

Das Leben war nach wie vor mühselig genug, aber das störte sie nicht. Sie waren voller Hoffnung auf bessere Zeiten und auf einen sehr lange währenden Frieden. Wenn sie in späteren Jahren über diese Zeit redeten, dann sagten sie, es war unsere schönste. Ihre Kinder verstanden das nie so ganz. Eine schöne Zeit? Ohne eine richtige Wohnung, ohne ein Bad? Und zum Frühstück gab es trockenes Margarinebrot und faden Malzkaffee. Was war so schön daran, wenn man mit vielfach gestopften Strümpfen und uralten, selbst besohlten Schuhen durchs Leben ging und ständig Kohlen schleppen musste?

Aber Reinhild sagte dann zu ihnen: „Es war dieses Gefühl, das Gefühl des Neuanfangs und der Hoffnung! Es war der Aufbruch in ein neues Leben."

Frida war sehr froh über ihre Heirat. Was für Heinrich und Reinhild ein neuer Anfang war, das bedeutete für sie ein gutes Ende. Ihr Sohn war nun erwachsen und sie begleitete ihn mit ihren Gebeten in seine Ehe. Sie ließ ihn gehen, so wie sie ihn im Frühjahr 1945 mit bangem Herzen hatte gehen lassen. Jetzt tat sie es mit dankbarer Zufriedenheit. Es war geschafft, sie hatten ihn zu einem anständigen Menschen erzogen. Sie ließ ihn los, nun musste er seine Entscheidungen gemeinsam mit seiner Frau selbst treffen. Nie mischte sie sich in diese Ehe ein, und wenn ihr etwas nicht so recht gefiel, dann bewegte sie es still in ihrem Herzen und bat den Herrn, dass er dem jungen Paar den richtigen Weg weisen möge. Fridas Segen begleitete sie ihr ganzes Leben lang und strahlte bis in das Leben ihrer Enkel hinein.

Frida bewunderte Reinhilds berufliche Tatkraft und manchmal dachte sie, meiner Schwiegertochter gelingt, was mir versagt geblieben ist, und dafür bin ich sehr dankbar. Oft wird ein Traum erst in der nächsten Generation wahr, denn der Herr vergisst nichts von dem, was wir uns einst erhofft und ersehnt haben. Und so kommt es vor, dass das, was wir uns gewünscht haben, unseren Nachkommen in einer besseren Zeit doch noch zuteil wird.

Frida hatte in Berlin-Kreuzberg das Licht der Welt erblickt. Ihre Mutter war die Tochter eines armen Kleinbauern in einem Oderdorf bei Königsberg in der Neumark. Wie so viele junge Mädchen aus prekären Verhältnissen verdingte sie sich in der Hauptstadt als Dienstmädchen und lernte dort ihren späteren Mann kennen, den preußischen Gardegrenadier, dem Heinrich so ähnlich sah. Heiraten durften sie erst nach der abgeleisteten Dienstzeit, und so kam es, dass Frida unehelich zur Welt kam und bis zu ihrem zweiten Lebensjahr in Pflege gegeben werden musste. Als Heinrichs Großvater endlich aus dem Dienst entlassen wurde, feierten sie Hochzeit und zogen nach Breslau. Sie lebten dort in recht ordentlichen Verhältnissen. Fridas Mutter hatte in eine Eisenbahnerfamilie eingeheiratet, ihr Schwiegervater war Lokomotivführer, ihr Mann arbeitete als Lokschlosser auf dem großen Breslauer Bahnhof. Doch dann wurde das Glück der jungen Familie durch ein tragisches Ereignis überschattet. Ihr Vater starb noch jung an einer Hirnhautentzündung und ließ seine Frau und seine beiden Töchter fast mittellos zurück. Die kleine Witwenrente reichte nicht für den Lebensunterhalt. Die Mutter arbeitete als Plätterin, und Frida half ihr nach der Schule. Sie war eine sehr gute Schülerin gewesen, eine der besten ihres Jahrgangs. Ihre Aufsätze waren glänzend, ihr Schriftdeutsch tadellos und fehlerfrei und sie las gern, am liebsten Gedichte. Auch hatte sie eine sehr schöne Handschrift. Ihr größter Wunsch war es, ein Seminar für Lehrerinnen zu besuchen. Doch daraus wurde nichts, es war kein Geld da. Auch ihr zweitgrößter Wunsch konnte nicht in Erfüllung gehen, sie wäre gern Diakonissenschwester geworden, um anderen Menschen zu helfen. Nun aber musste sie helfen, die kleine Familie über Wasser zu halten.

Im Ersten Weltkrieg verließ ihre Mutter mit den Töchtern die Großstadt, um dem Hunger zu entfliehen, sie nahm eine Stelle auf einem Gut in Schlesien an. Dort lernte sie einen Mann kennen, einen Melker, und bekam ein Kind von ihm. Aber diese Beziehung endete ungut, der Mann verließ das Gut nach einem Streit mit seinem Herrn. Sie wollte nicht mitziehen, und so stand sie mit drei Kindern wieder allein da. Schließlich zogen sie nach Schwedt, weil Fridas Großmutter dort ganz in der Nähe auf dem Gut der von Arnims in Criewen in der Küche arbeitete. Frida war nun alt genug, um selbst in Stellung zu gehen. Sie traf es nicht schlecht, sie arbeitete bei einer guten Familie, die ihr wohlgesinnt war. Doch die Wünsche und Träume ihrer Jugend hatte sie begraben müssen.

Jetzt aber ist eine andere, eine bessere Zeit, dachte sie, wenn sie in der Zeitung las, dass nun die Kinder der Arbeiter und Bauern die Universitäten besuchen konnten und der Staat sie dabei unterstützte. Vor allem gefiel es ihr, dass auch die Frauen einen Beruf ergreifen konnten und sollten, um gleichberechtigt an der Seite des Mannes das Land neu aufzubauen. Sie selbst blieb in gewohnter Bescheidenheit das, was sie immer gewesen war, eine Hilfskraft in der Landwirtschaft und eine unermüdlich tätige Gärtnerin und Kleintierhalterin.

Ihr besonderes Interesse aber galt nach wie vor der Kirche. Sie versäumte keinen Gottesdienst und keine Bibelstunde und sammelte unermüdlich Spenden für die Innere Mission. Aufmerksam verfolgte sie im RIAS und in der Kirchenzeitung jeden Beitrag über die gesamtdeutsche Kirche, die als solche bis 1969 allen Spaltungsversuchen zum Trotz weiter bestand.

All das bewegte Frida, sie sprach mit Peter und mit Freunden und Bekannten darüber. Die große Frage aber war letztendlich, wie es überhaupt mit der Kirche im Osten Deutschlands weitergehen sollte.

Es kam zu Verhaftungen, besonders in der Jungen Gemeinde. Frida und Peter aber saßen am Radio, sie fragten sich, ob das nun alles wieder von vorn losgehen würde.

Peter wurde in dieser Zeit immer schweigsamer. Er machte sich große Sorgen um seine Tochter. Das war nicht mehr sein altes Gretchen, sie war ihm fremd geworden und er musste nicht hellsichtig sein wie Frida, um zu wissen, welcher Gefahr sie ausgesetzt war. Er war bestens informiert über die Ereignisse in der Sowjetunion, er hörte weiterhin Radio Moskau, Radio London und den RIAS und er wusste von den Säuberungsaktionen Stalins. Wer heute noch in Rang und Würden war, konnte schon morgen nach Sibirien deportiert werden.

Was tat eigentlich sein Schwiegersohn? Bespitzelte er die ostdeutschen Bürger in Stalins Namen oder war er gar Kundschafter und spionierte die Westmächte aus? Manchmal dachte er, ich habe als Vater versagt, ich hätte ihr diese Heirat verbieten müssen.

Dabei wusste er, dazu wäre er gar nicht fähig gewesen. Gretchen war seine Schwäche, sein wunder Punkt. Er hatte wie Siegfried in der Nibelungensage in Drachenblut gebadet, aber seine Tochter war die Stelle seiner Haut, auf die das Lindenblatt gefallen war. Er wusste, er würde es nie verwinden, wenn seinem Gretchen etwas geschehen würde. Manchmal, wenn er sie anschaute und ihre Stimme hörte, er sah sie nun selten genug, dann sah er in ihrem Gesicht das alte Russland seiner Kindheit, das wilde, ungestüme, aber auch das warme Herz, die Tiefe der mitfühlenden russischen Seele, die sich unter einer schroffen Oberfläche verbarg.

Er konnte die Dinge nicht ändern, also schwieg er und machte weiter wie bisher. Seine Imkerei entwickelte sich gut, er pflanzte neue Bäume, baute ein Gewächshaus und fütterte zwei Schweine. Wenn er von der Arbeit kam, aß er schweigend und ging in den Garten, um dort weiterzuarbeiten. Eigentlich trug er immer seinen blauen Arbeitsanzug, Frida musste mit Engelszungen reden, damit er wenigstens am Sonntag etwas anderes anzog. Immer gab es etwas zu tun, und wenn er nur an der Werkbank stand und krumme Nägel gerade bog oder im Spätsommer die Getreidefelder abstoppelte, um Futter für die Hühner zu haben.

Heinrich und Reinhild halfen, wo sie konnten. Sie profitierten ja von den Erzeugnissen dieses schier unerschöpflichen Gartens und des Pachtlands, das sie mit dem wichtigsten Nahrungsmittel, Kartoffeln, versorgte.

Wenn es im Winter ruhiger wurde, las Peter stundenlang in der Bibel. Besonders beschäftigten ihn in jener Zeit die Propheten des Alten Testaments und die Offenbarung des Johannes. Was meinten Sie mit ihren Prophezeiungen, und was hatte Johannes geschaut? Wann würde es eintreffen? War nun die Zeit gekommen, die Endzeit? Und was bedeutete der Versuch der Auslöschung des Volkes Israel dem allmächtigen Gott? Würde er mit Feuer und Schwert einfallen in die sündige Welt und sie für ewig vernichten? Krieg, Hunger und Verwüstung, all das erschien ihm nicht genug für das, was man den Juden und Millionen anderen Menschen angetan hatte. Musste jetzt nicht das Jüngste Gericht kommen?

Während Peter über die Rache Jehovas grübelte, widmete sich Frida dem Thema der Vergebung und zitierte oft aus dem Neuen Testament. Ihr Blick lag ganz auf Jesus, seine Strahlkraft würde eines Tages die Welt erlösen und die dunklen Mächte für immer bannen, davon war sie überzeugt. Für sie war die Liebe Jesu die einzige Kraft, auf die man sich verlassen konnte.

– 45 –

Ende 1948

Im November erhielt Peter einen Brief aus Russland. Der Kontakt mit seiner Verwandtschaft war seit dem Überfall auf die Sowjetunion abgerissen, und nun kam ganz unverhofft ein Lebenszeichen von seinem Bruder Ilja. Ein Foto lag dabei, Ilja mit seiner Frau Natalia. Angetan mit dicken, wattierten Jacken und Filzstiefeln standen sie in einer scheinbar endlosen schneebedeckten Landschaft. Ein Stück Zaun war zu sehen, dahinter unscharf ein Haus, tief eingeschneit. Sie lächelten mit einer ruhigen, innigen Freundlichkeit und schauten andächtig in die Kamera.

Heinrich betrachtete das Bild, dann schaute er seinen Vater an und stellte fest, es gab nicht die geringste Ähnlichkeit zwischen den Brüdern. Dennoch kam ihm dieses fremde Gesicht sonderbar bekannt vor. Er holte die Lupe, schaute noch einmal und sagte dann leise: „Der sieht ja aus wie Gretchen."

Peters Gesicht verdunkelte sich. Er schob das Foto von sich und stand auf. „Ich muss noch mal weg", murmelte er.

„Warum war Papa vorhin so komisch? Freut er sich denn nicht, dass er aus seiner Heimat Post bekommen hat?"

Sie saßen in der Küche und Frida putzte Pilze, die Heinrich mitgebracht hatte. Reinhild hatte an diesem Wochenende Spätdienst.

Frida schaute ihn an, und er sah die Betroffenheit in ihrem Blick. Sie ließ das Messer sinken und seufzte. „Es geht um Gretchen. Dein Vater hatte einen seltsamen Traum."

„Seit wann glaubt Papa denn an Träume? Das ist doch eher deine Domäne. Was hat er denn geträumt?"

„Er hat geträumt, dass er nachts wach wird, weil es laut geklopft hat. Er steht auf, öffnet die Tür und da steht Gretchen vor ihm, weinend in einem schwarzen Kleid, neben ihr ein kleiner Junge und sie sagt: ‚Wir sind wieder da, Papa.' Dann wurde er wach. Seitdem findet er keine Ruhe mehr. Ich habe schon an Gretchen geschrieben, sie soll uns einen Passierschein besorgen, damit wir hinfahren können."

„Sie wollen doch zu Weihnachten kommen. Was ist bloß mit Papa los? Wenn du ihm früher deine Träume erzählt hast, hat er dich ausgelacht."

„Das ist es ja, was mir große Sorgen macht. Wenn man auf seine Träume achtet, dann merkt man sich jeden Traum und lernt zu unterscheiden, was wichtig ist und was nicht. Man spürt dann, ob ein Traum von Bedeutung ist. Irgendwann stellt man fest, dass die Träume sich erfüllen, man lernt sie zu deuten und erkennt ihren Sinn. Wenn man aber so wie dein Vater keinen Wert auf Träume legt, vergisst man sie sofort. Deshalb glaube ich, wenn dein Vater, der Träume als Quatsch abtut, solch einen eindringlichen Traum hat, der ihm so sehr nachhängt, dann hat dieser Traum eine große Bedeutung."

„Aber Gretchen hat doch gar kein Kind, weshalb dann dieser Junge?"

„Vielleicht ist sie ja schwanger. Im Traum sieht man manchmal etwas, das noch nicht da ist, aber kommen wird.“

Wie seine Mutter glaubte Heinrich an den Sinn und Wert eines Traumes, und eine bange Vorahnung befiel nun auch ihn. Und dann dauerte es nur noch eine Woche, bis dieser dunkle Traum sein Geheimnis offenbarte.

Nein, Peter schlief nicht, als es klopfte. Es war der nächste Sonnabend, er war gerade von der Arbeit gekommen und sie saßen in der Küche beim Mittagessen. Frida öffnete die Tür und ihr war, als würde etwas Kaltes nach ihr greifen. Draußen stand Gretchen, sie trug einen schwarzen Mantel und einen kleinen, schwarzen Hut mit einem schwarzen Schleier, der ihr Gesicht halb verbarg.

„Ich bin wieder da, Mama“, sagte sie leise. Frida schloss sie in die Arme.

„Yussip ist tot.“

Als sie in die Küche kamen, da schaute Frida in Peters traurige Augen und sie dachte, warum, oh Herr, warum? Allmächtiger Gott, warum tust du uns das an?

Heinrich und Reinhild erfuhren nie die ganze Geschichte über Yussips Tod, und sie fragten auch nicht nach.

Erst viele Jahre später erzählte ihnen Gretchen, was passiert war. Man hatte ihn mitten in Westberlin unter einer S-Bahnbrücke erschossen. Ein glatter Schuss ins Herz. Er war sofort tot, sagten sie ihr. Warum? Wer waren die Täter? In was war er verwickelt gewesen? Auf diese Fragen erhielt sie Zeit ihres Lebens keine Antwort.

Sie hatte sich etwas vorgemacht. Sie redete sich ein, dass er morgens, wenn er mit ihr gefrühstückt hatte, in eines der Büros zwei Straßen weiter ging. Fröhlich, gut gelaunt, sie zum Abschied küssend, wie auch an jenem Morgen. Später warf sie sich vor, naiv und dumm gewesen zu sein. Und furchtbar eigensüchtig.

Gretchen fühlte sich schuldig. Ihr zuliebe hatte er die einzige Alternative gewählt, um in Deutschland bleiben zu können. Ihr Yussip, ihr charmanter, sie zärtlich liebender Yussip war aus Liebe zu ihr ein Agent geworden. Dabei hatte er sich doch so sehr nach seiner Heimat gesehnt, nach Odessa, der Stadt am Schwarzen Meer, die sie im nächsten Jahr besuchen wollten, damit sie endlich seine Familie kennenlernen konnte.

Er war bereits beerdigt worden, eine Woche später fuhr sie mit Frida und Peter nach Berlin, um sein Grab zu besuchen. Yussip lag nun auf einem Heldenfriedhof der Roten Armee. Als sie an seinem Grab standen, erinnerte sich Frida an ihre erste Begegnung. Vom Frieden hatte er gesprochen, als er ihr die gute Nachricht brachte, dass Peter bald nach Hause kommen würde. Noch einmal spürte sie tief in ihrem Herzen die Wärme seiner Worte, das Glück dieser Stunde.

Kurz vor Weihnachten verließ Gretchen ihre Luxusvilla in der Orankestraße. Es fühlte sich verdammt gut für sie an, den Bannkreis der dunklen Zentrale einer alles beherrschenden Macht verlassen zu können.

„Es war ja nur geborgt", flüsterte sie, als sie allein am Fenster stand und in den gepflegten Garten schaute, der auch im Winter wunderschön aussah mit seinen akkurat gestutzten Hecken, den weißen Skulpturen und seinem samtweichen, dichten Rasen.

„Alles nur geborgt. Und noch nicht mal das, eigentlich gestohlen."

Bisher hatte sie es verdrängt, jetzt stand es vor ihr mit einer unheimlichen und kalten Klarheit. Sie wäre hier nie heimisch geworden. Sie hatte kaum Kontakt mit den anderen Offiziersfrauen gehabt und ihr Russisch war nach wie vor mangelhaft. Sie war die Außenseiterin gewesen, die Deutsche. Und so stellte sie sich die Frage, ob das denn niemals aufhören würde. Sie hatte eine deutsche Mutter und einen russischen Vater, und sie fühlte sich wie ein Soldat, der zwischen allen Fronten steht. Gretchen erlebte in diesem Augenblick dasselbe, was ihr Vater so oft erlebt hatte, eine innere Zerrissenheit und das Gefühl, nirgends so richtig dazuzugehören.

Es wurde für sie gesorgt. Sie erhielt eine Rente und ein Arbeitsangebot im sowjetischen Geheimdienst, das sie dankend ablehnte. Also verließ sie die Villa und war frei. So empfand sie es, natürlich war das eine Illusion. Man beschattete sie viele Jahre lang, kontrollierte von nun an alles, was sie tat was sie sagte und nahm jeden unter die Lupe, der mit ihr Kontakt hatte. Aber man ließ sie gehen.

Und so kam sie einen Tag vor Weihnachten mit dem Zug in Schwedt an. Ihr Gepäck hatte sie vorher schon mit der Bahn geschickt. Gretchen war im dritten Monat schwanger.

– 46 –

Sommer 1949

Anfang Juli brachte Gretchen einen gesunden Jungen zur Welt und nannte ihn Alexander. Dieser Name war international gebräuchlich, in Russland wie auch in Deutschland, das war ihr wichtig. Ein Name aus der Antike, der Name eines großen Feldherren, eines berühmten Mannes. Stark sollte er werden, ihr Sohn, und seinen Platz in der Welt finden, was auch immer die Zeiten bringen würden.

Schon im Januar hatte sie Schwedt wieder verlassen. Sie folgte einem Parteiauftrag der SED und ging in die Altmark, um dort auf einem der nun volkseigenen Güter eine Parteigruppe aufzubauen.

Dass Gretchen schon seit ihrer Heirat mit Yussip Mitglied der SED gewesen war, erfuhren Peter und Frida erst jetzt, sie hatte vorher nie darüber gesprochen. Auch wussten sie nicht, dass sie in ihrer Zeit in Hohenschönhausen keinesfalls nur die Hände in den Schoss gelegt hatte. In einer Kaderschmiede der neuen Partei hatte sie das nötige Rüstzeug erhalten, um den Aufbau des Sozialismus in den entlegenen Provinzen voranzutreiben. So war auch Gretchen nun im Fernstudium. Marx, Engels, Lenin und Stalin, die vier Säulenheiligen, Heinrichs Gipsköpfe, waren ihr zum Quell allen Wissens geworden. Sie fühlte sich dieser Partei in einem hohen Maße verbunden. Sie war ein Arbeiterkind und eine Antifaschistin und sie war die Witwe eines sowjetischen Offiziers. Das Wort Genossin klang vertraut in ihren Ohren, es klang nach Heimat und Zugehörigkeit. Die Genossen duzten sich untereinander, daraus entstand Vertrautheit, deren Basis die gute Sache war, für die man arbeitete und kämpfte. Gretchen aber sehnte sich in einem hohen Maße nach Vertrautheit und Zugehörigkeit.

Das alles hatte sie in ihrer Ehe mit Yussip nicht finden können, weil sie nicht teilhaben konnte an seinem Leben, das er da draußen ohne sie geführt hatte. Sie war nun sechsundzwanzig Jahre alt, sie konnte nicht einfach wieder in ihre Tochterrolle schlüpfen, in der es Vertrautheit und Zugehörigkeit gegeben hatte.

Die Bodenreform, an deren Vorbereitung Gretchen einst mitgewirkt hatte, war bereits ein Jahr zuvor abgeschlossen worden. Das Volk arbeitete nun für sich selbst und nicht für einen ausbeuterischen Gutsherren, dieses Bewusstsein musste in den Köpfen fest verankert werden und dafür brauchte man Parteiarbeiter wie Gretchen.

Als Gretchen ihre Arbeit aufnahm, konnte sie noch nicht ahnen, dass bereits zu diesem Zeitpunkt die Pläne für eine Kollektivierung der Neubauern nach sowjetischem Vorbild in den Schubladen der Machthaber lagen. Doch noch war es nicht so weit und das Gut, auf dem Gretchen ihre Arbeit aufnahm, blieb davon unberührt. Es war bereits ein volkseigenes Gut.

Sie traf es gut dort, sie wohnte mit ihrem Sohn im ehemaligen Kavaliershaus, in dem sich auch ihr Büro befand. Acht Wochen nach der Geburt Alexanders nahm sie ihre Arbeit wieder auf. Stillen konnte sie ihn sowieso nicht mehr, ihr war vorzeitig die Milch ausgegangen, vielleicht lag es daran, dass auf ihrem Nachttisch stets die Bücher der vier Vorbilder lagen. Also stand die Wiege nun in ihrem Arbeitszimmer, und wenn sie über Land musste, dann fuhr Alexander mit. Trotzdem gedieh er prächtig, ein kräftiger Junge, der seinem Vater ähnlich sah.

Wenn sich Gretchen später an diese Zeit erinnerte, dann bedauerte sie sehr, so wenig Zeit für ihn gehabt zu haben.

Peter und Frida genossen ihre Großelternschaft mit großer Dankbarkeit. Den ganzen Oktober verbrachte Frida auf dem Gut bei ihrer Tochter und dem Enkel. Sie war sehr froh darüber, dass es Gretchen wieder besser ging. Doch diesmal irrte sich Frida, diese Wunde heilte nie und Gretchen würde Zeit ihres Lebens allein bleiben. Es hatte nur einen Mann für sie gegeben, Yussip.

– 47 –

Dezember 1949

Es war Heinrich nicht entgangen, dass Reinhild in den letzten Wochen eine gewisse Zerstreutheit an den Tag gelegt hatte. Ständig vergaß sie etwas und reagierte auf Kleinigkeiten oft seltsam gereizt. Das passte nicht zu ihr und er wusste nicht, wie er damit umgehen sollte, doch eine merkwürdige Scheu hielt ihn davon ab, sie darauf anzusprechen. Bisher hatten sie über alles offen geredet, aber nun war es anders. Er war feinfühlig genug, um zu bemerken, dass sie etwas vor ihm verbarg. Schließlich schob er ihre Gereiztheit auf den Umstand, dass sie im März ihr Examen ablegen würde. Ständig redete sie darüber und behauptete, dass sie gar nichts, aber auch wirklich nichts wüsste.

„Mein Kopf ist ein Sieb", sagte sie, „wie rein, so raus. Ich falle durch, Heinrich, ganz bestimmt!" Dabei wusste sie, dass sie mit ihren guten Vorzensuren gar nicht durchfallen konnte. Die praktische Prüfung hatte sie bereits mit einem sehr guten Ergebnis bestanden.

Eines Tages kam er vom Dienst und fand sie im Bett liegend vor, eigentlich hätte sie Spätdienst gehabt.

„Ich habe mich krankschreiben lassen." Sie schniefte laut, ihr Gesicht war rot wie das einer Fieberkranken.

Heinrich beugte sich über sie und strich ihr das Haar aus der Stirn. „Armes Mädchen, du hast dich wohl tüchtig erkältet. Ich werde dir einen Lindenblütentee kochen, bleib schön liegen, ich hole gleich noch Kohlen hoch."

Sie richtete sich auf und pustete eine Haarsträhne aus ihrer Stirn. „Geh nicht, Heinrich. Bleib jetzt hier, wir müssen reden. Ich bin nicht erkältet, es ist viel schlimmer, ich bin schwanger!"

„Schwanger? Aber warum denn? Hast du nicht diesen Kalender geführt, diesen Knaus Dingsbums?"

„Das ist es ja. Ich habe einen großen Fehler gemacht. Es ist nämlich so, man muss die Daten erst ein ganzes Jahr sammeln und auswerten. Erst danach ergibt sich anhand der Temperaturwerte ein individuelles Bild. Ich habe versagt, Heinrich, medizinisch und überhaupt."

Er wollte etwas sagen und streckte seine Hand nach ihr aus, aber sie drehte sich weg.

„Ich bin unfähig, Heinrich! Noch nicht mal richtig verhüten kann ich, wie soll ich da mein Examen schaffen." Sie warf sich ins Kopfkissen und schluchzte laut auf.

Heinrich strich ihr sanft übers Haar. „Reinhild, ein Kind! Freust du dich denn gar nicht?"

„Wie soll ich mich freuen über so viel Blödheit! Es passt einfach nicht, jedenfalls nicht jetzt. Wenn ich damals gewusst hätte, dass wir zusammenkommen, dann hätte ich ja schon eher damit anfangen können. Ich meine, mit dieser Methode. Aber ich konnte es doch nicht ahnen."

„Also bin ich schuld, weil ich unvorbereitet in dein Leben geplatzt bin. Diese Schuld nehme ich gern auf mich, aber hör doch jetzt auf zu weinen, bitte, Reinhild. Warst du denn schon beim Arzt?"

„Ja, heute morgen. Ich bin im dritten Monat. Wenn ich Ende März mein Examen mache, werde ich mit dickem Bauch vor der Prüfungskommission stehen." Sie seufzte laut auf und schaute ihn an. „Und was machen wir nun?"

Heinrich zuckte mit den Schultern und grinste. „Nichts. Ich würde sagen, wir freuen uns auf das Kind! Wann wird es denn kommen?"

„Ende Juni."

„Na dann ist doch alles gut. Bis dahin hast du dein Examen längst in der Tasche."

„Aber dann kann ich nicht arbeiten, ich muss zu Hause bleiben. Wozu habe ich dann das Examen gemacht?"

„Ach, Reinhild, du kannst doch später immer noch arbeiten, wenn das Kind größer ist. Du, ich freue mich so sehr!"

„Ich ja auch ... eigentlich. Aber geplant war das nicht."

„Was ist schon geplant im Leben. Weißt du, die großen Katastrophen und das ganz große Glück, beides kommt immer unverhofft! Wir schaffen das schon."

Heinrich hatte recht, sie schafften das. Reinhild bestand das Examen mit guten Noten und ging einen Monat später in den Schwangerschaftsurlaub. Ihr Arbeitsplatz stand ihr weiterhin zu, sie musste nicht kündigen und konnte jederzeit zurückkehren.

Am 1. Juli 1950 wurde ihre Tochter Anne geboren. Eigentlich sollte sie Annelore oder Anneliese heißen, der Vorschlag kam von Heinrich.

„Aber das ist doch total antiquiert", meinte Reinhild, „das hört sich ja an wie im Bund deutscher Mädel! Nein, Heinrich, mein Kind soll einen modernen Namen haben, und kurz muss er sein, kurz und bündig."

Heinrich gab sich seufzend geschlagen. Kurz und bündig, das war Reinhild. Auch ihr Haar trug sie nun kurz, zu kurz, wie er fand. Aber es stand ihr gut.

Bevor das Kind kam, krempelten sie ihre Mansarde gründlich um. Wieder einmal mussten sie improvisieren, an eine größere Wohnung war vorläufig nicht zu denken. Sie kauften nun doch ein Schafzimmer, sie erstanden es in einem HO-Laden in Angermünde. Es war schlicht, sehr schlicht, aber es erfüllte seinen Zweck, und so waren sie sehr zufrieden mit ihrer ersten Neuanschaffung. Nach Jahren der Entbehrungen war ihnen Schlichtheit zu einer selbstverständlichen Tugend geworden und etwas Komfortableres als dieses Schlafzimmer wäre ihnen dekadent vorgekommen. Dekadent, dieses Wort war zurzeit in aller Munde, auch Reinhild gebrauchte es oft.

Außerdem kauften sie einen soliden Tisch mit vier passenden Stühlen, ein Kinderbett und eine Wickelkommode. Die alten Möbel flogen raus, bis auf das Sofa. Auch von seinem geliebten Schreibtisch musste Heinrich sich trennen, obwohl er heftig protestierte, denn da hingen Erinnerungen dran, hatte er an diesem Schreibtisch doch seine Schularbeiten gemacht, so manches Mal unter der Aufsicht seiner tyrannischen Schwester. Er konnte sich nicht trennen, und so stellten sie ihn mit Genehmigung des Hauswirts in einer Bodenkammer unter.

„Da kann Anne später ihre Hausaufgaben dran machen", meinte Heinrich. Der Schreibtisch blieb in der Familie, sogar Heinrichs Enkel machten noch ihre Hausaufgaben an diesem uralten, schwarzen Ungetüm aus der Gründerzeit.

Reinhild teilte das Zimmer mit einem Vorhang, sodass sich ein Schlaf- und ein Wohnbereich ergaben.

Nun saß sie also zu Hause mit ihrem Kind. Ein gesundes Kind, ein niedliches Kind, wie alle fanden, natürlich liebte sie es zärtlich. Dennoch fehlten ihr schon nach wenigen Monaten die Arbeit und die Kollegen. Abgeschnitten von der Welt kam sie sich vor, der Tag wurde zerstückelt durch viele kleine Hausarbeiten, die sich ständig wiederholten, und abends fragte sie sich, was sie eigentlich den ganzen Tag über gemacht hatte.

Solange es Sommer gewesen war, hatte sie sich viel im Garten aufgehalten. Tage voller Glück, Licht und Duft waren es gewesen, an die sie sich später oft erinnerte.

Die kleine Anne auf der Wiese, Heinrich, wie er sich lachend über das Kind beugt, ein Foto aus einer Zeit, die so kostbar gewesen war und so unwiederbringlich. Sie ließ es Jahrzehnte später vergrößern und rahmen. Jetzt erst wusste sie, wie gut diese Zeit gewesen war, die Zeit des einfachen Lebens und die Zeit der Liebe.

– 48 –

Juli 1951

Für Frida und Peter erfüllte sich in diesem Sommer ein langgehegter Traum, sie zogen in ihr eigenes Haus. Sechs Jahre waren vergangen seit jenem Tag vor Peters Flucht, als sie ein letztes Mal im Garten unterm Apfelbaum gesessen hatten und er davon sprach, ein Haus zu bauen. Irgendwann, wenn endlich Frieden sein wird. Das hübsche kleine Haus sah mit seinem Walmdach, der Veranda und der grün gestrichenen Holzverkleidung aus wie eine russische Datscha.

Gretchen kam mit ihrem Sohn zu Besuch. Sie stand in der Küche, drehte sich um die eigene Achse und sagte: „Ganz schön klein, na ja, einmal so um die Hüfte!"

Ihr Ausspruch erntete allgemeines Gelächter, weil Heinrich ihr sogleich antwortete: „Um deine Hüfte!" Sie hatte ordentlich zugelegt, das Landleben in der Altmark schien ihr gut zu bekommen.

Heinrich, Reinhild und Anne aber zogen in die alte Wohnung der Eltern. Es dauerte bis in den späten Herbst hinein, bis alles so geworden war, wie Reinhild es sich wünschte. Sie baute ein Nest für ihre kleine Familie, damit war sie vorerst vollauf beschäftigt, das zog sich hin bis Weihnachten. Doch dann kam der Januar, ein Monat, von dem sie stets behauptete, er wäre irgendwie leer. Und diese Leere förderte in ihr die alte Unzufriedenheit zutage. Sie wollte endlich wieder arbeiten gehen. Anne hatte sich gut entwickelt, sie lief schon und sprach die ersten Worte. Wenn ich jetzt nicht eine Lösung finde, so dachte sie, dann wird das nie etwas.

An einem kalten und klaren Tag Mitte Januar brachte sie Anne zu Frida und ging zum Bürgermeisteramt. In ihrer Tasche befand sich ein Gesetzestext. Es handelte sich um das Gesetz über den Mutter- und Kindschutz und die Rechte der Frau in der sozialistischen Gesellschaft. Reinhild wusste, auch in der Verfassung der DDR, die 1949 in Kraft getreten war, hatte man bereits die Gleichberechtigung der Frau festgeschrieben. Schon in der ersten Verfassung des neuen Staates ging es im Artikel 7 darum, Einrichtungen für die Kinderbetreuung zu schaffen, die es ermöglichten, dass alle Frauen ihre Pflichten als Mutter mit ihrer Berufstätigkeit vereinbaren konnten. Und nun dieses Gesetz, das seit einem Jahr galt und dessen Auszug sie in der Tageszeitung gefunden hatte. Jede arbeitende Frau hatte das Recht auf Kinderbetreuung. Krippe für die Kleinsten, dann der Kindergarten und der Hort für Schulkinder bis zum 10. Lebensjahr.

Das Land brauchte die Frauen, um den Sozialismus aufzubauen, und deshalb erließ man die nötigen Gesetze und druckte sie vollmundig in der Zeitung ab. Aber wo war das alles in der kleinen Stadt an der Oder? Hier gab es weder eine Kinderkrippe noch einen Kindergarten. Wütend stieß Reinhild die Tür zum Eingang des Rathauses auf und marschierte hinein.

Sie musste fast eine Stunde warten, bevor sie in ein Büro gerufen wurde, inzwischen war die Wut verraucht. Zurück blieb jedoch das, was Reinhild ausmachte, ihr starker Wille, sich durchzusetzen.

„Frau Merowin, Sie rennen offene Türen ein!“

Mit diesen Worten und einem wohlmeinenden Lächeln stoppte die ältere Frau am Schreibtisch ihren Redefluss. „Der Bau einer Kinderkrippe ist bereits beschlossene Sache, Anfang März geht es los. Und es gibt auch schon eine Warteliste der Mütter, die dringend einen Platz brauchen.“

„Eine Warteliste? Na, dann setzen Sie mich mal bitte da mit drauf!“

„Wo arbeiten Sie denn?“

„Im Krankenhaus, ich bin Krankenschwester. Das heißt, zurzeit nicht, weil ich mein Kind zu Hause betreue."

„Krankenschwester! Dann werden sie ja dringend gebraucht, natürlich!" Die Frau nickte anerkennend. „Das Gesundheitswesen hat in unserem Staat oberste Priorität."

Der Bau der Kinderkrippe ging zügig voran. Schon Ende Oktober halfen Heinrich und Reinhild gemeinsam mit anderen Eltern beim Putzen und Einräumen und Heinrich sagte: „Das ist ja herzallerliebst geworden, ein richtiges Zwergenhaus!"

Das war es in der Tat, ein sonnendurchfluteter Bau mit einer großzügigen Terrasse und einem großen Garten mit einem Sandkasten, vielen Spielgeräten und einem Planschbecken war entstanden. Weitere Kindereinrichtungen sollten in den nächsten Jahren folgen.

Endlich konnte Reinhild wieder arbeiten gehen, die Gebühren für die Unterbringung des Kindes waren lächerlich niedrig. Anne lebte sich schnell in der Krippe ein.

„Sie ist ein Herdentier", meinte Reinhild, „sie braucht die anderen Kinder. Und es tut ihnen allen gut, wenn sie in der Gemeinschaft aufwachsen. So lernen sie, Rücksicht aufeinander zu nehmen und erziehen sich gegenseitig."

Schon wenige Monate später erfüllte sich ihr lang gehegter Wunsch, sie leitete nun die geriatrische Station des Krankenhauses. Um Anne brauchte sie sich während ihrer Dienstzeiten keine Sorgen zu machen, sie ging gern in die Krippe. Wenn sie mal kränkelte, brachte sie Reinhild zu Frida, die das tat, was alle Omas gern tun, sie verwöhnte sie tüchtig.

Das Land brauchte die Frauen, nachdem der Krieg es zerbombt und die Russen es ausgeraubt hatten. Das Land brauchte sie dringend beim Aufbau der Wirtschaft und der Infrastruktur. Trotz aller politischen Widrigkeiten dieser Zeit und des noch lange allgegenwärtigen Mangels ergab sich daraus für die Frauen eine vorher nie dagewesene, ungeheure historische Chance, die der absoluten Gleichberechtigung.

Während die Ehefrauen in Westdeutschland noch jahrzehntelang nichts ohne die Erlaubnis ihres Mannes tun durften, weder ein eigenes Konto führen noch einen Beruf ausüben konnten, waren die Frauen des Ostens schon längst voll emanzipiert. Sie hatten das Recht auf Bildung, das Recht auf einen Arbeitsplatz und das Recht auf Kinderbetreuung. Die Frau war dem Mann nun vollumfänglich gleichgestellt.

– 49 –

Heiligabend 1958

Ein weißes Tuch lag über den Dächern der Stadt und deckte ihre Tristesse gnädig zu. Es hatte über Nacht geschneit. Reinhild kam vom Frühdienst und überlegte, ob noch etwas einzukaufen wäre. Aber die Rollläden der wenigen Geschäfte auf der Berliner Straße waren längst heruntergelassen, man konnte sowieso nichts mehr einkaufen. Sie hoffte, dass Heinrich alles besorgt hatte, was auf ihrer Liste stand. Sie arbeiteten beide im Schichtdienst, da musste man sich aufeinander verlassen können, sonst klappte nichts. Das Mittagessen hatte sie schon am Vorabend gekocht. Wie an jedem Heiligabend zu Mittag sollte es Brühreis geben, gekocht mit Knochenmark, Rindfleisch und viel Suppengrün. Heinrich hatte heute frei, er wollte mit Anne den Baum schmücken.

„Es gibt Neuigkeiten, Reinhild. Jetzt ist es amtlich, steht alles in der Zeitung. Jetzt geht es endlich vorwärts!"

Sie stand noch im Mantel im Eingang, da wedelte er ihr bereits mit der Tageszeitung vor der Nase herum.

„Was für Neuigkeiten? Lass mich doch erst mal aus den Sachen raus. Wo ist Anne? Setzt du bitte den Brühreis schon auf? Und schön umrühren! Steht der Baum denn schon?"

Der Baum stand, Anne saß darunter und las. Sie schaute kaum auf, als ihre Mutter hereinkam, wenn sie las, war sie nicht ansprechbar.

„Hübsch", meinte Reinhild, „vor allem nicht zu viel Lametta."

Und als sie endlich beim Brühreis saßen, ein Gericht, dass Heinrich gar nicht mochte, während Reinhild behauptete, das sei genau das Richtige, bevor man sich der Weihnachtsvöllerei hingeben würde, war Heinrich nicht mehr zu bremsen. Wortreich erzählte er vom Bau der Erdölleitung „Freundschaft", einer 5.000 Kilometer langen Pipeline, die genau hier in Schwedt enden sollte.

„Stell dir vor", rief er enthusiastisch, „jetzt ist es beschlossene Sache, hier wird ein großes Erdölverarbeitungswerk gebaut! Das Erdöl kommt aus Westsibirien bis hierher. Es soll die längste Erdölleitung der Welt werden, noch nicht mal die Amis haben so was."

Anne hörte ihm aufmerksam zu. Sie hatte den Löffel sinken lassen, auch sie war kein Freund von Brühreis. Sie liebte es, ihren Vater so enthusiastisch zu sehen, sein fröhlicher Optimismus prägte sie für ihr ganzes Leben.

„Und was haben wir davon?", fragte Reinhild trocken.

„Was wir davon haben? Na hör mal, hier wird ein ganz großes Werk gebaut für die Rohölverarbeitung! Benzin, Motorenöl, Dieselkraftstoff, Heizöl, alles wird dann hier bei uns hergestellt. Außerdem jede Menge Grundstoffe für die Chemieindustrie. Chemie ist Wohlstand, Brot und Schönheit!"

„Was für eine Zeitungsphrase. Und wer soll da arbeiten? Wo wollen sie denn die Menschen hernehmen, es werden ja immer weniger, die Jungen gehen alle weg."

„Die werden aus der ganzen Republik kommen, um dieses Werk aufzubauen."

„Steht das auch in der Zeitung?"

„Nee, das weiß ich von unserem Parteisekretär. Und dann geht es richtig los, Wohnungen werden gebaut für die Leute, Schulen für die Kinder, Geschäfte und Gaststätten, Kulturhäuser und schöne Parkanlagen, alles, was hier fehlt. Jetzt geht es aufwärts. Vor allem, der ganze Güterverkehr, Reinhild! Weißt du, was das für die Bahn bedeutet?"

„Na ja, mal sehen. Vielleicht bekommen wir ja dann auch mal eine Wohnung mit Bad."

„Ganz bestimmt, da bin ich sehr optimistisch."

„Das bist du ja immer, manchmal beneide ich dich deswegen. Warten wir es ab."

Heinrich sollte recht behalten, schon 1960 wurde das Erdölverarbeitungswerk eingeweiht, im Jahr zuvor hatte man außerdem begonnen, eine Papierfabrik zu bauen. Im Februar 1959 aber fand im Saal des VEB Rohtabaks die Gründung der Arbeiterwohnungsgenossenschaft „Friedenswacht" statt. Mit dabei waren Heinrich und Reinhild. Nachdem sie genügend

Aufbaustunden geleistet hatten, meist schippten sie Kabelgräben, erhielten sie eine Plattenbauwohnung, die den neuesten Standard bot: Fernheizung, kaltes und warmes Wasser aus dem Hahn, ein Bad, eine moderne Einbauküche. Drei Zimmer mit Balkon. Die Stadt und seine Bewohner wuchsen unaufhaltsam, Heinrich hatte recht behalten.

Reinhild war wieder schwanger, und im Herbst 1961 kam Thomas zur Welt. Zwar meinten die Leute, sie wäre eigentlich mit Mitte dreißig schon zu alt für ein Kind, aber für sie war der kleine Nachzügler ein ausgesprochenes Wunschkind.

– 50 –

Hamburg, Sommer 1960

Regina saß am Klavier und spielte träumend vor sich ihn, sie fantasierte und improvisierte, so wie es einst ihr Vater gern getan hatte. Damals, vor dem Krieg. Wie hatte sie die Klavierstunden gehasst. Eine Lehrerin war einmal in der Woche ins Haus gekommen, eine richtige alte Schachtel, wie sie das ältliche, dünne Fräulein insgeheim genannt hatte, und nur ihrem Vater zuliebe hielt sie durch. Oft hatte Gunther bewundernd ihrem Spiel gelauscht, niemand in seiner Familie spielte ein Instrument. Dann wurde Gunther eingezogen und die Briten beschlagnahmten das Haus. In ihrer Notunterkunft, im Kabuff der Drogerie, war kein Platz für das Klavier gewesen, und wer dachte damals schon an ein Klavier. Man musste sehen, wie man durchkam, es ging ums nackte Überleben.

Reginas Mutter Ingeborg hatte vor zwei Jahren ihr Haus in Blankenese zurückerhalten. Es war in einem erfreulich guten Zustand gewesen, wenn man vom zerkratzten Parkett absah. Sogar das Klavier stand noch immer da, wo es in Reginas Kindheit gestanden hatte, im Wohnzimmer vor dem großen Fenster zur Terrasse. Von hier aus schaute man in den Garten, über Rosen, Lavendel, Hortensien und Rhododendron hinunter bis auf den Fluss. Das Haus lag auf einer Anhöhe, und so konnte man über die Dächer auf der anderen Straßenseite hinwegsehen.

Ingeborg bot ihnen an, mit ihr gemeinsam das Haus zu bewohnen, aber Regina hatte dankend abgelehnt. Insgeheim war sie froh, nun endlich dem Einfluss ihrer Mutter entflohen zu sein. Sie konnte sich des Gefühls nicht erwehren, dass Ingeborg im Laufe der Jahre die Rolle einer Wächterin über ihre Ehe eingenommen hatte. Stets gab sie Gunther recht, und manchmal dachte Regina, er war für sie der Retter meiner Tugend und nun will sie, dass ich ihm dafür dankbar bin bis ans Grab. Wenn es nach ihr geht, ist alles, was er will, Gesetz und muss befolgt werden.

Und so sagte sie schließlich zu ihr: „Nimm es mir nicht übel, Mutter, aber ich finde es besser, wenn jetzt wieder jeder für sich ist. In den Ferien gern, da können wir ja mit den Kindern bei dir wohnen, dann haben sie mehr Auslauf und frische Luft."

So war es auch in diesem Sommer. Seit drei Wochen wohnte sie mit der dreizehnjährigen Heidi, dem zwölfjährigen Harald und dem neunjährigen Gernot bei der Mutter. Gunther schlief nur an den Wochenenden hier draußen. Der Weg war ihm zu weit und er hatte zu viel zu tun, behauptete er.

Natürlich hat er alle Hände voll zu tun, dachte sie mit einer gewissen Bitterkeit, er hat eine Geliebte, dieses kleine Ladenmädel aus der Parfümerie, dieses angemalte Biest, und er weiß genau, dass ich es weiß. Es ist nicht schön, aber es kann mir egal sein, letztendlich ist es nur zu meinem Vorteil. Dadurch habe ich mehr Freiräume, und wenn ich einen besonderen Wunsch habe, wird er ihn mir nicht abschlagen, weil er ein schlechtes Gewissen hat. Es ist nicht seine erste Liebschaft und er wird sich deswegen nicht von mir scheiden lassen. Damit würde er sich bei seiner Kundschaft und seinen Geschäftsfreunden unmöglich machen, das geht gar nicht, so spießig wie die alle sind. Und dann erst die Parteifreunde von der CDU. Außerdem hängt er zu sehr an den Kindern, besonders an Heidi. Es ist schon seltsam, wie vernarrt er in dieses Kind ist.

Gunther hatte Heidi adoptiert. Sie ahnte nicht, dass er nicht ihr leiblicher Vater war, und in der Familie wurde darüber geschwiegen. Anfänglich hatte es häufig Getuschel in der Nachbarschaft gegeben, doch da war Heidi noch klein gewesen. Inzwischen war das Gerücht total in Vergessenheit geraten. Die Leute, die es verbreitet hatten, waren verstorben oder weggezogen.

Regina trug sich schon lange mit dem Gedanken, es ihr spätestens bei ihrer Volljährigkeit zu sagen. Aber wenn sie daran dachte, malte sie sich aus, wie Heidi wohl reagieren würde. Sie war Gunthers Prinzessin. Während er die Jungen mit harter Hand erzog und ihnen äußerste Disziplin abverlangte, tanzte Heidi ihm auf der Nase herum. Wenn Regina ihr etwas verbot, erlaubte es ihr Gunther. Die Welt würde für sie einstürzen, wenn sie erfuhr, dass ihr geliebter Paps gar nicht ihr Vater war. Konnte man das dem Kind zumuten? Obwohl ihr Heidi mit ihren dreizehn Jahren und den in diesem Alter üblichen Kapriolen das Leben oft schwer machte, dachte sie, das ist unmöglich, wie soll ich ihr so etwas antun.

In der letzten Zeit war es oft vorgekommen, dass sie nachts schlaflos dalag und daran dachte, sich scheiden zu lassen. Dabei konnte sie sich nicht beklagen, bis auf dieses billige Fremdgehen Gunthers mit dem Ladenmädel. Er sorgte vorbildlich für seine Familie, und ihm gehörte jetzt eine ganze Kette von Läden. Sie hatten ein gutes Leben, zu Weihnachten hatte Gunther ihr einen Nerz geschenkt. Heidi erhielt Reitstunden, weil das jetzt gerade in Mode gekommen war, alle Mädchen wollten reiten. Die Jungen nahm er mit in seinen Tennisclub und ließ sie für teures Geld unterrichten. Für Gernot, der in Deutsch grottenschlecht war, hatte Gunther sogar einen Privatlehrer engagiert. Jeden Sommer machten sie Urlaub auf Sylt oder Norderney, im Winter ging es in die Alpen zum Ski laufen. Ein Leben wie aus dem Bilderbuch, aber was hatte sie damit zu tun? Eine Statistin war sie in diesem Leben, mehr nicht. Eine Statistin, die dafür sorgen musste, dass Gunthers Hemden gebügelt waren und seine Anzüge aus der Reinigung abgeholt wurden. Dass er pünktlich seine Mahlzeiten auf dem Tisch hatte, dass die Kinder beim Essen schwiegen, in der Schule versetzt wurden und keinen Blödsinn verzapften. Eine Statistin, die jede Woche ihr Haushaltsgeld bekam, wenn er es vergaß, musste sie ihn daran erinnern. Dabei war es gut bemessen, dieses Haushaltsgeld, aber sie sah sich in der Rolle einer Bittstellerin und fühlte sich gedemütigt. Ein eigenes Konto oder ein Scheckheft besaß sie nicht.

Vor einigen Wochen hatte sie Gunther darauf angesprochen, dass sie jetzt, wo die Kinder größer waren, ja wieder arbeiten gehen könnte, vielleicht bei ihm in der Buchhaltung oder wenigstens als Klavierlehrerin. Darüber hatte sie mit einer Nachbarin ihrer Mutter gesprochen, sie suchte eine Lehrerin für ihre siebenjährige Tochter und wusste, dass Regina ganz passabel spielte.

„Es geht ja nicht ums Geld", meinte sie, „aber ich habe das Gefühl, ich muss was für mich tun, für mich allein, verstehst du?"

Gunther verstand nicht. Natürlich nicht, sie hatte sich nicht klar genug ausgedrückt. Wie sollte sie ihm auch beibringen, dass sie das Gefühl hatte, kein eigenes Leben mehr zu haben? Dass sie sich gedemütigt fühlte in ihrer Rolle der stummen Dienerin, die dafür zu sorgen hatte, dass alles reibungslos ablief und er seinen Feierabend genießen konnte?

„Vergiss es", sagte er schließlich, „ich mach mich doch nicht lächerlich! Wie sieht das denn aus, was sollen denn die Leute von uns denken? Du bist abgespannt, Regina, du siehst auch gar nicht gut aus. Was hältst du davon, wenn du mal eine schöne Kur machst? Deine Mutter kann sich ja um die Kinder kümmern, ich komme schon allein klar. Überlege es dir und hole dir ein paar Prospekte aus dem Reisebüro. Nordsee, Schwarzwald oder Bad Pyrmont, was meinst du?"

„Ich will keine Kur, ich will wieder arbeiten", antwortete sie unter Tränen.

„Du bist hysterisch, Regina."

Gunther ging hinaus. Damit war die Sache für ihn erledigt, er hatte an diesem Abend noch ein wichtiges Geschäftsessen.

Manchmal blätterte sie in den Zeitungen die Stellenanzeigen durch, und einmal suchte sie dabei eine heftige Erinnerung heim. Sie sah sich im „Hüürbaas" sitzen und die Zeitungen wälzen, auf der Suche nach Unabhängigkeit, auf der Suche nach einem neuen Leben, fernab von August Lorenz und seiner miefigen Drogerie. Und sie dachte an Heinrich, der so gut in das Bild vom neuen Leben passte und der einfach gegangen war. Wie es ihm wohl jetzt erging? Ab diesem Moment wusste sie, dass sie sich seitdem im Kreis gedreht hatte. Ein Kreis wie ein Bannkreis, aus dem sie nicht mehr herauskam.

Der Wind bauschte die Vorhänge am offenen Fenster, auf der Elbe tutete ein Dampfer und die Uhr in der Diele schlug zwölf. Sie klappte den Klavierdeckel zu und ging in die Küche. Jetzt musste sie sich mit dem Mittagessen beeilen, Harald und Gernot würden sicher gleich da sein, um eins wurde gegessen. Heidi war mit ihrer Oma in die Stadt gefahren, um zu shoppen. Ingeborg wollte ihre Enkelin für den Beginn des Schuljahres neu einkleiden und danach mit ihr essen gehen. Sie war sehr stolz auf sie, Heidi war ein hübsches Mädchen, hatte gute Manieren und erhielt in der Schule nur gute Noten. Das war Anlass genug für Ingeborg, Gunthers Vorliebe für dieses Kind zu teilen, während sie die Jungen kaum beachtete. Manchmal dachte Regina, mich hat sie nicht halb so lieb gehabt wie Heidi.

Während sie beim Essen saßen, klingelte das Telefon. Hertha Lorenz war dran, aufgeregt erzählte sie, August würde wieder schrecklich tüdeln, er hätte sogar gedroht, sie beide umzubringen. „Mit Gas!“, schrie sie laut.

„Wolltest du nicht heute sowieso vorbeikommen, weil du Besorgungen machen musst? Du hast es versprochen, Regina. Bitte komm vorbei, wenn du mit ihm redest, dann beruhigt er sich. Du bist die Einzige, auf die er noch hört!“

„Was hat denn euer Hausarzt gesagt?“

„Er hat ihm Beruhigungstropfen verschrieben, aber die will er nicht einnehmen. Er denkt, ich will ihn damit vergiften. Der Doktor hat gesagt, er hat Alzheimer und dagegen ist kein Kraut gewachsen. Wie ist das bloß alles furchtbar, Regina, was soll ich denn machen? Ich kann ihn doch nicht weggeben, in eine Anstalt. Was sollen denn die Leute denken! Gunther kümmert sich ja auch nicht, er ist ja nie da.“

„Gunther ist geschäftlich in Düsseldorf, das weißt du doch.“

„Ja, ja, da hat man einen Sohn und er kümmert sich nicht. Kommst du nun wenigstens? Ich halte das nicht mehr aus.“

Regina nahm den Hörer vom Ohr, Hertha heulte wie eine Sirene.

„Ja, ist ja gut. Ich bin in spätestens anderthalb Stunden da, vorher muss ich noch die Schulbücher für die Kinder abholen, die Buchhandlung macht heute früher zu.“

Hertha heulte noch immer, Regina legte den Hörer auf. Harald und Gernot hatten den Mittagstisch eilig verlassen und waren weder im Garten noch im Haus zu finden. Sie hinterließ einen Zettel und ging zur Bushaltestelle.

Herthas Unfähigkeit, mit Augusts Krankheit umzugehen, ging ihr auf die Nerven. Sie hatte August noch nie sonderlich gemocht, aber eines musste man ihm lassen, er hatte immer für seine Frau gesorgt und war stets nachsichtig. Zu nachsichtig. Für ihn war es damals selbstverständlich gewesen, dass sie Hertha von vorn bis hinten bedienen mussten. Hertha, die eingebildete Kranke. Und nun war ihr Mann krank, schwer krank, damit war sie heillos überfordert. Gunther wollte eine Krankenschwester engagieren, aber Hertha war dagegen, fremde Leute sollten ihr nicht ins Haus kommen. Sie schnüffelte der Putzfrau, die zweimal in der Woche kam, misstrauisch hinterher. Und dann erst eine Krankenschwester, die den ganzen Tag da war. Damit war die Sache für Gunther erledigt und alles blieb mal wieder an ihr hängen. Mindestens dreimal in der Woche klingelte das Telefon und Regina musste antanzen, um im Hause Lorenz senior die Wogen zu glätten.

Bevor sie zu Hertha ging, brachte sie die Schulbücher in ihre Wohnung. Wenn sie während ihres Aufenthalts in Blankenese hier vorbeikam, bemächtigte sich ihrer, sobald sie den Schlüssel ins Schloss steckte und die Tür öffnete, ein eigenartiges Gefühl. Was erwartete sie in der Wohnung? Ein zerwühltes Bett, das nach dem aufdringlichen Parfüm seiner Geliebten roch? Gläser und Kaffeetassen, die den Abdruck eines Lippenstiftes trugen oder gar eine angebrochene Packung Präservative auf dem Nachttisch? Haarnadeln auf der Konsole im Bad?

Wie schon so oft glitt ihr Blick prüfend umher und sie fand nichts dergleichen. Die Wohnung war makellos aufgeräumt und sie kam wieder einmal zu dem Schluss, alles sei noch viel schlimmer. Er übernachtete bei seinem kleinen Flittchen. Die ganze Nacht blieb er dort. Vielleicht hielt er sie sogar aus, bezahlte ihr eine Wohnung. So etwas kannte man ja aus Filmen und Romanen. Nur durch einen Zufall hatte sie kürzlich erfahren, dass Gunther drei Wohnungen gekauft hatte, Neubauwohnungen irgendwo im Norden der Stadt. Auf ihre Nachfrage hatte er etwas von Geldanlage geknurrt und sie hatte keine Fragen mehr gestellt, weil er auf einmal sichtlich schlechte Laune bekam.

Bevor sie die Wohnung verließ, goss sie die Blumen und leerte den Briefkasten. Es war nichts von Bedeutung dabei, nur ein paar Prospekte, die sie schon entsorgen wollte, als ihr Blick auf einen roten Werbezettel fiel und ein Wort ihr ins Auge sprang. „Hüürbaas“.

Der „Hüürbaas“ in der Talstraße auf St. Pauli sollte am 1. September neu eröffnet werden. „Nach umfangreichen Renovierungsarbeiten ... im alten Glanz und alter Tradition ... Mittagstisch und ein leckeres Kuchenbüfett ... Livemusik ab 17 Uhr.“

Ich hätte große Lust, da mal hinzugehen, dachte sie. Die kleine Rosemarie fiel ihr ein und ihr Opa, der Schifferklavierspieler. Der Hunger, die Armut und der Schwarzmarkt. Heinrich.

Mein liebes Fräulein Regina, tanzen Sie auch so gern Walzer? Sein Lachen, seine Hände. Schwarzer Tee mit Kandis.

Regina saß auf der Treppe und starrte auf den Flyer. Vielleicht war er ja gar nicht weggegangen. Er ist immer noch in Hamburg und geht in den „Hüürbaas“. Am 1. September. Da sitzt er und wartet und denkt, vielleicht kommt sie ... Ich werde kommen, Heinrich. Und alles wird wieder so sein wie damals.

Aus Herthas Wohnung schallte ihr lautstarke Musik entgegen. Das war der Fernseher, solange etwas gesendet wurde, lief er ohne Pause. Hertha behauptete, das würde August beruhigen.

„Jetzt hat er sich gerade abgeregt“, flüsterte sie, „er war ja wieder ganz durch den Tüdel.“

August nahm keine Notiz von ihnen, im Fernsehen lief Reklame, die er mit offenem Mund und starrem Blick verfolgte. Eine blonde, mollige Frau mit weißer Schürze pries überschwänglich die Vorteile eines Waschmittels an und versicherte dem Publikum, nun würde Vati endlich zufrieden sein, denn so blütenweiß waren seine Hemden noch nie.

„Haben wir das auch im Sortiment, Hertha?“

„Natürlich haben wir das, August, wir haben alles!“

„Ich kenne das aber nicht, mir sagt ja keiner mehr was.“ Wütend schlug er mit der Hand auf die Lehne des Sessels. „Wo ist überhaupt der Junge? Der treibt sich ja nur noch herum.“

„Gunther ist zur Messe in Düsseldorf, das weißt du doch“, rief Hertha. Sie kam gerade mit dem Teewagen aus der Küche und wechselte einen schnellen Blick mit Regina. „Er kann sich nichts mehr merken“, zischte sie, „ich halte das nicht mehr lange aus.“

„Was flüsterst du da mit dieser Person?“ August richtete sich auf und ballte seine Fäuste. „Wer ist das überhaupt? Kennen wir uns, mein Fräulein?“

Um Reginas Lippen huschte ein kleines, spöttisches Lächeln. Jetzt hätte ich große Lust, einfach nein zu sagen, dachte sie. Nein, wir kennen uns noch nicht, ich bin Fräulein Müller, die neue Sekretärin Ihres Sohnes.

Aber Hertha krähte schon los: „Ist es denn die Möglichkeit. Das ist doch deine Schwiegertochter! Mein Gott, was bist du nur für ein Dösbaddel geworden. So, jetzt trinkst du erst mal einen schönen Kaffee, der ist frisch gemahlen, den habe ich gerade von Eduscho geholt."

August hockte zusammengefallen in seinem Sessel. Herthas Wortschwall wirkte offensichtlich in ihm nach. „Ach so", sagte er. Das war alles.

In der nächsten halben Stunde, während Hertha seine neuesten Defizite lautstark vor Regina ausbreitete, saß er mit abwesendem Blick da, schlürfte seinen Kaffee und aß einen Keks nach dem anderen.

„Appetit hat er ja", sagte Hertha, „aber guck doch mal, wie seine Hände zittern. Der Arzt sagt, das könnte Parkinson sein, er will demnächst einen Test machen. Er läuft auch immer so trippelnd herum, so ganz komisch. Neulich ist er gestürzt, zum Glück ist nichts passiert. Aber wie soll das alles weitergehen?"

Es ist immer dasselbe, dachte Regina. Sie ruft mich an und tut so, als wenn sonst was ist, und dann sitzt er da, sagt keinen Piep und mampft seelenruhig seine Kekse.

„Du hörst mir ja gar nicht zu, Regina."

„Aber ja. Schick ihn doch mal nach Eppendorf in die Klinik. Ich glaube nicht, dass euer Hausarzt bei solchen speziellen Krankheiten besonders kompetent ist."

„Meinst du? Ich muss das mal mit Gunther besprechen. Wann kommt er denn zurück?"

„Übermorgen, am Freitag. Wir kommen ja übermorgen auch zurück, am Montag fängt die Schule wieder an."

„Ach, das passt gut. Ich habe am Dienstag doch einen Termin beim Putzbüdel. Guck doch mal, wie ich aussehe, die Dauerwelle ist ja ganz rausgewachsen. Kannst du dann mal längs kommen? Ich kann ihn doch nicht so lange allein lassen. Um zehn Uhr, ja?"

– 51 –

Hamburg, Oktober 1960

Sie hatte den Bus genommen. Der Regen prasselte hart gegen die Scheiben. Menschen hasteten unter Schirmen über die Straße, ein Höker räumte eilig seinen Grünkramstand vom Gehsteig, alles schien auf der Flucht zu sein vor diesen sintflutartigen Güssen, die die Stadt heimsuchten.

Im Radio hatte der Deutsche Seewetterdienst vorhin eine Sturmflutwarnung angekündigt. Gernot war in großer Sorge um seine Oma Ingeborg gewesen.

„Ihr passiert schon nichts", beruhigte ihn Regina, „Oma thront oben auf ihrem Hügel wie ein alter Käpt'n und beobachtet alles mit dem Fernglas, so weit ist das Wasser noch nie gekommen."

Die Vorstellung der Oma als Käpt'n hatte für Gelächter am Mittagstisch gesorgt. Gunther war nicht da, deshalb war die Atmosphäre locker. Diesmal war er für einige Tage nach Westberlin geflogen, sie hatte keine Ahnung, was er dort zu tun hatte. Möglich, dass er es ihr gesagt hatte, aber sie wusste es nicht mehr. In letzter Zeit vergaß sie oft etwas, das machte ihr Angst. Würde sie etwa so enden wie August? Er hatte in wenigen Wochen rapide abgebaut, es kam vor, dass er die Toilette nicht mehr fand und in eine Ecke pinkelte. Schließlich nahm Gunther die Sache in die Hand und engagierte gegen Herthas Willen eine Krankenschwester, die ihn tagsüber betreute, für seine Sauberkeit sorgte und mit ihm spazieren ging.

Der Bus hielt direkt vor dem Alten Elbtunnel, sie stieg aus und spannte ihren Schirm auf.

Das Wetter ist mir hold, dachte sie, wer ist heute schon unterwegs. Eigentlich hätte sie noch zwei Stationen weiter fahren können, aber hier schon auszusteigen, das fand sie irgendwie unverfänglicher.

Als sie an dem alten Andenkenladen vorbeikam, es lagen noch dieselben Merkwürdigkeiten im Schaufenster wie damals, vertrocknete Seepferdchen, monströse Korallenketten und gruselige Schrumpfköpfe, da begann ihr Herz laut zu klopfen. Den

Kindern hatte sie erzählt, sie würde eine Freundin im Krankenhaus besuchen, aber die hörten ihr gar nicht zu, weil sie ihnen erlaubt hatte fernzusehen. Sie stritten sich gerade um die besten Plätze vor dem Apparat, als sie leise die Tür hinter sich zuzog.

Warum muss ich immer lügen, dachte sie. Wo es doch eigentlich gar nichts zu lügen gibt. Ich fühle mich, als wenn ich kein eigenes Leben mehr habe.

Sie wäre beinahe am „Hüürbaas“ vorbeigelaufen. Der untere Teil des Hauses war neu gestrichen worden mit einer ziegelroten Farbe, die ihr gut gefiel, die oberen Etagen sahen immer noch so grau aus wie in der Nachkriegszeit. Über der Tür hing eine schrille Leuchtreklame.

„Hüürbaas – Das Traditionslokal“.

Keine zugenagelten Fenster mehr. Hinter den blank geputzten Scheiben hingen blütenweiße Gardinen und auf den Fensterbrettern standen biedere Azaleentöpfe. Die Eingangstür war noch die alte, sie griff zum Messingknopf, um sie zu öffnen, und spürte plötzlich, wie ihr Magen revoltierte. Es war ein seltsames Körpergefühl, es glich dem Gefühl des Hungers aus jener längst versunkenen Zeit. Ihr war, als würde etwas in ihrem Kopf explodieren, ganz hell und frei fühlte es sich an. Sie ging hinein. Überwältigt von der Lichtfülle schloss sie die Augen.

„Tür zu, es zieht“, rief jemand.

Hastig zog sie die Tür ran, ihr Blick tastete sich durch den Raum.

Das Mobiliar war ausgetauscht worden, vergeblich suchten ihre Augen den Tisch, ihren Tisch. Nur der alte Tresen hatte die Zeit überlebt und gleich daneben die Kuchenvitrine. Einst ein Bild des Jammers und den allgemeinen Mangel illustrierend, war sie nun hell erleuchtet und gut bestückt mit den köstlichsten Torten und Kuchenschnitten.

Es war nicht sehr voll, das lag sicher am Regen, wer ging bei diesem Wetter schon bummeln. An einem großen, runden Tisch saßen mehrere Gäste, offensichtlich Touristen, die sich lautstark unterhielten. Holländer, mutmaßte sie. Blond, groß und kräftig und gut genährt, ihre Stimmen dröhnten laut durch den Raum. Auf ihren Tellern lagen Windbeutel und Lübecker Marzipantorte, daneben ihre Fotoapparate und Stadtpläne. An der Fensterseite saßen paarweise einige Frauen und schwatzten. Neben ihnen standen Einkaufstaschen und Tüten von Hertie auf der Bank.

Was mache ich eigentlich hier, dachte sie, das ist nicht mehr der alte „Hüürbaas“, man kann die Vergangenheit nicht zurückholen.

Eine junge Frau kam an ihrem Tisch, um ihrer Bestellung aufzunehmen. Sie war blond und schlank und trug das übliche schwarze Kleid der Serviererinnen mit einem weißen Schürzchen.

„Was darf es denn sein?“, fragte sie freundlich. Als Regina zu ihr aufschaute, erkannte sie sie sofort.

„Ein Kännchen Schwarztee“, sagte sie hastig, „mit Kandis und Sahne.“

„Gern. Wollen Sie auch etwas essen? Hier ist die Karte. Kuchen können Sie sich selbst am Büfett aussuchen.“

„Haben Sie Sandwiches?“

„Kann ich Ihnen machen. Was für einen Belag möchten Sie denn? Käse, Salami, Schinken oder Bierschinken?“

„Corned Beef? Haben Sie Corned Beef?“

Die junge Frau nickte. „Ein Kännchen Schwarztee, ein Sandwich mit Corned Beef. Kommt sofort.“

Regina schaute ihr lächelnd hinterher. Rosemarie, dachte sie, das muss die kleine Rosemarie sein. Der Silberblick, daran habe ich sie erkannt. Ob ich sie einfach anspreche? Lieber nicht, dann fange ich an zu weinen, hier, vor allen Leuten. Schon spürte sie die aufsteigenden Tränen. Sie schloss die Augen, und dann hörte sie Heinrichs Stimme. Nicht weinen, sagte er. Ihr war, als wenn er neben ihr saß. Erschrocken schaute sie auf, sie war allein.

Aber es war seine Stimme gewesen, diese Stimme würde sie unter tausend anderen Stimmen erkennen, weil sie so besonders klang. Freundlich und herzlich, optimistisch, selbst wenn sie etwas Düsteres sagte, jung und ein wenig übermütig und voller Wärme. Wie gern hatte sie dem Klang seiner Stimme gelauscht.

Die junge Frau servierte ihr den Tee und das Sandwich. Eigentlich müsste ich ihr jetzt den Kandis schenken, dachte Regina. So wie Heinrich es immer getan hatte. Wie sie wohl reagieren würde? Sie kennt mich nicht mehr. Natürlich nicht, ich bin vierzehn Jahre älter und wiege zehn Kilo mehr. Mein Haar trage ich jetzt kurz geschnitten und ich lasse es färben, weil es schon grau wird. Zu früh grau. Es ist seltsam, die Welt ist so bunt geworden in den letzten Jahren, und ich bin grau geworden. Ich fühle mich grau, alles an mir ist grau, innen und außen.

Rosemarie stand hinterm Tresen. Während sie die Kaffeemaschine befüllte und Gläser spülte, beobachtete sie die Frau am hinteren Tisch. Woher kenne ich sie bloß, dachte sie. Stammkundschaft kann sie nicht sein, dazu ist sie zu teuer gekleidet. Richtig fein, dieser Pulli aus Merinowolle, die Perlenkette, und der Hut ist sicher aus einem der teuren Geschäfte am Neuen Wall. Seltsam, sie kommt mir so bekannt vor.

Die Holländer bestellten Schnäpse und Liköre. Ein junger Mann war hereingekommen, er trug ein Schifferklavier. Er küsste Rosemarie auf die Wange, nahm auf einem Hocker Platz und schulterte sein Instrument. Das kann ich nicht ertragen, dachte Regina, ich werde jetzt gehen. Hastig trank sie ihren Tee aus, wickelte das Sandwich in eine Serviette und steckte es in ihre Handtasche. Sie schaute auf die Rechnung, legte ein Fünfmarkstück auf den Tisch und zog ihren Mantel über.

„La Paloma" erklang, und ein übergewichtiges holländisches Paar begann zu tanzen.

Regina drängelte sich an ihnen vorbei und ging zu den Toiletten. Hier hatte sich nichts verändert. Derselbe schmutzige gelbe Ölsockel, an dem Generationen von Gästen ihre Obszönitäten hinterlassen hatten, St. Pauli eben. Die uralte Personenwaage stand auch noch da, daneben hing ein Automat, aus dem man Erfrischungstücher und kleine Fläschchen mit 4711 ziehen konnte. Der war neu. Als sie aus der Kabine herauskam und sich die Hände wusch, da schaute sie in den Spiegel und sah die Bildergalerie an der gegenüberliegenden Wand. Sie drehte sich um und ging näher. Da war sie immer noch, die fast nackte Tänzerin mit der Federboa, der feiste Mann im Frack, der aussah wie ein Koberer vor einer Nachtbar, und der Saxophonist, der sie mit dunklem Blick anschaute.

Und dann stand sie da und hielt den Atem an. Die Zeit, das Haus der Vergangenheit mit seinen verschlossenen Türen, in das nie jemand zurückkehren durfte, die erbarmungslose Zeit, sie öffnete für einen Moment ihre Pforten und es wurde ganz hell für sie.

Regina schaute in die Vergangenheit. Sie sah sich und Heinrich, tanzend und lachend, sie hörte Musik und Stimmen und glaubte, den Kartoffelschnaps riechen zu können. Der „Hüürbaas“ bebte unter ihren Schritten, bis sie abhoben und mit der „Ingeborg“ in See stachen ...

Vor ihr hingen drei gerahmte Fotos als Zeugen einer Liebe, die sie ewig im Herzen trug.

Als sie an der Tür war, drehte sie sich noch einmal um. Sie schaute direkt in die starren, blauen Augen der Galionsfigur. Sie schwebte über dem Tresen und ihr Gesicht schimmerte bleicher als der Mond, ihr Mund war so grausam rot wie eine blutende Wunde.

Es war schon dunkel, da stand sie an den Landungsbrücken und aß das Sandwich, mit dem Rest fütterte sie die Möwen. Während sie sich gierig schreiend über die Brocken hermachten, erzählte sie ihnen von der Sehnsucht nach ihrem Liebsten.

– 52 –

Hamburg, Juni 1995

Anne hatte eine Schwäche für Torten, am liebsten mit viel Sahne. Schwarzwälder Kirsch, Marzipan, Schokolade, da wurde sie schwach und die Kalorien waren ihr egal. Sie konnten ihr auch egal sein, weil sie mit ihren fünfundvierzig Jahren immer noch so schlank war wie mit zwanzig.

Vor einem Jahr hatte sie zufällig dieses Café entdeckt. Hier war alles so, wie sie es liebte, altmodisch, plüschig, gemütlich, und die Torten schmeckten fantastisch. Seltsam allerdings fand sie den Umstand, dass ihr Lieblingscafé auf der Reeperbahn angesiedelt war, genauer gesagt, Reeperbahn/Ecke Talstraße, also dort, wo das Nachtleben tobte. Das Nachtleben interessierte sie nicht sonderlich, spätestens um sechs Uhr abends, wenn die ersten Touristen kamen und ein älterer Herr mit einem Schifferklavier erschien, verließ sie das Lokal. Als alleinstehende Frau wäre sie sich blöd vorgekommen, solo dort herumzusitzen und den Eindruck zu erwecken, sie wäre auf eine Bekanntschaft aus.

Dabei war genau das der Grund, weshalb sie an diesem Nachmittag ihr Lieblingscafé ansteuerte. Heute kam sie nicht, um zu schlemmen, sondern um an einem sogenannten Speed-Dating teilzunehmen. Und zwar für Singles über vierzig, also genau ihre Altersklasse. Was immer das auch werden mochte, sie war neugierig.

Dabei suchte sie keinen Mann fürs Leben, den hatte sie gehabt und war nach zehn Jahren wieder geschieden worden. Auch keinen Lebensabschnittspartner, den hatte sie ebenfalls hinter sich gelassen. Anne suchte einen Mann, mit dem sie abends ausgehen konnte, einen Mann, der mit ihr ins Theater, in ein Restaurant oder zum Tanz ging. Und einen Begleiter für den Urlaub. Ob mehr daraus werden könnte, das würde sich ergeben, aber wichtig war es ihr eigentlich nicht. Es ging ihr vor allem darum, ausgehen zu können, ohne dumm angemacht zu werden. Das war ihr sogar schon am hellen Tag auf einem Volksfest passiert. Außerdem kam sie sich minderwertig vor unter all den Paaren. Dieses Gefühl passte eigentlich nicht zu ihr, sie war eine emanzipierte Frau, dennoch stieg es in solchen Situationen in ihr auf.

Nun also Speed-Dating im „Hüürbaas“. Ein merkwürdiger Name für ein Café, das war sicher irgendetwas Plattdeutsches. Ein knalliges, pinkfarbenes Plakat an der Tür verkündete, was hier heute abgehen sollte. Schnell ging sie hinein und steuerte als Erstes auf die Toiletten zu, um noch einmal in den Spiegel zu schauen.

Das rote Kleid saß perfekt. Vielleicht ein bisschen zu rot, machte es sie nicht blass? Hastig zog sie die Lippen nach. Nein, das war zu viel, also wieder runter damit. Ein kleiner Schimmer blieb, das war genug. Die Haare, sahen sie nicht zu streng frisiert aus? Sie könnte ja die Spange herausnehmen. Nein, lieber nicht, dachte sie, dafür bin ich vielleicht schon zu alt. Ich will mich nicht lächerlich machen, und wenn es mir zu dumm wird, dann gehe ich einfach.

Sie gab der Wirtin ihre Eintrittskarte und erhielt ein Glas Sekt und einen Platz zugewiesen. Als ihr Blick auf die leckeren Torten in der Vitrine fiel, bereute sie, heute hierhergekommen zu sein. Schwarzwälder Kirsch und Kaffee, da hätte sie in Ruhe schwelgen können, nun aber musste sie sich mit wildfremden Männern unterhalten. Und zwar bis die Glocke ertönte, dann kam der nächste Kandidat an die Reihe, so die Worte der Wirtin.

Das Spiel begann. Kandidat Nummer eins fiel gleich durch. Der etwa fünfzigjährige, recht große und eigentlich gar nicht so übel aussehende Mann hatte sich seine restlichen Haare geschickt über die beginnende Glatze gekämmt. Das ging gar nicht. Ihre Mutter hatte einmal gesagt, vor diesen Männern solle man sich hüten, weil sie garantiert noch mehr zu verbergen hätten als eine Glatze. Sie erfuhr, dass er bei der Allianz arbeitete, in seiner Freizeit Motorrad fuhr und noch nie verheiratet gewesen war. Das heißt, er traute sich nichts, vielleicht wohnt er sogar noch bei Mutti, dachte sie. Sie stellte sich kurz vor, und dann ertönte auch schon die Glocke.

Kandidat Nummer zwei war mehr als zehn Jahre jünger als sie, hatte hier also eigentlich nichts zu suchen und fiel gleich durchs Raster, weil er sehr gut aussah. Zu gut. Da musste ja was faul sein, sicher wollte er nur das Geld, das sie nicht hatte.

Eine Stunde später war der ganze Zauber vorbei, aufatmend lehnte sie sich zurück. Was für eine Schnapsidee, das hätte sie sich sparen können. Jetzt doch noch endlich Schwarzwälder Kirschtorte.

Offensichtlich hatten einige andere das Dating mit Erfolg absolviert. Sie sah, wie sie paarweise das Lokal verließen. Zwei Paare hatten sich in den hinteren Teil des Cafés verzogen. Verliebte Blicke.

Anne stieß seufzend die Luft aus. Bloß gut, dass da nichts Gescheites dabei war. Das macht das Leben doch nur kompliziert. Ich jedenfalls habe meine Ruhe.

„Ist bei Ihnen noch frei? Ich will ja das junge Glück da hinten nicht stören."

„Ja, bitte."

Die blonde Frau nickte ihr freundlich zu und setzte sich. Woher kenne ich sie bloß, dachte Anne, ich muss ihr schon mal begegnet sein. Schick, edle Klamotten, aber alles sehr dezent, eine typische Hamburgerin. Der Haarreif sieht gut aus, ob ich das auch tragen könnte?

Die Serviererin brachte Kaffee und Torte.

„Das sieht ja lecker aus. Ach, das nehme ich auch, heute sündige ich mal."

Die Unbekannte bestellte ebenfalls Schwarzwälder Kirschtorte. Anne erfuhr, dass auch sie gehofft hatte, hier einen passablen Begleiter für alle möglichen Gelegenheiten zu finden. Einen Mann für alle Fälle, wie sie sich ausdrückte, und eventuell auch mehr.

„Nur Schrott", sagte sie und schob sich genüsslich den ersten Löffel Torte in den Mund. „Aber sagen Sie mal, kennen wir uns nicht? Arbeiten Sie nicht in der Tagespflege in Ottensen?"

Anne nickte lächelnd. „Stimmt. Ich habe auch schon überlegt, woher ich Sie kenne, sind Sie nicht die Tochter von Herrn Lorenz?"

„Die bin ich, Heidi Lorenz."

„Ich bin Anne Gramzow, ich leite die Tagespflege."

„Ach, die Chefin persönlich. Mein Vater kommt sehr gern zu Ihnen. Was denken Sie, wie froh wir sind, dass es dieses Betreuungsangebot gibt. Das ging ja gar nicht mehr, den ganzen Tag mit ihm zu Hause, meine Mutter ist bald verrückt geworden."

„Bei uns ist er eigentlich unauffällig, recht ruhig und ausgeglichen. Ich denke, unsere Besucher merken gar nicht, wie dement er ist."

„Ja, das kenne ich. Wenn Besuch kommt, dann ist er wie verwandelt. Meine Mutter sagt das auch."

„Das ist oft so", entgegnete ihr Anne knapp und ließ ihren Blick durch den Raum schweifen. Sie hatte kein Interesse daran, an ihrem freien Sonnabend über einen ihrer Klienten zu sprechen. Stets versuchte sie, Arbeit und Privatleben strikt zu trennen.

„Er ist ja vorbelastet, mein Großvater war auch dement."

„Ja, es ist erblich. Nicht in jedem Fall, aber oft."

„Eben. Ich hoffe, dass es mich nicht eines Tages erwischt. Dann muss ich wohl ins Heim, es ist ja keiner da, der mich pflegen kann." Heidi lachte laut auf.

„Haben Sie keine Kinder, wenn ich fragen darf?"

„Sie dürfen. Nein, habe ich nicht. Kein Kind, kein Mann, kein Katt! Bin frei und ledig. Und Sie, haben Sie Kinder?"

„Ja, zwei. Aber sie sind schon erwachsen und leben ihr eigenes Leben. Mein Mädchen ist sechsundzwanzig, der Junge dreiundzwanzig."

„Was?" Heidi schaute sie an und sie sah, wie erstaunt sie war. „So alt schon? Dabei sehen Sie noch so jung aus."

„Ich bin fünfundvierzig. Als meine Tochter geboren wurde, da war ich gerade neunzehn."

„Neunzehn. Da habe ich mein Abitur gemacht. Ach Gott, ich war ja noch ein Kind."

„Ich eigentlich auch, ich war noch in der Ausbildung auf dem Krankenpflegeseminar. Na ja, und dann große Liebe und Hochzeit mit achtzehn. Eigentlich haben wir nur geheiratet, um eine Wohnung zu bekommen, und dann dachten wir, ein Kind gehört dazu."

Warum erzähle ich ihr das, dachte sie, es geht sie doch gar nichts an. Aber irgendwie sprudelt es nur so aus mir heraus, diese Frau ist mir sehr sympathisch.

„Wegen einer Wohnung haben Sie geheiratet?" Heidi musterte sie mit unverhohlener Neugier.

„Ja, so war das damals in der DDR. Ohne Trauschein bekam man keine anständige Wohnung, und wir wohnten zu viert in einer Drei-Zimmerwohnung, meine Eltern, mein Bruder und ich."

„Ach, Sie sind aus dem Osten? Ich dachte erst, Sie sind Berlinerin, so hören Sie sich an."

„Nein, ich bin aus Brandenburg, aus einer kleinen Stadt an der Oder."

„Das ist ja interessant. Und nun sind Sie hier in Hamburg, wohnen Sie gern hier? Ich war noch nie im Osten, wir haben da auch keine Verwandtschaft."

Jetzt schaut sie mich an, als wäre ich ein Affe in Hagenbecks Zoo. Es ist schon seltsam, ich habe hier viele nette Menschen kennengelernt, aber wenn sie erfahren, woher ich komme, dann ist da plötzlich so eine merkwürdige Distanz. Nicht unfreundlich, denn unfreundlich können sie ja überhaupt nicht sein, das ist hier verpönt. Aber diese Distanz ist da. Ich würde zu gern wissen, was dann in ihren Köpfen vor sich geht.

Ich könnte ja jetzt einfach gehen, aber so abrupt, das wäre unhöflich, immerhin ist ihr Vater unser Klient.

„Ich bin erst drei Jahre hier, aber es gefällt mir gut. Eine schöne Stadt und nette Menschen."

Das muss genügen, mehr sage ich nicht, dachte sie. Diese Frau hat eine eigenartige Ausstrahlung, die mich anzieht. Wenn sie so weitermacht, erzähle ich ihr noch mein ganzes Leben.

Heidi zündete sich eine Zigarette an. „Wollen wir noch was trinken? Ein Glas Sekt?"

„Lieber nicht, dann bekomme ich garantiert Sodbrennen, aber vielleicht ein Glas Weißwein?"

„Eine gute Idee!"

Heidi winkte die Kellnerin herbei und bestellte zwei Gläser trockenen Weißwein.

Gegen die bin ich machtlos, dachte Anne. Sie ist so dominant, irgendwie erinnert sie mich an Tante Gretchen, und obwohl sie blond ist, sieht sie ihr sogar ähnlich. Unwillkürlich musste sie grinsen.

Heidi hob die Brauen und schaute sie fragend an, die Serviererin verließ gerade den Tisch. „War was mit ihr?", fragte sie lächelnd.

„Nein, mit ihr nicht. Ich dachte nur gerade ... Sie erinnern mich an meine Tante."

„An Ihre Tante? Muss ich nun geschmeichelt sein oder beleidigt? Erzählen Sie mir von Ihrer Tante."

„Ach, da gibt es eigentlich nicht viel zu erzählen. Sie wohnt auch hier in Hamburg, sie ist kurz vor dem Mauerbau mit ihrem Sohn in den Westen geflüchtet. Deshalb bin ich überhaupt auf die Idee gekommen, nach Hamburg zu ziehen. Gleich nach der Wende habe ich sie besucht und ich fand es schön hier."

„Und wie ist sie so, die Tante? Sieht sie mir ähnlich?"

„Ja, doch, obwohl sie brünett ist. Besonders in ihrer Art ist sie Ihnen ähnlich."

„Na dann, lassen Sie uns auf die Tante anstoßen, zum Wohl! Und Sie leben auch allein, Frau Gramzow? Ich meine, wenn Sie hier zum Dating gehen?"

„Ja, meine frühe Ehe wurde nach zehn Jahren geschieden. Es hat einfach nicht funktioniert."

„Nicht funktioniert?" Wieder hob sie die Brauen und schaute in einer Art, die keine Ausflüchte duldete, genau so wie Tante Gretchen schauen konnte.

„Ja ..." Anne nahm einen Schluck Wein und holte tief Luft.

„Warum es nicht funktioniert hat, ich denke, das hatte was mit meinen Eltern zu tun. Sie haben sich nicht eingemischt, nein, das war es nicht. Wissen Sie, meine Eltern waren so sehr miteinander verbunden und der eine war stets für den anderen da. Das lief alles wie am Schnürchen. Ich meine damit den Alltag, sie gingen ja beide arbeiten. Aber auch die schönen Stunden. Sie waren nicht nur ein Paar, sondern auch Kameraden, wie beste Freunde. Natürlich gab es auch mal Krach, aber das war dann eher konstruktiv, so wie ein Gewitter, das die Luft reinigt. Ja, sie liebten sich ohne Wenn und Aber, ich hatte das als Kind so sehr verinnerlicht, dass ich dachte, es muss so sein in einer Ehe. Wie soll ich es beschreiben, es kam mir vor wie Magie und ich war so naiv zu glauben, wenn man erst den Ring am Finger trägt, dann kommt das alles ganz von allein. Das hat natürlich nicht geklappt. Mein Mann war ein Pascha, weil sein Vater auch einer gewesen ist. Er ließ sich gern von mir bedienen und dann fing er auch noch an zu trinken, da habe ich die Scheidung eingereicht."

„Aber allein mit zwei Kindern? Und dann ... ich meine, es war sicher auch für die Kinder schwer."

„Ja, das war es. Aber es ist doch mein Leben! Und nur wegen der Kinder zusammenbleiben, nein. Wir hätten als Familie keine gute Zukunft gehabt. Ständig Krach und Ärger. Dann war endlich Ruhe und wir hatten schöne Jahre. Meine Kinder haben Kontakt zu ihrem Vater, er hat übrigens wieder geheiratet. Und sie haben mir immer wieder versichert, dass ich alles richtig gemacht habe."

Ihre Blicke begegneten sich, und wieder stieg in Anne das eigenartige Gefühl auf, in die Augen ihrer Tante zu schauen.

„Jetzt muss ich an meine Mutter denken", sagte Heidi. „Ich weiß, auch sie wollte sich scheiden lassen. Damals war ich dreizehn oder vierzehn, da bekommt man ja schon alles mit, was so läuft, auch das, worüber nicht gesprochen wird. Meine Mutter führte ein Tagebuch, in dem ich manchmal heimlich las. Ich fand das sehr spannend, weil es da viele kryptische Andeutungen gab, hinter denen ich ein Geheimnis witterte."

„Sind Sie dem Geheimnis auf die Spur gekommen?"

„Eigentlich nicht, ich glaube bis heute, dass sie etwas vor mir verbirgt. Aber hat nicht jeder ein Geheimnis? Sie warf meinem

Vater vor, dass er ihr kein eigenes Leben gönnen würde. Ich weiß, sie wollte wieder arbeiten gehen. Ich habe noch zwei Brüder, aber wir waren damals schon alt genug und meine Oma war ja auch noch da. Sie war eine ganz liebe, wir waren oft bei ihr. Mein Vater aber verbot meiner Mutter, wieder arbeiten zu gehen, er ließ noch nicht einmal zu, dass sie in seiner Firma mitarbeitet. Na ja, das war damals so, das änderte sich erst Mitte der siebziger Jahre, bis dahin durften die Frauen ja gar nichts ohne die Erlaubnis ihres Ehemannes machen."

„Das ist ja schrecklich. War das hier im Westen so? Das klingt nach Mittelalter."

„War das im Osten nicht so?"

„Nee, um Gottes willen! Die Frauen gingen ja alle arbeiten. Es gab nur ganz wenige Frauen, die nur Hausfrauen waren, das war selten. Dann war also der Mann hier im Westen so etwas wie der Vormund der Frau, das kann ich mir gar nicht vorstellen."

„Rein rechtlich war das so, aber natürlich sah das in jeder Ehe anders aus. Es gab auch Frauen, die sich ihrem Mann gegenüber durchsetzten. Aber nicht meine Mutter. Manchmal war sie richtig unterwürfig, sie sagte zu allem, was Papa wollte, Ja und Amen. Seine Dominanz ging so weit, dass er ihr sogar die Kleidung aussuchte, die sie tragen sollte. Ehrlich gesagt, als Teenager habe ich sie dafür manchmal richtig verachtet. Ich konnte es nicht verstehen."

„Man sagt ja, in eine Beziehung kann man nicht reinschauen. Aber immerhin ist sie doch bei ihm geblieben, als er krank wurde, und pflegt ihn jetzt."

„Ja, natürlich, sie ist ja finanziell von ihm abhängig. Allein die Witwenrente, die sie mal bekommen wird."

Geld, dachte Anne, bei den Westdeutschen geht es immer nur ums Geld. Das kann ich nicht nachvollziehen. Aber vielleicht ist es nicht nur das. Sie will nicht undankbar sein und fühlt sich jetzt für ihn verantwortlich, er war schließlich der Ernährer der Familie.

„Meine Eltern sind ein Kapitel für sich. Jedenfalls war ihre Ehe für mich Grund genug, nie zu heiraten", sagte Heidi. „Aber ich habe zwei Nichten und zwei Neffen, das reicht mir."

- 53 -

Am späten Abend saß Anne auf der Terrasse ihrer Wohnung. Sie hatte ein Windlicht angezündet, daneben lag die Visitenkarte von Heidi Lorenz.

„Heidi Lorenz Immobilien. Alles rund ums Haus. Verwaltung, Vermietung, Verkauf."

Eine Immobilientante ist sie also. Natürlich, so sieht sie auch aus, dachte sie und musste grinsen. Sie erinnerte sich an die Worte ihres Cousins Alex, als sie ihre Wohnung angemietet hatte und er als Zeuge mit dabei gewesen war. Kaum war die etwas überdreht wirkende Dame von der Immobilienfirma zur Tür hinausgegangen, da schnupperte er ihrem aufdringlichen Parfüm nach und sagte trocken: „Püppi Puder."

Nein, eine „Püppi Puder" schien sie nicht zu sein, diese Heidi Lorenz. Dann hätte sie sicher nicht so offen über ihre Familie gesprochen. Zu ihr, einer Fremden. Na ja, nicht ganz fremd, da war ihr Vater, der an jedem Wochentag von neun Uhr morgens bis siebzehn Uhr Gast in der Tagespflege war, die sie leitete. Dennoch war es außergewöhnlich, dass diese ihr bisher fremde Frau so offen mit ihr gesprochen hatte.

Sie waren noch lange im „Hüürbaas" gewesen, und Heidi Lorenz hatte auch über ihr Verhältnis zum Vater gesprochen. Sie war sein Liebling gewesen, ihr erfüllte er jeden Wunsch.

„Erst als ich älter wurde, bemerkte ich, dass er mich damit manipulieren wollte. Mir wurde klar, ich sollte so werden wie meine Mutter. Folgsam. Und diese Folgsamkeit wurde mit Geschenken belohnt. Als ich ein Teenager war, nahm er mich anstelle meiner Mutter manchmal zu einem Geschäftsessen mit. Ich war ja noch so dumm, ich merkte gar nicht, wie er mich vorführte. Das war schon eine merkwürdige Beziehungskiste, die wir da hatten. Ich erinnere mich, als Kind musste ich ihm ständig versichern, dass er der Liebste und der Beste sei. Ich höre es noch wie heute: ‚Komm her mein Schatz und sag mir, wen du am liebsten hast. Deinen Papa, nicht wahr?' Über alles, was ich tat, wollte er haarklein Bescheid wissen. Am schlimmsten wurde es in der Pubertät, kein Junge wagte es, sich meinem Elternhaus auch nur zu nähern. Meine Brüder stellte er als Wächter an, er gab ihnen

Geld, damit sie mich beschatteten. Ich glaube, das muss man selbst erlebt haben, um es sich vorstellen zu können. Heute weiß ich, es war emotionaler Missbrauch."

Emotionaler Missbrauch, dieser Begriff war Anne bislang fremd gewesen. Ein Vater erkaufte sich die Liebe eines Kindes mit Geschenken? Nein, das traf es wohl nicht ganz, hier ging es um mehr. Es ging wohl darum, dass er das Kind völlig für sich vereinnahmte, um es möglichst fest an sich zu binden.

Das fühlt sich nicht gut an, das ist irgendwie unnatürlich.

Aber war man sich der Liebe seines Kindes nicht auch sicher, ohne es zu gängeln? Sicherheit und vor allem Vertrauen waren doch die Basis einer normalen Beziehung zwischen Eltern und Kindern.

Sie dachte an ihre eigene Kindheit. Natürlich hatte auch sie sich oft gegängelt gefühlt wie wohl jedes Kind. Aber eine wirkliche Einengung hatte sie nie erlebt. Wenn sie sich an ihre Kindheit erinnerte, dann an eine Reihe ganz normaler Tage, Wochen, Monate und Jahre, die geprägt waren von einer gewissen Routine, von einem normalen Alltag ohne jede Dramatik. Ihre Eltern waren für sie die Menschen gewesen, die dafür sorgten, dass sie und ihr Bruder unbeschwert aufwachsen konnten, die Menschen, auf die man sich stets verlassen konnte.

Ein Spruch ihrer Mutter fiel ihr ein: „Kinder sind wie Pfeile, die man ins Leben schießt. Man kann sie nicht aufhalten und sie kommen nicht zurück."

Wie wahr sind diese Worte, dachte sie, und so war es auch gewesen, sie haben uns auf das Leben vorbereitet, ohne zu klammern. Ihnen ging es in erster Linie darum, unsere Selbstständigkeit zu fördern, und dies taten sie, indem sie uns vertrauten und uns nicht ständig kontrollierten. Dieser Vertrauensvorschuss half uns, Regeln einzuhalten, und wenn wir es nicht taten, dann hatten wir automatisch ein schlechtes Gewissen. Das war Strafe genug, auch wenn sie es gar nicht bemerkten. Was oft der Fall war, weil sie viel zu beschäftigt waren.

Und heute? Sie tragen den Kindern ihren Arsch hinterher, kutschieren sie mit dem Auto zur Schule und lassen sie nicht mehr allein draußen spielen. Manche hocken noch mit Ende zwanzig bei ihren Eltern. Was soll denn aus denen werden?

Diese Heidi Lorenz, die wurde bestimmt schon damals mit dem Auto zur Schule gefahren. Ein verwöhntes Kind, das kann ich mir gut vorstellen. Aber emotionaler Missbrauch, das ist doch übertrieben. Sicher bildet sie sich das ein. Es ist ja heutzutage hier im Westen schick, zum Psychiater zu gehen, um sich sagen zu lassen, man hätte eine schlechte Kindheit gehabt.

Ihre Gedanken wanderten weit zurück. Zehn Jahre alt war sie gewesen, da hängte die Mutter ihr einen Schlüssel um den Hals und sagte: „So, Anne, nun bist du ein großes Mädchen. Nach der Schulspeisung gehst du nach Hause und machst deine Hausaufgaben. Dann kannst du spielen oder zu Oma gehen. Um sechs, wenn die Glocken läuten, musst du zu Hause sein. Alles klar?"

Alles klar. Klare Ansagen, klare Worte. Ihr Bruder Thomas war gerade ein halbes Jahr alt, die Mutter ging wieder arbeiten und brachte ihn jeden Morgen in die Krippe. Stets erteilte sie ihr kleine Aufträge, die sie eifrig erledigte. Kleine Einkäufe, die Schuhe vom Schuster holen, Blumen gießen, Geschirr spülen oder die Treppe sauber machen.

Anne schaute in den Sternenhimmel und sagte leise: „Du hast alles richtig gemacht, Mutter, und ich habe dich bewundert für deine Tatkraft und wollte so werden wie du. Na ja, das mit den Männern, das hat nicht geklappt bei mir, da habe ich kein Händchen für gehabt, aber sonst ist alles gut."

Ihre Mutter war zwei Jahre vor der Wende gestorben, an einer Lungenembolie nach einer eigentlich recht belanglosen Operation, sie hatte sich Krampfadern entfernen lassen. Ihr sinnloser Tod fiel wie ein Fallbeil in die Familie hinein. Sie war der Mittelpunkt gewesen, um den alle kreisten. Sie war es, die stets an alles dachte und alles organisierte, so wie sie es auch im Krankenhaus auf ihrer Station getan hatte. Danach veränderte sich alles, und am härtesten hatte es ihren Vater getroffen. Er saß zu Hause und konnte sich zu nichts mehr aufraffen. Es tat seinen Kindern sehr weh, mit anzusehen, wie ihr gut gelaunter, geselliger Vater innerhalb kürzester Zeit zu einem mürrischen alten Mann wurde, dem man nichts mehr recht machen konnte.

Inzwischen hatte er sich wieder gut erholt. Und dennoch, Anne dachte es oft, wenn sie mit ihm zusammen war, der fröhliche Vater ihrer Kindheit, der mit ihnen den größten Blödsinn veranstaltet hatte, er war nicht mehr da. Es schien ihr, als wäre ein Teil von ihm gemeinsam mit der Mutter gegangen.

Inzwischen war er Rentner und vor zwei Jahren in das Haus seiner Eltern gezogen, die Anfang der Achtzigerjahre kurz hintereinander verstorben waren. Bis dahin hatten sie alle gemeinsam den Garten und das Häuschen gehegt und gepflegt. Er ließ das Häuschen erweitern und renovierte es liebevoll, das meiste machte er selbst. Und wieder einmal war dieser Ort zum Kraftquell geworden, ihr Vater schöpfte durch ihn neuen Lebensmut.

Der Garten war immer das Herzstück der Familie gewesen, eine grüne Oase, vor langer Zeit erschaffen. Er erschien ihr als Kind riesengroß. Wenn sie bei den Großeltern übernachtete, meist in den Sommerferien, dann schlug sie morgens die Augen auf und schaute direkt in einen Apfelbaum. Er stand sehr dicht vor dem Fenster. Manchmal hörte sie seine Blätter rauschen oder sah ein kleines Vögelchen im Geäst sitzen. Die Äpfel dieses Baumes waren klein, rotbackig und schmeckten zuckersüß. Nachdem sie in den Apfelbaum geschaut hatte, schloss sie noch einmal zufrieden die Augen. Nebenan in der Küche klapperte ihre Großmutter mit den Töpfen und sang lauthals „Wachet auf, wachet auf, es krähte der Hahn".

Dann freute sie sich auf das Honigbrot und das frische Ei, das es zum Frühstück geben würde. Der Großvater aber schaute sie bei Tisch an und sagte mit ernster Miene zur Großmutter: „Das Kind ist zu dünn, Frida. Gibst du ihr auch genug zu essen?"

Ihre Großeltern waren ganz besondere Menschen gewesen und hatten Spuren hinterlassen, Seelenspuren. Wenn man diesen Spuren folgte, dann konnte nichts schiefgehen. Vor allem spürte sie stets, dass sie nicht ganz weg waren. Etwas von ihnen war auf Erden geblieben. Damit meinte sie nicht nur den Garten, sondern vor allem ihr geistiges Vermächtnis, ihr Wertekanon, der ihr eine Richtschnur fürs Leben geworden war.

Ihr Vater wollte ihren Bruder Thomas überreden, im Garten der Großeltern ein Haus für seine Familie zu bauen. Doch Thomas zögerte noch. In der Stadt wurden immer mehr Menschen arbeitslos. Thomas war Ingenieur im chemischen Werk, in dem auch seine Frau als Laborantin arbeitete, sie waren sich nicht sicher, was aus ihren Arbeitsplätzen werden würde.

Manchmal hatte sie ein wenig Heimweh, aber es hielt sich in Grenzen. Anne hatte das Naturell ihrer Mutter geerbt, sie schaute nach vorn. Dabei war ihr Umzug fast so etwas wie eine Flucht gewesen. Sie beendete damit eine Beziehung zu einem Mann, der geschieden war, jedoch nicht von seiner Ex lassen konnte. Er arbeitete wie sie im geriatrischen Krankenhaus. Auch da hatte sie wie ihre Mutter gehandelt. Klare Verhältnisse. Es tat weh, aber durch den Ortswechsel sah sie es in einem anderen Licht, und schließlich war das Ganze nur noch eine Episode ihres Lebens, aus der sie etwas gelernt hatte. Männer sind Gewohnheitstiere.

Ihre Kinder fanden es cool, als sie hörten, dass ihre Mutter eine Stelle in Hamburg annehmen wollte. Sie waren so begeistert, dass Anne den Verdacht hatte, sie würden sich darüber freuen, nun nicht mehr unter ihrer Kuratel zu stehen.

Ich kann zufrieden sein, dachte Anne, als der Möbelwagen kam und sie sich verabschiedeten. Beide haben sie einen ordentlichen Beruf und sind anständige Menschen geworden. Kathrin arbeitete als Erzieherin in einer Kita, Felix hatte gerade seine Lehre als Elektriker beendet; beide waren vor Kurzem ausgezogen. Durch den Exodus in der Wendezeit gab es endlich genug Wohnungen in der Stadt. Jetzt werde ich sie loslassen, die kommen schon klar. Und ich bin ja nicht aus der Welt. Auch hier hatte Anne gehandelt wie ihre Mutter. Kinder sind Pfeile.

Zunächst arbeitete sie ein Jahr lang im Altonaer Krankenhaus und wohnte bei ihrer Tante, die eine geräumige Altbauwohnung besaß. Gretchen hatte jahrzehntelang bei einem recht wohlhabenden Ehepaar als Haushälterin gearbeitet, stets eisern gespart und schließlich von diesen Leuten noch etwas geerbt.

„Das ist ja wie im Dreigroschenroman", hatte Annes Vater die Erbschaft kommentiert. Er war nicht allzu gut auf seine Schwester zu sprechen.

Anne mutmaßte, er nahm ihr übel, dass sie damals in den Westen gegangen war. Gretchen war eine linientreue Kommunistin gewesen, ihre Flucht kam so unerwartet, damit hatte keiner in der Familie gerechnet. Was war der Anlass für ihren Gesinnungswandel gewesen? Weder ihr Vater noch Gretchen sprachen darüber.

Die Arbeit im Krankenhaus war nicht das, was sie sich vorgestellt hatte. Sie arbeitete auf der chirurgischen Station, und manchmal kam sie sich vor wie auf einem Bahnhof. Hektisches Treiben, lange Gänge, ständig neue Mitarbeiter von Zeitarbeitsfirmen, kurze Verweildauer der Patienten.

Sie hatte in Schwedt in einem kleinen geriatrischen Krankenhaus gearbeitet, mit insgesamt nur vierzig Betten, verteilt auf zwei Stationen, und einer Stammbelegschaft, die sich seit Jahrzehnten kannte. Und auch sie kannte jeder, war sie doch die Tochter von Schwester Reinhild.

Nach der Behandlung im Krankenhaus kamen die Patienten in die kleine Geriatrie, in der es eine überdurchschnittlich lange Verweildauer gab. Die meisten Patienten blieben drei Wochen und erhielten alle nur erdenklichen therapeutischen Behandlungen, ganz wie in einer Rehaklinik.

Und nun dieser Moloch von Krankenhaus. Nach einem Jahr kündigte sie und nahm das Angebot der Tagespflege an. Sie gehörte zur Stiftung eines bekannten Hamburger Reeders. Zuerst hatte sie Skrupel, ob sie den Anforderungen einer leitenden Tätigkeit gewachsen war, obwohl sie den Qualifikationsnachweis dafür besaß, aber Gretchen riet ihr zu.

„Du schaffst das", sagte sie, „du bist aus dem gleichen Holz wie deine Mutter!"

Sie hatte es geschafft.

Anne stand auf und pustete das Windlicht aus. Morgen werde ich Vater anrufen, dachte sie, er muss zu Tante Gretchens Geburtstag kommen.

Er besucht mich hier nie, ich soll immer nach Schwedt kommen. Dabei hat er früher von Hamburg geschwärmt, damals, lange vor der Wende. Und jetzt ist die Mauer seit fünf Jahren gefallen und er war noch nicht einmal hier. Immer hockt er nur in seinem Garten. Er war schon in Italien und in Spanien, aber nach Hamburg kommt er nicht.

Gretchen hingegen hatte sie oft besucht. Seit Mitte der Siebzigerjahre durfte sie wieder einreisen, da sie noch vor dem Mauerbau geflüchtet war. Und so kam sie mit ihrem Sohn jedes Jahr nach Schwedt. Sie fühlte sich sicher mit ihrem bundesdeutschen Pass in der Tasche, Ängstlichkeit war noch nie ihr Ding gewesen. Auch die Großeltern hatten Gretchen oft in Hamburg besucht, sie waren ja Rentner und durften fahren. Allerdings ließ man sie nie zusammen fahren. Der Großvater hatte mit dem Eintritt ins Rentenalter die Staatsangehörigkeit der DDR angenommen, man hatte ihn lange genug bedrängt.

Als sie schon im Bett lag, fiel ihr eine Episode aus ihrer Kindheit ein. Der Vater erzählte von Hamburg, und dann sagte er: „Am liebsten wäre ich dageblieben. Stell dir mal vor, Anne, dann hätte es dich nicht gegeben."

Dieser scherzhaft gemeinte Satz hatte sie in ihren Grundfesten erschüttert. Lange dachte sie darüber nach, und sie kam zu dem Schluss, dass nichts im Leben selbstverständlich ist. Nicht einmal die eigene Existenz.

- 54 -

Einige Tage später fand das alljährliche Sommerfest der Tagespflege statt. Alle Angehörigen wollten kommen, und Anne hatte vorsorglich ein Zelt aufbauen lassen, inzwischen kannte sie das unberechenbare Hamburger Wetter. Auch zwei Schifferklavierspieler hatte sie aufgetrieben. Später sollte gegrillt werden, dazu wurde ihr Cousin Alex verdonnert. Er half gern im „Kindergarten für Erwachsene", wie er die Einrichtung nannte. Bei solchen Anlässen ging nichts ohne Hilfe von außen, aber das funktionierte recht gut. Nachbarn hatten geholfen, das Zelt aufzubauen und den Garten zu schmücken.

Das Team, bestehend aus Krankenschwestern, Altenpflegern, Hauswirtschaftskräften und zwei jungen Männern, die ihr Freiwilliges Soziales Jahr absolvierten, wollte später eine bunte Revue aufführen, die sie wochenlang einstudiert hatten. Heute trugen sie nicht ihre üblichen Kittel, sondern die Mode der Fünfzigerjahre, das war das Motto ihres Programms. Es war Annes Idee gewesen; sie wurde begeistert aufgenommen, denn das war ja die Zeit, in der die Klienten ihre besten Jahre erlebt hatten. Sie selbst trug statt der ewigen Jeans ein marineblaues Kleid mit Pünktchen und einen weiten, schwingenden Rock mit Petticoat, ihre Haare hatte sie zu einem Pferdeschwanz gebunden.

Noch einmal ließ sie ihren Blick über die gedeckte Kaffeetafel schweifen, alles war perfekt, kunstvoll zu Seerosen gefaltete Servietten, Sammeltassen, die sie an ihre Oma erinnerten, kleine, sorgsam gesteckte Rosenbuketts. Sie war zufrieden, der Anblick dieser liebevoll dekorierten Tafel entschädigte sie für den etwas hektischen Vormittag, an dem neben der üblichen Betreuung alles für das Fest hergerichtet werden musste.

Die Gäste der Tagespflege hielten noch Mittagsruhe. Nur wenige von ihnen schliefen im Ruheraum, die meisten saßen im Kaminzimmer und wurden von einer Altenpflegerin betreut. Meist las sie ihnen um diese Zeit etwas aus dem „Hamburger Abendblatt“ vor, aus der Zeitungslektüre ergab sich das eine oder andere Gespräch.

Die Klientel der Einrichtung war sehr unterschiedlich, was den Grad ihrer Demenz betraf, jedoch kamen sie alle aus dem Hamburger Westen. Obwohl sie geistig eingeschränkt waren, merkte man ihnen immer noch an, dass sie eine gutbürgerliche Erziehung genossen hatten. Damit hatte Anne anfänglich ein Problem gehabt, sie ließ sich einige Male von der Fassade täuschen. Diese Menschen verstanden es meisterlich, trotz ihrer kognitiven Defizite den Anschein zu erwecken, dass sie geistig noch voll auf der Höhe waren. Die Welt des schönen Scheins, für Anne die Welt des Westens, hier trieb sie die seltsamsten Blüten. Inzwischen hatte sie eine Weiterbildung gemacht und stand in ständiger Konsultation mit den behandelnden Ärzten ihrer Klienten. Manchmal dachte sie, es ist schon recht amüsant, welche Wege der Verstand einschlägt, wenn er an seine Grenzen kommt und zu fabulieren beginnt.

Mitleid hatte sie nicht mit ihnen, auch das kam von ihrer Mutter. „Mitleid hilft nicht weiter“, hatte diese oft gesagt. Ihre Aufgabe war es, dafür zu sorgen, dass es ihnen in dieser Einrichtung gut ging und ihre Angehörigen entlastet wurden. Mehr nicht.

Herrn Lorenz ging es gut, jedenfalls solange er tagsüber hier war, davon war sie überzeugt. Der achtzigjährige, etwas korpulente, aber noch recht gut aussehende Mann fühlte sich offensichtlich wohl, besonders wenn er mit den Damen flirtete. Das tat er gern mit seinen Tischnachbarinnen. Auch er war ein Meister im Überspielen seiner Defizite.

Als sie in ihr Büro ging, um noch schnell die Medikamente für den morgigen Tag bereitzustellen, bevor die Angehörigen kamen, sah sie ihn draußen mit seiner Frau auf der Terrasse. Ihr fiel ein, was Heidi Lorenz erzählt hatte. Frau Lorenz sah deutlich jünger aus als ihr Mann, wie alt war sie? Höchstens siebzig, wenn überhaupt. Schlank und gut gekleidet wie ihre Tochter. Sie erinnerte sich an Heidis Worte: „Er treibt meine Mutter noch in den Wahnsinn." Was um Himmels willen tat er zu Hause, wo er sich doch hier völlig unauffällig verhielt?

Anne sah, wie sie ihm einen Stuhl zurechtrückte und ihn förmlich hineindrückte, bevor sie selbst Platz nahm und sich eine Zigarette anzündete. Er sagte etwas, sie antwortete ihm mit einem hastigen Wortschwall, den Anne hinter ihrem Fenster nicht verstehen konnte. Sie sah nur, dass sie nervös war und ihm etwas mitteilen wollte, was er nicht verstand. Sie redete auf ihn ein, er gestikulierte hilflos. Anne sah, wie er nach Worten suchte. Dann seufzte Frau Lorenz und schaute resigniert in den Himmel, ganz als wäre er nicht mehr da.

Sie ist überfordert, dachte Anne. Schließlich war er früher der große Zampano, der alles für sie geregelt hat, und nun redet er nur noch dummes Zeug. Mit dieser Situation kann sie sich nicht abfinden. Vor vielen Jahren, vor Jahrzehnten, hatte sie sich jedoch freiwillig in diese Rolle hineinbegeben, das darf man nicht vergessen. Heidi Lorenz hat sie ja fast als Opfer hingestellt, ich denke, das ist nur die halbe Wahrheit. Er ist sicher immer noch ein wohlhabender Mann, sonst könnten sie sich diese teure Einrichtung hier nicht leisten. Und sie hatte ein gutes Leben an seiner Seite, jedenfalls in materieller Hinsicht. Aber jetzt hat sie ein Problem. Weil er seine Rolle nicht mehr ausfüllen kann, weil sie nun sein Vormund sein muss. Da hat er ihr ein Leben lang gesagt, wo es langgeht, und nun ist es umgekehrt. Das macht sie wütend und das meint Heidi Lorenz, wenn sie sagt, er macht meine Mutter verrückt.

Frau Lorenz hat ein Problem damit, die Führungsrolle in ihrer Ehe zu übernehmen, weil sie vielleicht diese Ehe gar nicht mehr will und es nur verpasst hat, sich scheiden zu lassen. Weil sie eigentlich etwas ganz anderes wollte, eine echte Partnerschaft. Wie er jetzt dasitzt, wie ein Häuflein Elend, und wie sie verbiestert in den Garten schaut. Aber eines muss man den Männern dieser Generation hier im Westen zugute halten: Sie kannten nichts anderes. Sie fanden es sicher völlig normal, ihren Ehefrauen zu sagen, was sie zu tun und zu lassen haben. Eigentlich hatte sich nach dem Krieg hier gar nichts geändert, was die Familie betrifft, die machten einfach so weiter.

– 55 –

Inzwischen war es Anne und Heidi zur lieben Gewohnheit geworden, sich hin und wieder zu treffen, meist am Sonnabend. Sie duzten sich nun, wie es in Hamburg allgemein schnell üblich ist. Im Mittelpunkt ihrer Gespräche standen meist ihre so verschiedenen Biografien, es ging um die Unterschiede zwischen Ost und West, aber auch die ihrer sozialen Herkunft.

Sie gingen gemeinsam ins Kino, zu Konzerten, besuchten Wochenmärkte, den Fischmarkt am Sonntag oder gingen essen. Anne hatte eine Vorliebe für Orte, die typisch hamburgisch waren und die Heidi ohne sie nie im Leben aufgesucht hätte.

Anne zuliebe fuhren sie an einem ihrer gemeinsamen Sonnabende zum Schulauer Fährhaus, der Schiffsbegrüßungsanlage, die Heidi noch von langweiligen Sonntagsausflügen mit den Eltern in Erinnerung war.

„Puh, ist das spießig“, sagte sie, nachdem sie auf der Terrasse Platz genommen hatten. „Ich glaube, hier hat sich in den letzten dreißig Jahren nichts verändert.“

„Mir gefällt es.“ Anne war begeistert. „Guck mal, da kommt gerade ein Riesencontainerschiff!“

Lautsprecherdurchsage, Beflaggung, Hymne, Anne strahlte und lauschte. Sie freute sich wie ein Kind, und Heidi dachte, sie ist mit wenig zu erheitern, dafür kann ich sie direkt beneiden. Sie hat so ein sonniges Gemüt. Dabei sagen doch immer alle, die Ossis wären ein recht finsteres Volk.

„Ich muss hier unbedingt mit meinem Vater herfahren, wenn er kommt. Er hat eine Vorliebe für alles Maritime.“

„Wie ist er denn so, dein Vater? Wie alt ist er eigentlich?“

„Siebenundsechzig. Der ist noch richtig fit. Er hat immer Sport getrieben. Er war früher ein begeisterter Skiläufer und im Sommer ist er gesegelt, wir hatten ein kleines Boot.“

„Ach ja? Mein Vater auch. Das Boot hat jetzt mein Bruder, es liegt hier in Wedel. Und sonst? Wie war er so als Vater?“

Eine Serviererin kam an ihren Tisch, sie bestellten Kaffee und Eis.

Jetzt geht es wieder um ihren Vater, dachte Anne. Jedes Gespräch dreht sich letztendlich um ihn, deshalb fragt sie mich jetzt nach meinem Vater. Ich glaube, sie hat einen Vaterkomplex.

„Bitte, erzähl mir was über ihn. Weißt du, für mich ist es interessant zu erfahren, wie das bei euch zu Hause war, weil du doch aus dem Osten bist."

„Da gibt es nicht viel zu erzählen, wir waren eigentlich so eine typische Durchschnittsfamilie. Meine Mutter Krankenschwester, mein Vater Eisenbahner, beide haben sie im Schichtdienst gearbeitet."

„Und ihr Kinder? Wer hat euch betreut? Und wer hat den Haushalt gemacht?"

„Wir gingen in die Krippe, dann in den Kindergarten und als Schulkinder in den Hort, eine Oma hatten wir ja auch noch. Den Haushalt haben meine Eltern gemeinsam gemacht, das war überschaubar, wir wohnten in einer kleinen Neubauwohnung und wir Kinder haben schon früh geholfen. Wie mein Vater war, ich weiß nicht, was ich sagen soll, er war eben mein Vater! Er ist ein sehr ordentlicher und pflichtbewusster Mensch, und so hat er uns auch erzogen. Schlampereien duldete er nicht, dann gab es Krach. Aber ansonsten war er immer gut drauf, hat viel mit uns unternommen und uns gern die Welt erklärt. Er ging mit mir schon früh in Museen und Kirchen, er interessierte sich für alles Historische und ich fand das immer sehr beeindruckend. Als ich älter war, schenkte er mir einen Fotoapparat und machte mich auf lohnende Motive aufmerksam. Manchmal nahm er mich auf seinem Motorroller mit und zeigte mir schöne Orte in der Umgebung. Und im Sommer segelten und ruderten wir auf der Oder, im Winter fuhren wir Ski. Langlauf, Berge gibt es ja bei uns nicht, nur Hügel.

Er hat mich auf vieles aufmerksam gemacht und mein Interesse geweckt. Literatur, Architektur, Geschichte. Als ich älter war, habe ich seinen Bücherschrank geplündert. Er kann sich so richtig begeistern für eine Sache. Das ist es, was ich so an ihm schätze."

„War er auch in der SED?"

„Ja, nach dem Mauerbau ist er eingetreten. Ich denke, sie haben ihn unter Druck gesetzt. Er war ja gar kein Kommunist. Er war bürgerlich und sein Ideal war das alte Preußen. Da hat er viel drüber gelesen und alles Mögliche gesammelt, auch über die Geschichte unserer Stadt. Zu Hause machte er sich immer lustig über die Partei und die Staatsführung. Einmal sagte er zu mir, ich bin ein Radieschen, außen rot und innen weiß. Wir Kinder wussten natürlich, dass wir nichts von dem, was zu Hause besprochen wurde, in der Schule erzählen durften. Das war schizophren, aber so sind wir aufgewachsen. Wir sind auch in der Kirche gewesen, das ist ein anderes Kapitel aus dieser Zeit. Erst erhielt ich die sozialistische Jugendweihe und ein Jahr später die Konfirmation."

„Ich weiß gar nichts über die DDR. Das war für uns ‚die Zone', wo der Russe war. Und was meinen Vater betrifft, also eigentlich hat er sich immer nur für die Arbeit interessiert."

„Na ja, er war Unternehmer, mein Vater war Angestellter."

Heidi seufzte. „Ja, er war Unternehmer, er hatte sechs gut gehende Läden, aber dann ging alles den Bach runter und er war pleite."

„Wie ist das passiert?"

„Das war Anfang der Siebzigerjahre, da ging es los. Die Zeit des Wirtschaftswunders war endgültig vorbei und die kleinen Geschäfte hatten es damals schwer, sich gegen die Konkurrenz der großen Konzerne durchzusetzen. Die Leute gingen in die Parfümerien von Karstadt und Kaufhof, und dann kamen auch noch die großen ausländischen Parfümerien und Drogerieketten hinzu und beherrschten bald den Markt."

„Das ist doch heute genauso."

„Sicher, aber dazu kam noch, dass er sich nicht kümmerte. Er ließ einfach alles beim Alten, scheute vor jeder Neuerung zurück. Er tat nichts, um wettbewerbsfähig zu bleiben. Aus meiner heutigen Sicht denke ich, dass es schon damals losging mit seiner Demenz. In einer Kleinstadt hätte er so weiterwursteln können, aber in Hamburg? Er musste dann Insolvenz anmelden, und die Läden wurden abgewickelt. Was blieb, waren einige Immobilien, sie gehörten meiner Mutter, also formal, er hatte sie auf ihren Namen eintragen lassen. Als alles abgewickelt war, nahm er einen Job in einer Buchhaltung an und ging bald in Rente. Sie zogen dann nach Blankenese, in das Haus meiner Großmutter, sie war kurz zuvor verstorben. Das heißt, ich war ja da schon weg."

„Du warst schon ausgezogen, meinst du."

„Ausgezogen ist gut. Erst einmal bin ich abgehauen, das war im Sommer nach dem Abitur. Und dann habe ich darauf bestanden, ausziehen zu können."

„Hattest du dich mit deinen Eltern überworfen?"

„Eigentlich nicht. Meine Flucht hatte einen anderen Grund. Ich wäre damals gern aus meiner Haut gefahren, ich hätte mich am liebsten selbst verlassen. Weil das nicht ging, habe ich meine Eltern verlassen."

„Warum? Was war passiert?"

„Ich wurde vergewaltigt."

Ihre Blicke begegneten sich. Wie dunkel ihre Augen auf einmal sind, dachte Anne, so traurig.

„Das tut mir leid", stieß sie leise hervor, „das ist ja schrecklich." Und sie dachte, wie banal das klingt. Aber was soll ich ihr denn jetzt sagen?

„Und deshalb bist du von zu Hause weg?"

Heidi nickte. „Ich traute mich nicht, es meinen Eltern zu erzählen. Es passierte in der Familie ihrer besten Freunde, und ich war damals der Meinung, sie würden es mir nicht glauben. Und wenn, dann hätte es einen Riesenskandal gegeben. Ich fühlte mich schuldig, verstehst du? Weil ich mich schick zurechtmachte, Miniröcke trug und mich schminkte. Heute weiß ich, das hing mit meiner Erziehung zusammen. Ein Mädchen tut dies nicht und das nicht. Na ja, du kennst das sicher auch."

Nein, kenne ich nicht, dachte Anne, höchstens aus Romanen. Aber das werde ich lieber nicht sagen. Sie nickte stumm, als würde sie Heidis Worte bestätigen.

„So lange ich denken kann, war ich in den Sommerferien immer bei der Familie Brockmann gewesen. Sie lebten auf einem Gut in der Lüneburger Heide. Meine Mutter war vor meiner Geburt bei ihnen gewesen, weil es in Hamburg nach dem Krieg nicht genug zu essen gab. Sie brachte mich auch dort in Elbingerode zur Welt, das liegt ganz in der Nähe. Käthe Brockmann war

Mutters Patentante und die beste Freundin meiner Oma. Die Brockmanns wohnten damals schon im Altenteilerhaus des Hofes, sie waren ganz liebe Menschen. Ihre älteste Tochter Hiltrud leitete das Gut. Brockmanns hatten sieben Kinder, aber die anderen wohnten alle längst woanders. Hiltrud mochte mich sehr, sie war unverheiratet und hatte keine Kinder. Sie hielt Reitpferde, die sie vermietete, und ich durfte natürlich auch reiten, das war das Schönste für mich, da war ich selig! Meist blieb ich zwei Wochen bei ihnen und zum Abholen kamen meine Eltern und blieben auch noch ein paar Tage.

Es war im Sommer sechsundsechzig, ich fuhr gleich nach dem Abi allein in die Heide. Ja, und dann passierte es."

Heidi zündete sich eine Zigarette an und sagte hastig: „Aber ich will dich nicht mit den Details langweilen, Anne." Sie streckte das Kinn vor, seufzte laut und schaute an Anne vorbei zum Landungssteg, wo gerade ein Katamaran anlegte.

„Wer hat dir das angetan?", schoss es aus Anne heraus, „und warum hast du ihn nicht angezeigt?"

„Das sagte ich bereits, ich wollte keinen Skandal."

Anne stieß verächtlich die Luft aus. „Aber man kann doch einen Vergewaltiger nicht einfach so davonkommen lassen."

„Es war kompliziert. Wie gesagt, diese Familie war eng mit unserer verbunden. Konrad Brockmann, der Bruder von Hiltrud, er hat mir das angetan. Und dann, als ich versuchte, mich zu wehren, da sagte er zu mir: ‚Du bist genauso eine Hure wie deine Mutter!' Das verstörte mich zutiefst. Seine Worte waren einer der Gründe, weshalb ich nie über die Vergewaltigung sprach. Ich habe wochenlang darauf herumgekaut, es war fast schlimmer als alles andere, schlimmer als der körperliche Schmerz und die Demütigung, schlimmer als die Angst, schwanger zu sein. Ich konnte Konrad noch nie so recht leiden, so wie die anderen. Er hatte etwas Kaltes an sich, und wenn er mich ansah, spürte ich seine Geringschätzung. Aber er kam nur selten auf den Hof, er wohnte in Lüneburg, und stell dir vor, er ist Rechtsanwalt."

„Was? Und dann hast du ihn nicht angezeigt? Seine Karriere wäre vorbei gewesen, kein Hund hätte mehr ein Stück Brot von ihm genommen."

„Da bin ich mir nicht so sicher. Es hätte einen Riesenskandal gegeben und unser Name wäre in den Schmutz gezogen worden. Ich hatte keine Zeugen, und wem hätten sie wohl geglaubt? Dem Herrn Rechtsanwalt oder dem neunzehnjährigen Mädchen mit dem Minirock und der vielen Schminke im Gesicht? Letztendlich aber waren es seine Worte über meine Mutter, die mich davon abhielten."

„Sie kannten sich doch, vielleicht war mal was zwischen ihnen gewesen, früher. Könnte das nicht möglich sein? Sie hat ihm den Laufpass gegeben und er, so ein Mensch wie er ist, hat ihr das nie verziehen."

Heidi schüttelte den Kopf. „Das glaube ich nicht, er ist ja auch einige Jahre jünger als Mutter. Ich habe sie nie danach gefragt, ich schämte mich einfach zu sehr. Für alles. Für seine Worte und für die Vergewaltigung. Ich bildete mir damals wirklich ein, selbst schuld zu sein, weil ich ihn provoziert hatte. Du weißt ja, wie junge Mädchen sind, sie testen aus, ob sie bei den Männern ankommen. An diesem Abend war ein Dorffest, wir gingen alle hin und ich forderte ihn zum Tanz auf. Ich trug ein auffallend kurzes Kleid. Ja, ich habe ihn provoziert, das gebe ich zu, weil er immer so stocksteif tat und mich so verächtlich musterte. Wir tanzten und ich schmiegte mich eng an ihn, ich wollte einfach wissen, wie er reagiert. Ich war halt jung und dumm. Am übernächsten Tag fuhr ich allein nach Hause. Ich weiß es nicht mehr, aber aus irgendeinem Grund konnten meine Eltern mich nicht abholen, und das war mir nur recht. Es war ja auch nur eine knappe Stunde mit der Bahn.

Am Abend jenes Tages belauschte ich ein Gespräch, das mich darin bestärkte, ihnen nichts zu sagen. Es war sehr heiß, die Fenster standen offen und ich konnte hören, wie sie nebenan im Schlafzimmer redeten. Das heißt, ich hörte nicht alles, meine Mutter schloss dann das Fenster, aber was ich hörte, hat sich mir bis heute eingeprägt. Ich bekam mit, dass sie über mich sprachen. Mein Vater sagte: ‚Wir müssen dafür sorgen, dass Heidi in Zukunft nicht mehr zu den Brockmanns fährt, jedenfalls nicht allein.' Und meine Mutter antwortete ihm: ‚Früher oder später wird sie es sowieso erfahren.' Was meinte sie damit? Wussten sie von der Vergewaltigung? Aber das konnte nicht sein. Ich dachte darüber nach und kam zu dem Schluss, es musste was mit meiner Mutter zu tun haben, mit Konrads hässlichen Worten über sie.

Und dann türmte ich am nächsten Tag, ohne meinen Eltern eine Nachricht zu hinterlassen. Ich fuhr zu einer Schulfreundin, sie war allein mit ihrer Schwester im Ferienhaus ihrer Großeltern, in Niendorf an der Ostsee. Einige Tage später stand mein Vater vor der Tür. Er hatte herausbekommen, wo ich war, weil mein Bruder das Telefongespräch mit meiner Freundin belauschte, als ich ihr meine Ankunft angekündigt hatte. Es wurde sehr dramatisch, er weinte sogar und tat mir schließlich furchtbar leid. ‚Warum, Heidi, warum tust du mir das an?', rief er immer wieder. Ich erinnere mich noch an jedes Wort. ‚Du kannst mich doch nicht verlassen! Heidilein, du bist mein Ein und Alles! Ich liebe dich mehr als alles andere auf der Welt!' Von meiner Mutter sprach er nicht. In diesem Moment wurde mir klar, dass etwas in unserem Verhältnis nicht richtig war. Er sprach zu mir, wie man zu einer Geliebten spricht, aber nicht zu einer Tochter, die durchgebrannt war. Auf einmal erinnerte ich mich an all die Momente mit ihm, wo ich dieses Gefühl auch schon gehabt hatte, es aber nicht zulassen wollte.

Im September begann ich eine Lehre bei einer Bank. Vorher bekniete ich meinen Vater so lange, bis er mir erlaubte auszuziehen. Ich besiegte ihn mit seinen eigenen Waffen, indem ich ihm mit Liebesentzug drohte, was eigentlich ein bisschen schäbig war. Ich sagte zu ihm, wenn er mich nicht ausziehen lassen würde, dann würde ich auf Nimmerwiedersehen weggehen.

Ich zog in eine kleine Neubauwohnung, die er vor Jahren gekauft hatte und die gerade nicht vermietet war. Ich konnte nicht verhindern, dass er einen Schlüssel hatte, es war ja seine Wohnung, und so stand er ständig bei mir auf der Matte. Das änderte sich erst, als er vergessen hatte, wo ich wohnte. So traurig es klingt, aber erst durch seine Demenz konnte ich mich von ihm lösen.

Weißt du, dass er meine Mutter an manchen Tagen nicht mehr erkennt? Sie nimmt ihm das sehr übel, sie kann damit nicht umgehen und behauptet, er spiele das nur, er wolle sie ärgern. Mich erkennt er immer. Wenn ich zur Tür reinkomme, strahlt er wie ein Honigkuchenpferd und ruft: ‚Mein Heidilein ist da!' Und dann ärgert sie sich erst recht."

„Hast du deine Mutter auch später nie danach gefragt, was dieser Konrad gemeint hat?“

„Nein. Dann kam die Pleite und dieser ganze Schlamassel mit Papas Krankheit, Mutter war total am Boden. Ich musste mich um alles kümmern, auch um die Verwaltung der Immobilien. Dadurch ergab es sich später, dass ich ins Maklergeschäft eingestiegen bin und die Firma gegründet habe. Allerdings hat mir jemand dabei geholfen, allein hätte ich das nicht geschafft. Stell dir vor, auch einer von den Brockmanns. Der jüngste von den sieben Geschwistern, Widukind. Aber er ist wirklich ein Netter.“

„Widukind, was für ein eigenartiger Name.“

„Ja, die hatten es immer mit der Historie, sie waren wohl auch so ein bisschen völkisch angehaucht, was ich aber als Kind gar nicht gemerkt habe.“

Was meint sie mit völkisch, dachte Anne. Umschreibt sie damit Nazis?

„Widukind Brockmann brachte mich auf die Idee, ins Maklergeschäft einzusteigen“, fuhr Heidi fort, „er arbeitet selbst in der Branche. Als wir damals die Insolvenz hatten, hat er uns sehr geholfen, wir hatten ja von nichts eine Ahnung. Widukind hat eine ganz besondere Bindung zu meiner Mutter, er nennt sie ‚Tante Reginchen‘ oder ‚mein liebes Tantchen‘. Als sie nach dem Krieg auf dem Gut war, da hat sie sich wohl sehr um ihn gekümmert. Er war der Jüngste, er war damals sieben Jahre alt, und Mutter hat mir mal erzählt, dass seine Mutter kaum Zeit für ihn hatte. Seit Papa so dement ist, ist Widukind eigentlich der Einzige, der meine Eltern noch besucht. Alle haben sich zurückgezogen, meine Mutter leidet sehr darunter. Meine Brüder lassen sich auch kaum blicken, obwohl sie hier in Hamburg wohnen.“

„Wie war denn ihr Verhältnis zu deinem Vater?“

„Schlecht, ganz schlecht. Er hat sie oft verprügelt, das war gang und gäbe. Wie das damals halt so war. Mich hat er nie angerührt, egal, was ich ausgefressen habe. Gernot und Harald nehmen mir bis heute übel, dass ich sein Liebling war, aber ich kann doch nichts dafür. Aber entschuldige, sicher langweile ich dich mit meinen Familiengeschichten.“

Anne schüttelte heftig den Kopf. „Nein, es langweilt mich nicht. Wenn ich dir zuhöre, dann stelle ich mir das alles vor und es ist, als wäre ich dabei gewesen."

Sie breitet ihre Familiengeschichten wie einen Teppich vor mir aus. Warum tut sie das? Weil sie mich mag und mir vertraut. Ich mag sie auch. Ich habe mir immer eine Schwester gewünscht. Sie ist drei Jahre älter als ich, sie könnte meine Schwester sein.

„Und mit diesem Widukind, hast du mit dem mal über die Sache gesprochen?"

„Nein, um Himmels willen! Er vergöttert meine Mutter regelrecht, wie kann ich ihm da erzählen, was sein Bruder über sie gesagt hat. Ach nein, das ruht nun in der Vergangenheit. Und wenn es da mal irgendetwas gegeben hat ... Ich denke, es gibt in jeder Familie ein dunkles Geheimnis. Wer möchte schon wissen, was seine Eltern zu verbergen haben. Also ich nicht, ich finde, da gibt es eine Grenze, das hat auch etwas mit Respekt zu tun."

Anne nickte. „So denke ich auch darüber."

Sie dachte an Yussip, Alexanders legendären Vater. Und dann dachte sie an ihren Vater und sie konnte sich beim besten Willen nicht vorstellen, dass es etwas in seinem Leben gegeben hatte, was er vor ihr verbarg. Nicht Vater, dachte sie, nie im Leben, und Mutter erst recht nicht. Wie schön hatten wir es doch und wie schnell ist alles vorbei.

– 56 –

Anne war spät dran, sie drängelte sich durch die Menschenmenge, die gerade aus dem Bahnhof kam. War der Berliner Zug etwa schon eingetroffen? Hektisch schaute sie sich um, dann ging ihr Blick zur Anzeigentafel und sie atmete erleichtert auf. Vaters Zug sollte in fünf Minuten eintreffen.

Nun stand sie oberhalb der Bahnsteige, schaute auf die Gleise hinunter und wartete auf die Einfahrt des Zuges. Einen kleinen Augenblick überlegte sie, ob es vielleicht besser wäre hinunterzugehen, um direkt am Gleis auf ihn zu warten, verwarf aber diesen Gedanken. Von hier oben hatte sie eine bessere Übersicht.

Ich weiß jetzt schon, was nachher abgeht, dachte sie, er wird sich den ganzen Bahnhof von vorn bis hinten angucken wollen. Macht nichts, wir haben ja Zeit.

Sie hatte sich drei Tage frei genommen, mehr war nicht drin gewesen. Es war Urlaubszeit, die Zeit, in der die Kollegen mit schulpflichtigen Kindern Urlaub machten, weil Sommerferien waren. Aber das war nicht weiter schlimm, Gretchen war ja auch noch da. Die beiden würden sich schon verlustieren, wie ihr Vater zu sagen pflegte. Außerdem hatte er angekündigt, dass er, mit einem Stadtplan bewaffnet, bestimmte Plätze der Erinnerung auch gern allein aufsuchen würde.

„Kein Problem, Anne", sagte er am Telefon, „dein Vater ist erwachsen, du kannst ruhig arbeiten gehen."

Was hat er wohl mit den Plätzen der Erinnerung gemeint, überlegte sie. Diesmal werde ich ihn ausquetschen. Jetzt, wo ich hier wohne, da muss er mir mal ein bisschen mehr erzählen über seine Zeit in Hamburg.

Gerade lief der Zug ein. Sie entdeckte ihn gleich und dachte, gut sieht er aus. Etwas gebeugt, in letzter Zeit geht er ein wenig krumm, aber sonst sieht man ihm seine Jahre nicht an. Der Trenchcoat steht ihm gut, alle Welt trägt jetzt diese aufgeplusterten, billig aussehenden Jacken, aber mein Papa trägt seinen Trenchcoat, er ist eben ein richtiger Gentleman.

Sie sah, wie er sich suchend umschaute, winkte und rief laut: „Huhu! Papa, hier bin ich."

Jetzt hatte er sie gesehen, sein Gesicht hellte sich auf. Sie lief ihm entgegen, am Fuße der Treppe standen sie sich gegenüber und umarmten sich. „Na, Anne!", rief er und küsste sie auf die Wange. „Siehst gut aus, Mädel, Hamburg scheint dir zu bekommen!"

„Und du? Hattest du eine gute Fahrt? Komm, gib mir den Koffer."

„Aber nein, das schaff ich noch. Ja, hat alles gut geklappt, keine Verspätungen."

Oben angekommen blieben sie stehen und sein Blick ging zur Kuppel hinauf. Er legte seine Hand über die Augen, als wolle er sie abschirmen vor einer Lichtfülle. Doch dieser Tag war trübe, echtes Hamburger Schmuddelwetter, nur ein spärlicher grauer

Lichtschein drang herein. Er seufzte tief auf und sagte: „Wie seltsam. Nun bin ich hier, nach all den Jahren."

„Vor allem besuchst du mich endlich mal", antwortete sie, worauf er lächelnd sagte: „Das auch, Anne, das auch."

Und er schaute noch immer. Sein Blick schweifte lange schweigend über den Bahnhof, es verunsicherte sie. Er fragte nicht, was ist das, was ist dies, wie sie es erwartet hatte, er hielt kein Referat über die Bundesbahn im Vergleich zur Reichsbahn. Nein, er schwieg, und dieses Schweigen erschien Anne sehr beredt. Plötzlich musste sie an Heidi denken. Und an den letzten Sonnabend auf der Terrasse des Schulauer Fährhauses. Familiengeheimnisse.

„Wollen wir los? Wir müssen rüber zur S-Bahn." Sie folgte seinem Blick, er schaute in die Auslage einer Filiale von Douglas. Sie sah, er war ganz weit weg.

„Die S-Bahn, Papa."

„Ja, klar." Er nahm seinen Koffer und als sie sich zum Gehen wandten, drehte er sich noch einmal um, schaute auf die Auslage des Ladens und sagte leise: „Da war eben so eine Erinnerung. Damals, da habe ich hier eine junge Frau kennengelernt, die war Drogistin."

„Papa! Aber das war doch noch vor Mama, nicht wahr?"

„Ja, natürlich, was denkst du denn von mir. Ich war ja gerade erst achtzehn Jahre alt."

„Deine erste Liebe? War sie hübsch?"

„Sehr hübsch. Sie hatte langes, lockiges Haar, das schimmerte so rötlich in der Sonne. Liebe ..., ach, weißt du, ich war noch so jung, ich wusste ja noch gar nichts vom Leben. Mit siebzehn zog ich in den Krieg, der dann Gott sei Dank gleich vorbei war. Andere aus meinem Jahrgang hatten es nicht so gut, die verreckten. Ich hatte Glück. Dafür werde ich ewig dankbar sein."

„Vielleicht lebt sie noch in Hamburg, deine Jugendliebe, ihr könntet euch ja mal treffen. Wie heißt sie denn?"

„Regina Petersen." Heinrich lachte. „Sie war drei Jahre älter als ich, dann ist sie jetzt siebzig. Also auch schon eine alte Schachtel, nicht zu fassen."

„Und dann bist du nach Hause gekommen und hast Mama kennengelernt."

„Die war ja schon da, sie hatte sich doch einfach eingenistet in der Berliner Allee. Die Geschichte kennst du ja. Und als ich in den Hof kam von langer Reise ... Du musst dir das so vorstellen wie in den alten Rittersagen, wo der jugendliche Held nach hehrem Kampfe auf die Burg zurückkehrt. Und rate mal, wer mir da als Erstes begegnet ist?"

„Mutter?"

„Genau. Sie lief mir direkt vor die Füße und fragte mich in aller Unschuld: ‚Wohnen Sie auch hier?' Ich konnte ja nicht ahnen, dass sie das Mädel war, das in meinem Zimmer schlief. Sie trug unter dem offenen Mantel ihre Schwesterntracht, hatte die Haare schick hochgesteckt und obenauf saß kess das Häubchen. Wie hübsch sie war, deine Mutter. Und ich dachte, wie heißt es doch im Märchen? Was dir als Erstes begegnet, das wird dein. Siehst du, so war es dann auch."

„Das hast du mir noch nie erzählt."

Sie sah, wie er versonnen lächelte. Ach, Mama, dachte sie, warum bist du schon so früh gegangen? Wo jetzt alles so schön ist, du könntest mit Papa reisen und den Ruhestand genießen. Und wieder einmal spürte sie, wie schmerzlich sie die Mutter vermisste. Tränen stiegen in ihr auf, schnell drehte sie den Kopf zur Seite.

Still saßen sie sich in der S-Bahn gegenüber. Ihr Vater schaute unentwegt hinaus, nur einmal sagte er zu ihr: „Das ist mir alles fremd, ich erkenne nichts wieder. Es sind auch fast fünfzig Jahre vergangen. Wo sind wir hier überhaupt?"

„In den Elbdörfern, nicht weit von Blankenese. Wir sind gleich da. Kein Wunder, dass du nichts erkennst, das alles gab es damals noch nicht. Das ganze Viertel wurde erst nach dem Krieg erbaut. Schau mal, dort steht noch eins von diesen alten Bauernhäusern, das waren ja hier nur Dörfer."

„Hübsch, reetgedeckt und mit einem alten Giebelreiter. Und diese neuen Häuser sind auch alle so schön gebaut, Rotklinkerfassaden und Sprossenfenster, das gefällt mir."

Später saßen sie bei Kaffee und Kuchen und er bewunderte die Pracht der blühenden Hortensien auf der großzügig angelegten Rasenfläche vor ihrer Terrasse. „Die wachsen bei uns nicht so gut", meinte er, „Brandenburg ist zu trocken, hier ist ein ganz anderes Klima, das kommt von der Nordsee."

Annes Wohnung gefiel ihm gut. „Wie viel Quadratmeter hat sie denn?“, fragte er.

„Sechzig, nicht gerade groß, aber für eine Person völlig ausreichend.“

„Sechzig. Wir haben zu viert auf sechzig Quadratmetern gewohnt, Anne. Und es ging auch. Wir hatten es doch schön, oder?“

„Klar, Papa. Da fällt mir der Spruch von Großmutter ein: ‚Ist das Haus auch noch so klein, findet doch das Glück herein, wenn darin der Frieden wohnt und die Liebe herrschend thront‘.“

„Mutter mit ihren Sprüchen. In letzter Zeit muss ich oft an sie denken, und dann ist mir immer, als wenn sie mir noch was sagen will. Ich sehe sie manchmal im Traum, sie steht da und lächelt mich an. Vielleicht kommst du ja doch mal zurück, Anne. Wenn ich nicht mehr bin, könntest du das Haus übernehmen. Thomas will bauen, ob nun im Garten oder woanders. Ich werde ihm finanziell unter die Arme greifen, und du bekommst dafür mein ‚Lütt Hus‘. So sagt man doch hier, nicht wahr?“

„Papa! Wenn du nicht mehr bist ..., na hör mal! Du bist doch gesund und munter, du wirst bestimmt sehr alt. Darüber müssen wir noch nicht reden. Trotzdem, es ist lieb von dir.“

Nein, dachte sie, ich gehe nicht zurück, es gefällt mir so gut hier. Aber Heimat ist Heimat, wenn ich später dort einen Ort habe, an dem ich verweilen kann, das wäre schön.

„Denk an deine Mutter, niemand weiß, wann es so weit ist, der Tod kennt keine Stunde.“

„Das mag sein. Und deshalb freue ich mich so, dass du nun endlich mal gekommen bist.“

Am Abend fuhren sie zu Gretchen, die in ihren Geburtstag reinfeiern wollte.

Heinrich hatte sich zuvor ein wenig hingelegt und war sofort eingeschlafen. Danach fühlte er sich wieder frisch, die Anspannung des Tages war von ihm abgefallen.

Er war im Bad und rasierte sich, Anne hörte ihn laut und fröhlich pfeifen. Gott sei Dank, er ist wieder gut drauf, dachte sie. Als er heute ankam, da stand er irgendwie neben sich, er hat mir einen richtigen Schrecken eingejagt. Er starrte vor sich hin wie ein Demenzkranker. So leer und orientierungslos.

Sie ordnete den Strauß, den sie für Gretchen aus der Gärtnerei geholt hatte und der ihrer Meinung nach nicht gut gebunden war.

Heinrich kam in die Küche. „Was machst du denn da mit den Blumen?“

„Der Strauß sah ja aus wie Kraut und Rüben!“

„Du bist wie deine Mutter.“ Lächelnd schaute er ihr zu. „Alles muss perfekt sein. Sag mal, was zieht man denn da an und wer kommt eigentlich? Kommt Alex auch?“

„Klar, und seine ganze Mischpoke, denke ich mal. Ganz normal, Papa. Hemd, Hose, Jacke.“

„Ohne Krawatte?“

Anne nickte. „Kein Gedöns, ist ja eine Familienfeier.“

„Gedöns! Ha, das habe ich lange nicht mehr gehört. Ich habe für Gretchen eine Flasche grusinischen Cognac mitgebracht.“

„Na, da machst du ja Alex Konkurrenz.“

„Hat er immer noch seinen Laden? Läuft der überhaupt? Ich meine, russische Spezialitäten, kaufen die Leute denn das hier?“

„Und wie! Es gibt hier doch so viele Russlanddeutsche. Und seine Frau kommt auch aus Kasachstan.“

„Stimmt, die Lydia, die werde ich ja nun mal kennenlernen. Ist schon seine dritte Frau. Er hat es Gretchen auch nicht leicht gemacht. Das Studium hingeschmissen, und nun ist er auch noch unter die Heringsbändiger gegangen. Dabei war er hochbegabt!“

„Ach komm, Papa. Alex ist in Ordnung, wenn ich Hilfe brauche, kommt er sofort. Und sein Laden läuft super. Übrigens will er nächsten Monat nun endlich seine große Rundreise durch Russland starten.“

„Wirklich? Ganz schön unternehmungslustig. Weißt du noch, als dein Großvater damals in seiner Heimat war?“

„Ich erinnere mich dunkel. War das nicht Anfang der Sechzigerjahre?“

„1963. Und als er zurückkam, war er krank. Wobei wir nicht wussten, ob vom vielen Wodka oder vom Kulturschock.“ Heinrich grinste genüsslich.

„Wolltest du eigentlich nie dahin?“

„Nee. Mich hat es immer nach Westen gezogen. Nächstes Jahr will ich nach England, im September beginnt mein Englischkurs an der Volkshochschule.“

„Echt? Toll. Willst du allein fahren?“

„Das steht noch in den Sternen. Mal sehen. Am liebsten per Schiff, von Holland aus.“

„Du bist ja ein richtiger Globetrotter, Papa. Ist das hier auch für Gretchen? Was ist denn da drin?“

„Das ist unser altes Familienalbum. Nicht das Original, aber ich habe alle Fotos kopieren lassen. Du weißt doch, Großmutter hatte es kurz vor dem Zusammenbruch im Garten eingebuddelt.“

„Ich weiß, die alten Geschichten. Da wird sie sich aber freuen.“

Gretchen freute sich nicht nur, sie weinte. Aber dann, nachdem sie sich energisch geschnäuzt hatte, schaute sie ihn recht finster an, hob die Brauen und sagte: „Mein lieber Heinrich! Das ist kein Geschenk, du gibst mir nur zurück, was ich dir einst überlassen hatte. Sozusagen zu treuen Händen.“

Heinrich schaute sie an wie ein Schuljunge. „Ach Gretchen, nun sei doch nicht so streng mit mir. Wenn du willst, nehme ich es wieder mit und schicke dir das Original.“

„Du oller Dussel“, rief sie, „komm her und lass dich drücken!“

Heinrich aber nahm sein kleines, bärbeißiges Gretchen in den Arm, schaute Anne an und sagte: „Da kannst du mal sehen, heute wird mein Gretchen zweiundsiebzig Jahre alt, aber Haare hat sie noch immer auf den Zähnen.“

Alex hatte für eine reich gedeckte Tafel gesorgt, der große Tisch in der geräumigen Küche bog sich fast unter all den russischen Spezialitäten aus seinem Laden. Heinrich lernte seine neue Frau kennen und die Schwiegereltern. Die dunkelhaarige, temperamentvolle Lydia hatte es ihm offensichtlich angetan, er flirtete mit ihr und Anne amüsierte sich. Das war ihr Papa, schon als Kind hatte sie ihn gern beobachtet, wenn er den Damen Komplimente machte. Papa hatte Maßstäbe gesetzt für ihr späteres Leben an der Seite eines Mannes, als Ehemann, als Vater und als ein Mann, der die Frauen wertschätzte und in Gesellschaft ein charmanter Unterhalter war. Maßstäbe, die heutzutage kaum noch ein Mann erfüllen konnte, das war ihr inzwischen klar geworden.

Später kamen noch Alex’ Kinder aus erster und zweiter Ehe vorbei, um zu gratulieren.

„Jetzt fährt keine S-Bahn mehr“, sagte Gretchen, als sich alle anderen Gäste verabschiedet hatten. „Bleibt doch noch ein bisschen, nun sind wir unter uns. Wir trinken noch ein Glas, und dann bestelle ich euch ein Taxi.“

Um halb drei in der Früh waren sie endlich zu Hause. Was für ein denkwürdiger Abend, dachte Anne. Gretchen hatte zum ersten Mal offen über die Gründe ihrer Flucht gesprochen. Nach vielen Jahren des Schweigens war es aus ihr herausgesprudelt, und sicher hatte dabei auch der Alkohol eine Rolle gespielt. Besser gesagt, der Wodka, den Alex mitgebracht hatte und von dem Gretchen behauptete, er sei so rein wie Quellwasser. Ferner behauptete sie, je mehr man davon trinken würde, desto klarer könne man denken.

Für Gretchen begann ihre persönliche politische Wende, wie sie es nannte, bereits im Jahr 1952. Die Partei hatte ihr damals die Aufgabe übertragen, ein Dorf im Grenzgebiet zu räumen. Noch nie zuvor hatte Anne von dieser Aktion, die man „Aktion Ungeziefer“ nannte, gehört.

„Zuerst kamen die sogenannten politisch Unzuverlässigen dran“, erzählte Gretchen. „Ich erhielt eine Liste. Und dann stehst du vor ihrem Haus, du musst es ihnen mitteilen und kommst dir vor wie ein Henker. Alles mussten sie verlassen, Haus, Hof, Land und die Gräber ihrer Angehörigen. Irgendwo im Hinterland hat man sie dann in Mietskasernen gesteckt, weil sie im Weg waren beim Bau des antifaschistischen Schutzwalls. Antifaschistisch, dass ich nicht lache. Was sie diesen Menschen antaten, das war der reinste Faschismus! Ich habe damals oft an Vater gedacht. Ich habe mir vorgestellt, was es für ihn bedeuten würde, wenn sie ihm den Garten wegnehmen würden.

Es gelang mir dann, mich versetzen zu lassen. Dorthin, wo die Welt noch heil war, so dachte ich jedenfalls. Ich nahm einen Bürojob in der Kreisstadt an. Aber ständig wurde meine Arbeit von der Stasi kontrolliert, die ihren Machteinfluss in dieser Zeit massiv ausbaute. Hinzu kam noch der Ärger mit Alex. Die Schüler mobbten ihn, als bekannt wurde, dass sein Vater ein Offizier der Sowjetarmee gewesen war. Das war die Kehrseite der Medaille, sozusagen der Volkszorn. Schließlich wurde mir nahegelegt, Alex in ein Internat zu schicken, ein Internat für Kinder von

Funktionären, und sie verkauften mir das als eine besondere Ehre. Nie hätte ich mein einziges Kind in ein Internat für Bonzenkinder gegeben. Über Westberlin gelang uns dann die Flucht, aber das wisst ihr ja, gerade noch rechtzeitig, kurz vor dem Mauerbau. Ich habe es nicht bereut."

„Wärst du mal lieber in Schwedt geblieben", warf Heinrich ein, „dann hättest du dir das alles erspart."

„Ach, Heinrich. Dann wäre garantiert was anderes gewesen. Es musste so kommen, ich hatte einfach den falschen Weg eingeschlagen. Erst wenn man mitten drin sitzt in diesem Machtapparat, merkt man, was da alles läuft. Die ganzen Schweinereien, ihr habt das doch gar nicht mitbekommen bei euch in Schwedt, am Ende der Welt."

„Das sag mal nicht! Als du in den Westen gegangen bist, mussten wir dafür büßen. Jeder von uns, Vater, Mutter, Reinhild und ich, alle mussten wir einzeln bei der Stasi antanzen, und natürlich Reinhild in der Parteigruppe. Sie sollte damals leitende Schwester im Krankenhaus werden, damit war dann ja Essig. Und mich haben sie so lange bekniet, bis ich in die Partei und in die Kampfgruppe eingetreten bin. Nur, damit Ruhe ist und um zu beweisen, dass ich ein guter DDR-Bürger bin. Wir hatten schließlich zwei Kinder, wir wollten ihnen ja nicht die Zukunft verbauen, also haben wir uns von dir distanzieren müssen, sozusagen. Na ja, Schwamm drüber, es ist vorbei. Die DDR, ein Treppenwitz der Weltgeschichte."

„Wir haben uns noch so viel zu erzählen, Heinrich. Was hältst du davon: Wenn Anne wieder arbeiten muss, dann ziehst du zu mir. Und dann bleibst du noch länger, eine Woche ist viel zu wenig. Du hast doch Zeit."

„Willst du mir Papa abspenstig machen?", lachte Anne.

„Dafür bleibt er länger und du kannst abends vorbeikommen, wenn du Lust hast. Und am Wochenende könnt ihr was Schönes zusammen unternehmen."

– 57 –

Am nächsten Tag landeten sie nach einem ausgiebigen Bummel auf dem Rathausmarkt. Winzer von der Mosel hatten Stände aufgebaut, und Heinrich lud Anne zu einem Glas Wein ein. Es war ein strahlend schöner Tag, sie saßen unter einem mit künstlichem Weinlaub geschmückten Schirm und tranken einen guten Kerner.

„An der Mosel soll es sehr schön sein, da muss ich auch noch mal hin, unbedingt."

„Prost, Papa! Ja, ja, die reisenden Rentner." Anne hob lachend ihr Glas. „Guck mal, da drüben steht dein Namensvetter Heinrich Heine."

„Hab ich schon gesehen, er war der Lieblingsdichter deiner Mutter. ‚Denk ich an Deutschland in der Nacht, dann bin ich um den Schlaf gebracht. Ich kann nicht mehr die Augen schließen, und meine heißen Tränen fließen!' Wenn sie uns hier jetzt sehen könnte, wer hätte das gedacht, dass diese Mauer mal fällt."

Heinrich ließ seinen Blick versonnen über den belebten Platz schweifen. „Hier hatten die Briten damals ihren Fuhrpark. Stacheldraht und Wachen, mein Gott, wie elend war diese Stadt. Und jetzt, eine Pracht ist das."

Sie waren den ganzen Tag unterwegs gewesen. Landungsbrücken, Speicherstadt, Binnenalster, Außenalster, hin und her mit der S-Bahn. Shopping in der Mönckebergstraße, Heinrich hatte sich zwei Oberhemden gekauft. „Weil ich ja jetzt länger bleibe", sagte er, „sonst ist mir Gretchen böse. Übermorgen will sie mit mir eine Hafenrundfahrt machen. Und dann abends noch nach St. Pauli, das kann ja schön was werden. Ein Freund von Alex hat da ein Lokal, da will sie mich unbedingt hinschleppen. Auch so russisch, das scheint hier ganz in Mode zu sein, warst du da schon mal?"

„Nee. Aber ich habe auf St. Pauli ein Stammlokal, da gehe ich manchmal mit einer Freundin hin. Na ja, eigentlich ist es ein Café. Die haben ganz leckere Torten!"

„So was gibt es da auch? Nach dem Krieg konntest du da verhungern. Aber ich hatte meine Rationen von den Briten, was habe ich für ein Schwein gehabt! Weißt du, Anne, eigentlich hatte ich ein gutes Leben, dafür bin ich sehr dankbar. Und jetzt der Rest. Da ist jeder Morgen, an dem man gesund und munter aufwacht, eine Gnade."

„Das stimmt, Papa. Wenn ich die Leute in meiner Tagespflege sehe, einige sind nicht viel älter als du. Sag mal, willst du mich nicht da besuchen? Dann siehst du, wo ich arbeite. Wir haben es wirklich schön dort, das ist eine alte Villa, sie hat einem Hamburger Reeder gehört. Das müsstest du dir mal angucken, wo du dich so für Historisches interessierst. Wir haben dort wunderschöne alte Kapitänsbilder und Schiffsmodelle, es ist wie in einem Museum."

„Geht das denn so einfach?"

„Klar, ich bin doch die Chefin."

„Ich bin stolz auf dich, Mädchen. Was du in den paar Jahren hier erreicht hast! Weißt du, dass ich damals auch gern hiergeblieben wäre? Aber ich war noch zu jung, ich hatte Heimweh und wusste ja nicht, was aus Vater wird."

– 58 –

Das Wetter war auch an jenem Tag sonnig und warm, als Heinrich seine Tochter in der Tagespflege besuchte. Nachdem sie ihn herumgeführt und er alles ausgiebig bewundert hatte, setzte er sich zu den Gästen in den Garten. Er wollte auf Gretchen warten, sie hatten sich verabredet.

Anne saß in ihrem Büro am Computer. Ihr Blick wanderte zum Fenster und sie sah, wie sich ihr Vater angeregt unterhielt. Ich könnte wetten, er versteht nicht, wie dement sie alle sind, dachte sie. Mal sehen, was er nachher sagt. Den meisten hier merkt man es wirklich nicht an, wenn man von außen kommt. Aber das ist ja eigentlich der Erfolg unserer therapeutischen Arbeit. Da sitzen sie alle gut gekleidet und gepflegt in ihren Gartenstühlen, plaudern, trinken Tee und schauen zufrieden vor sich hin. Ganz entspannt. Ich würde jetzt zu gern hören, was Papa da mit ihnen ratscht.

Seufzend wandte sie sich wieder ihrer Arbeit zu. Jetzt war wirklich keine Zeit, um hinauszugehen. Das Quartal war fast vorbei und sie musste endlich den ganzen Papierkram abarbeiten.

Heinrich saß neben Gunther Lorenz. Sie hatten sich einander höflich vorgestellt und waren schon bald in ein Gespräch vertieft. Gunther erwies sich als ein kompetenter Gesprächspartner, ging es doch um die weit entfernte Vergangenheit, um Krieg und Nachkriegszeit. Er erzählte von seiner Gefangenschaft in Belgien, von der Heimkehr und den Zuständen unter der Besatzungsmacht. Schließlich erfuhr Heinrich, dass er nach dem Krieg ein erfolgreicher Unternehmer gewesen war.

„Parfümerien und Drogerien! Lief gut, aber dann ... alles futsch. Und nun sitze ich jeden Tag hier und warte darauf, dass meine Frau mich abholt. Und immer ist sie so unpünktlich!"

„Aber es ist doch recht nett hier", entgegnete ihm Heinrich, „und man lernt andere Menschen kennen. Also, mir gefällt es. Wissen Sie, meine Frau lebt nicht mehr, ich bin viel allein. Da weiß man es zu schätzen, wenn man mal in netter Gesellschaft ist."

„Ich bin auch allein. Meine Frau ist schon lange tot. Aber ich habe eine Tochter, die kümmert sich rührend um mich. Sie ist alles, was mir geblieben ist."

„Ach, sagten Sie nicht, Ihre Frau ..." Heinrich hielt mitten im Satz inne. Er ist dement, dachte er. Anne hat recht, man merkt es ihm nicht an. Jedenfalls nicht sofort.

„Meine Frau ist nach der Geburt meiner Tochter gestorben." Ihre Blicke trafen sich und er sah, wie Herrn Lorenz' linkes Auge nervös zuckte. „Damals, 1947. Ich habe sie ganz allein großgezogen, die Heidi. Sie ist mein Ein und Alles."

Heinrich räusperte sich verlegen. „Das tut mir leid."

„Na, Heinrich, hat Anne dich in ihren Kindergarten gesteckt?" Gretchen kam lachend über den Rasen geschlendert. Sie trug ein Sommerkleid mit roten Mohnblumen und eine elegante weiße Jacke. Erleichtert stand er auf. Wie schick sie ist, dachte er, schon seltsam, dass sie nie wieder geheiratet hat. Aber sicher war ihr keiner gut genug.

„Ich muss dann mal los, hat mich sehr gefreut, Herr Lorenz."

„Ach, die Frau Gemahlin." Herr Lorenz erhob sich schwerfällig und verbeugte sich vor Gretchen.

Sie wollte etwas sagen, aber Heinrich zog sie schnell zur Seite. „Komm, bloß weg hier", zischte er leise, „da wird man ja selber verrückt."

– 59 –

Am nächsten Abend zog er mit Sack und Pack zu Gretchen.

„Was hast du heute vor?", fragte sie ihn beim Frühstück.

„Wolltest du nicht raus nach Langenhorn, um auf den Spuren der Vergangenheit zu wandeln? Wollen wir mit dem Auto fahren oder lieber wieder mit der Bahn? Dann sparen wir uns die elende Parkplatzsuche."

„Ja, weißt du, eigentlich wollte ich da allein hinfahren. Ich meine, da gibt es ja nichts Interessantes für dich, also nichts Sehenswertes. Und hast du nicht gesagt, du wolltest zum Friseur? Deshalb dachte ich, dann wäre es heute passend, wenn ich allein fahre."

„Zum Friseur, ach, das habe ich verschoben. Na gut, wenn du unbedingt ohne mich fahren willst. Dann gehe ich eben zum Friseur, ich komme auch ohne Anmeldung dran. Aber denk dran, Anne kommt heute Abend zum Essen, es gibt Kohlrouladen."

„Kohlrouladen, lecker. Und du bist mir auch nicht böse?"

„Quatsch. Dann mach dich mal beizeiten auf den Weg, es soll heute sehr heiß werden. Und morgen gehen wir dann in den Michel, da wolltest du doch unbedingt hin."

„Ja, natürlich."

Schade, dass ich den Fotoapparat nicht mitgenommen habe, dachte er. Er saß auf einer Bank an der Elbe und schaute einem riesigen Containerschiff hinterher. Den ganzen Weg von der S-Bahn bis hinunter zum Fluss war er zu Fuß gelaufen. Eigentlich hatte er den Bus nehmen wollen, aber eine innere Unruhe trieb ihn an, einfach loszumarschieren. Zwei Kilometer, ein radelnder Postbote hatte ihm freundlich Auskunft über Entfernung und Marschrichtung gegeben.

Aber wie nun weiter? Er schaute nach rechts, nach links, und ihm wurde klar, er hatte keine Ahnung, welche Richtung er einschlagen musste. Aber immerhin bin ich hier in Blankenese, dachte er, das ist doch schon mal was. Wenn mir doch nur der verflixte Straßenname einfallen würde, Blankenese ist groß.

Seufzend stand er auf, und sein Blick fiel auf ein Lokal. Schmuck, dachte er, wie ein kleines, weißes Schlösschen, sogar mit einem Türmchen. Die etwas erhöhte Terrasse mit ihren gelben Sonnenschirmen war schon um halb elf Uhr vormittags voll besetzt. Er ging näher und schaute kurz auf die an der Wand markierten Wasserstände früherer Hochwasser, daneben hing eine Tafel mit Erläuterungen. An jedem anderen Tag hätte er sich das in Ruhe durchgelesen, aber heute war alles anders. Seit er am frühen Morgen beschlossen hatte, nach Blankenese zu fahren, hatte sich in ihm eine fieberhafte Unruhe ausgebreitet.

Im weißen Schlösschen erhielt er Auskunft. Zunächst sprach er den jungen Mann hinterm Tresen an, aber der zuckte bedauernd mit den Schultern. „Da kann ich Ihnen leider nicht helfen, ich habe das Lokal erst vor drei Monaten gekauft, ich bin selbst noch fremd hier. Aber warten Sie mal, vielleicht kennt meine Köchin die Familie, sie wohnt schon seit ihrer Kindheit hier."

Während er wartete, fiel sein Blick auf eine Fotografie an der Wand. Es zeigte das Lokal im Rohbau, ein Bild vom Richtfest, am Dachstuhl hing die Krone. „Elbblick. Richtfest 1952" las er. Also hatte es dieses Haus damals noch gar nicht gegeben. Ein so großer Bau veränderte die Ansicht der Gegend sicher sehr.

„Familie Petersen, sagen Sie?" Die Köchin musterte ihn neugierig. „Da muss ich mal überlegen, der Name ist ja nun mal nicht so selten."

Allerdings, dachte er. Am Abend zuvor hatte er Gretchens Telefonbuch gewälzt. Petersen schien es in Hamburg wie Sand am Meer zu geben. Schließlich war Gretchen hereingekommen und er hatte den Wälzer schnell zugeklappt.

„Was suchst du denn, Heinrich?"

„Ach nichts, Gretchen, nur so rein informativ." Er kam sich vor wie ein Schuljunge, der etwas ausgefressen hatte.

„Mir fällt da was ein", meinte die Köchin schließlich. „Das könnte Verwandtschaft vom Seifenaugust sein. August Lorenz, der Drogist." „Regina Petersen, so hieß die Schwiegertochter."

„Ich weiß, dass sie in einer Drogerie gearbeitet hat. Ihre Mutter hieß Ingeborg, der Vater ist im Krieg gefallen. Damals hatten die Briten das Haus beschlagnahmt."

Er fühlte, wie sein Blut im Kopf rauschte. Ich habe wieder zu wenig getrunken, dachte er.

„Ist Ihnen nicht gut? Das ist die Hitze, setzen Sie sich, ich holen Ihnen schnell Wasser."

„Danke, sehr liebenswürdig."

Die Köchin kam mit einem Glas Wasser zurück, hastig trank er es aus.

„Die wohnen gleich hier drüben, junger Mann, unser Fischhändler kam gerade, der kennt die. Sie brauchen bloß über die Straße zu gehen. Wo der Briefkasten mit der Möwe ist, da gehen sie einfach die Stiege hoch, dann kommen Sie direkt in den Garten."

„Vielen herzlichen Dank!"

„Dafür nicht."

Möwe, Briefkasten. Da ist sie, aus Keramik, hübsch. Kleine Möwe, flieg nach Helgoland ...

Bleib stehen, Heinrich, du kollabierst gleich. Tief ein und ausatmen.

La Paloma. Etwas von dir wird immer bei mir bleiben ... Lorenz, wo habe ich diesen Namen schon mal gehört? Der Mann in der Tagespflege. Meine Frau starb bei der Geburt meiner Tochter.

Heinrichs Blick glitt über die steile Stiege und plötzlich war ihm zumute, als würden Jahrzehnte von ihm abfallen. Natürlich, hier war es, genau hier hatte er mit seinen Kameraden die „Ingeborg" im Herbst 1946 diese verdammt steile Treppe hochgeschleppt. Ein schönes Stück Arbeit war das gewesen, und die Briten hatten oben auf der Terrasse gestanden und gefeixt. Leichtfüßig lief er die Stufen hinauf und pfiff sich eins. Sie würde da sein, dessen war er sich nun ganz sicher.

Regina ging gerade hinaus auf die Terrasse, um die Markise hinunterzuziehen, da sah sie einen Fremden am Zaun stehen. Sicher wieder einer, der sich verlaufen hat, dachte sie.

„Kann ich Ihnen helfen?", rief sie ihm zu, während sie über den Rasen lief.

„Ich suche Regina Petersen. Es kann sein, dass sie jetzt Frau Lorenz heißt."

– 60 –

Anne öffnete leise die Tür zum Kaminzimmer. Gunther Lorenz saß im Ohrensessel und schnarchte.

Wo die heute bloß bleibt, dachte sie, ich werde gleich noch mal anrufen. Papa und Gretchen warten sicher schon. Bei Gretchen wird um sechs Uhr gegessen, jetzt ist es halb, ich will mich noch duschen und umziehen, das schaffe ich gar nicht mehr.

Sie schaute aus dem Fenster und sah Heidis Wagen, sie fuhr gerade auf den Parkplatz.

„Ist was mit deiner Mutter?" Anne hielt ihr die Tür auf.

„Ach, hör bloß auf! Lass mich erst mal reinkommen. Wo ist er denn, hat er schon Theater gemacht?"

„Überhaupt nicht, er schläft. Was ist denn los? Du guckst so komisch."

Heidi ließ sich auf Annes Bürostuhl fallen und kramte ihre Zigaretten hervor.

„Eigentlich ist hier Nichtraucher."

„Ach komm, sei nicht so zickig. Gib mir mal die Untertasse."

Heidi inhalierte den Rauch und stieß ihn hastig aus. „Meine Mutter spinnt! Stell dir vor, da ruft die bei mir vor einer halben Stunde im Büro an und sagt, ich muss Vater abholen. Und als ich sie frage, weshalb, ob was passiert ist, da sagt sie doch glatt, jetzt wäre sie mal dran. Heute und die ganze Woche, mindestens, vielleicht auch länger. Ich soll ihn mit zu mir nehmen, seine Sachen und seine Pampers soll ich mir holen, ich hätte ja einen Schlüssel. Sie ist nicht da, hat sie gesagt, sie hat eine wichtige Verabredung! Verstehst du das?"

Anne grinste. „Vielleicht hat sie einen Freund."

„Find ich nicht lustig! Ich habe einen Job, da kann ich nicht noch meinen Vater hüten. Stell dir vor, da sagt sie doch zu mir, ich war immer Papas Liebling, jetzt könnte ich auch mal was für ihn tun. Und du sitzt da und grinst! Es geht noch weiter. Ich glaube, sie ist völlig übergeschnappt. Also, ich soll ihn nachher bettfertig machen, ihn vor dem Fernseher parken und Frau Meyer Bescheid sagen, damit sie mal nach ihm guckt, bis ich wieder da bin."

„Wer ist Frau Meyer? Und wo willst du denn hin?"

„Frau Meyer wohnt bei mir im Haus, sie passt manchmal auf Papa auf, wenn Mutter zum Zahnarzt muss oder so. Ich will nirgends hin, ich soll! Und jetzt kommt es. Meine Mutter hat mich für acht Uhr in den ‚Hüürbaas' bestellt."

„In den ‚Hüürbaas'? Geht sie da auch manchmal hin?"

„Nicht, dass ich wüsste. Sie will mir dort jemand vorstellen."

„Also doch ein Mann!"

„Ist mir wurscht. Wo ist Papa?"

Als Anne endlich bei Gretchen eintraf, standen die appetitlich duftenden Kohlrouladen schon auf dem Tisch.

„Wo hast du denn deinen Vater gelassen? Ich dachte, er holt dich ab."

„Nee. Wir hatten nichts verabredet, ich dachte, er ist hier."

„Nein. Der ist schon den ganzen Tag weg. Langsam mache ich mir Sorgen, wenn er in einer halben Stunde nicht da ist, rufe ich die Polizei an. Das Telefon läutet!"

„Na, siehst du, das wird er sein."

Gretchen kam kopfschüttelnd zurück. „Das begreife ich nicht."

„Ist was passiert?"

„Und ob! Dein Vater sitzt in einer Kneipe auf St. Pauli und will, dass du da hinkommst. Gleich. Es ist wichtig, hat er gesagt. Und er kann jetzt keine Kohlrouladen essen, er kann überhaupt nichts essen. Aber wir sollen uns keine Sorgen machen, er hat schon ein Sandwich gegessen, mit Corned Beef. Verstehst du das? Und ich mache extra für ihn Kohlrouladen, na der soll mir mal kommen!"

„Was für eine Kneipe?"

„Die heißt wohl ‚Hüürbaas', wenn ich das richtig verstanden habe."

„‚Hüürbaas'? Das ist ein Café, da treffe ich mich manchmal mit Heidi Lorenz. Das ist aber merkwürdig."

„Was denn? Was ist merkwürdig?"

„Ach, nichts. Nun guck doch nicht so bärbeißig, Tante Gretchen! Die Kohlrouladen kannst du ihm doch einfrieren."

„Nix da! Die bekommt Alex."

– 61 –

Heidi stand vor einem Fenster des „Hüürbaas" und starrte gebannt hinein.

„Was gibt es denn da Schönes zu sehen?" Anne hatte sie schon eine ganze Weile beobachtet, allerdings konnte sie nicht sehen, was Heidi so sehr interessierte, dass sie ihre gute Kinderstube vergaß und fast ihre Nase an der Scheibe plattdrückte.

Erschrocken drehte sich Heidi um. „Was machst du denn hier? Guck doch mal da, meine Mutter mit einem Mann. Der sieht ja gut aus! Und wie die tanzen, ich glaub es nicht! Guck doch mal, wie sie sich anhimmeln, und jetzt küsst er sie."

„Heidi, der Mann ist mein Vater! Er hat mich übrigens auch hierher bestellt. Was geht hier eigentlich ab? Komm, wir gehen jetzt da rein."

Epilog

Ein Jahr später

Anne schaute auf die Uhr. Wo bleibt er nur, dachte sie, er ist doch sonst immer so pünktlich. Hoffentlich ist nichts passiert. Aber so ist es, kaum hat man einen Mann an der Backe, macht man sich Sorgen. Lustlos stocherte sie in ihrer Schwarzwälder Kirschtorte herum.

„Entschuldige, Anne, es tut mir leid. Ich hatte noch einen Kunden, der hat kein Ende gefunden. Weißt du, wenn die alten Leute ihre Häuser verkaufen, dann fangen sie an zu erzählen. Das ist auch verständlich, da hängen so viele Erinnerungen dran. Und ich kann sie dann nicht einfach ausbremsen, ich will ja verkaufen." Widukind beugte sich über sie und küsste sie auf den Mund.

„Nun setz dich erst mal hin. Willst du noch Kuchen?"

„Nee, ich will dich und ein schönes Glas Rotwein. Sag mal, hat sich dein Vater schon gemeldet?"

„Gestern rief er an. Sie sind gerade in Portugal, morgen geht es weiter nach Teneriffa."

„Rentner müsste man sein, wochenlang auf Kreuzfahrt, das ist ein Leben! Heidi ist übrigens ganz schön sauer auf dich."

Anne lachte. „Ich weiß."

„Sie nannte dich ein impertinentes Luder. Weil du gesagt hast, da du Gunther am Tag betreust, kann sie ja wohl die Nacht übernehmen. Hast du das wirklich gesagt? Ich lach mich scheckig!"

„Es ist ja nicht für immer, in zwei Wochen kommen sie zurück. Und Heidi soll sich nicht so haben, auch wenn er nun auf einmal nicht mehr ihr leiblicher Vater ist, aber er hat ihr doch jeden Wunsch erfüllt und war immer für sie da."

„Das stimmt, er hat sie sehr verwöhnt. Du bist nicht mehr ihre Freundin, hat sie gesagt. Richtig zickig war sie. Na ja, sie wird sich schon wieder beruhigen."

„Natürlich bin ich nicht mehr ihre Freundin, ich bin jetzt ihre Schwester."

„Wollen wir tanzen?"

„Hier?"

„Warum nicht. Es ist schließlich das Stammlokal deines Vaters."

„Gut, lass uns tanzen. Das werde ich nie vergessen. Wie wir hier hereinkamen und die beiden tanzen sahen. Und ihre Gesichter, wie sie sich anschauten, als wären sie allein auf der Welt."

„Und nun schau mich an, Anne. So als wären wir beide auch ganz allein auf der Welt. Ich liebe dich."

Sie tanzten, und Anne legte den Kopf an seine Schulter. Es wird kompliziert, dachte sie. Ich liebe ihn auch, sehr sogar. Aber ob das wohl auf Dauer gutgeht? Er ist zehn Jahre älter als ich und hat manchmal merkwürdige Ansichten. So esoterisch. Dann seine Nazifamilie, Gott sei Dank ist er nicht so einer. Und der Osten ist für ihn ein weißer Fleck auf der Landkarte. Wir leben in verschiedenen Welten. Soll ich mich ernsthaft darauf einlassen?

„Woran denkst du, Anne? Du siehst so abwesend aus."

„Ach, nichts Wichtiges. Ich liebe dich auch, Widukind."

Lassen wir es drauf ankommen, dachte sie. Papa würde jetzt sagen:

„Immer heiter, Gott hilft weiter."

Als der Krieg zu Ende ging
Erzählungen
Arno Surminski
208 Seiten
Broschur
ISBN 978-3-8319-0736-6

Die Erzählungen dieses Bandes beschreiben die Nachwirkungen des Krieges und schildern Erlebnisse aus jener Zeit.
Ein Briefträger bringt die Gefallenenmeldungen in die Dörfer („Verlorene Briefe"), eine Engländerin fährt ins Rheinland auf der Suche nach dem Wrack eines Bombers, mit dem ihr Vater abgestürzt ist („Lancaster über Overath"), ein alter Mann besucht das Dorf, das er 1945 verlassen musste („Im Land der Pusteblumen"). Die Titelgeschichte erzählt von einer Frau, die mit ihren Kindern zu Fuß aus dem Osten flieht, bis Mecklenburg kommt, dort ein weiteres Kind auf die Welt bringt und es einer kinderlosen Bäuerin schenkt.

Winter Fünfundvierzig
oder Die Frauen von Palmnicken
Roman
Arno Surminski
336 Seiten
Hardcover mit Schutzumschlag
ISBN 978-3-8319-0421-1

Der bewegende Ostpreußen-Roman schildert das Schicksal von sechs Frauen, die nur eines wollen: überleben. Levine Gedeitis aus Memel wird mit ihrer Tochter an die Bernsteinküste nach Palmnicken umgesiedelt. Lisa wohnt mit ihren vier Kindern auf einem Bauernhof, sie versucht über die zugefrorene Ostsee zu fliehen. Vier junge jüdische Frauen werden aus dem Ghetto in Lodz in ein Konzentrationslager deportiert. Ihr Leidensweg, der in den Todesmarsch nach Palmnicken mündet, bildet den Mittelpunkt dieses erschütternden Zeitpanoramas.
Arno Surminskis Roman ist ein aufwühlendes Zeugnis der letzten Kriegstage.

Eine lange Flucht aus Ostpreußen
Mit einem Vorwort von Arno Surminski
Gunter Nitsch
384 Seiten
Paperback
ISBN 978-3-8319-0523-2

Gunter Nitsch erzählt die Geschichte seiner Familie, die im Februar 1945 über das zugefrorene Frische Haff vor der Roten Armee flieht, um dann doch nicht in den Westen zu gelangen, sondern in Palmnicken an der Ostsee den Russen in die Hände zu fallen. Bis dahin verbrachte Gunter Nitsch, damals sieben Jahre alt, eine unbeschwerte Kindheit auf dem Bauernhof seines Großvaters in Langendorf im Herzen Ostpreußens. Doch dann brach eine Hölle von Gewalt, Chaos und Hunger los. Die „lange Flucht" dauerte dreieinhalb Jahre, und sie endete in einem Flüchtlingslager in der Lüneburger Heide. Die Geschichte liest sich wie ein Abenteuerroman, war aber traurige Realität.

Nur der Himmel blieb derselbe
Ostpreußens Hungerkinder erzählen vom Überleben
Christopher Spatz
344 Seiten
Klappenbroschur
ISBN 978-3-8319-0664-2

Eine der größten humanitären Katastrophen nach dem Ende des Zweiten Weltkriegs spielte sich von 1945 bis 1948 im nördlichen Ostpreußen, in Königsberg und der weiteren Umgebung, ab. Über 100 000 Menschen starben an Seuchen und Unterernährung. Die Übriggebliebenen waren oft Kinder. Ohne Eltern, ohne Familie, ohne ein Zuhause waren sie ganz auf sich gestellt. Christopher Spatz rekonstruiert das Leben der damaligen Bettelkinder und lässt die Betroffenen selbst zu Wort kommen. In mehr als 50 lebensbiografischen Interviews erzählen die zwischen 1930 und 1942 Geborenen, wie sie das Unmögliche schafften und überlebten.

Heimatlos
Friedland und die langen Schatten von Krieg und Vertreibung
Mit Fotografien von Fritz Paul
Christopher Spatz
224 Seiten mit 88 Abb.
Hardcover
ISBN 978-3-8319-0728-1

Millionen Menschen querten die innerdeutsche Grenze von Ost nach West und passierten ab September 1945 das niedersächsische Grenzdurchgangslager Friedland. Sie kamen aus dem Kommunismus in den Kapitalismus, aus einer fremdgewordenen Heimat in eine ungewisse Zukunft. Für die Eintreffenden bedeutete das Lager ein Durchatmen, aber auch Abschied und Endgültigkeit. Empfangen wurden sie im Zeichen selbstloser Hilfsbereitschaft. Das Presseecho war enorm, die Symbolik verbindend. Getriebenheit, Verelendung und Rührseligkeit, Tod und Neuanfang bildeten hier ein verstörendes Nebeneinander.

Zahlreiche Aufnahmen des Fotoreporters Fritz Paul, viele davon bislang unveröffentlicht, bieten überraschende Blicke auf die Vertriebenen, Zivilverschleppten, Heimkehrer und Aussiedler der 1950er-Jahre.

Die Autorin

Marina Scheske, geboren in Schwedt/Oder, lebte später in Hamburg. Die heute in Neustadt/ Holstein wohnende Autorin arbeitete als Schauwerbegestalterin und als Fachkraft in der Altenpflege.
Seit 2006 schreibt sie Romane, die stets einen regionalen Bezug haben. Im Mittelpunkt stehen Land und Menschen, ihr Leben und ihr Überleben in schwierigen Zeiten.

Impressum

Bibliografische Information der Deutschen Nationalbibliothek
Die Deutsche Nationalbibliothek verzeichnet diese Publikation in der Deutschen Nationalbibliografie; detaillierte bibliografische Daten sind im Internet über http://dnb.d-nb.de abrufbar.

ISBN 978-3-8319-0813-4

Text: Marina Scheske, Neustadt in Holstein
Lektorat: Werner Irro, Hamburg
Titelfoto: Thomas Grebe / Historische Fotos, Tangstedt
Gestaltung: BrücknerAping, Büro für Gestaltung, Bremen
Gesamtherstellung: CPI books GmbH, Leck

www.ellert-richter.de
www.facebook.com/EllertRichterVerlag